LINDA GRAZE

TIEF UNTER DER ALB

HÖHLENKOLLER! Endlich ein lukrativer Job für die Fotografin Laura Morgenstern. Obwohl sie Enge fürchtet, bricht sie mit dem Wissenschaftler Lasse Keyes auf in die Höhlenwelt der Schwäbischen Alb. Bald ist der Albtraum ihr Begleiter: Der Wissenschaftler ist unberechenbar, das Höhlensystem entpuppt sich als Labyrinth. Sie befindet sich mitten in einem Psychospiel! In einer ausweglosen Situation. In ewiger Nacht und endloser Stille. Was sie dann hört, lässt ihr das Blut in den Adern gefrieren. Denn was da ist, darf dort nicht sein. Es ist eine Stimme. Es ist …

»… deine Angst. Sonst hast du nichts. Sonst bist du nichts. Bald wirst du weniger sein als nichts, du wirst Staub, Asche. Dreck. Du wirst sie anlocken. Die Aaskäfer. Mit ihren Fühlern werden sie deinen Körper abtasten. Sie werden ihre Flügel aneinanderschlagen und Töne erzeugen. Trauerklänge. Klagelaute. Die keine Seele hören wird.«

Mit zwölf verfasste sie Texte zu den Karikaturen des Bruders. Ihre Leidenschaft fürs Wort war geboren: Nach einer Ausbildung zur Dolmetscherin/Übersetzerin startete Linda Graze als Werbetexterin in einer renommierten Münchener Agentur durch. Für Schokoriegel, Schrauben und Slipeinlagen schrieb sie sich quer durchs Land die Finger wund. Nach Ausflügen in den Journalismus machte sie sich in Stuttgart mit einer Personalberatung selbstständig. 2018 fiel der Startschuss zu ihrer kultigen Regiokrimiserie. Der erste Band der Reihe war für den »Wälderliebling«, den Preis der Schwarzwald Buchmesse »Blätterrausch«, nominiert. Graze ist Mitglied bei den Autorenvereinigungen »Mörderische Schwestern« und »Syndikat«.

LINDA GRAZE

TIEF UNTER DER ALB

THRILLER

GMEINER

Personen und Handlung sind frei erfunden.
Ähnlichkeiten mit lebenden oder toten Personen
sind rein zufällig und nicht beabsichtigt.

MIX
Papier | Fördert
gute Waldnutzung
FSC® C014496

Besuchen Sie uns im Internet:
www.gmeiner-verlag.de

Im Ehnried 5, 88605 Meßkirch
Telefon 07575/2095-0
info@gmeiner-verlag.de

1. Auflage 2024

Herstellung: Mirjam Hecht
Umschlaggestaltung: U.O.R.G. Lutz Eberle, Stuttgart
unter Verwendung eines Fotos von: © ivana cajina / Unsplash
Druck: GGP Media GmbH, Pößneck
Printed in Germany
ISBN 978-3-8392-0647-8

Vom Weg.
Vom Abkommen.
Vom Ankommen.
Vom Loskommen.

Von nichts
und allem …

Für Julia.
Für Katharina.

PROLOG

Der Ring war alles, was von ihr geblieben war. Er hing an einer goldenen Kette um meinen Hals. Einmal, ein einziges Mal löste ich die Kette und drehte den Ring zwischen meinen Fingern. Ich spielte mit ihm. Dann holte ihn der Wind. Die Kette fiel aus meiner Hand, der Ring rollte über den Asphalt. Ich hörte auf zu atmen und starrte auf das funkelnde Gold. Der Ring rollte. Ich rannte ihm hinterher. Er rollte weiter, ich lief schneller, er rollte, ich lief, er rollte, ich stolperte, er hüpfte, ich fing mich – er war … verschwunden.

»Mama!« Mama. Sie war über eine kleine Kante gesprungen. Ich presste die Hand auf meinen Mund. Plötzlich war alles still. Kein Blatt bewegte sich. Nichts regte sich. Die Welt hielt ihren Atem an. Bis sich die graue Wolke auf mich zuschob. Da wusste ich: Es war hier. Es war zurück! Wie damals, als Mama nicht mehr heimgekommen war. Da hatte ich es zum ersten Mal gesehen.

Ich schrie, bis ich glaubte, die Zähne fallen mir aus dem Mund. Papa eilte zu mir. Er setzte sich in die Hocke und nahm mich in den Arm. Wir beugten uns gemeinsam über das Gitter. Meine Augen bohrten sich in die runden Löcher und suchten den Boden ab. Ich konnte nichts entdecken, alles war dunkel! Aber ich hörte es flüstern. Das Böse. Es saß in der Tiefe und lauerte. Es hatte sich den Ring geschnappt, hatte ihn in seiner großen Pranke versteckt.

»Wir müssen ihn holen!« Ich sprang in die Luft und klatschte in die Hände.

»Zu spät, mein Engel.« Papa sprach leise. Er hielt mich fest. Ich hämmerte mit beiden Fäusten auf seine Schultern. Papa hatte starke Schultern. Er konnte mich hochheben und durch die Lüfte fliegen lassen, warum konnte er den Ring nicht aus der Pranke des Monsters befreien? Er hatte doch das Häschen gerettet, als es in die Grube gefallen war! Er hatte es mir vorgesungen.

»Es geht nicht, Laura.«

Was sagte Papa?

»Der Ring ist im Gully.«

»Dann gehen wir in den Gully!«

»Es ist schmutzig im Gully. Und gefährlich.«

»Bitte, Papa.«

»Es tut mir leid, mein Schatz.«

Meine Fäuste hämmerten weiter, bis die Schläge schwächer wurden und ich nur noch Schluchzen war.

»Mama.« Tränen füllten meine Augen. Es waren meine Tränen, ihre Tränen. Unsere Tränen.

Papa seufzte. »Ich kauf dir einen neuen Ring.«

Dicke Tropfen kullerten über meine Wangen.

»Genau denselben, Laura.«

Die Tropfen wurden zum See.

»Du wirst keinen Unterschied erkennen.«

Der See wurde zum Meer. Ich ertrank in ihm, denn ich erkannte den Unterschied sofort. Papas Ring hatte keine Schnur.

Mamas Ring hing an einem unsichtbaren Faden, der in den Himmel führte. Er glitzerte in der Sonne wie ein endlos langes Glühwürmchen. Jedes Mal, wenn ich das Glühwürmchen sah, spürte ich einen Kuss von Mama auf meiner Wange. Doch von diesem Tag an gab es keinen Kuss mehr von ihr. Nie wieder. Mama war gegangen. Sie hatte mich verlassen.

Papa trocknete meine Tränen mit einem großen Taschentuch, den ganzen Abend lang. »Sie schaut von oben auf dich herab, Laura.«

Immer wieder sprach Papa so, wenn ich fragte, wo Mama war. Aber Mama schaute nicht von oben auf mich herab. Ich lag die ganze Nacht wach und suchte sie. Ich guckte zur Decke hoch, blinzelte durchs Fenster, bis der Mond kugelrund wurde und mir Salz in die Augen streute. Ich drückte Mimo fest an mich und weinte in das weiche Teddyfell.

»Papa lügt«, sagte ich. Mimo nickte. Mama hatte nie gelogen.

Einen Tag nach meinem fünften Geburtstag kam eine Frau aus dem Badezimmer. Sie hatte lockige Haare.

Sie sagte: »Ich bin jetzt deine Mama.«

Sie war nicht meine Mama. Sie war eine Hexe. Sie hatte Papa verzaubert. Ich sah es in seinen Augen.

Von nun hatte ich nur noch Mimo.

»Mimo«, sagte ich, »du bleibst bei mir. Für immer. Versprich es.«

Und Mimo versprach's.

»Schwör's!«

Und Mimo schwor's. Beim Leben aller Bären, die nachts durch dunkle Höhlen streifen.

NACHT EINS.
13./14. SEPTEMBER

Tübingen

Als das Böse in ihr Leben zurückkehrte, glaubte sie nicht mehr daran. Was sollte das auch sein, dieses Böse? Laura Morgenstern war 27 Jahre jung und die Welt lag ihr zu Füßen. Sie war selbstständige Fotografin. Sie hatte üppige Locken, tiefgründige Augen und ein Grübchen am Kinn. Sie liebte ihren wundervollen Vater, ihren nervigen Bruder, ihre großartigen Freundinnen. Sie hatte eine lästige Beziehung beendet und war ungebunden. Frei! Und lebenshungrig.

Laura kickte die weißen Sneaker in eine Ecke, warf Jeans und Top aufs Bett und rubbelte im Bad ihr Gesicht mit Seife sauber, bis die letzte Wimper von Tusche befreit war. Als ihr Blick auf die Uhr ihres Smartphones fiel, erschrak sie. Sie hatte nur noch sechseinhalb Stunden! In 390 Minuten würde sie aufbrechen. In 23.400 Sekunden. Es ging alles viel zu schnell. Laura blieb keine Zeit, die Sache zu überdenken. Ihr blieb noch nicht einmal Zeit für einen regenerierenden Schlaf. Warum hatte sie zugesagt?

Sieben Tage würde sie unter der Erde verbringen, obwohl sie enge Räume eher mied. Lag es am Glückskeks? »Gehe dahin, wo du dich fürchtest«, hatte in ihrem gestanden. Sie hatten sich über den Spruch amüsiert, letzte Woche beim Chin Thai. Sie. Elina. Jess. Das Freundinnen-Trio. Seit der Grundschule waren sie unzertrennlich. Aber diese Aktion musste Laura alleine durchstehen.

Sie band die schulterlangen Haare zum Knoten und schlüpfte in ihren Lieblingspyjama. Er war aus erdbeerfarbenem Plüsch. Sie stellte sich vor ihren Kleiderschrank. Das Erbstück ihrer Oma bestand aus massiver Eiche. Es hatte Kriege überdauert. Hungersnöte. Und Fragen wie: »Was zieh ich morgen an?«

Der letzte wichtige Job lag drei Jahre zurück. Sie war mit einer Autorin und einem Bergführer zu den Drei Zinnen gewandert. Es ging um einen Bildband. Laura hatte einen Vorschuss auf die Tantiemen erhalten, der jedoch mager ausgefallen war. Fotobücher waren keine Bestseller. Dafür hatte sie einen Preis für ihre »dramatische Darstellung der Bergkuppen« eingeheimst.

Das Wetter hatte ihr in die Hände gespielt. Anfangs hatten die Wolken die Gipfel verhüllt. Als die Morgensonne die weißen Wolkenbäusche durchbrochen hatte, waren die Felsen in ein milchig gelborangenes Licht getaucht. Es war magisch gewesen. Ein Naturschauspiel wie in einem Bergfilm – kurz vor dem tödlichen Absturz. Die Wolken hatten ein Bild nach dem anderen geschaffen. Laura hatte nur auf den Auslöser drücken müssen. Auf einmal war es da gewesen. Dieses Foto war ein Volltreffer. Sie war angekommen – auf dem Weg zum Olymp der Profifotografen.

Kurz danach hatte die Pandemie ihre Träume nach Alaska geschleudert. Seitdem lag alles auf Eis. Sie war wie schockgefroren gewesen. Von einem Tag auf den anderen waren die Anfragen eingebrochen. Laura hatte sich beruflich nie davon erholt. Bis jetzt. Bis zu diesem Angebot.

Es war kurz nach Mitternacht, die Stimmung war gut und die Drinks waren kostenlos gewesen. Sein Auftrag war ihr vorgekommen wie ein Polarlicht am Nachthimmel. Sieben Tage hatte er gebucht, hatte über ihren Tagessatz von 500 Euro kein Wort verloren. »Freundschaftspreis«, hatte sie gesagt. Und die Tatsache weggelächelt, dass sie die Unterwelt fotografieren, unentdeckte Artefakte ablichten sollte. Meter unter der Erde. Viele Meter. Zu viele Meter. Sie brauchte diesen Job.

»Die Schwäbische Alb ist eines der höhlenreichsten Gebiete Europas! Die meisten Hohlräume sind unerforscht«, hatte er gesagt und zwei Gin Tonic bestellt. Sie hatte ihr Glas in der Hand gedreht und die feinen Schweißperlen auf ihrer Stirn ignoriert. Sieben Tage – sieben Nächte. Sie. Und er. Lasse Keyes. Professor. Anfang 50. Hornbrille. Winzige Lippenspalte. Gut gebaut. Länger nicht rasiert. Sie hatte gelächelt, ihren Drink geleert, die Zweifel ertränkt. Auf Ex.

Reutlingen

Hatte sie Ja gesagt? Er konnte es kaum fassen. Es war ein Kinderspiel gewesen, ein Klacks. Okay, auf die Floskeln aus dem kleinen Flirt-Einmaleins war sie nicht reingefallen. Die Drinks waren besser angekommen. Erst nachdem er dieses wissenschaftliche Zeug vom Stapel gelassen, über Archäologie gelabert und heruntergebetet hatte, was er sich in einem dieser Foren angelesen hatte, in denen sich jeder

Alphagockel mit seinem Wissen profilierte, hatte er sie gehabt. Er hatte es in ihren Augen gesehen. Dieses flüchtige Flackern. Sie hatte Feuer gefangen. Sie hatte ihm einen Oh-gleich-ist-er-sauer-mal-sehen-ob-er-es-wirklich-ernst-meint-Blick zugeworfen und ihr Honorar genannt. Dabei hatte sie die Lider in Zeitlupe aufgeschlagen. Hatte sie echt geglaubt, er fiele auf diesen Weiber-Bullshit rein? Er hatte nicht einmal gezuckt. Natürlich nicht. 500 Euro am Tag. 3.500 für die ganze Woche. Ein paar läppische Lappen. Er würde sein Geld vervielfachen. Hundert Riesen, mindestens. Er würde sie ausnehmen, die lechzenden Hunde, die sich vor ihren Bildschirmen einen runterholten. Den einen wie den anderen. Sein Krypto-Konto wuchs. In wenigen Jahren würde er genug zusammenhaben, um sich auf eine Millionärsinsel in die Karibik abzusetzen und sich den Bauch von einer hübschen Einheimischen massieren zu lassen. Bahamas. St. Barth. Here I am!

Lasse öffnete die Tür zur Abstellkammer, der Rucksack stand bereit. Er war gerüstet. Sollte sie nicht aufkreuzen, hätte er eine Stunde für die Hin- und Rückfahrt zum Sonnenbühl vergeudet. Er rechnete damit. Die meisten sagten nicht einmal ab. Die Höflichen schickten eine SMS oder eine App-Nachricht. Mit diesen Pussys konnte er sowieso nichts anfangen. Laura war keine Pussy. Er schätzte sie ein wie die anderen drei. Sollte sie um 8 Uhr auf dem Parkplatz stehen, wäre sie Nummer vier. Zehn brauchte er. Mehr nicht. Er hätte nicht gedacht, dass es so gut laufen würde. Er grinste, ließ sich auf die XXL-Couch seiner scheißteuren Airbnb-Wohnung fallen. Es war der einzig freie Wohnraum auf Zeit gewesen. Er klappte seinen Laptop auf. Öffnete ein Computerspiel. Schoss ein paar Monster ab. Danach legte er sich aufs Ohr.

Tübingen

Laura rieb sich die schmerzenden Schläfen. Sie lag auf dem Bett, das Licht brannte, sie musste eingeschlafen sein. Wie spät war es? Schon 2 Uhr! Sie gähnte. Sah sich um. Der Kleiderschrank stand offen, der Trekking-Rucksack war noch immer ungepackt. Sie fasste sich an den Kopf. Er fühlte sich an wie ein Fußball, der auf dem Weg ins Tor an die Latte geknallt war.

Sie erhob sich und schlurfte ins Bad. Gähnend öffnete sie den Spiegelschrank und griff nach dem Pfefferminzöl. Statt es zu öffnen, stellte sie es zurück, sie brauchte was Stärkeres. Also griff sie nach den Schmerztabletten, drückte eine Tablette aus der Packung und schluckte sie ohne Wasser. Am liebsten hätte sie den kommenden Tag gleich mit runtergeschluckt, denn das gute Gefühl hatte sich verflüchtigt.

»Soll ich das wirklich tun?«, fragte sie ihr Spiegelbild.

»Du hast dich bereits entschieden«, antwortete das Spiegelbild.

Sie bemerkte die Schatten unter ihren Augen. Wenn sie ein paar Stunden Schlaf wollte, musste sie endlich packen!

Sie durfte nur mitnehmen, was in ihren Rucksack passte. Sie wusste weder, wie beschwerlich eine Höhlentour war noch was sie erwartete. Vermutlich glich der Trip einer Bergwanderung – bloß umgekehrt. Es ging nicht nach oben, es ging nach unten. Der Gedanke ließ sie frösteln. Es war nicht die körperliche Anstrengung, die machte ihr nichts aus, die Dolomitentour hatte ihr gezeigt, wie fit sie war. Sich zu einem Kreuz hochzuquälen gab ihr einen Kick! Auf dem Gipfel die Arme auszubreiten war magisch. Als würde sie die Schöpfung umarmen, in den

Himmel tanzen, in einem Schnellboot über den Wolkenteppich gleiten. Unter der Erde jedoch war es finster. Da gab es Schluchten, Gänge, Schächte.

Die Höhlen der Schwäbischen Alb waren spektakulär, von dort stammten die ältesten Funde menschlichen Kunstschaffens. Die »Höhlen und Eiszeitkunst der Schwäbischen Alb« gehörten zum UNESCO-Welterbe.

Lasse hatte behauptet, der spannende Teil finge an, wo die felsigen Treppen, die ausgeleuchteten Pfade und bequemen Steigleitern aufhörten. »Beim Caving kriechst du durch Siphons und bezwingst Hohlräume, die so eng sind wie der Auspuff deiner Schrottkarre«, hatte er gesagt und sich über die feuchten Lippen geleckt.

»Keine Siphons, Lasse«, hatte sie erwidert. Sie wusste nicht viel mehr, als dass es sich dabei um unter Wasser stehende, röhrenartige Hohlräume handelte. Die bloße Vorstellung davon ließ sie schaudern. Wer zwängte sich freiwillig durch eine Röhre? Lasse hatte gelacht und ihr zugeprostet. Sie hatte zurückgeprostet und den Gedanken an den Siphon ertränkt.

Seufzend machte sich Laura ans Packen. Sie warf Ski-Unterwäsche auf ihr Bett, eine Trekkinghose, vier T-Shirts, einen Pullover, eine Softshell- und eine Hardshelljacke, Handschuhe, eine Mütze, ihren Lieblingspyjama mit dem Teddybärenmuster obendrauf. Dann schüttelte sie den Kopf und legte den Schlafanzug zurück in den Schrank. Stattdessen zog sie einen schlichten blauen Pyjama aus einer Schublade. Neben Kleidung brauchte sie Proviant. Hygieneartikel. Und ihre Kamera! Sie griff nach der spiegellosen Systemkamera. Sie war leichter als die Spiegelreflex. Die Nikon Z6 II hatte ihr der Vater geschenkt, nachdem sie den Bachelorstudiengang Fotografie mit Auszeichnung bestanden hatte. Die Vollformatkamera erfasste Details auch im Dunkeln oder bei spärlicher Beleuchtung. Geringes Bildrauschen bei hohen ISO-Werten hieß das in der Fotografensprache. Technisch gesehen: 24,5 Megapixel. Sie verfügte über zwei Speicherkartenfächer und eine Energiesparfunktion. Kurz überlegte sie. Sollte sie lieber ihre alte Nikon 1AW1 mitnehmen? Sie war robuster als die Z6 und wasserdicht, also für die hohe Luftfeuchtigkeit in Höhlen besser geeignet. Auf der anderen Seite gelangen mit der Z6 die schärferen Bilder. Sie zögerte nicht lange. Was war mit Objektiven? Da es nicht um Weitwinkelmotive, sondern um Details von Gegenständen ging, wählte sie das Z 50mm F/1.8 S-line Nikkor. Die Lichtstärke war hoch genug für Aufnahmen bei schwachem Licht. Nur Akkus brauchte sie noch. Ein Stativ. Und Licht! Blitzlicht war zu grell, also packte sie eine Taschenlampe ein.

Geübt stopfte sie Kosmetikbasics, Handtücher, Seife, Zahnputzzeug, eine Kerze und Streichhölzer in die Fächer des Rucksacks. Plus Feuchttücher, eine Sechserpackung Taschentücher, Blasenpflaster. Sie musterte das Gepäckstück. Irgendetwas fehlte. Ihr Kompass! Unter der Erde gab es wahrscheinlich keinen Handyempfang. Der Kompass würde zumindest grob die Himmelsrichtung vorgeben.

Er war nicht an seinem angestammten Platz. Sie erinnerte sich daran, wann sie ihn zuletzt benutzt hatte. Es war bei einem Ausflug mit der Clique im letzten Sommer gewesen, sie waren eine Woche durch den Bayerischen Wald marschiert, die »deutschen Outbacks«, wie Jonas lachend gemeint hatte. Auch Tom war dabei gewesen. Und Sarah, seine neue Freundin. Laura mochte Sarah nicht. Sie hatte kohlumrandete Augen und einen leeren Blick, dabei machte sie auf intellektuell. Laura fand sie aufgesetzt. War sie eifersüchtig?

Sie suchte weiter. Schlussendlich fand sie den Kompass in ihrem hellen Sommerrucksack. Neben einer Powerbank zum Aufladen des Handys und einer kleinen Taschenlampe. Sie steckte den Kompass und die Powerbank ein. Sie hatte schon eine Stablampe dabei, das würde genügen.

In Höhlen herrschte kein Tageslicht. Lasse würde ihr eine Stirnlampe mitbringen, das hatten sie vereinbart. Zudem hatte sie die Handytaschenlampe. Ihr Mobiltelefon war recht neu, es verfügte über eine Laufzeit von rund 15 Stunden. Im Energiesparmodus käme sie mit dem Akku vier Tage klar. Sobald sie in einer Pension übernachten würden, konnte sie es aufladen. Sollte sie die Powerbank zurücklegen? Ach was, sie wog nicht viel.

Nachdem sie zudem Proviant und ihre Trinkflasche in die Fächer gestopft hatte, zog sie die Reißverschlüsse hoch und drückte die Klettverschlüsse zu. Zufrieden lehnte sie das Gepäckstück an die Wohnungstür. Anschließend stellte sie sich auf den winzigen Balkon und rauchte eine Zigarette.

Eigentlich rauchte Laura nicht, nur wenn sie nervös war. Wenn sie sich an etwas festhalten musste, weil keiner da war, der sie festhielt. Tom war vor vier Monaten ausgezogen. Sie genoss ihr Singleleben und wollte nicht gleich wieder was Festes.

Ab morgen würde sie eine Woche lang mit einem Mann unterwegs sein, den sie kaum kannte. Tom hatte sie einander vorgestellt. Lasse und er arbeiteten beide an der Uni.

Lasses letzte Worte klangen in ihr nach. »Du musst nüchtern sein, Laura.« Um 0.50 Uhr hatte er das gesagt, nachdem er ihr drittes Glas an die Theke getragen und den Rest in den Ausguss geschüttet hatte. »Wir sehen uns um acht.«

*

Tom nippte an seiner Teetasse. Er hatte kaum geschlafen. Immer wieder war er aufgewacht, hatte sich unruhig im Bett hin und her gewälzt. Er stand auf und setzte sich ans Fenster seines WG-Zimmers. Sarah war zu ihren Eltern gefahren, er war froh, allein zu sein. Weil er mit niemandem sprechen wollte, hatte er sein Handy ausgeschaltet. Er betrachtete den Nachthimmel, als läge in den Trilliarden Sternen der Galaxie eine Antwort.

Laura ging ihm nicht aus dem Kopf. War es richtig gewesen, sie mit Lasse Keyes zusammenzubringen? Aber warum bereute er es dann? Es gab keinen offensichtlichen Grund. Mit dem Zeigefinger strich er über sein Ziegenbärtchen, das aus blonden Stoppeln bestand. Laura hatte es lächerlich gefunden. Auch Sarah würde es lächerlich finden. Irgendwann. Am Anfang fanden sie ihn interessant. Er war anders, ernster als gleichaltrige Männer. Er mochte die alten Philosophen. Kant. Hegel. Novalis. Hölderlin. Er las, was immer er von wem immer in die Finger bekam. Er konnte die Namen der Verfasser herunterbeten und den Werken zuordnen. Von den meisten kannte er die Vornamen. Georg Friedrich Wilhelm Hegel. Georg Philipp Friedrich Freiherr von Hardenberg, bekannt als Novalis. Am meisten interessierte ihn Johann Christian Friedrich Hölderlin, der seine zweite Lebenshälfte in einem Turm in Tübingen verbracht hatte. Tom zitierte seine Werke aus dem Kopf. Stundenlang konnte er über die Philosophie des Geistes sprechen. Das zog viele Frauen an, auch solche, die älter waren als er. 35, so wie Sarah. Die Jüngeren stellten nach kurzer Zeit fest, dass er ein Langweiler war. Laura war rasch zu diesem Schluss gekommen. Sogar Sarah hatte in letzter Zeit komische Sachen gesagt. »Wenn man dich ansieht, glaubt man nicht, dass seit Tagen die Sonne scheint.«

Laura hatte in dieser Phase eine Textnachricht geschickt. »Danke, Tom. War schön. Aber lassen wir's dabei.«

Er hatte Laura Lasse regelrecht aufgedrängt! Hatte von ihren Fotos geschwärmt, hatte gesagt, wenn eine das könne, dann sie. Er hatte nicht daran gedacht, dass sie mit diesem ungepflegt aussehenden Wissenschaftler, von dem er kaum mehr wusste, als dass er sich in ein Thema verbeißen konnte, es auszudiskutieren vermochte, bis alle Aspekte erschöpft waren, in eine Höhle hinabsteigen würde. Kurz überlegte er, ob es ihm eher darum ging, sich an Laura zu rächen, weil sie ihn von heute auf morgen abserviert hatte. Die Tatsache, dass er sie noch immer mochte und nicht wirklich über die Trennung hinweggekommen war, wog schwerer. Auf der anderen Seite wusste er, dass sie damit kämpfte, als Freiberuflerin Fuß zu fassen. Jonas hatte es ihm erzählt.

»Die Eule der Minerva beginnt mit der einbrechenden Dämmerung ihren Flug.« Bescheuert hatte er sich gefühlt, als er sie vor drei Jahren so angesprochen hatte. Sie hatte ihn angelächelt, obwohl sie ihn nicht verstanden hatte, das hatte er ihr angesehen. Niemand kapierte das. Er sei einer dieser Jungautoren, die sich für den Größten halten, hatte Laura gedacht, das hatte sie ihm sehr viel später gestanden. Was für eine absurde Vorstellung! Vom Größenwahn war er weiter entfernt als der späte Hölderlin vom Rednerpult einer Massenveranstaltung.

*

Laura vermutete, dass das Team für eine Höhlenexpedition aus einer Gruppe von Wissenschaftlern bestand und langfristig vorbereitet war. Auch eine Alpenwanderung wurde sorgfältig geplant, von heute auf morgen führte man keine Expedition durch. Sie paffte eine Zigarette, blies einen Kringel in die Luft, schickte einen zweiten und dritten hinterher. Versonnen sah sie den flüchtigen Federwolken nach.

Warum lief das so kurzfristig ab? War jemand abgesprungen, eine bereits gebuchte Fotografin krank geworden? Es wäre eine Erklärung. Wieso hatte sie nicht gefragt? Sie drückte die Zigarette aus und zündete eine neue an. Wie immer, wenn sie aufgeregt war, sprach sie mit sich selbst. Sagte: »Laura, es ist ein Job. Nichts weiter.« Nach dem nächsten Zug krampfte sich ihr Magen zusammen. Sie hatte zu viel getrunken, war aufgewühlt, musste endlich schlafen! Laura drückte die Zigarette im Topf ihres Ficus Benjamini aus, dessen Blätter schlaff und braun herabhingen. Offenbar nahm die Topfpflanze es ihr übel, als Aschenbecher missbraucht zu werden.

Sie bekam kaum ein Auge zu. Stand auf. Lief durch die Wohnung. Ihre Unruhe wuchs. Dennoch legte sie sich wieder hin. Nach 20 Minuten nahm sie ihr Smartphone zur Hand und wählte Toms Nummer. Wenn einer etwas über ihren Auftraggeber wusste, war es ihr Ex, schließlich hatte er ihr den Wissenschaftler vorgestellt. Lange ließ sie es klingeln. Tom nahm ihren Anruf nicht an. Lag Sarah neben ihm? Klar! Dann würde sie eben … Sollte sie?

Laura kramte in ihrer Handtasche nach der Visitenkarte, die Lasse ihr zugesteckt hatte, und schickte ihm eine Textnachricht.

Lasse, wer ist noch dabei, außer uns?, schrieb sie.

Seine Antwort kam prompt. *Ist das wichtig?*

Ja, textete sie zurück.

- *Okay. Vergiss es.*

- *Was?*

- *Du traust dich nicht.*

- *Doch! Bloß …*

- *?*

- *Wie gesagt.*

Morgen, … nein, heute, Laura. HEUTE um acht. Wir treffen uns auf dem Parkplatz vor der Nebelhöhle.

Laura kannte die Nebelhöhle. Sie war eine Attraktion auf der Schwäbischen Alb, touristisch voll erschlossen, im Hochsommer fanden sich jeden Tag Hunderte Besucher hier ein. Auch Mitte September waren immer noch genügend Leute dort. Ab Oktober war die Nebelhöhle ausschließlich an Wochenenden geöffnet. Danach war sie wie andere Höhlen einer Besuchergruppe vorbehalten, die keinen Eintritt zahlte: den Fledermäusen. Zu Tausenden bevölkerten sie die Räume aus Felsen und Stein und nutzten sie als ihr Winterquartier.

Die Nebelhöhle ist mega, gab Laura zurück. Die haben wir in ein paar Stunden durch, dachte sie.

- *Wir gehen nicht in die Nebelhöhle. Wir steigen 50 Meter unter die Erdoberfläche. Du wirst Bilder machen wie noch nie!*

- *Ich muss mich vorbereiten, Lasse.*

- *Feigling.*

- *Gib mir einen Tag!*

- *Ich erhöhe dein Honorar.*

Sie überlegte. Tippte. *Auf?*

- *600.*

- 600?

- Am Tag.

Laura sah ihren Kontoauszug vor sich. Es war kein schöner Anblick. Es gab zu viel Konkurrenz in ihrem Beruf. Hochzeitsfotos boten inzwischen viele an. Kaum einer bestellte eine Firmendarstellung, ein Porträt, ein Familienfoto. Infolgedessen fotografierte sie Kinder von Bekannten und lichtete Freundinnen ab, Väter, Mütter, Großtanten, Chefs von kleinen Betrieben. Sie verlangte nicht viel, es reichte kaum für die Miete. Das Atelier hatte sie aufgegeben. Trotzdem musste sie immer wieder ihren Vater anpumpen. Papa gab ihr, was sie brauchte. Aber sie war fast 28 Jahre alt. Höchste Zeit, auf eigenen Beinen zu stehen. Jonas konnte sie nicht fragen, ihr kleiner Bruder war Grafikdesigner, er verdiente wenig, war selbst immer blank.

600 mal 7, sie rechnete es rasch aus. 4.200 Euro! Drei, vier Monate Miete plus Lebensmittel. Ein paar Abende in Clubs wären drin. Wäre sie sparsam und ließe sich einladen, könnte es drei Monate reichen. Seufzend schickte sie klatschende Hände zurück.

Vergiss die Stirnlampe nicht, Lasse, schrieb sie.

Wie könnte ich!, antwortete er.

Danke. Sie beendete ihre letzte Nachricht mit einem knutschenden Gesicht mit Herz. Löschte es. Platzierte ein lächelndes Emoji.

Bis morgen, Laura-Marie, textete er.

Sie stutzte. Er hatte Laura-Marie geschrieben. Woher kannte er ihren zweiten Vornamen? Er konnte ihn nicht kennen. Keiner wusste von ihrem zweiten Vornamen Marie. »Laura«, schimpfte sie laut vor sich hin, »er hat recherchiert, sich über dich erkundigt. Wozu hast du eine

Website, ein Facebook-Profil, einen Instagram-Account? Du hast vier Google-Bewertungen!«

»Auf deiner Website steht dein zweiter Vorname nicht«, meldete sich die Bedenkenträgerin in ihr zu Wort.

»Shut up«, zischte sie.

Die Bedenkenträgerin hielt den Mund nicht. »In den sozialen Medien wird dein zweiter Vorname nicht erwähnt«, raunte sie ihr zu.

»Tom, er kennt Tom!«

»Ach, und Tom hat diesem Professor erzählt, dass in deinem Pass Laura-Marie steht? Und dass du eine Schrottkarre fährst, was du völlig überhört hast. Auch das wusste er. Warum hätte Tom ihm das erzählen sollen?«

»Es sind über 4.000 Euro!«

»Du lässt dich kaufen?«

Die Bedenkenträgerin hatte sich bei ihr eingenistet, nachdem ihre Mutter gestorben war. Als kleines Mädchen hatte es sie beruhigt, mit jemandem sprechen zu können, wenn niemand da war. Die innere Stimme war ihr in der Kindheit wie eine Freundin gewesen. Doch sie war geblieben, als Laura älter wurde, gegen ihren Willen. Kurz nach der Pubertät war sie genervt vom ständigen Gebrabbel. Sie lernte, die Bedenkenträgerin mundtot zu machen. Fand Wege, sie zum Schweigen zu bringen. Alkohol war einer. Die Drinks halfen im Anfangsstadium – nach einer Weile verpuffte die Wirkung.

Musik war ein anderer Weg.

Laura aktivierte Spotify auf ihrem Handy und ging durch ihre heruntergeladenen Lieblingssongs. Sie rief Fearless auf von Taylor Swift. Kurz darauf bewegte sie sich im Rhythmus. Danach recherchierte sie lächelnd die

Fahrtzeit von Tübingen zur Nebelhöhle und stellte den Wecker auf 5.30 Uhr. Minuten später hatte sie den Flugmodus aktiviert, das schwarze Top vom Bett gefegt und sich unter ihrer warmen Federdecke verkrochen.

TAG EINS. 14. SEPTEMBER

Tübingen – Sonnenbühl

Als Laura an einer roten Ampel anhielt, warf sie einen prüfenden Blick in den Rückspiegel. Ihre braunen Haare kräuselten sich auf dem Oberkopf. Zum Glätten war keine Zeit gewesen. Na, wenn schon. Bald würde sie durch eine dunkle Höhle kriechen, wer achtete dort auf Haare! Die hohe Luftfeuchtigkeit zerstörte sowieso jede Frisur, bereits nach wenigen Minuten würde sie aussehen wie ein Seeigel. Sie klappte den Spiegel hoch. Sie musste sich auf den Verkehr konzentrieren. Sie war müde. Ja, sie hatte doch noch tief geschlafen, hatte die wenigen Stunden, die ihr geblieben waren, wie im Totenreich verbracht. Dennoch war es viel zu wenig gewesen.

Hatte sie alles dabei? Das Wichtigste waren Kamera und Handy. Zudem hatte sie genügend Kleidung eingepackt, hatte auch an Essen gedacht. Neben zahlreichen Energieriegeln lagen zwei Packungen Vollkornbrote und Brotaufstriche in ihrem Rucksack. Mehr als genug. Sie sah sich abends in einem netten Lokal speisen. In der Region gab es wunderbare Landgasthäuser. Es würde großartig werden! Ein richtiger Abenteuertrip! Vorsorglich hatte sie ihren Schlafsack und die Isomatte auf den Rucksack geschnallt. Der Hartschalenhelm, den sie zum Klettern nutzte, lag auf dem Rücksitz. Dennoch wurde sie das Gefühl nicht los, etwas vergessen zu haben.

Während sie weiterfuhr, fiel es ihr wie Schuppen von den Augen. Mimo! Mimo war nicht da. Wie hatte sie ihren Glücksbringer zurücklassen können! Seit ihrer Kindheit hatte sie kaum eine Nacht ohne den geliebten Bären verbracht, auch wenn sie ihn mehrfach aus der Mülltonne hatte befreien müssen.

»Da sind Milben drin«, hatte Tom gesagt und den Teddy mit spitzen Fingern an den Ohren gepackt. Tom hatte eine Milbenphobie. Bettdecken, Kissen, alles musste dauernd gewaschen werden, er hätte auch sie hinter das Bullauge seiner Waschmaschine gesteckt, hätte sie sich nicht davongemacht. Mit Mimo. Und den Worten: »Es sind Spuren von zu viel Liebe, Tom! Davon verstehst du nichts.« Trotzdem hatte sie Mimo, der zunehmend strenger gerochen hatte, einem Wollwaschgang unterzogen. Seitdem quoll aus beiden Ohren die Füllwatte hervor.

Auch die nächste Ampel stand lange auf Rot. Erst als der Fahrer hinter ihr hupte, drückte sie das Gaspedal durch. Beim Schalten in den zweiten Gang streifte ihr Blick die Mittelkonsole. 7.18 Uhr. Laut Navi brauchte sie noch 37 Minuten. Sie hatte fünf Minuten Puffer. Länger als ein Song auf ihrer Playlist.

Sie trat auf die Bremse, riss das Steuer herum und vollführte mit dem Kleinwagen eine 180-Grad-Drehung. Der Fahrer hinter ihr streckte den Mittelfinger in die Luft. Sie warf ihm einen Luftkuss zu.

Es waren wenige Straßenzüge bis zu ihrem Zuhause. Laura wohnte unterhalb des viel befahrenen Nordrings, unweit des Botanischen Gartens. Sie parkte den Wagen auf dem Gehsteig, hetzte die sechs Treppen hoch, schloss die Wohnungstür auf, nahm den alten Teddybären von der Bettdecke und spurtete zum Auto zurück. Zweieinhalb Minuten später war sie wieder am Wagen. Sie würde überpünktlich sein.

Die Ampeln in Tübingen arbeiteten gegen sie. Überall sah sie Rot, es ging schleppend voran. Dann kam sie eben zu spät, fünf Minuten, zehn Minuten – was war das schon?

Kaum hatte sie Derendingen hinter sich gelassen, beschleunigte sie. In Gomaringen geriet sie in einen Stau. Unfall auf einer Spur. Nichts ging. Laura schlug auf das Lenkrad ein. Und schickte Lasse eine Textnachricht. *Unfall, Lasse! Dauert etwas länger.*

Nach weiteren 20 Minuten bog sie in den Parkplatz Nebelhöhle ein. Drei weitere Fahrzeuge standen da. Keine Besucher weit und breit. Nur ein bärtiger Typ in Wanderstiefeln, Parka, Outdoorhose lehnte an seinem Jeep, die Arme verschränkt, die Miene finster.

»Wie er sich auf uns freut«, flüsterte sie Mimo zu, den sie auf dem Beifahrersitz abschnallte. Laura stieg aus.

»Hey, Lasse!«, setzte sie fröhlich an.

Lasse kniff die Augen zusammen. »Es ist 8.32 Uhr«, knurrte er.

»Ich hab doch geschrieben, dass auf der Strecke ein Unfall war.« Entschuldigend hob sie beide Hände.

»Das interessiert mich nicht, Laura. Wenn ich 8 Uhr sage, meine ich 8 Uhr.«

Wie konnte jemand an einem so schönen Morgen so mies drauf sein? Laura knirschte mit den Zähnen. Es war wie immer. Wie minutiös sie es auch durchtimte, etwas Unvorhergesehenes kam stets dazwischen. Was konnte sie dafür! Tom hatte ihre Unpünktlichkeit wahnsinnig gemacht. »Tu einfach so, als müsstest du eine Viertelstunde früher da sein«, hatte er vorgeschlagen. Weil sie aber wusste, dass sie keine Viertelstunde früher da sein musste, funktionierte es nicht.

»Hast du kein Gepäck?«, maulte Lasse.

Sie holte tief Luft, um nicht zu explodieren. Dann stapfte sie zu ihrem Auto, griff nach dem Rucksack, stopfte Mimo in eine Seitentasche und klemmte den Helm unter den Arm. Sie eilte zurück zu Lasse, der einen Trekkingrucksack der zweieinhalbfachen Größe auf seinen Rücken schnallte. Sie schätzte das Volumen auf 130 Liter. Sie kam mit einem Stauraum von 50 Litern aus.

»Bereit?«, fragte er freundlicher.

Sie nickte und folgte ihm. Stumm stapfte sie hinter ihrem Auftraggeber her, bis sie wieder Macht über ihre Gedanken hatte. Es war auch für ihn eine kurze Nacht gewesen. Er würde sich einkriegen.

Das Gelände erwachte zum Leben. Eine Familienlimousine fuhr vor, ein junges Paar saß vorne, das Heck war mit Kindern vollgestopft. Die Horde drängte aus dem Wagen. Ein Kind schubste das andere vor sich her. Laura beobachtete lächelnd die Familie, die glucksend und gackernd die Nebelhöhle ansteuerte. Wie gerne wäre sie ihr gefolgt.

Lasse bog rechts ab. Richtung Wald, Wiese. Pampa.

»Ist der Eingang nicht da vorne?«, fragte sie und zeigte auf die Familie. Lasse hob eine Augenbraue. Gut. Dann hielt sie eben die Klappe. Er hatte sie vorgewarnt. Hatte gesagt, dass sie nicht in die Nebelhöhle gingen.

Dennoch musste sie dringend eine Sache erledigen. Ihre Blase drückte. Rechts von ihr erstreckte sich ein kleines Waldstück. »Ich muss mal«, sagte sie und verschwand, ohne eine Reaktion abzuwarten, hinter einem dicken Baum.

15 Minuten später standen sie vor einem verrosteten Gitter. Lasse rüttelte daran. Es war verschlossen. Geschickt hob er die Metallstäbe aus den Angeln. Das Tor quietschte, der Zugang schien länger nicht benutzt worden zu sein. Er war fast so breit wie hoch und führte in einen stockdunklen Gang.

»Hast du an die Beleuchtung gedacht?«, fragte Laura.

Er reichte ihr eine Stirnlampe. Sie hing an einem Kopfband, war mit Batteriefach und Flachbandkabel ausgestattet. Zufrieden befestigte Laura das Kopfband an ihrem Helm.

Nachdem er seine Lampe eingeschaltet hatte – auf seinem Hartschalenhelm befand sich neben der LED-Leuchte ein Ersatzlicht –, streckte er in einer formvollendeten Geste den rechten Arm aus, als wolle er sie in ein Schloss führen wie ein englischer Butler.

»Es ist besser, du gehst voraus«, sagte sie bestimmt. Als er sich dicht an ihr vorbeidrängte, roch sie seinen Atem. Pfefferminz.

Sie stießen ins Höhlenreich vor. Lasse konnte mit seinen 1,83 Metern aufrecht stehen. Sie hätten nebeneinander herspazieren können, so breit war der Gang, dennoch blieb Laura hinter ihm. Nach wenigen Minuten wurde es schmaler, die Decke senkte sich. Lasse bewegte sich gebeugt vorwärts, auch Laura neigte den Kopf, um nicht an die spitzen Steine, die von der Decke ragten, zu stoßen. Sie war froh, dass er vorausging, seine Stirnlampe war stärker, der Strahl heller, er zeigte den Weg hundert Meter in der Ferne an. Laura wunderte sich, warum das Licht an ihrem Helm so schwach war.

Ihr Begleiter gab ein strammes Tempo vor, doch sie hatte keine Mühe, ihm zu folgen. Der Gang wurde mal breiter, mal höher, mal enger. Niedriger. Der Boden glänzte, er schien feucht zu sein. Wasser tropfte von den Wänden. Es roch nach frischem Regen.

An einer scharfen Rechtskurve wäre Laura fast gegen Lasse geprallt, denn er hielt abrupt an. Sie spähte über seine Schulter und riss die Augen auf. Kniff sie zusammen. Öffnete sie. Lächelte. »Saurons Welt!« Sie starrte auf bizarre Gebilde, die aus einer Fantasy-Geschichte stammen könnten. Herr der Ringe. Harry Potter. So sah es hier aus. Verzückt hob sie den Blick. Sie standen in einer Halle, die zwölf, vielleicht 15 Meter hoch war. Aus dem Boden schoben sich mächtige Tropfsteine. Stalagmiten. Die Sinterkegel schraubten sich theatralisch in die Höhe. Sie erinnerten Laura an griechische Säulen.

»Die Schwäbische Alb ist voller Wunder«, sagte Lasse. Die Hände in den Taschen trat er ehrfürchtig an einen Tropfstein heran, der den umgekehrten Weg nahm. Er kam von oben, schien von der Felsdecke zu tropfen. Ein Stalagtit. Und er war nicht allein. Vor Laura tauchte eine Tropfsteinreihe auf wie ein Vorhang vor einer Bühne. Manche Tropfsteine berührten sich, reichten vom Boden bis zur Decke.

»Stalagtitmiten«, schlussfolgerte Laura.

Lasse hob eine Braue. »Zusammengewachsene Tropfsteine heißen Stalagnaten, Laura. Die -miten kommen von unten, die -titen von oben.« Er grinste schief.

Sie beschloss, derartige Andeutungen zu ignorieren. Tief beeindruckt von der Schönheit ihrer Umgebung huschte sie an ihm vorbei, direkt auf einen der größten Tropfsteine zu. Vorsichtig tastete sie ihn ab.

»Sie entstehen durch kohlensäurehaltiges Wasser, das in das Gestein eintritt.« Lasse trat neben sie. Plötzlich war er ihr so nah, dass sie ein Stück zur Seite wich.

»Die dünnen Tropfsteine heißen Sinterröhrchen. Du kannst auch Makkaroni dazu sagen.« Er fuhr mit den Fingerspitzen über ein endlos langes Exemplar, das nur knapp dreieinhalb Zentimeter Durchmesser hatte. Ein Zapfen aus Stein, für die Ewigkeit gemacht.

»Es ist die Oberflächenspannung, Laura. Wenn Tropfen immer an derselben Stelle austreten, laufen sie irgendwann über. Sie fließen an der Außenseite des Röhrchens ab und lagern sich dort als Kalzit an. Das Röhrchen wächst. In die Länge und in die Breite. Et voilà! Ein Tropfstein ist geboren.« Lasse legte den Kopf in den Nacken und wanderte mit den Augen ab, was sich in Jahrmillionen geformt, verändert und angepasst hatte.

Laura schnallte ihren Rucksack ab, holte die Nikon hervor, stellte das Stativ auf und drückte auf den Auslöser. Das sanfte Licht war perfekt, die Funzel auf ihrem Kopf genau richtig. Euphorisch zoomte sie an die Stalaktiten heran, lichtete Details ab, nahm einzelne Tropfen auf, ja sie konnte gar nicht aufhören, die Kamera klicken zu lassen! Wie sehr hatte sie das vermisst. Laura liebte ihren Job, war verrückt nach Nahaufnahmen, und diese Halle war unglaublich. Sie hatte völlig vergessen, wie faszinierend die Höhlenwelt der Schwäbischen Alb war. Laura erinnerte sich, mit ihrem Vater und Jonas die Bärenhöhle besucht zu haben, sie war noch ein Kind gewesen. Die Bärenhöhle war wie die Nebelhöhle eine Schauhöhle, Lichter hingen an Decken und Wänden. Sie tauchten die Wände in rotes, grünes, blaues, gelbes Licht, um den Besuchern ein Mysterium vorzuspielen, das die Natur nicht vorgesehen hatte. Die Höhle, in der sie standen, war nicht beleuchtet. Sie war majestätisch. Ohne menschliche Eingriffe.

»Man nennt eine solche Halle Kathedrale oder Dom«,

sagte Lasse. Auch er schien ergriffen zu sein. »Es ist ein Heiligtum, das keine Kirche braucht.«

Laura hatte von sakralen Hohlräumen gelesen, die Einzelheiten jedoch vergessen. Sie brauchte sie nicht, denn Lasse war im Erklär-Modus.

»Ein Dom ist eine Erhöhung aus symmetrisch eintauchenden Antiklinalen.«

Sie sah die Welt durch den Sucher, schoss fasziniert Fotos, während Lasse dozierte. »Weißt du, was eine Antiklinale ist?«

»Nein, aber du wirst es mir gleich sagen.« Neugierig schaute sie auf.

»Ein geologischer Sattel. Eine Antiklinale ist eine durch Faltung erzeugte Aufwölbung geschichteter Gesteine. Wenn sich eine Serie dieser Gesteinsfalten zu einer domförmigen Struktur zusammenfügt und eine Wölbung bildet, nennt sich das Antiklinorium.« Er legte eine Pause ein, als wartete er, bis sie es sich vorgestellt hatte. »Beim Gegenstück laufen die Flügel der Struktur aufeinander zu und bilden eine Einbuchtung. Eine umgekehrte Wölbung also. Das nennt sich Synklinorium.«

Laura hörte mit halbem Ohr zu. Sie kramte in den Taschen ihrer Outdoorjacke nach ihrem Handy. Sie musste Jonas ein paar Fotos schicken! Keine Balken. Kein Netz.

»Diese Höhle hat sich in Abermillionen Jahren geformt. Das saure Regenwasser hat den Kalk gelöst. Der Grundwasserspiegel hat sich immer mehr gesenkt. Dadurch entstanden Schächte, Kammern, Nischen. Kanäle. Derart ausgeprägte Tropfstein- und Gipskristallformationen sieht man selten.«

»Was ist mit Empfang, Lasse? Ich bekomme kein Signal.«

Er hob die Augenbrauen. »Du wirst früh genug in die Zivilisation zurückkehren.«

Da war er wieder. Der schroffe Ton. Das Eis in seinen Augen ließ sie frösteln. Sie steckte das Mobiltelefon in ihre Tasche und beobachtete ihn.

Er hielt an seinem Vortrag fest. »Wir flanieren über einen Boden, den seit Beginn der Zivilisation kein Mensch je betreten hat. Wir sind die Einzigen, die ihren Fuß auf diesen Grund gesetzt haben. Wie Armstrong, der erste Mensch auf dem Mond.«

»Glaub ich kaum, dass hier noch keiner war.« Laura kickte eine Bananenschale weg, die in einer Ecke vor sich hin moderte. Sie musste schon länger dort liegen, denn sie war rabenschwarz, dennoch dürfte sie aus dem 21. Jahrhundert stammen.

»Wart's ab«, knurrte er. »Wir sind erst am Anfang.«

Er war beleidigt. Sie hörte es an seiner Stimme, er war verletzt. Ihre Vermutung, dass er launisch war, bestätigte sich. Sie musste sich zurückhalten, schließlich waren sie alleine. Nur er kannte den Weg. Laura war auf ihn angewiesen.

Tübingen-Bebenhausen

Jonas fuhr hoch, denn ein Gegenstand war krachend zu Boden gegangen. Er hatte sein Smartphone vom Bett gestoßen. Sein Kopf fühlte sich an, als hätte ihn ein Baseball nach einem heftigen Pitch getroffen. Er hatte zu viel getrunken! Er riss die Nachttischschublade auf und tastete nach den Tabletten. Er drückte zwei Paracetamol aus dem Blister, schälte sich aus den Federn und tapste ins Bad. Dort drehte er den Wasserhahn auf. Als er die Schmerztabletten einnahm, verzog er angewidert das Gesicht. Der Atem, der aus seinem Mund kam, war hochprozentig. Lange putzte er seine Zähne. Danach füllte er den Wasserkocher, stellte einen Porzellanfilter – ein Flohmarktfund – auf eine Tasse, legte eine braune Filtertüte hinein und gab Pulver hinzu. Während das duftende Heißgetränk in die Tasse tropfte, checkte er seine Nachrichten.

Zwei Messages stammten von Marcel, dessen Geburtstag sie am Vorabend gefeiert hatten. Eine von Rebecca. Wer war Rebecca? Ein blasses Mädchen tauchte in seiner Erinnerung auf. Sie musste eine von Marcels Bekannten sein. Keine Nachricht von Laura. Kein Foto, kein Text. Sie hatte nicht einmal seine letzte Nachricht abgerufen.

Jonas schlüpfte in die Jeans vom Vortag, streifte ein frisches T-Shirt über und riss ein Fenster auf. An den Straßenlärm hatte er sich gewöhnt, an den alkoholisierten Zustand nicht. Noch hatte er es im Griff. Er setzte sich mit dem Kaffee auf den Hocker, der vor einem kleinen, tresenartigen Tisch am Fenster stand. Sein Essplatz. Die frische Luft tat gut. Es war heller Tag. Die Sonne musste direkt über ihm stehen. Wenn er den Blick nach oben richtete, sah er die Balkondecke seines Nachbarn. Der Putz blätterte ab. Er fuhr mit den Fingern durch seine lockige Mähne. Sie war klebrig, als hätte sein Kopf einen Schluck Bier abbekommen.

Während er den heißen Kaffee schlürfte, ließ er den gestrigen Abend Revue passieren. Als er kurz nach 22.30 Uhr dabei war, die Unifeier zu verlassen, um bei Marcel vorbeizuschauen, hatte Laura neben einem Bärtigen an der Bar gesessen. Er kannte ihn nicht, hatte ihn nie zuvor gesehen.

Der war viel zu alt für sie, er könnte ihr Vater sein! Aber sie mischten sich nicht in das Liebesleben des anderen ein. Er würde warten, bis sie ihm davon erzählte. *Jonas, frag nicht nach letzter Nacht …*, hatte sie einmal getextet. Und einen Scheißhaufen angehängt. Ein anderes Mal hatte sie Herzen und Schmetterlinge geschickt. Aber dieser Bärtige? Er passte nicht zu ihr.

Jonas scrollte durch die sozialen Netzwerke und ging auf Lauras Profil. Das letzte Foto war vom Samstagabend. Laura und drei Freundinnen beim Feiern. Seitdem herrschte Sendepause. Sendepause gab es nicht bei Laura. Sie war die sozialen Medien. Warum checkte sie ihre Nachrichten nicht?

Nachdenklich leerte er seine Tasse und legte sich zurück ins Bett. Er zog die Decke über seinen Kopf. Jonas musste aufhören, über Laura nachzudenken. Seine Schwester war älter als er. Sie wusste, was sie tat.

Unter der Schwäbischen Alb

Sie hatten den Dom verlassen. Der Gang war so eng geworden, dass Laura ihre Arme an den Körper pressen musste, um ihn zu passieren. Wieder wurde ihr bewusst, wie dunkel es im Höhlenreich war.

Sie blickte auf Lasse, der dicht vor ihr her stapfte. Er nahm das engste Stück seitlich. Es dauerte nicht lange, bis sich der Gang wieder weitete und in einen einfachen Hohlraum mündete. Keine Tropfsteine. Nur Kalk. Und Lehm.

Lasse deutete auf ein breites Plateau, das sich aus Stein geformt hatte. »Kurze Pause«, sagte er knapp.

Laura setzte sich und streckte dankbar die Füße von sich. Lasse deutete zur Decke. Durch einen schmalen Firstspalt drang Tageslicht. Obwohl der Spalt kaum mehr als eine Handbreit maß, spürte Laura Erleichterung, denn er war für sie wie ein Stück heile Welt. Sie lächelte.

Danach folgte Laura Lasse gedankenverloren. Sie blieb dicht hinter ihm, denn die Umgebung war ihr nicht geheuer. Diese Dunkelheit. Sie war überall.

Nach ungezählten Aufstiegen, Abstiegen, Wendungen und Kehren erreichten sie einen weiteren sakralen Raum. Er war kleiner als der Dom, den sie vor Stunden verlassen hatten. Aber auch dieser Raum wirkte einladend. Begeistert ließ Laura den Blick über die Wände schweifen. Von manchen tropfte Wasser. Ein winziger See erstreckte sich zu ihrer Linken. Laura wollte auf den Unterwassersee zugehen, doch Lasse marschierte eng an der rechten Felswand entlang auf ein mehrere Meter breites Steinfeld zu. Er rollte seine Isomatte auf dem feuchten Boden aus und ließ sich stöhnend fallen.

»Wir machen Rast, Laura«, sagte er.

Sie schnallte ihren Rucksack ab und setzte sich neben Lasse auf das harte Geröll. Sie war müde. Grund dafür waren nicht die Kilometer, die sie zurückgelegt hatten. Es war die Finsternis, an die sie sich nicht gewöhnen konnte. Die Welt im Lichtkegel ihrer Stirnlampe zu betrachten, strengte sie an. Oder war es Lasses Gegenwart?

Sie schielte zu ihm rüber. Er lächelte, doch seine Freude galt nicht ihr. Sie galt der Umgebung, die er sichtlich genoss. Lasse schien die Unterwelt gierig aufzusaugen. War sie für ihn ein Abenteuerland, in dem Männer Monster besiegten und Drachen töteten? Sah er sich als moderner Siegfried? Sie holte ihr Fläschchen aus dem Rucksack und trank es halb leer.

Erneut dachte sie an Jonas. Ihr Halbbruder wartete sicher auf eine Nachricht von ihr. Sie wollte ihm so gerne mitteilen, dass es ihr gut ging, dass die Gänge eng, die Höhlen jedoch faszinierend waren. Sie musste ihm schreiben, dass sie keinerlei, so gut wie keine, also kaum Platzangst verspürte. Dass sie glücklich war, hier zu sein. Dass sie endlich wieder einen gut bezahlten Job hatte. Da wurde ihr bewusst, dass er noch nicht einmal wusste, dass sie zu einer Höhlenexkursion aufgebrochen war! Sie hoffte, Tom hatte es ihm erzählt. Sie würde ihm alles genau berichten, sobald sie Empfang hatte.

»Es ist kalt«, sagte sie, denn sie fröstelte.

»Die Luftfeuchtigkeit in Höhlen liegt bei über 90 Prozent«, klärte Lasse auf. »Die Temperatur beträgt konstante acht, maximal neun Grad. Beim schnellen Gehen merkst du es nicht. Wenn du länger sitzt, musst du dich warmhalten.«

Klugscheißer wie er gingen ihr auf den Geist. Dennoch war, was er sagte, hilfreich. Laura kramte in ihrem Rucksack. Sie streifte ihre Outdoorjacke ab, schlüpfte in den warmen Pullover und zog anschließend die Jacke darüber. Dann griff sie nach dem Vollkornbrot. Sie sah Lasse fragend an. Da er nickte, bestrich sie zwei Scheiben mit Auberginencreme und reichte ihm eine davon. Schweigend aßen sie.

Nach einer halben Stunde erhob sich Lasse mit den Worten: »Weiter geht's, Laura.«

Bevor sie aufbrachen, füllte Laura schnell ihre Wasserflasche. Der See war wundervoll. Gerne wäre sie geblieben und hätte ihre Füße eingetaucht, aber ihr war immer noch kalt und Lasse drängelte. Also nahm sie rasch ein paar gierige Schlucke. Das Wasser war glasklar, kühl und frisch.

Laura folgte ihrem Auftraggeber durch einen schlauchartigen Gang. Bald lag die Wasserstelle hinter ihnen. Lasse stapfte zu einer kleinen Anhöhe. Die Stufen, die den Weg markierten, waren wacklig, manche Steine lösten sich beim Betreten. Laura musste höllisch aufpassen, dass sie nicht abrutschte und der Länge nach hinfiel. Es ging im Schneckentempo voran. Die letzten Meter nahm sie auf allen vieren, auch Lasse stützte sich mit den Händen ab. Wenig später traten sie durch ein Tor, das hoch genug war, um aufrecht hindurchzumarschieren. Laura entdeckte dahinter einen nischenartigen Raum, der mit einem anderen verbunden war. Wie ein Familienzimmer in einem Hotel.

»Zwei Höhlen für eine Zwergenfamilie!«, rief sie aus, denn die jeweils vier, fünf Quadratmeter großen Hohlräume mit den niedrigen Decken wirkten wie Heime, die aus der Zeit gefallen waren. Verwunschen. Gemütlich, irgendwie.

»Es sind Kammern, Laura.«

Kammern, Räume, Höhlen – diese unterirdische Welt erschien Laura nicht mehr ganz so unheimlich. Sobald sie sich darauf einließ, kam ihr dieses System spannend vor, es veränderte sich permanent. Von Gängen gingen Nebenstrecken ab, eine führte in die nächste, auf Kammer eins folgten Kammer zwei, drei, vier.

Lasses Stirnlampe leuchtete die nächsten Meter aus. Meist entschied er spontan, welchem Weg er folgen wollte. Abermals fragte sich Laura, warum ihre Lampe so schwach war, manchmal flackerte sie, als wolle sie den Geist aufgeben. Lasses Licht hingegen funktionierte einwandfrei. Hatte er ihr ein Montagsmodell gegeben?

»Laura, wann lernst du es endlich! Du musst für dich selbst sorgen, du hättest dir eine Profi-Stirnlampe besorgen können, dann müsstest du dich nicht mit so einem miesen Teil zufriedengeben!«, meldete sich die Bedenkenträgerin zu Wort, die bislang den ganzen Tag geschwiegen hatte.

»Wann hätte ich das tun sollen?«, erwiderte Laura tonlos.

»Du hättest mehr Zeit aushandeln müssen.«

Sie hatte es ja versucht! Dennoch. Es war nicht klug gewesen aufzubrechen, ohne jemandem Bescheid zu geben. Sie musste dringend Jonas kontaktieren und ihm ihren Standort durchgeben.

»Da lang, Laura.« Seine Worte rissen sie aus ihrem Gedankenstrom. Sie musste aufhören, vor sich hin zu träumen, und in die Realität zurückkehren. Zu Lasse, der vor einem Felsdurchbruch stehen geblieben war. Die Öffnung reichte bis zu ihren Oberschenkeln und war kaum größer als ein Sitzball. Wie ein Loch, das mit einem gigantischen Hammer notdürftig in die Wand gehauen worden war. Die Ränder waren ausgefranst. Steinkanten standen überall hervor, manche davon waren spitz. Sie wollte sich nicht die Haut daran aufritzen. Und überhaupt, was meinte er mit »Da lang«?

Er deutete mit dem Kinn in die Öffnung. Was sollte das?

»Das ist eine Schlupfhöhle«, sagte er.

Die Farbe wich aus ihrem Gesicht. »Nein, Lasse.« Sie schüttelte den Kopf. Sie wollte eine bissige Bemerkung machen, hielt sich aber zurück, um ihn nicht zu verärgern. Trotzdem ging das zu weit, er konnte nicht von ihr verlangen, sich durch diese Engstelle zu quetschen! Vor ihr lag ein Kaninchenloch!

»Wozu, glaubst du, hab ich dich mitgenommen?«, blaffte er.

»Du hast sie nicht mehr alle!«, schrie sie ihn an. Sie biss sich auf die Lippe. Sie hörte seine Worte wie durch Watte.

»Wenn einer da reinpasst, bist du das, Laura.« Er grinste schief.

Sie knetete ihre Hände.

»Wir wollen keine Wurzeln schlagen.«

Ihr Herz klopfte.

Erst, als er hinzufügte: »Es sieht schlimmer aus, als es ist«, schnallte sie den Rucksack ab, legte sich auf den lehmigen Boden und richtete ihre Stirnlampe in die Öffnung. Der Weg verlief die ersten Meter gerade. Soweit sie erkennen konnte, kam keine Wende, keine Windung. Es war ein Tunnel, der, tief gebeugt, bezwungen werden konnte. Ihr Outfit, die Trekkinghose mit der verstärkten Kniepartie und die Hardshelljacke, war hochwertig, es trotzte Wind, Regen, Sturm und würde ein paar Kratzer verkraften. Der Helm würde ihren Kopf vor den harten Kanten und spitzen Steinen schützen. Nur für das, was sich in ihrem Hirn abspielte, gab es kein abweisendes High-Tech-Material. Leider.

Sie begutachtete den Boden. Er war schmutzig, feucht, steinig. Sie brauchte ihre Handschuhe, also kramte sie in ihrem Rucksack.

»Keine Zeit für Make-up, Laura«, sagte Lasse augenrollend.

»Meine Handschuhe«, gab sie unwirsch zurück.

Während sie die Handschuhe überstülpte, überkam sie ein beklemmendes Gefühl. Sie mochte die Idee nicht, sich durch dieses Erdloch zu zwängen, schließlich erkannte sie keinerlei Sinn darin. Dennoch ging sie in die Hocke. Sie wollte wissen, wie groß die Öffnung war, und stellte ihren Ellbogen davor auf. Er nahm ein knappes Drittel ein. Ihr Ellbogen maß circa 45 Zentimeter, auf keinen Fall mehr als einen halben Meter. Die Öffnung war also knapp eineinhalb Meter hoch. In der Breite waren es etwa 20 Zentimeter weniger. Blieb dieser Tunnel konstant, könnte sie sich gut hindurchbewegen. Die Frage war nur, wie lange verlief dieser Tunnel so? Führte er auf demselben Weg zurück?

Sie wagte einen letzten Einwand. »Muss das wirklich sein?«

»Ja.«

»Okay.« Sie schob sich gebückt in den Tunnel.

»Wenn es enger wird, musst du schlufen!«, rief Lasse hinter ihr her. Sie drehte ihren Kopf. Er kniete am Eingang. »Es ist eine völlig normale Art der Fortbewegung in Höhlen«, behauptete er.

Sie rollte mit den Augen und kümmerte sich nicht mehr um ihn. Seine Begrifflichkeiten waren ihr so was von gleichgültig, hier ging es nicht um Worte, sondern um Gefühle!

Sie hatte etwa 25 Schritte geschafft, dachte, alles halb so wild, ich mache mich umsonst verrückt, als sie plötzlich einsank. Der Boden war voller Schlacken und wurde schlammig. Ihre Stiefel schmatzten und ließen sich immer schwerer vom Untergrund lösen. Außerdem tat ihr der Rücken weh. Niemand konnte sich in einer tiefen Rumpfbeuge lange fortbewegen. Genug war genug!

Es gelang ihr, sich vorsichtig umzudrehen, und sie schlurfte die wenigen Meter zurück. Als sie sich endlich aufrichten konnte, neigte sie ihren Oberkörper weit nach hinten und dehnte sich, die Hände in die Hüften gestützt. Trotzig sagte sie: »Das bringt nichts, Lasse.« Sie sprach laut, ihre Botschaft war deutlich. Sie ließ sich nicht wie ein Kegel anstupsen und in ein dunkles Loch kicken!

Er betrachtete sie mit vorwurfsvollem Blick.

»Es ist voll matschig da drin, schau, wie tief ich eingesunken bin. Da kommst du nur mit Gummistiefeln weiter.« Sie zeigte auf die verdreckten Trekkingschuhe. Der Schlamm war bis zu den Waden an ihrer Hose hochgespritzt.

Er musterte sie mit ernster Miene, dann verzog sich sein Mund zu einem breiten Grinsen, und er hob zu einem Kichern an. Sein Lachen klang wie das Keckern eines Schimpansen, seine Mundwinkel waren wie an den Ohren festgetackert.

»Alles klar, Laura«, sagte er und hustete. »Es reicht für heute.«

Er streckte seine Hand aus. Zögernd schlug sie ein. Seine Rechte war warm, der Griff fest. Sie ließ sich von ihm über ein Geröllfeld ziehen. Während sich ihr Herzschlag beruhigte, fragte sie sich, warum er sich so verhielt. Dieser permanente Stimmungswechsel, was bedeutete das?

Die Bedenkenträgerin meldete sich zurück. »Der Kerl ist unberechenbar«, flüsterte sie. »Er scheucht dich herum, und du lässt es dir gefallen. Du machst, was er will. Trottest neben ihm her wie ein Schaf. Määäh!«

»Tu ich nicht«, raunte Laura.

Lasse ließ ihre Hand los und blickte sie fragend an. »Ist was, Laura?«

»Nein, was soll sein?«

Tübingen-Bebenhausen

Jonas beschloss, erst am Nachmittag in die Agentur zu fahren. Der Vormittag war sowieso gelaufen. Außerdem war sein Überstundenkonto prall gefüllt. Beim letzten Pitch hatte er einige Nachtschichten eingelegt. Er gab seiner Chefin per Mail Bescheid. Er war froh, nicht mit ansehen zu müssen, wie Xenia vor Wut schäumte. Menschen, die chronisch zu spät oder gar nicht zur Arbeit erschienen, standen nicht auf ihrer Favoritenliste. Dabei war die Präsentation erst in drei Tagen. Er musste Prioritäten setzen. Dass Laura sich nicht meldete, beunruhigte ihn.

Als sein Handy den Eingang einer Textnachricht verkündete, war Jonas hellwach. Doch sie war nicht von Laura, sondern von Tom.

Muss dich sprechen, Jonas. Ruf zurück!

Er würde zurückrufen. Am Nachmittag. Während ein weiterer Kaffee in seine Tasse tropfte, forderte die nächste Nachricht seine Aufmerksamkeit. Sie stammte von Xenia.

Jonas!!! Komm sofort in die Agentur!! Wir brauchen dich! Ü-Stunden kannst du nach der Präse abbummeln.

Die vielen Ausrufezeichen waren keine gelbe Karte mehr. Diese Karte war hellrot.

Unter der Schwäbischen Alb – Lager I

Wieder passierten sie ungezählte Kammern, bogen mal nach links, mal nach rechts ab, spähten hier in eine Grotte und bewunderten dort ein Wasserrinnsal. Als Laura sagte, sie müsse mal, und sich suchend umschaute, deutete Lasse mit dem Kinn nach hinten, in eine düstere Ecke der Höhle. »Sorry, dass ich dir keine Pipilounge mit Duftkerzen und Flauschhandtüchern bieten kann«, sagte er und scannte sie.

Laura kümmerte sich nicht um den sarkastischen Unterton. Sie wählte eine abgelegene Einbuchtung. Eilig ging sie in die Hocke, riss den Schlüpfer herunter und ließ die Flüssigkeit auf den Lehmboden plätschern. Als sie zurückkam, musterte Lasse sie, doch seine Augen waren leer. Er wirkte abwesend, als nähme er die Welt um sich nicht wahr. Was war los mit diesem Mann?

Jetzt schieb nicht gleich die Panik, schimpfte sie sich.

Sie gingen weiter, und Laura konzentrierte sich auf ihre Schritte und die Umgebung. Bald hatte das Gehen eine meditative Wirkung auf sie. Die Landschaft wirkte monoton, es waren die immergleichen Felsen, die immergleichen Klüfte, die immergleichen Wasserläufe. Laura folgte ihrem Auftraggeber wie in Trance. Unentwegt gähnte sie. Sie konnte gar nicht aufhören, den Mund aufzureißen.

»Das ist normal«, sagte Lasse freundlich. »Wenn die Luftfeuchtigkeit so hoch ist wie hier, verdrängen die Wassermoleküle den Sauerstoff. Die Sättigung ist geringer als sonst, deshalb bekommst du weniger davon ab und musst dauernd gähnen. Keine Sorge, du wirst dich daran gewöhnen.«

Laura nickte apathisch. Müdigkeit hatte von ihr Besitz ergriffen. Als er in einen Streckenabschnitt einbog, breit wie eine asphaltierte Straße, sagte Lasse: »Bald hast du's geschafft. Hier geht's in die Freiheit.«

Laura wunderte sich. Dieser Gang wies nur wenige Steigungen und Hindernisse auf. Er war weitaus komfortabler als der Weg, auf dem sie hergekommen waren. Und sie hatten ihn in 50 Minuten zurückgelegt! Wie war das möglich? Egal, vor ihnen lag ein provisorisches Tor, das Gitter war kaum größer als ein Gartenzaun. Lasse drückte es mit einer Hand auf.

Freiheit! Laura dachte nicht weiter nach, sie sog die Weite auf, die sich vor ihr erstreckte. Die Luft prickelte wie ein Aperol Spritz auf ihrer Zunge. Mit geschlossenen Augen nahm sie drei tiefe Atemzüge. Vor ihr erstreckte sich eine Wiese. Das Gras kam ihr grüner vor als sonst. Neongrün! Als sähe sie direkt in die Sonne, so sehr blendete es.

Sie folgte Lasse über die Wiese, bis er vor einer glitzernden Oberfläche stehen blieb. Laura stieß einen spitzen Schrei aus. Direkt vor ihnen lag ein herrlicher See! Kein Unterwassersee, nein, ein richtiger Waldsee! Wie der Märchensee in Wendelsheim war er umsäumt von Bäumen, deren Kronen sich im tiefgrünen Wasser spiegelten.

Sie lief auf das Ufer zu und ließ den Rucksack unter einem Baum ins Gras fallen. Mit ausgebreiteten Armen umrundete sie das Wasser. Ihre Müdigkeit war wie weggeblasen, die Dunkelheit vergessen. Dankbar nahm sie die Idylle in sich auf. Das Gefühl der Grenzenlosigkeit strömte durch jede Faser ihres Körpers. Laura konnte sich einreden, was sie wollte, sie war für finstere und enge Räume nicht geschaffen. Sie rannte über die Wiese. Hallo neue, alte Welt!

Tübingen

Tom stand vor der Agentur, in der Jonas arbeitete. Nachdem sich Lauras Bruder weder am Vormittag noch am Nachmittag zurückgemeldet hatte, hatte er beschlossen, nach der Arbeit zu ihm zu fahren. Er ließ sich nicht abservieren, nicht bei Themen, die ihm wichtig waren. Dass Jonas am späten Abend arbeitete, wusste er. Die Agentur lag in der hinteren Gartenstraße, knapp 20 Fahrradminuten von der Uni entfernt. Tom schickte eine bündige Nachricht.

Komm kurz runter, Jonas! Ich warte vor der Tür.

Er hatte sein Rad an eine der rostigen Metallstatuen gelehnt, die den Kiesweg zu dem kubistischen, weiß gestrichenen Gebäude einsäumten. Sie waren modern, für seinen Geschmack zu abstrakt, ihm waren Klassiker lieber. Während er vor dem dreistöckigen Quader mit den lichtgrauen Fensterrahmen auf Jonas wartete, streifte sein Blick das Messingschild an der schweren Eingangstür: »TBAB – Think big, act bigger, Agentur für Markenkommunikation«.

Tom hatte nie verstanden, warum Jonas für eine Werbeagentur arbeitete. Angeblich war das Thema Work-Life-Balance auch in dieser Branche angekommen. Das hatte zumindest Jonas ihm erzählt, doch er glaubte ihm nicht, denn Lauras Bruder machte permanent Überstunden.

»Hast du was von Laura gehört?«, eröffnete er das Gespräch, kaum war Jonas, die Hände in den Hosentaschen, mit wippendem Schritt die wenigen Stufen der Außentreppe heruntergekommen.

Stürmisch lief Tom auf ihn zu, dabei strich er seine halblangen Haare nach hinten, obwohl sie dort festgegelt waren.

»Ne, ich hab nichts gehört. Du?«, fragte Jonas.

»Sie hat einen Auftrag.« Toms Bewegungen waren fahrig. Jonas sah ihn neugierig an.

»Es ist ein Fotojob. Sie wurde gebucht! Ich habe das eingefädelt.«

»Tight!« Jonas klang erleichtert. »Das ist echt cool.«

»Schon, aber mir ist etwas zu Ohren gekommen.« Tom druckste herum, dann warf er Jonas einen eindringlichen Blick zu.

»Also. Nichts Konkretes«, sagte Tom. »Aber denkwürdig ist es schon.«

*

Denkwürdig. Wie Tom sich ausdrückte! Er wirkte immer so dramatisch, leidend fast. Für Jonas war Tom ein moderner junger Werther. Er erinnerte ihn an Lars Eidinger, auch wenn der berühmte Schauspieler einiges älter war. Tom wirkte reifer, als er ihn in Erinnerung hatte. Sie hatten damals vor einem Club gestanden und geraucht. Es dürfte vier, fünf Monate her sein. Seitdem hatte er den Freund nicht mehr gesehen.

»Ich war das, ich hab die beiden zusammengebracht, Jonas! Ich hab Laura Lasse vorgestellt, hab ihm alles über sie erzählt. Es lässt mir keine Ruhe.« Toms Pupillen waren geweitet.

»Bist du eifersüchtig?« Jonas grub seine Hände tiefer in die Taschen seiner Baggy-Jeans. Das war es also. Tom war nicht über die Beziehung hinweg. Trotzdem sah er sich nicht in der Vermittlerposition. Laura würde das nicht wollen. Also würde er einen Teufel tun und sich einmischen.

»Ich bin doch mit Sarah zusammen«, sagte Tom.

Jonas grinste. Sarah war die ältere Ausgabe von Laura. »Sorry. Ich muss wieder da rein. Meine Chefin hat ihre

Big-Idea-Phase. Ich krieg einen Anschiss, wenn ich nichts Spektakuläres aus dem Hut zaubere. Lass uns lunchen gehen. Morgen?«

»Gerne. Nur eines noch, Jonas«, sagte Tom. »Gib Bescheid, wenn du was von Laura gehört hast.«

Jonas nickte. Dann hob er die Hand, bevor er hinter der schweren Eingangstür verschwand.

Lager I/Waldsee

»Na, Laura, ist die erste Seereihe gut genug für dich?« Lasse zwinkerte ihr zu, während er seinen Rucksack auf den feuchten Wiesenboden fallen ließ und die Isomatte ausbreitete.

»Gibt's mehrere Zugänge zu dem Höhlenabschnitt, in dem wir heute waren?«, fragte Laura.

Er schnalzte mit der Zunge. »Klar. Wenn du mir mal nicht folgst, hast du diverse Optionen. Aber nicht alle Wege führen nach Rom. Wenn du Pech hast, landest du im Trevi-Brunnen und nicht im Vatikan.«

Laura legte den Schlafsack um ihre Schultern. Sie beschloss, ihren Begleiter zu ignorieren. Sie musste nicht jeden seine Sprüche kommentieren. Sie war so froh, die Anspannung der letzten Stunden von sich streifen zu können. Die frische Luft, die Weite, die Bäume, die sich in den Himmel reckten, waren alles, was sie brauchte.

Erst als sie ihn in eine Stulle beißen sah, die er aus einer Brotdose genommen hatte, bemerkte sie, wie hungrig sie war. Sie kramte in ihrem Rucksack, schmierte den Rest der Auberginencreme auf eine Scheibe Vollkornbrot, setzte sich neben Lasse auf den Boden und biss gierig in das Brot.

»Laura, das ist die Gelegenheit.« Die Stimme in ihr war leise, aber bestimmt. Was wollte die Bedenkenträgerin von ihr? Ausgerechnet jetzt, wo der erste Tag überstanden war, die letzten Sonnenstrahlen ihre Kraft verloren hatten und eine feine Brise ihr Gesicht streichelte? Sie stänkerte: »Hau ab, bevor's zu spät ist.«

Ich bin kein Feigling, dachte Laura. Genüsslich aß sie weiter.

»Du unterwirfst dich diesem Mann! Dabei kennst du den gar nicht. Du hast keinen Schimmer, wer er ist, weißt nicht, was er vorhat.«

Laura stand mürrisch auf und schlurfte die wenigen Meter hinunter zum See. Sie musste die Stimme zum Schweigen bringen. Dauernd mischte sie sich in ihr Leben ein. Die innere Kritikerin machte ihr alles madig. Ständig stahl sie ihr die Freude, den Mut, vor allem den Übermut. Nicht immer hatte sie recht. Damals, als Laura Tom getroffen hatte, hatte die Bedenkenträgerin ihr »Volltreffer« zugerufen. Das Ende vom Lied war der Anfang einer Katastrophe. Tom war fürchterlich kompliziert. Er wägte jede Möglichkeit genau ab, bevor er einen Schritt tat. Diskutierte jedes Vorhaben, bis es zerredet war. Er war anders, aber nicht besser als Männer, die Frauen die Welt erklärten. Die konnte sie nicht ausstehen! Nur einer, den man bedingungslos liebte, durfte das. Papa. Ihm verzieh sie jede Besserwisserei. Lasse war auch so ein Welterklärer. Dem verzieh sie nichts. Warum sollte sie?

Sie drehte sich zu ihm um. Er zog eine Wasserflasche aus einem Seitenfach seines Gepäcks und pfiff ein Lied. Es hörte sich an wie ein Song von Guns n' Roses. Laura sah hoch. Ihr Vater hatte die Band früher in Endlosschleife gehört. Es musste in den Nullerjahren gewesen sein, als sie mit ihren Freundinnen zum Sound von Britney Spears in ihre Haarbürste kreischte. Voll peinlich.

Nicht so peinlich wie diese Hymne über den Novemberregen, der Song war ihr damals fürchterlich auf die Nerven gegangen. Lass es, Lasse, dachte sie, wen interessiert es schon, ob dieser Regen kalt ist oder nicht? Aber Lasse ließ es nicht.

Er pfiff nicht mehr, er sang, inbrünstig, schief. Dabei rollte er seinen Schlafsack auf der Isomatte aus.

Sehnsüchtig dachte sie an ein kleines Gasthaus, in dem sie zu speisen gehofft hatte, an eine nette Pension mit einer warmen Daunendecke. Mürrisch bereitete Laura ihr Nachtlager vor. Sie platzierte es neben Lasses. Er trällerte weiter und beachtete sie nicht. Entschlossen rückte sie ihre Schlafstätte einen Meter weg von seiner. Nun runzelte er die Stirn. Sein Grinsen war eine Spur zu breit. Er hatte aufgehört zu singen. Immerhin. Auf einmal hielt er eine Flasche Wein in der Hand und zog ein Schweizer Messer aus seiner Hosentasche. Gekonnt hantierte er mit dem Korkenzieher. Kurz darauf ließ er den Korken ploppen. Er goss den Wein in zwei Becher. Sein Gepäck kam Laura vor wie eine voll ausgestattete Wohnung. Er reichte ihr einen Becher und stieß mit ihr an »auf das Abenteuer deines Lebens«. Sie nahm den Wein, setzte sich im Schneidersitz auf ihre Matte und prostete ihm zu. Während sie an der tiefroten Flüssigkeit nippte und sich an dem beerig-fruchtigen Geschmack ergötzte, versank ihr Blick im Wasser. Die Bäume standen als tiefschwarze Schatten vor ihr. Es war Nacht geworden.

Sie schickte eine Nachricht an Jonas. Endlich. Hier draußen hatte sie Empfang. Es war eine unausgesprochene Absprache zwischen ihnen: Wer verreiste, gab Bescheid. Vor allem ihr war das wichtig. Es hatte mit Lauras Mutter zu tun. Die Angst, ein Familienmitglied würde nicht wiederkehren, war in ihrer DNA verankert. Also schrieb sie, dass sie für ein »unterirdisches« Buchprojekt unterwegs war. Dass viele Gänge eng, manche Höhlen aber riesig waren. Dass sie Geld verdiente. Dass Lasse launisch war. Dass sie vermutlich nicht mehr schreiben könnte, möglicherweise tagelang nicht, weil … Nach weiteren Worten, die sie mechanisch in ihr Handy tippte, und einer kurzen Mitteilung an ihren Vater fielen ihr die Augen zu. Sie war zu müde, um darüber nachzudenken, ob ihre Nachrichten ankamen oder nicht. Und ob sie sich sicher fühlte neben Lasse. Oder nicht.

TAG ZWEI. 15. SEPTEMBER

Lager I – Unter der Schwäbischen Alb

Eine tiefe, warme Stimme rief in ihren Traum: »Laura, raus aus den Federn!«

Sie schreckte hoch. War sie nicht eben erst eingeschlafen? Sie lag im Freien, an einem See, der seine dunkelgrüne Farbe gegen ein blasses Blau eingetauscht hatte. Die Sonne lugte aus ihrem Wolkenbett und schickte schwache Strahlen vom Himmel. Laura blinzelte. Sie setzte sich auf und legte den Kopf in den Nacken. Die Baumkronen waren sattgrün, die Blätter bewegten sich im Wind, als tanzten sie zu einem langsamen Blues. Laura schielte zu Lasse hinüber. Er löste gerade sein Lager auf und wirkte putzmunter.

Widerwillig schälte sie sich aus ihrem Schlafsack und startete ihr Smartphone. Sie hatte es am Abend ausgeschaltet, um sparsam mit dem Akku umzugehen. Sie wollte das Mobiltelefon nur noch im Energiesparmodus nutzen. Nach der ersten Nacht im Freien war sie unsicher, ob und wann sie es aufladen konnte. Die ersehnte Übernachtung in der Pension rückte in die Ferne.

Sie warf einen Blick auf das Display. Es war kurz vor sieben. Laura streckte sich. Entschlossen nahm sie ihr Zahnputzzeug sowie ein Stück Seife aus ihrem Rucksack und schlurfte zum Ufer. Das Wasser war klar wie Kristall. Es war kalt. Der erste Schluck, den sie aus ihrer Hand trank, raubte ihr einen Moment lang den Atem. Nachdem sie ihre Zähne geputzt hatte, wusch sie sich flüchtig das Gesicht. Die Kälte wirkte wie ein Aufputschmittel. Nach wenigen Minuten war sie hellwach. Zu gerne würde sie sich die Thermowäsche vom Körper reißen und ein Bad nehmen, aber sie fühlte sich beobachtet. Obwohl sie Lasse den Rücken zugekehrt hatte, spürte sie seine Blicke. Sie drehte sich um.

Den Becher in der Hand stand Lasse da und aß sie mit den Augen auf. Er reagierte nicht, als sie ihn tadelnd ansah. Warum tat er das, wieso glotzte er sie an? Wartete er darauf, dass sie sich auszog? Höfliche Menschen wandten sich in Situationen wie diesen ab, Lasse hingegen schien sich um Manieren nicht zu kümmern. Offensichtlich stellte er seine eigenen Regeln auf. Eine davon war, dass es keine Regeln gab – zumindest nicht für ihn.

Sie setzte sich ans Ufer, streifte ihre Wollsocken ab und hielt die Füße in den See. Mit den Zehen durchs Wasser pflügend paddelte sie sich warm. Es war herrlich, wie im Ferienlager. Sie kam sich vor wie ein verzaubertes kleines Mädchen, das in einer Landschaft voller Trolle und Elfen saß.

Laura, schimpfte sie sich und dazu musste sie nicht einmal die Bedenkenträgerin bemühen. Du hast keine Zeit zum Träumen! Werde endlich fertig.

Flüchtig entwirrte sie ihre Haare, indem sie mit den Fingern mehrfach durch die dichte Mähne fuhr, bevor sie sich einen Pferdeschwanz band und mit einem Haargummi fixierte. Danach strich sie ihr T-Shirt glatt. Es war vom Vortag, sie hatte darin geschlafen, auch in der Jeans hatte sie geschlafen. Tagelang keine frischen Kleider, die sie sogar nachts trug, sie kannte das vom Bergsteigen. Ihr Outfit eignete sich dafür, die Materialien müffelten nicht gleich. Sie würde irgendwann einen Moment finden, sich umzuziehen und in diesem klirrend kalten See zu baden, unterzutauchen, ohne Lasses Blicken ausgesetzt zu sein. Sollte er sie angaffen, na, wenn schon.

Sie ging zurück zum Lager. Stumm packten sie zusammen, schnallten die Rucksäcke um, brachen auf. Laura schloss die Träumerin in den Rucksack ein, neben Mimo. Am Abend konnte sie die beiden wieder herausholen. In der Pension. Falls sie noch einmal hier übernachten sollten, wäre das auch okay.

Zügig passierten sie das Tor und legten einen Teil der Strecke vom Vortag zurück, bis Lasse in eine Seitenhöhle abbog. Von da an verästelte der Weg sich. Der Gänge wurden enger. Sie trippelten hintereinander her.

Laura achtete auf jeden Schritt. Sie versuchte, das Höhlensystem in ihrem Kopf zu katalogisieren, sich einzuprägen, kleine Höhle eins, große Höhle zwei, Aufgang steil, Gefälle tief, Felsentreppe schmal. Wasserhöhle rechts, Minigrotte links. Eine lange Weile ging es gut. Sie hatte das Gefühl, sich besser zu orientieren als am Tag zuvor. Stunden danach erkannte sie, dass sie sich unmöglich jede Kurve und jede Gabelung merken konnte. Die Wände, die Stufen, die Wasserrinnsale unterschieden sich in Feinheiten.

Sie holte ihre Nikon hervor und fotografierte markante Vorsprünge, hielt auffällige Terrassen und interessante Farbverläufe an den Wänden fest. Als sie an einem tiefschwarzen Tümpel vorbeikamen – sie war nicht sicher, ob es der Unterwassersee vom Vortag war, denn sie näherten sich von einer anderen Seite –, lichtete sie ihn begeistert ab.

Gegen Mittag konnte sie die Schönheit der Natur genießen, ohne dauernd darüber nachzudenken, dass sie sich mitten in der Erde befanden. Wieder fuhr die Unterwelt ihre Krallen ein, sobald Laura aufhörte, sich zu wehren. Das beklemmende Gefühl verschwand, wenn sie den Fokus auf ihre Umgebung legte und nicht auf ihre Gedanken.

Mit den Fingerspitzen tastete Laura die zerklüfteten Wände ab. Sie sog den Geruch ein, der eigenartig modrig und trotzdem frisch war. Wie Erde nach einem Regenguss, dachte sie. Nur die Abwesenheit von Geräuschen wirkte fremd auf sie. Es war ihr bereits während der gestrigen Tour aufgefallen. Unter der Erde war es mucksmäuschenstill. Manchmal drang das Rauschen von fließendem Wasser an ihr Ohr, sonst war da nichts. Kein Ton. Kein Vogel zwitscherte, kein Tier scharrte. Mitunter nahm sie kaum mehr Lasse wahr. Schlich er vor ihr her oder hauchte er seinen Atem in ihren Nacken?

Sie konzentrierte sich auf die Grotten, die links und rechts vom Weg abgingen, und leuchtete sie aus. Manche waren so winzig, dass lediglich eine Person darin Platz fand. Immer wieder griff sie nach ihrer Nikon und fotografierte drauflos. Der Profikamera war es egal, ob es Tag oder Nacht war. Laura fokussierte – und schoss. Das vertraute Geräusch des Auslösers war Musik in ihren Ohren. Klack, klack, klack! Die Kamera schaffte vier, fünf Bilder in der Sekunde. Sie belichtete jedes so lange, bis das kleinste Detail herausgearbeitet war. Der Autofokus passte sich dem schwachen Licht von Lauras Stirnlampe an, die Low-Light-Funktion bewährte sich. Auch das 3,2-Zoll-Display war erste Sahne. Dagegen war jede Handykamera Kinderspielzeug.

»Wir sind nicht hier, um Touristenfotos zu machen.« Da war er wieder. Ihr genervter Begleiter. Er stand direkt neben ihr, ungeduldig. Wo hätte er auch sein sollen? Sie straffte die Schultern und legte den breiten Tragegurt der Kamera um ihren Hals.

Trotzig stapfte sie hinter Lasse her. Nachdenklich. Könnte sie die Fotos anderweitig verwenden? Sie hatte keinen Exklusivvertrag mit Lasse, bloß eine mündliche Vereinbarung. Allem Anschein nach war er an diesen Bildern nicht interessiert. Sie sollte Artefakte fotografieren, was auch immer er darunter verstand und wo auch immer diese sein mochten. Es war nicht ihr Problem. Aber diese Fotos könnte sie bearbeiten und verkaufen. Vielleicht wäre eine Zeitschrift interessiert, sicher gab es Caving-Magazine, so wie es Bergsteiger-Magazine gab. Während sie überschlug, wie viel sie für ein Foto verlangen könnte, hielt Lasse vor einer hohen Mauer an. Ihr Mund klappte auf und zu und ihr Herz raste, denn die Mauer vor ihnen hatte sich geöffnet. Simsalabim, als wäre sie in zwei Teile zerfallen.

Die Spalte, vor der Lasse stehen geblieben war, war geschätzte zweieinhalb Meter hoch, kaum hüftbreit. Es war eine Kluft, ein Luftraum zwischen zwei Felsen. Die Felsen wuchsen oben zusammen, berührten sich einen guten Meter über Lauras Kopf. Argwöhnisch folgte sie Lasses Blick. Er inspizierte die Kluft, dann schob er Gesteinsbrocken zur Seite, bis sich die Öffnung weitete. Der Durchbruch war nun breit genug, um hineinzumarschieren.

»Ich geh vor«, sagte er.

»Du spinnst!« Sie hielt die Hand vor ihren Mund, denn die Worte waren unabsichtlich hervorgesprudelt, Laura hatte sie nicht zurückhalten können. Sie wollte ihn nicht provozieren, es nicht darauf anlegen, ihn zu verärgern, sie hatte sich unter Kontrolle! Aber dieser Durchbruch – er lag mahnend vor ihr.

»Du kannst gerne hierbleiben«, sagte Lasse spöttisch.

Sie räusperte sich. »Wird das da drinnen noch enger oder bleibt es so?«

»Das weiß ich, wenn wir drin sind. Und es ist nicht ›das da‹, Laura, es ist eine Klufthöhle. Wer weiß, vielleicht findest du auf der anderen Seite die Überraschung deines Lebens. Man weiß nie, was kommt.« Er grinste.

»Was ist mit den Rucksäcken?« Sie deutete auf die Gepäckstücke. Sie hatten sie zuvor abgeschnallt und an einen Felsen gelehnt.

»Die bleiben hier.«

»Dann warte ich.« Einen Versuch war es wert. »Ich pass auf unsere Sachen auf.«

»Ich kann mir auch eine Fotografin suchen, die nicht so eine Schisserin ist.«

»Ich bin keine Schisserin.«

»Ach ja?« Er fixierte sie.

Sie spürte seinen Blick. Wieso brach ihr bei dieser Temperatur der Schweiß aus? Sie tupfte die winzigen Perlen auf der Stirn mit dem Handrücken trocken. »Ich mag keine Enge«, sagte sie leise.

»So wie ich es einschätze, verändert sich die Breite nicht groß. Aber ich check das mal ab, bin gleich zurück«, sagte er.

Minuten später baute er sich vor ihr auf. Sie konnte seine Miene nicht deuten. Kopfschüttelnd war er aus der Kluft getreten. Er mahlte mit den Zähnen. »Ich … Also …«

Warum druckste er herum?

»Nach fünf Metern verwandelt sich die Kluft und wird zum Schluf«, sagte er, wieder ganz der selbstsichere Wissenschaftler.

Sie starrte ihn an. »So wie der letzte?«

»Na ja, ein wenig enger wird es schon.«

»Was?«

»Kein Grund zur Panik, Laura. Es ist ein horizontaler Schluf. Steigungen oder Gefälle werden wir kaum vorfinden. Ein vertikaler Schluf wäre dramatischer. Darin müssten wir uns an einem Seil hochhieven oder runterlassen, je nachdem, in welche Richtung wir wollen.«

Weil sie vor dem Klettern und einem Seil keine Angst hatte, wünschte sich Laura fast, der Schluf würde steil nach oben und nicht in die Mitte der Erde führen.

»Kann man in einem horizontalen Schluf nicht stecken bleiben?«, fragte sie.

»Selbstverständlich kann man das. Es ist wie eine Röhre. Mal wird sie enger, mal weiter, man weiß nie, was kommt.«

Wie ein Beutetier, auf das eine Raubkatze lauerte, lief sie auf der Suche nach einer Lösung auf und ab. Immer wieder linste sie in die Spalte. Laura visualisierte den Schluf als endlos langen Kriechgang. Sie sah sich feststecken! Im Bauch der Erde gefangen ging es weder vorwärts noch rückwärts. Sie atmete nicht mehr.

»Was ist jetzt?«

Laura schlug beide Hände vor ihr Gesicht, ganz wie damals bei der Beerdigung ihrer Mutter. Sie hatte sich hinter ihren Händen versteckt, weil sie nicht sein wollte, wo sie war, nicht sehen wollte, was sie sah. Ihre Mutter in der Erde. Claire Morgenstern in einem tiefen Grab. An jenem Tag hatte Laura zum ersten Mal erlebt, dass sich ein dicker Kloß im Hals einnisten kann.

»Stell dich nicht so an. Wenn du nicht weiterkommst, presst du die Arme dicht an deinen Körper.«

Sie schluckte den Kloß hinunter.

»Dabei atmest du tief aus.«

Was hatte er gesagt?

»Du musst die Luft komplett aus deinen Lungen lassen, damit dein Oberkörper ganz schmal wird, verstehst du? Dann schiebst du dich nach vorne, einen Ellbogen vor den anderen.«

»Ich kann das nicht, Lasse.« Sie spürte, wie das Blut aus ihrem Gesicht wich.

»Mit dem Körper rutscht du hinterher. Sobald du mehr Platz hast, atmest du wieder ein. So befährst du selbst den engsten Schluf, Laura.«

»Befahren, womit denn befahren?« Sie ließ die Arme sinken und riss die Augen auf.

»›Befahren‹ ist ein Begriff aus der Speläologie, das heißt ›sich vorwärtsbewegen‹.«

»Ich dachte, es heißt ›schlufen‹?«

»Wollen wir Grundsatzdiskussionen führen oder besehen wir uns jetzt diese Kluft? Es darf gerne noch heute sein. Bereit?«

Sie war nicht bereit, wie konnte sie bereit sein für eine Panikattacke? In eine Höhle fahren – wer machte so etwas freiwillig? Da konnte sie gleich zur Hölle fahren, wo lag der Unterschied?

Tübingen-Bebenhausen

Endlich! Eine Textnachricht von Laura.

Jonas, wir waren in einem Raum, hoch wie der Kirchturm von Bebenhausen! Es ist der Wahnsinn.

Dieser Ton war typisch für Laura. Es ging ihr also gut.

Er las weiter.

Er ist launisch.

Wen meinte sie damit? Der Typ, mit dem sie unterwegs war? Wenn es weiter nichts war! Jeder hatte Launen. Beim Satz *Falls ich dir nicht mehr schreiben kann* ließ Jonas das Handy sinken. Das Emoji mit der Träne im Auge, mit dem sie ihre Nachricht beendet hatte, irritierte ihn. Was bedeutete das? Warum sollte sie nicht mehr schreiben können?

Sie hatte die Nachricht am Vorabend um 22.30 Uhr abgeschickt. Da hatte er schon gepennt, hatte sein Schlafdefizit ausgeglichen und war bereits um 22 Uhr ins Bett gefallen.

Nachher würde er sich mit Tom treffen. Der Freund konnte das sicher interpretieren. Tom war Meister in der Auslegung kryptischer Andeutungen.

Nach dem Frühstück, das aus wahllos in einen Teller geworfenen Flocken, Apfelschnitzen, Nüssen und Milch bestand, die leicht säuerlich schmeckte, fuhr er seinen Rechner hoch. Es war sein Homeofficetag. Jonas hatte ihn gestern ausgehandelt, nachdem er bis in die Puppen in der Agentur gesessen hatte. Für eine gute Social-Media-Kampagne brauche er Muße, hatte er gesagt.

Jonas betrachtete den leeren Bildschirm, als erwarte er, dass sich dieser wie von Geisterhand füllte. Ihm fiel partout nichts ein. Seine Gedanken schweiften dauernd ab. Sie waren bei Laura, etwas stimmte nicht, er wusste nicht warum, aber er hatte ein ungutes Gefühl.

Xenia rief an. »Wie kommst du voran?«, fragte seine Chefin.

»Ich … Ja … Also …« Was sollte er sagen?

Dass er noch nicht einmal einen Ansatz hatte, geschweige denn eine verfolgungswürdige Idee, behielt er für sich. Der

Kunde war ein Software-Start-up. Xenia erwartete etwas Bahnbrechendes. Sie war ergebnisorientiert und würde erst Ruhe geben, wenn sie die nächste preisverdächtige Werbekampagne auf dem Tisch hatte.

»Denkt in Storys! Es geht nicht um das Medium, eine richtige Idee funktioniert übergreifend«, sagte sie, wie so oft.

Jonas räusperte sich. »Ich leg eine Nachtschicht ein«, antwortete er. »Morgen bin ich so weit.«

»Heute, Jonas.« Seine Chefin klang streng. Er wusste, dass sie mit dem rechten Fuß auf den Holzboden klopfte. Obwohl sie telefonierten und keine Videokonferenz abhielten, sah er sie vor sich.

»Wir setzen uns am Nachmittag zusammen, Raff informiert dich. Bitte sei pünktlich.«

»Okay«, sagte er und legte auf. Anschließend schickte er Tom eine Nachricht, um an den Lunch zu erinnern. Tom bestätigte sofort.

12.30 Uhr auf der Eberhardsbrücke!, schrieb der Freund.

Passt, gab Jonas zurück.

Unter der Schwäbischen Alb

Sie musste sich motivieren. »Wenn er sich durch dieses Nadelöhr quetscht, kannst du das erst recht«, murmelte sie vor sich hin. Schließlich war sie dünner und wendiger als er.

Laura spähte in die Kluft. Das Licht ihrer Stirnlampe huschte über schroffe, zerfressene Wände. Es roch modrig, nach fensterlosem Keller, nach einem Raum, der lange keinen Durchzug erfahren hatte. Auf ihrem Oberarm stellten sich die Härchen auf. Sie nahm ihren Mut zusammen, drehte sich zu Lasse um und sagte: »Gut, ich mach das. Wenn du vorausgehst.« Sie funkelte ihn an.

Er schüttelte den Kopf.

Naserümpfend trat sie zur Seite. Die Arme verschränkt, stellte sie sich neben ihn. Sie würde warten, bis er sich zwischen den Felsen hindurchzwängte, sie hatte Zeit!

Er zuckte mit den Schultern, dann trat er in die Spalte. Sie folgte ihm. Nach etwa 40 Metern ging er in die Hocke und legte sich bäuchlings auf den Boden. Die Lampe auf seinem Helm war in den Hohlraum gerichtet. Trotzdem konnte Laura nicht viel erkennen, sein Körper nahm die Aushöhlung nahezu komplett ein. Als es enger wurde und sich die Kluft in eine Röhre verwandelte, begann er zu schlufen.

Laura folgte mit einem halben Meter Abstand. Die Kriechbewegungen hatte sie schnell drauf. Rechten Ellbogen aufstützen, rechtes Bein nachziehen, linken Ellbogen weiter vorne aufstützen, linkes Bein nachziehen, Oberkörper nachziehen. Arme weiter vorne aufstützen, Körper nachziehen – es bereitete ihr keine Probleme. Und sie war schnell. Weil sie Lasses Schuhsohlen nicht aus den Augen verlieren wollte, blieb sie dicht hinter ihm. Ich bin nicht allein, sagte sie sich, mir kann nichts geschehen. Der Strahl der Helmlampe tanzte vor ihr. Sie konzentrierte sich auf das schwache Licht, nur darauf, immer dem Lichtkegel nach! Immer ihm nach, ihrem Begleiter, der sich wie eine Kegelrobbe durch den Kriechgang wälzte.

Der Boden war uneben. Mehrfach bohrten sich spitze Gesteinsbrocken durch Lauras Hose in ihre Oberschenkel. Sie bemühte sich, ruhig zu atmen, obwohl es ihr zunehmend schwerfiel, denn es wurde stickiger und feuchter. Sie spürte, wie die Nässe in ihre Kleidung kroch. Sie fröstelte. Jetzt bloß keine Niesattacke! Sie nahm die Luft bewusst auf, konzentrierte sich auf ihren Atem. Es ging in Zeitlupe voran. Als sie glaubte, dieser Schlauch nehme nie ein Ende – wie lange robbten sie wohl schon über die feuchte Oberfläche, war es eine halbe Stunde oder eine ganze Stunde? –, sah sie nichts mehr. Nur Schwarz. Niemand vor ihr. Lasse war weg. Die Sohlen seiner Wanderboots waren nicht mehr sichtbar.

Wo war er? Sie konnte gar nichts mehr erkennen! Erneut wurde ihr bewusst, wie schwach der Strahl ihrer Stirnlampe war. Sie leuchtete nichts als das blanke Entsetzen aus. Neben und über ihr befanden sich nackte, rohe, unbehauene Wände. Sie engten sie ein wie ein Kleid, das eine Nummer zu klein war. Vor ihr war nichts. Niemand. Kein Lasse. Der Mann, dem sie blind gefolgt war, war verschwunden. Wie konnte das sein?

Ihr Puls schlug hart gegen ihre Brust, sie fühlte sich wie gelähmt. Laura ahnte, was kommen würde. Es formte sich in ihrem Bauch. In Zeitlupe stieg es ihre Speiseröhre hoch und höher in ihren Kopf. Von dort drang es in die Amygdala vor, ins Gefühlszentrum ihres Gehirns, wo es von Neuronen befeuert wurde. Und eine Panikattacke auslöste.

Ein Neurologe hatte es ihr erklärt. Die erste Attacke war ein kleines Pflänzchen, das sich mit Willenskraft, bewusstem Atmen und besänftigenden Gedanken ausreißen ließ. Gelang es nicht, war es der Vorbote des Unkrauts. Kaum war die erste Attacke abgeflacht, bahnte sich die nächste an. Die zweite war stärker als die erste. Sie musste vehementer dagegen angehen. »Atme, Laura, atme, du musst atmen, langsam ein und aus, ein und aus, nicht grübeln! Du darfst nicht nachdenken! Konzentriere dich auf deinen Atem.« Sie konzentrierte sich. Sie atmete ein. Robbte. Atmete aus. Schob sich mit energischen Armbewegungen nach vorn.

Plötzlich tauchte vor ihr eine Kurve auf, die in einem 90-Grad-Winkel verlief. Sie folgte deren Verlauf, robbte um die Kurve. Und … sah … ihn. Lasses Schuhsohlen! Direkt vor ihr. Erleichtert atmete sie auf.

Sie musste dichter an ihm dranbleiben! Sie bemühte sich, schneller zu kriechen. Es strengte sie an, doch sie schaffte es. Seine Sohlen berührten fast ihre Nasenspitze. Sie war ihm aus den Fersen! Alles war gut. Bis ein neuer Gedanke in ihr hochschoss wie eine Wasserfontäne. Eine düstere Kausalkette legte sich um ihren Hals und schnürte ihr die Kehle zu. Was, wenn Lasse stecken blieb? Daran hatte sie nicht gedacht! Säße er in einer Kurve fest, weil der Verlauf noch enger wurde, so eng, dass er nicht vorwärts, nicht rückwärts konnte, wäre das nicht allein sein Problem. Es würde zu ihrem Problem. Sie müsste umkehren. Wie sollte sie sich in dieser Zwangsjacke aus Fels umdrehen? Kein Mensch konnte das! Sie würde rückwärts robben müssen! Meter für Meter zurück. Den ganzen Weg. Und dann? Was würde sie tun? Wer würde ihn aus der Röhre ziehen? Wie sollte sie Hilfe holen? Sie wusste nicht einmal, wo sie sich befanden.

Laura schloss die Augen. Sie bewegte sich weiter, wagte aber kaum mehr zu atmen. Still betete sie. »Lieber Gott, lass das nicht zu, es darf nicht sein, lass ihn nicht stecken bleiben, bitte, bitte, führe uns hier raus«, wisperte sie. Und hielt inne.

»Laura«, sprach es aus ihr. »Du glaubst nicht im Ernst, dass dieser Gott, um den du dich die ganzen Jahre einen Scheißdreck gekümmert hast, dir zu Hilfe kommt?« Die Bedenkenträgerin war wieder da. Mitten in diesem Drecksloch. Wie immer platzte sie ungebeten herein. Doch diesmal hatte sie recht. Laura durfte nicht austicken, sie musste sich zusammenreißen!

»Los«, flüsterte sie, um sich zu motivieren. Sie robbte. Tapfer. Sie atmete. Tiefer. Sie hoffte.

Geschickt wand sich Lasse vor ihr durch den Schluf. Wie ein Aal schlängelte er über den Boden. »Ich bin ein Aal«, murmelte Laura, »ich bin eine Kegelrobbe, eine Schnecke! Ich krieche wie eine Schnecke voran.« Ablenken, sie musste sich ablenken, ihre Umgebung vergessen, ihre düsteren Gedanken verscheuchen. »Ich strecke meine Fühler aus und produziere mit den großen Drüsen an meinen Fußsohlen Schleim. Damit vermindere ich die Reibung zwischen Fußsohle und Untergrund.« Wenn sie ihr Hirn anstrengte, es forderte, sich forderte, fand die aufsteigende Panik keinen Platz.

Laura visualisierte die Schnecke. Sie sah ihre zarten Fühler deutlich vor sich. Sie zuckten, sobald sie sie berührte. Es funktionierte! Für den Moment. Laura hyperventilierte nicht. Sie kroch. Konzentrierte sich. Brabbelte vor sich hin. Mantraartig. »Du packst das, kriech einfach weiter, Laura«, sagte sie sich. »Dieser Schlauch ist irgendwann zu Ende, er führt in einen größeren Hohlraum, in einen wunderschönen Dom! Bald hast du es geschafft.«

Tübingen

Jonas stand zu früh am verabredeten Ort, der Eberhardsbrücke.

Er betrachtete die Stocherkähne, die unter ihm hindurchglitten und Studenten mit Bierkästen oder Touristen über den Neckar schipperten. Die sechs bis zwölf Meter langen Zillen waren typisch für Tübingen. Ähnliche Flachboote aus Holz gab es nur in Oxford und Cambridge. Dort waren sie breiter und hießen Punt.

Jonas hatte sich nach dem Abitur als Stocherkahnfahrer ein paar Euro dazuverdient, das war gerade mal zwei Jahre her. Er hielt den Blick auf sein Smartphone gerichtet. Kein weiteres Lebenszeichen von Laura. Kein Selfie, auf dem sie vor oder in einer Höhle posierte und die Zunge rausstreckte. Er versuchte zum ungezählten Mal, sie zu erreichen. Vergeblich. »Teilnehmer derzeit nicht erreichbar.« Wo blieb Tom?

Unter der Schwäbischen Alb

Nachdem ihr die letzten Minuten wie ein stundenlanger Albtraum erschienen waren, befreite sich Laura hinter Lasse aus dem Schluf. Ihre Knie zitterten. Jeder Knochen schmerzte. Sie fror. Der Boden war matschig und schlickig geworden, die letzten Meter waren sie durch stehendes Wasser gekrochen. Die Feuchtigkeit hatte sich um ihren Körper gelegt. Obwohl ihre Kleidung die Nässe weitgehend abschirmte, war sie zum Eisklumpen erstarrt. Und doch wurde sie für alles entschädigt, denn auf einmal stand sie … in … Disneyland!

Sie konnte kaum glauben, was vor ihr lag. Die Halle, in die der Schluf geführt hatte, war größer noch als die Kathedrale mit den turmhohen Stalaktiten. Sie war gigantisch und kam Laura wie ein Tempel vor. Sie musste die

Felswände mit offenem Mund fixiert, ihren Blick auf die zerklüftete, verwaschene und wie Tuch gefaltete Oberfläche geheftet haben, denn Lasse legte eine Hand auf ihre Schulter und feixte. »Na, Sprache verloren?«

Sie wandte sich ihm zu. Er war von Kopf bis Fuß verdreckt. Dann sah sie an sich selbst herunter und hob die Augenbrauen. Sie war sein Spiegelbild, bis zu den Zehenspitzen mit Schlamm überzogen. Sie grinste. Entspannte sich. Dehnte sich. Sie hatte den Test bestanden. Erschöpft setzte sie sich auf einen Stein. Ihr Herzschlag wurde ruhiger.

»In einer unterirdischen Kathedrale bist du sicher wie im Kölner Dom«, sagte Lasse, während er an eine Mauer herantrat. Er musterte jede Spalte, jede Falte. Ehrfürchtig fuhr er mit den Fingerspitzen über Gestein, dessen Farbe sich ständig änderte. Mal schimmerte es kupferfarben, mal grünlich, mal nahm es einen Verlauf an, der ins Rote überging. Sein grelles Helmlicht leuchtete jeden Millimeter aus.

Laura erhob sich und durchschritt den Raum von der anderen Seite. Ihre Stimmung stieg mit jedem Meter. Sie war stärker gewesen als ihre Angst! Sie hatte die Panik bezwungen!

Sie hörte ihn, bevor sie ihn erspähte. Weiter hinten führte ein winziger Pfad in einen weiteren Raum. Neugierig folgte sie dem Pfad ein Stück. Die Hände vor dem Mund blieb sie stehen, denn direkt vor ihr rauschte Wasser in die Tiefe!

»Wow.« Sie flüsterte, als fürchtete sie, die aus gut 20 Meter Höhe schießende Kaskade verschwände, wenn sie zu laut sprach.

Der Wasserfall war so breit wie sie mit ausgestreckten Armen. Sie stellte sich so nah heran, wie sie konnte, verweilte auf einem kleinen Absatz und genoss die Gischt in ihrem Gesicht. Fasziniert betrachtete sie die beiden Lichtpunkte, die sich im Wasserfall spiegelten. Der eine kam von ihrer Stirnlampe, der zweite von ihrer Handytaschenlampe. Dann tauchte ein dritter Lichtstrahl vor ihr auf. Er war hell. Grell. Sie spürte Lasses Atem in ihrem Nacken.

»Ist das nicht unglaublich?«, sagte er. »Hier lebten die Neandertaler. Vor 40.000 Jahren standen unsere Vorfahren genau da, wo wir uns jetzt befinden.« Sein Ton hatte sich verändert. Er war weicher geworden. Die Wunder der Natur verschlugen selbst ihm die Sprache.

»Wir sehen auch aus wie die Neandertaler!«, erwiderte sie. Sie war zurück. Laura. Die Freche. Mutige. Übermütige. Sie schnippte einen Schlammspritzer von seiner Jacke. »Ein Bad wäre kein Luxus, was meinst du, Lasse?« Dann zückte sie ihre Kamera und schoss eine Reihe Fotos.

Er dozierte weiter. »Ich denke, in diesem Abschnitt könnten wir Knochenfunde machen. Möglicherweise stoßen wir auf Instrumente, entdecken Fragmente von Schmuck. Wusstest du, dass unsere Vorfahren aus dem Elfenbein gigantischer Mammuttiere Perlen herstellten?«

Ganz der Lasse, der ihr am Abend in der Bar tief in die Augen geschaut hatte. Der eloquente Professor, der so viel wusste. »Die Perlen wurden mit Feuerstein geschnitzt.« Während er sprach, gestikulierten seine knochigen Hände durch die kalte Höhlenluft. Als wollte er Zeichen auf die Wände kritzeln. »Solche Artefakte sind für die Wissenschaft von unschätzbarem Wert.«

Laura schaute sich vergeblich nach Artefakten um. Nach Schmuck, nach Elfenbein. »Steine«, sagte sie. »Lehm. Und Wasser. Sonst ist da nichts.«

Lasse lachte laut auf. »Hier ist viel mehr, als du dir in deinen kühnsten Träumen ausmalen kannst.«

Tübingen

Er kam mit wippendem Schritt und schlendernden Armen die Mühlstraße entlang. Jonas erkannte Tom von Weitem. Die hochgeschossene Gestalt, die um 12.33 Uhr die Brücke betrat, wirkte gehetzt. Jonas lehnte am Brückengeländer und hob eine Braue. Tom war ganz in Schwarz gekleidet und trug eine Anzugsjacke aus Wollstoff. Dabei war es sonnig, die Temperatur lag bei 25 Grad Celsius. Als Tom näher kam, erkannte Jonas, dass die Sachen alt waren. Zerschlissen. Secondhand?

»Ich mache mir solche Vorwürfe«, sagte Tom, kaum hatte er Jonas erreicht. Ihm war offenbar so wenig nach Small Talk wie Jonas.

Jonas trommelte auf das Geländer.

»Ich hab dir doch erzählt, dass sie gebucht wurde. Lasse Keyes hat eine Fotografin für ein wissenschaftliches Buchprojekt gesucht. Ich hab ihn davon überzeugt, dass sie die Beste für Outdoorfotos ist – egal, ob über oder unter der Erde.« Tom rieb seinen Nacken. »Ich Idiot! Er meinte, er würde gut bezahlen.«

»Wo genau sind sie? Und warum meint sie, ich soll mich nicht wundern, wenn sie sich länger nicht mehr meldet?«, fragte Jonas. Er zog sein Smartphone aus der Tasche und zeigte Tom die kryptische Nachricht. »Was bedeutet das?«

»Na ja, in diesen Höhlen gibt es vermutlich keinen Empfang«, entgegnete Tom. Sein Blick schweifte ab, verweilte in einer diffusen Weite, zu der Jonas keinen Zutritt hatte.

»Wie, wieso Höhlen? Die sind doch nicht unter Tage!« Jonas stieß sich erschrocken vom Geländer ab.

»Ich fürchte doch. Sie sind irgendwo unter der Alb.« Tom seufzte.

»Du meinst, in der Bärenhöhle. Oder in der Nebelhöhle.«

»Ich denke nicht, dass es sich um eine bekannte Höhle handelt. Keyes wollte Artefakte aufstöbern, die noch keiner entdeckt hat.«

Jonas stöhnte auf. Dann schlug er vor: »Lass uns was essen.« Er zeigte in die Richtung, aus der Tom gekommen war. Die Altstadt war nicht weit. Es gab unzählige Lokale dort. Und er durfte die Geduld seiner Chefin nicht überstrapazieren. In spätestens eineinhalb Stunden sollte er zurück am Rechner sein.

Seine Ideenansätze vom Vormittag hatte er verworfen, sie waren zu profan, zu gewöhnlich. Normalerweise erarbeiteten sie Kampagnen im Team, aber es fehlten Leute. Der akute Personalmangel bedeutete Mehrarbeit für alle. Jonas mochte seine Kollegen und Kolleginnen. Er wollte sie nicht hängen lassen. Aber es war nicht der richtige Moment, um die vielen Löcher zu stopfen, die sein Arbeitszeitkonto aufwies. Erst einmal musste das Loch in seinem Magen gefüllt werden!

Tom war einverstanden. Sie stapften von der Brücke geradeaus in die Mühlstraße. Nachdem sie den Weg in die Wilhelmstraße eingeschlagen hatten, steuerten sie wortlos eines der türkischen Fast-Food-Restaurants an. Jonas deutete mit dem Kinn auf einen der wenigen freien Tische vor dem Lokal. Tom schlug vor reinzugehen, in die hinterste Ecke des Gastraums. »Dort können wir ungestört reden.«

Jonas runzelte die Stirn, denn die Plätze draußen waren beschattet, das Wetter war ein Traum und drinnen saß kein Mensch. Dennoch folgte er Tom. An der Theke blieben sie vor den Auslagen stehen. Ohne zu zögern, bestellte Jonas einen Döner Kebab. Der Freund orderte einen vegetarischen Dürüm. Sie setzten sich an einen Zweiertisch.

»Selbst, wenn es in dieser Höhle keinen Internetempfang gibt, wird sie da ja nicht übernachten«, sagte Jonas.

»Wenn sie weit und tief genug unten sind, wer weiß?«

Während der Kellner, ein junger Mann mit Bart und Zopf, ihren Essplatz reinigte, trommelte Tom mit den Fingern auf den Tisch. Kaum war der Zopf verschwunden, sprach er weiter.

»Hör zu«, Tom neigte seinen Oberkörper weit über den Tisch, »ich hab gestern mit einer Freundin gesprochen. Caro. Sie rief mich an, weil sie Lasse bei der Unifeier mit einer jungen Frau gesehen hat. Nachdem sie gehört hat, dass Lasse wieder losgezogen sei, hat sie mich gefragt, ob ich die junge Frau kenne. Sie hat uns öfter zusammen gesehen.«

»Wie, losgezogen, was meint sie damit? Ich verstehe kein Wort!«

»Sie hat mir geraten, Laura zu informieren.« Tom fuhr mit dem Zeigefinger über die Tischplatte, als wollte er etwas aufzeichnen.

»Was soll das heißen?«

»Caro hat sich sehr vage gehalten. Ich geh nachher in die Bib, da arbeitet sie, also in der Uni-Bibliothek. Ich versuche, sie auszufragen. Ich …« Tom ächzte. »Ich habe kein gutes Gefühl bei der Sache.«

Der Kellner brachte das Essen. Jonas holte eine Ketchupflasche vom Nachbartisch, stellte sie auf den Kopf, versetzte ihr einen kräftigen Schlag und ließ einen dicken Klecks auf seinen Döner klatschen. Dann vergrub er seine Zähne in dem weichen Fladenbrot. Nachdem er die Hälfte verspeist hatte, fragte er: »Was weißt du über diesen Typen, mit dem Laura unterwegs ist, wer ist dieser Keyes?«

»Ich hab den ein paarmal in der Mensa getroffen, hab mich gut mit ihm unterhalten.«

»Über Hölderlin?« Jonas versuchte, locker zu bleiben.

Tom drehte lustlos den Dürüm in seiner Hand. »Ich weiß nicht, wo er herkommt und was er vorher gemacht hat«, sagte er.

Jonas widmete sich der zweiten Hälfte seines Döners. Während er ein riesiges Stück zerkaute, tupfte er mit der Serviette Soße von seiner Wange.

»Er hat zwar behauptet, er unterrichte, aber in welchem Fach weiß niemand so genau«, sprach Tom weiter.

Jonas redete mit vollem Mund. »Schau in seiner Personalakte nach! Du arbeitest in der Verwaltung, ich meine, das kann nicht so schwierig sein.«

»Da komm ich nicht ran.« Kopfschüttelnd nahm Tom einen Bissen seines Dürüms. Sie aßen. Schwiegen. Bis Jonas seinen Teller wegschob. Dass es darauf aussah, als hätte eine Schlacht stattgefunden, kümmerte ihn nicht.

»Laura ist es völlig schnuppe, ob er Dozent ist oder Professor oder was auch immer«, sagte er, »sofern er sie bezahlt. Das tut er doch, oder meinst du, er verarscht sie?« Jonas gab sich die Antwort selbst. »Na klar, das ist es! Der Sack bucht sie, lässt sie schuften und zahlt nicht, der Dumbass. Das wird es sein. Wir müssen wissen, wer er ist. Wenn er Dreck am Stecken hast, bist du der Einzige, der das herausfinden kann.«

Tom seufzte.

»Die HR-Ladys gehen sicher mal aufs Klo. Dann setzt du dich heimlich an deren Computer. Lass dir was einfallen, Alter!«

»Wenn die rausgehen, schließen sie ab. Glaub mir, auf Datenklau steht bei uns die Guillotine.«

Jonas nahm einen Zahnstocher aus einem Old-School-Gefäß, das neben Salz und Pfeffer auf dem Tisch stand.

Nachdenklich stocherte er in seinen Zähnen herum, während Tom den Rest seiner gefüllten Teigrolle aufaß.

Unruhig stand Jonas auf, ging an den Tresen und bestellte ein alkoholfreies Bier. Als er mit der Flasche in der Hand zurück zum Tisch kam, platzte die Bombe. Tom warf einen Blick auf sein Handy und brachte aufgeregt hervor: »Caro hat sich noch mal gemeldet. Sie schreibt, es gehe um Nötigung. Ich soll Laura sagen, dass sie vorsichtig sein soll!«

Jonas ließ die Flasche auf den Tisch knallen. »Warum erzählt sie dir erst jetzt davon? Und was soll das heißen, Nötigung?«

»Ich mache mich gleich auf den Weg zu ihr, dann erfahr ich hoffentlich mehr.« Tom war fahl geworden.

Jonas stapfte zum Tresen, bestellte zwei Schnäpse, zwang Tom, seinen auf Ex zu kippen. Anschließend klopfte er dem Freund auf die Schulter. »Du gehst jetzt dieser Caro auf den Kranz! Ich will endlich wissen, was Sache ist. Okay?«

Unter der Schwäbischen Alb

Sie hatten wenige Pausen eingelegt, nachdem sie die Kluft verlassen hatten. Laura hatte von einer Quelle getrunken, bis sie glaubte zu platzen. Danach hatte sie ihre Blase hinter einem nicht einsehbaren Felsvorsprung geleert. Sie war todmüde. Unentwegt musste sie gähnen. Sie setzte sich auf einen Gesteinsbrocken und zog ihre Stiefel aus. Behutsam streifte sie die Socken ab und betastete ihre Füße. Zum Glück war da keine Druckstelle, keine Schwellung. Die Schuhe waren gut eingelaufen.

Lasse trat zu ihr und sah auf sie herab. Seine Miene veränderte sich. »Laura«, sagte er ungewohnt freundlich, »wir ruhen uns eine halbe Stunde aus.«

»Ich muss erst ein Bad nehmen.« Sie zeigte auf die Quelle. Sehnsüchtig dachte sie an den Wasserfall, der ihr lieber wäre als diese Pfütze, die sich in den Lehmboden eingegraben und darin eine Kuhle ausgehöhlt hatte.

Das Bad dauerte nur kurz. Laura spritzte sich ein wenig nass, angezogen, wie sie war. Nicht allein das Wasser, auch die feuchte Luft ließ sie frösteln. Grob löste sie die Schlammpartikel von ihrer Jacke, sogar die Trekkinghose hatte einiges abbekommen. Sie hatte keine Seife dabei und keine sauberen Klamotten. Sie ärgerte sich, dass sie ihr Gepäck auf der anderen Seite des Schlufs zurückgelassen hatte, denn sie fühlte sich unwohl in den dreckigen Sachen.

»Machen wir uns auf den Heimweg«, sagte Lasse nach einer Weile. »Dann kannst du dich umziehen.«

»Was meinst du mit Heimweg?«

»Wir gehen zurück zu unserem Gepäck. Wenn du in den klammen Klamotten bleibst, wirst du krank, und ich spreche nicht von einer kleinen Erkältung. Hier drinnen trocknet nichts. Es sind schon Menschen in Höhlen erfroren.«

»Bei fast zehn Grad erfriert man nicht, Lasse.«

»Irrtum! Sobald deine Körpertemperatur unter 30 Grad fällt, wirst du bewusstlos. Bei 27 Grad stirbst du. Das ist Fakt.«

Fakt hin oder her: Sie brauchte frische Wäsche, zumindest ein trockenes T-Shirt. Sie stöhnte innerlich auf bei dem Gedanken, noch einmal durch die Kluft zu kriechen. Zurück in die Enge, in die Dunkelheit, in das Gefühl, keine Luft zu bekommen. Zurück in die Furcht! In die Panikattacke.

Tübingen

Jonas gingen Toms Worte nicht aus dem Kopf. Was meinte Caro mit Nötigung? War Laura in Gefahr? Er musste seinen Vater einweihen! Sollte er oder sollte er nicht? Jonas wägte ab. Roger würde sich fürchterlich aufregen, er würde irgendeine Aktion starten, würde ihn möglicherweise zwingen, zu diesen Höhlen aufzubrechen und seine Schwester zu suchen. Aber Jonas konnte jetzt nicht weg, er musste sich um seinen Job kümmern, bevor ihn Xenia vor die Tür setzte. Er hatte zu viele Abmahnungen kassiert. Er musste abwarten. Möglicherweise schoben sie ohne Grund Panik. Er durfte sich von Tom nicht anstecken lassen. Laura war taff. Taffer als er und Tom zusammen! Fast so taff wie sein Vater Roger.

Jonas schlurfte zurück in die Agentur. Grübelnd setzte er sich an seinen Platz in der hintersten Reihe des Großraumbüros. Er stülpte seine Noise-Cancelling-Kopfhörer über die Ohren und zermarterte sich das Hirn. Er durfte jetzt nicht an Laura denken. Er musste das hier durchziehen. Er würde sitzen bleiben und erst aufstehen, wenn er ein Konzept hatte. Etwas Neues. Etwas Großes. Etwas, das Xenia aus den Socken haute.

Unter der Schwäbischen Alb – Lager II

Laura war erstaunt, wie mühelos es ihr gelang, sich hinter Lasse her durch den Schluf zu schieben. Geschickt robbte sie über den steinigen Boden. Der Lichtkegel ihrer Stirnlampe war auf seine Fußsohlen gerichtet. Nur einmal schlug sie sich den Unterschenkel seitlich an einer spitzen Kante auf. Blut rann unter ihrer Hose die Wade entlang. Sie spürte es, ignorierte es, schlängelte sich unermüdlich voran. Als sie sich der Kurve näherten, wurde ihr mulmig, und sie sprach sich Mut zu: »Du hast die Stelle geschafft, hast dich umsonst gefürchtet, alles ging gut, es wird auch diesmal gut gehen.«

Sie bezwang den Schluf zwar nicht wie im Schlaf, denn ihr Herz klopfte unentwegt, aber sie besiegte den Feind.

Wenige Meter hinter dem Ausgang wartete ihr Gepäck. Lasse steuerte seinen Rucksack an. Er schnallte die Isomatte ab und breitete sie auf dem Boden aus.

»Was wird das?«, fragte Laura verwundert. Sie hatte sich so auf das Lager gefreut! Während sie durch die Engstelle gerobbt war, hatte sie unentwegt an den märchenhaften Waldsee gedacht, an die frische Luft, den weiten Blick. Wenn schon kein weiches Bett, dann wenigstens das!

»Was denkst du denn?«, raunte er.

»Du willst hier übernachten?« Kurz glaubte sie, er habe einen Scherz gemacht. Als sie seinen mürrischen Blick bemerkte, runzelte sie die Stirn.

»Siehst du ein Fünfsternehotel in der Nähe?«

»Aber unser Basislager ist doch draußen, wo wir gestern waren. An dem See!« Wenigstens in der Nacht wollte sie nicht das Gefühl haben, eingesperrt zu sein, im Bauch der Erde festzusitzen, ohne Licht, ohne frische Luft, ohne eine richtige Mahlzeit. Was gäbe sie für einen Teller Spaghetti!

Er antwortete nicht. Während er seinen Schlafsack auf der Matte ausrollte, pfiff er ein Lied. Sie wollte ihn anschreien, um seine Aufmerksamkeit einzufordern. Doch sie unterdrückte den Impuls, denn sie ahnte, wie lächerlich es wirken würde.

»Dann geh ich eben ohne dich raus«, sagte sie stattdessen trotzig.

»Wenn du eineinhalb Stunden rausmarschieren und morgen wieder eineinhalb Stunden reinstapfen willst, tu dir keinen Zwang an, Laura. Ich breche um sieben auf.« Lasse setzte sich auf seinen Schlafsack. Huschte ein Lächeln über sein Gesicht? Machte er sich über sie lustig?

»Da hast du's! Ich habe dich gewarnt.« Die Bedenkenträgerin. Sie verdarb ihr wieder mal die Laune.

»Keine Ahnung, wovon du redest«, zischte Laura und rief rüber zu Lasse: »Okay! Die eine Nacht. Meinetwegen.«

Sie musste ihren Ärger loswerden, bevor sie sich schlafen legte, also spazierte sie eine Weile durch die umliegenden Höhlenräume. Sie stieß auf eine Wasserstelle, direkt hinter dem Lager. Es war ein Rinnsal, das wie Nieselregen von der Decke tropfte und sich eine Felswand hinabschlängelte. Es war kein Wasserfall und kein Märchensee, aber es plätscherte! Das leise Geräusch kam ihr unerwartet laut vor. Es war wie Musik in ihren Ohren.

»Drei, Laura«, erwiderte er, nachdem sie zurückgekehrt war. Zwinkerte er ihr zu?

»Was?«

»Wir bleiben drei Nächte hier. Wenn wir bis dahin keine Funde gemacht haben, werden es ein paar mehr.«

»Das ist nicht dein Ernst! Davon war nie die Rede!«

»Laura, dies ist kein Wellnessurlaub, es ist noch nicht einmal eine Caving-Tour, es ist ein Job.«

»Und?«

»Für den ich dich bezahle.«

Brüssel – Bebenhausen

»Hallo, Jonas!«

»Papa, wie geht's?«

»Sag mal, du rufst nicht zurück, antwortest nicht auf meine Mail, du öffnest meine Nachrichten, aber schreibst nicht zurück. Was ist los?«

»Tut mir leid.« Jonas fuhr sich durch die Haare.

»Ich habe gestern eine besorgniserregende Nachricht von Laura bekommen. Sie schreibt von einem Job und davon, dass sie sich ihren Dämonen stellen muss. Weißt du, was mit deiner Schwester los ist?« Obwohl es 21.30 Uhr war, klang Roger hellwach. Dabei hatte er einen durchgetakteten Alltag.

Jonas zupfte an seinem Ohrläppchen, bis es wehtat. Was sollte er sagen? Er wartete immer noch auf eine Rückmeldung von Tom, auf ein Lebenszeichen von Laura. Stattdessen saß er seit eineinhalb Stunden in einem »Prä-Präse-Meeting.« Die halbe Agentur war um ihn versammelt, sein Kreativdirektor Raffael stellte die Kampagne vor, die am übernächsten Vormittag präsentiert werden sollte. Der unpassendste Moment für ein Telefonat, aber in der Hoffnung, irgendetwas zu erfahren, hatte er das Gespräch angenommen.

Er gab Raff ein Zeichen. Jonas entging nicht, dass Xenia die Stirn in Falten legte. Zähneknirschend registrierte er ihre Missbilligung. Dennoch stand er auf und ging zur Tür.

»Sie hat einen lukrativen Auftrag bekommen«, erklärte er seinem Vater, während er auf dem Flur auf und ab ging. Er musste das Gespräch vertagen. Kein Mensch unterbrach ein Meeting vor einer wichtigen Präsentation. Einer, der sich zu viele Fehler erlaubt hatte, schon gar nicht. Aber er konnte seinem Vater kaum sagen, dass er am späten Abend mit zwölf Leuten in einem Konferenzraum saß, für 3.000 Euro brutto im Monat!

»Das ist großartig, ich freu mich ja auch für sie«, sagte Roger. »Aber der Nachsatz hat mir nicht gefallen. *Falls ich mich länger nicht melde, sucht mich in der Unterwelt.* Was meinte sie damit?«, wollte er wissen.

»Sie fotografiert Höhlen.«

»Was denn für Höhlen?«

»Keine Ahnung, Papa, ich weiß es wirklich nicht.«

»Sie hat keine meiner Nachrichten abgerufen!«

»Meine auch nicht.« Jonas biss sich auf die Lippe. Mist! Er hatte sich verraten. Vielleicht hatte Roger es ja überhört.

»Was geht hier vor sich, Jonas?« Sein Vater überhörte nie etwas.

»In Höhlen gibt es keinen Empfang«, wich Jonas aus. Er lehnte am Fenster. Drei Kolleginnen kamen aus dem Großraumbüro, lautstark diskutierend.

»Hast du Besuch?«

»Nein, ich bin in der Agentur.«

»Es ist nach neun!«

»Wir haben eine Präsentation.«

Roger seufzte. »Sieh zu, dass du Laura erreichst. Ich versuche es parallel.«

Warum schien Roger nie müde zu sein? Er war 60 Jahre alt. Jonas war gerade mal 22! Er hätte gerne die Energie seines Vaters, auch wenn sie ihm manchmal unheimlich vorkam.

»Tom hat gesagt, es geht um ein wissenschaftliches Projekt«, sagte er, um einen Abschluss für das Gespräch zu finden.

»Was für ein Projekt?«

»Ein Buch. Der Auftraggeber heißt Keyes.«

»Wer soll das sein?«

»Ich kenn den nicht.«

»Du erzählst mir jetzt nicht, dass sie mit einem Mann, den keiner kennt, in irgendwelchen Höhlen unterwegs ist und niemand sie erreichen kann? Was sind das überhaupt für Höhlen? Die haben sicher einen Namen.«

»Ich … Ähm …«

»Jonas!« Sein Kreativdirektor baute sich vor ihm auf. Raffael räusperte sich höflich, doch sein Ton war barsch. »Was ist mit der Social-Media-Kampagne? Es wäre schön, wenn du uns vorstellen könntest, was du heute ausgearbeitet hast. Wir warten alle auf dich.«

»Gleich.« Jonas hielt den Daumen hoch. Parallel dazu versuchte er, seinen Vater abzuwimmeln.

»Gleich heißt sofort, Jonas.« Raffael sah ihn eindringlich durch seine schwarz geränderte Brille an.

Jonas gab Raff ein Handzeichen. Gehetzt sprach er weiter: »Der Typ ist Dozent an der Uni, Papa. Tom kennt den. Er hat die beiden zusammengebracht.« Jonas musste aufpassen, was er sagte, Roger würde durchdrehen, wüsste er, was Tom erzählt hatte. »*Wir müssen Laura warnen.*« Er bekam die Worte nicht aus seinem Kopf. »Ich mache mich jetzt auf den Weg zu Caro«, hatte Tom gesagt, bevor er in die eine und Jonas in die andere Richtung aufgebrochen war. Seitdem wartete er auf eine Rückmeldung. Im Anschluss hatte er seinen Vater informieren wollen. Ihm Fakten mitteilen. Nicht Theorien.

»Ist das ihr neuer Freund?« Roger holte ihn aus seiner Gedankenschleife. »Dieser Wissenschaftler. Ist sie mit dem liiert?«

»Laura küsst keine alten Säcke, Papa.«

»Das ist diskriminierend.«

»Du kennst deine Tochter.«

»Müssen wir uns Sorgen machen?«

»Ich denke schon.« Jonas sprach die Worte lautlos vor sich hin. Laut sagte er: »Bestimmt ist alles in Ordnung.«

»Versuch es weiter, ruf so lange bei ihr an, bis du sie erreichst! Ich bin nachher bei einem Geschäftsessen. Schick mir eine Nachricht, sobald du mit ihr gesprochen hast. Hörst du?«

Jonas musste zurück ins Meeting. Er hatte keine Lust auf einen erneuten Anschiss. »Können wir später …?«

»Jonas, versprich mir, dass du dich bei ihr meldest! Und bei mir auch.«

»Mach ich, Papa. Und grüß Bea.«

Lager II/Felsterrasse

Er behandelte sie wie eine Prostituierte. Hier ist dein Geld, nun mach, was ich dir sage. Das ließ sie sich gefallen? Laura schluckte. Taxierte ihn. Studierte die kleine Lippenspalte an seiner Oberlippe. Dann nahm sie ihren Helm vom Kopf und ordnete ihre Haare mit den Fingern. Sie war nervös.

»Das ist doch das perfekte Basislager für zwei Turteltauben«, sagte Lasse unvermittelt. Breit grinsend.

Also doch. Sie hätte es wissen müssen. Es war klar, dass es in diese Richtung gehen würde, früher oder später auf diesem Trip. Er war der Typ dafür. Sein ganzes Macho-Gehabe hatte sie vorgewarnt. Er war scharf auf sie. Sollte sie ihm zuvorkommen und seine Reaktion testen? Laura dachte nach. Er würde sowieso nicht lockerlassen.

Sie sagte: »Ey, Lasse, du musst nicht so rumdrucksen. Wenn du was von mir willst, sag es einfach. Bringen wir es hinter uns.« Was redete sie da? »Ich mein, es ist nicht so, dass ich es darauf anlege, aber für mich ist das okay. Echt. Ich steig zu dir in den Schlafsack und wir haben Sex. Damit ist das geklärt und basta.«

Er lachte schallend.

»Im Anschluss können wir ganz normal miteinander umgehen«, fügte sie hinzu. Sie wollte diese Ungewissheit endlich beenden. Wie sie reagieren würde, wenn er auf ihr Scheinangebot einging, wusste sie noch nicht. Sie musste einfach wissen, woran sie war. Wie er drauf war. Laura wollte um jeden Preis vermeiden, dass er in der Nacht über sie herfiel, sie womöglich vergewaltigte, der Gedanke war ihr unerträglich. Ihr Herz klopfte, ihr Puls raste, denn sie spielte voll auf Risiko.

»Ich bin verheiratet, Schätzchen.« Er lachte lauter. »Nicht mit Heidi oder Heike, sondern mit Heiko. Ich bin mit Heiko verheiratet.«

Sie glotzte ihn ungläubig an. »Wer ist Heiko?«

»Heiko ist mein Mann. Ich zeig dir irgendwann ein Foto. Nun ruhen wir uns aus. Ich in meinem und du in deinem Schlafsack.«

Überrascht, aber zufrieden machte Laura ihr Lager grob zurecht. Sie lächelte sich in den Schlaf. Kein Stress in dieser Hinsicht! Er war homosexuell. Er würde sie in Ruhe lassen. Sie brauchte sich deshalb keine Gedanken zu machen. Fast vergaß sie darüber den märchenhaften See. Und den Hunger.

Tübingen

Die Bar war proppenvoll, der Lärmpegel unerträglich. Jonas musste sein Ohr dicht an Toms Mund halten, denn Tom sprach ohne Punkt und Komma.

Wir müssen uns dringend sehen. Heute noch! Während des Meetings hatte Jonas die Nachricht gelesen. Er hatte nicht gleich geantwortet, denn er hatte nicht gewusst, wie lange er in der Agentur sitzen würde. Vor einer halben Stunde war das Meeting beendet worden. Es war gar nicht so übel für ihn ausgegangen.

»Ein Game mit einer Klimabotschaft?«, hatte Xenia gesagt und ihn angelächelt. »Endlich mal kein Gewinnspiel und keine Verlosung. Echt cool, Jonas, das machen wir!«

Danach hatte er sich mit Tom verabredet. Sie hatten sich um 23 Uhr in einer Kneipe in der Altstadt getroffen. Es war entsetzlich laut. Studentengrüppchen, Freunde, Paare standen dicht gedrängt am Tresen. Jonas rückte näher an Tom heran, um ihn besser zu verstehen.

»Er sucht gezielt junge Frauen aus, Jonas«, sagte Tom und rührte seinen Tee um.

»Was meinst du damit? Frauen wofür?« Jonas nuckelte an einem wohlverdienten Tannenzäpfle.

Tom sah ihn lange an. »Caro …«

»… die Frau, die du aushorchen wolltest. Ja. Und?«

»Sie hat mir von einer Freundin erzählt. Finja. Sie hatte mit Lasse zu tun. Sie war es, die von Nötigung sprach. Finja lässt kein gutes Haar an ihm. Caro wollte mit ihr zur Polizei gehen, um ihn anzuzeigen, aber Finja hat sich geweigert. Sie muss richtig Schiss vor ihm haben.«

Jonas knallte seine Flasche auf den Tresen. Er glotzte Tom an.

»Sie sei früher ein Sonnenschein gewesen, diese Finja«, berichtete der Freund weiter. »So fröhlich. So positiv, meinte Caro.«

»Wie Laura«, sagte Jonas leise.

»Eine, die noch nichts Negatives erlebt hat.«

»Laura hat ihre Mutter verloren.«

»Seit der Sache mit Lasse ist sie depressiv, geht kaum noch zu Vorlesungen, zu keiner Feier, nicht mal in die Mensa. Finja igelt sich wohl völlig ein.«

»Hat er …?« Jonas zupfte an seinem Ärmel. Er wollte nicht wahrhaben, was er hörte. Nicht, wenn Laura im Spiel war. Trotzdem musste er es wissen. »Hat er sie vergewaltigt?«

»Sie erzählt es nicht. Niemandem. Keine Details.«

»Bist du sicher, dass Lasse Keyes der Auslöser für ihre Veränderung war?«

»Das hat Finja wohl gesagt. Er sei der größte Arsch aller Zeiten.«

Jonas stellte den rechten Ellbogen auf dem Tresen ab. Er musste sich stützen, seine Augenlider flackerten, er war müde. Vor allem war er aufgewühlt. Das alles durfte nicht wahr sein!

»Ich bin so ein Idiot«, lamentierte Tom. »Dauernd hat Lasse von der anthropologischen Konstante gefaselt. Die sei voll weißer Flecken. Das ging mir schon ein wenig auf die Nerven.«

»Was denn für eine Konstante?« Jonas wandte sich dem Kellner zu und bestellte ein zweites Pils, diesmal ohne Alkohol. Er war völlig durcheinander. Was bedeutete das? War Laura in Gefahr?

»Es ist Teil seiner wissenschaftlichen Arbeit. Behauptet er.«

»Er forscht über weiße Flecken? Und dafür braucht er Fotos?«

»Wenn du Ergebnisse suchst, musst du ungewöhnliche Wege gehen. Der Zeit ein Schnippchen schlagen, hat er gesagt. Dass es Menschen gibt, die felsenfest davon überzeugt sind, keine drei Stunden in einem Erdloch verbracht zu haben, obwohl sie Tage oder Wochen in einer Höhle eingeschlossen waren. Ich hab den Zusammenhang immer noch nicht kapiert, aber ich fürchte, es gibt einen.« Tom griff nach dem Tee, der vor ihm stand. Er hatte ihn nicht angerührt.

»Du meinst, es geht nicht um sexuelle Nötigung?«

»Ich weiß es nicht.«

»Caro hat doch von Nötigung gesprochen!«

»Es ist eine Vermutung. Wir wissen nur, dass er die Frauen einschüchtert, damit sie ihn nicht verraten. Bisher hat ihn offensichtlich keine angezeigt.«

»Du redest im Plural.«

»Caro meinte, Finja sei sicher nicht die Erste gewesen.«

»Laura lässt sich nicht einschüchtern.«

Jonas winkte dem Barkeeper und legte einen Schein auf den Tresen. Dann murmelte er: »Ich geh schlafen. Muss früh raus.«

Tom nickte.

Schweigend traten sie aus der Bar. Jonas hielt den Blick auf die Passanten gerichtet, eine Gruppe junger Leute, die schwatzend vorüberschlenderten. Er nahm sie kaum wahr. Auch Toms Pupillen waren geweitet. Er war ganz still geworden, doch seine Zähne mahlten unablässig.

Jonas klopfte seinem Freund den Rücken. Zeitgleich warf er einen Blick auf sein Fahrrad, das vor der Kneipe angekettet war. Er ließ es stehen. Er war todmüde. Mit erhobener Hand verabschiedete er sich von Tom, der stumm den Nachthimmel studierte.

Obwohl er sich von der Unruhe des Freundes nicht anstecken lassen wollte und immer noch hoffte, dass es für alles eine harmlose Erklärung gab, hallten Toms Worte wie ein Echo in ihm nach. Nötigung, Einschüchterung, Erdloch, weiße Flecken. Während Jonas zur Bushaltestelle stapfte, legten sich die Worte über Bilder von Höhlen, die er in Horrorstreifen gesehen hatte. Sie handelten von Menschen, die keine Menschen waren. Im schlimmsten Fall waren sie die Opfer. Im besten die Kannibalen.

TAG DREI. 16. SEPTEMBER

Lager II – Unter der Schwäbischen Alb

Dass es kurz vor 7 Uhr war, verriet ihr Display. Ihrem Gefühl nach hätte es auch Mittag sein können. Nichts in ihrer Umgebung deutete auf eine Tages- oder Nachtzeit hin. Alles sah aus wie immer, als spiele die Zeit keine Rolle, als sei sie eingebildet, menschengemacht – eine Illusion.

Laura rekapitulierte den gestrigen Abend. Das Gespräch mit Lasse irritierte sie noch immer. Sie hatte kurz vom Wasserrinnsal getrunken, bevor sie in ihren Schlafsack gekrochen war. Danach hatte sie tief geschlummert. Traumlos. Wie unter Narkose.

Durch Lasses Pfeifen war sie aufgewacht. Sie kannte die Melodie nicht. Laura rieb sich die Augen. Es war so dunkel! Die Lichtverhältnisse waren stets dieselben. Am Morgen. Am Abend. In der Nacht. So wie sich die Temperatur nie veränderte. Alles blieb, wie vor Jahrtausenden eingefroren.

Sie schaute in die Richtung, aus der das Pfeifen kam. Dort nahm sie die Umrisse von Lasse wahr, der ein Feuer zu entfachen versuchte. Wie besessen rieb er Steine aneinander. Sie wusste, dass sein Vorhaben scheitern würde. Die feuchte Luft ließ es nicht zu. Er wusste es auch. Kein Funke, keine Flamme. Nach einer Weile fluchte er und holte eine

Schachtel Streichhölzer aus seiner Hosentasche. Damit entzündete er kleine Holzstücke, die er seinem Rucksack entnahm. Im Nu brannte das Feuer und tauchte die Kammer in ein mystisches Licht. Laura gähnte herzhaft. Dann friemelte sie am Reißverschluss ihres Schlafsacks und schälte sich aus ihrem Lager. Sie war nicht glücklich, aber sie war zufrieden. Sie hatte die zweite Nacht überstanden, hatte zum ersten Mal in ihrem Leben in einer Höhle geschlafen! Sie hatte es durch eine Kluft und einen Schluf geschafft, war durch den Bauch der Erde gekrabbelt und zurück. Sie hatte Lasses Launen ertragen. Was konnte sie noch schrecken?

Sie leuchtete die Kammer aus, in der sie lag. Die Ecke, in die sie sich zurückgezogen hatte, war eineinhalb Meter von seinem Lager entfernt. Sie war wie eine Koje. Direkt über ihr hing eine breite Felsterrasse, die weit in den Hohlraum hineinragte. Wie ein verletztes Tier konnte sie sich in ihren Bau zurückziehen, sobald ihr danach war. Sie hatte sich die Stelle nicht bewusst ausgesucht, es war intuitiv geschehen. Es hatte sich richtig angefühlt. Und doch wurde sie dieses mulmige Gefühl nicht los. Tief in ihrem Inneren lauerte es auf einen Moment, in dem es hervorschnellen würde, um ihr an den Hals zu fassen und sie zu würgen. Noch war es nicht so weit. Noch fühlte sie sich in ihrer Koje geborgen. Sie beschloss, sich an dem Feuer, das Lasse zum Lodern gebracht hatte, zu wärmen.

Laura ging zu ihm rüber und grummelte etwas, das nach »Guten Morgen« klang. Ihr Begleiter hatte auf einem Felsbrocken einen Frühstückstisch gedeckt. Er hatte zwei Becher mit heißem Kaffee gefüllt und Vollkornkekse auf einer Serviette ausgebreitet. Laura wunderte sich, wie gesprächig er auf einmal war. Wie locker er drauflos plauderte. Er erzählte Geschichten, während er seinen Kaffee schlürfte. Sie ließ ihn sein Höhlengarn spinnen, es war wie Seemannsgarn, nichts davon war real. Es gab hier keinen »Elfenbeinschmuck, groß wie Elefantenohren.« Natürlich wusste sie von der Venus vom Hohlefels, der weltberühmten Mammutelfenbeinfigur, die bei Ausgrabungen gefunden worden war. War er auf der Suche nach einer derartigen Sensation?

Sie ließ ihn reden und genoss das heiße Getränk. Sie knabberte an den Keksen. Sie halfen nicht wirklich gegen den Hunger, der langsam zum Dauerzustand wurde. Dann griff sie nach der Trekkinghose und trocknete sie am Feuer. Es tat gut, sich aufzuwärmen.

»Das Lager bleibt aufgeschlagen«, sagte Lasse nach einer Weile. Er löschte das Feuer mit Wasser aus seiner Trinkflasche. »Nimm bitte nur das Nötigste mit. Wir haben viel vor. Du hast 15 Minuten. Danach brechen wir auf.«

Laura fragte nicht, was auf dem Plan stand. Sie leerte ihren Kaffee, füllte Wasser in den Becher und spülte ihren Mund. Anschließend zog sie sich an und schnallte den Rucksack um. Wehmütig warf sie einen Blick auf ihre Koje, auf Mimo, der friedlich dasaß, als würde er geduldig auf ihre Rückkehr warten.

Sie folgte Lasse durch unspektakuläre Gänge. Waren sie schon einmal hiergewesen? Es war möglich. Es war unmöglich. Es war egal. An diesem Tag gab es keine große Aufregung. Ein Teilstück mussten sie in der Hocke bewältigen. Sie watschelte hinter Lasse durch eine Schlupfhöhle. Danach kundschafteten sie seitliche Grotten aus, die von einem der größeren Höhlenräume abgingen. Mal entdeckten sie meterlange, papierdünne Stalaktiten, mal filigrane, zerbrechliche Stalagmiten. Plötzlich begegneten sie einem

Phänomen, das Laura fremd war. Sie starrte auf Gestein in bizarren Formen.

»Blumenkohlsinter«, beantwortete Lasse ihre Frage, bevor sie sie stellen konnte.

Die Gebilde glichen tatsächlich aneinandergereihten Blumenkohlköpfen. Ein Steinröschen schloss sich an das andere an, die Ablagerungen formten einen Ball, einen winzigen Kopf, an dem der nächste klebte.

»Tuffkalotten sind auf der Schwäbischen Alb äußerst selten, sie sind eigentlich nur aus der Olgahöhle bekannt«, sagte Lasse. Er trat an die weiß überzogenen Steinformationen heran und konnte sein Staunen nicht verbergen. »Schau. Das sind inkrustierte Moose.«

Laura war in Gedanken bei einem Schulausflug in der Olgahöhle. Im Gegensatz zu diesem finsteren Kerker war die erste elektrifizierte Schauhöhle Deutschlands hell erleuchtet gewesen. Laura hatte nicht viel vom Ausflug mitbekommen, denn sie hatte mit ihren Freundinnen über einen Jungen gelästert, der ihrer damaligen Meinung nach »voll der Schisser« war. Eicke hieß er. Eicke hatte eine ausgeprägte Klaustrophobie gehabt und dauernd nach seiner Mami gerufen. Statt sich mit ihm zu beschäftigen, hätte Laura besser auf die Gebilde an den Wänden achten sollen.

»Eine Primärhöhle bildet sich zeitgleich mit dem sie umgebenden Gestein.« Lasse tastete die Tuffkalotten ab. Es war eine achtsame, geradezu liebevolle Geste.

Laura hielt ihre Nikon auf die Versinterungen und fotografierte die groben Schwämme aus Stein, die die Wand vor ihr komplett einnahmen. Es sah aus wie Gemüse, das im Eis gefroren war. Sie schoss ungezählte Fotos.

Lasse drängelte nicht. Ausgiebig inspizierte er die mineralischen Ablagerungen, bevor er fragte: »Bereit?«

Sie bejahte, ließ die Kamera, die an einem Band um ihren Hals hing, sinken und trottete hinter ihm her. Er marschierte zügig voran, während er ein Liedchen trällerte, das sie nicht kannte.

Sie hatten die Sinterhöhle längst hinter sich gelassen, als er innehielt und auf den Boden zeigte. »Hier geht's vertikal weiter«, sagte er und fixierte sie.

Laura folgte seinem Blick. Sie stöhnte. Die Erde tat sich schlagartig vor ihnen auf und gab Einblick in ein Höhlenreich unter dem Höhlenreich. Eine Unterhöhle! Laura spähte in die ovale Spalte, die in der Breite eine gute Schrittlänge maß und vielleicht eineinhalb Meter lang war. Ein Wunder, dass sie nicht hineingefallen war.

»Ist das eine Grube?« Sie neigte sich vor, um den Lichtkegel ihrer Stirnlampe in den Abgrund zu richten. Wie weit es wohl runterging? Lasse hielt sie zurück. Er packte sie am Oberarm, nicht grob, eher besorgt. Sie sah ihn verblüfft an.

»Es ist eine Doline, Laura. Die kann sehr tief sein. Wir seilen uns ab.« Er friemelte ein Kletterseil aus einem Seitenfach seines Rucksacks und umrundete mehrfach damit den größten Felsbrocken in ihrer Nähe. Ein Ende band er zu einer Schlaufe, die er um den Brocken legte, und wickelte das Seil vier weitere Male um das harte Gestein. Er stemmte sich dagegen und zog mit aller Kraft daran. Es hielt. Gekonnt band er einen doppelten Achterknoten in das lose Ende und warf die Schnur nach unten. Lautlos rauschte das Seil in die Tiefe.

»Du zuerst.« Er schnalzte mit der Zunge.

Sie war sich nicht sicher, ob er sie foppen wollte. Seine Miene war ernst.

Was sollte sie tun? Sollte sie sich weigern? Er würde ihren Protest nicht akzeptieren, sie würde nichts gewinnen außer ein paar Sekunden Zeit. Also pustete sie eine Haarsträhne aus ihrem Gesicht und beschloss, ihre Strategie zu ändern. Sie würde sich nicht länger wie eine Schisserin verhalten, wie das ängstliche Mädchen, das sie schon lange nicht mehr war! Sie ließ sich von einem wie ihm nicht einschüchtern!

Klettern ist für dich ein Heimspiel, sagte sie sich. Diese Grube kann dich nicht schrecken. Seil und Klemmkeile sind dein Terrain, damit kennst du dich aus. Möglicherweise besser als er.

»Gerne, Lasse«, erwiderte sie.

Er zog die Augenbrauen hoch. »Super, Laura. Gib mir ein Zeichen, wenn du unten angekommen bist. Du musst laut schreien, damit ich dich verstehe. Teile mir bitte detailliert mit, was du siehst. Wenn es interessant ist, folge ich dir.«

»Warst du schon mal da unten?«

»Nein, natürlich nicht.«

»Du hast also keine Ahnung, wie weit es runtergeht?«

»Du wirst es mir gleich sagen.«

Kurz meldete sich die Panik zurück. Aus ihrer Magenregion kroch sie die Speiseröhre hoch. Laura schluckte. Presste die Lippen zusammen. Sie schaffte das!

»Ich zieh dich hoch, wenn dir deine neue Wohnung nicht gefällt«, scherzte Lasse. »Im Gegensatz zu meinen 88 Kilo bist du ein Leichtgewicht.« Er lachte.

»Ist das eine Mutprobe oder glaubst du, wir finden tatsächlich was?«, fragte sie

Lasse betrachtete sie lange an. Auf einmal klang er sanft. »Hör zu«, sagte er, »wir müssen jeden Winkel absuchen. Die Artefakte können überall sein. Wenn jemand wüsste, wo sie sind, wären wir nicht hier. Könnte man sie so leicht finden, wäre uns längst jemand zuvorgekommen. Deshalb durchkämmen wir jeden Zentimeter.«

»Gestern meintest du, wir hätten den Ort gefunden.«

»Es war eine Vermutung. Sie hat sich nicht bewahrheitet.«

»Und die Neandertaler, die angeblich hier waren, die sind da runter, ohne Seil? Die haben sich auf den Arsch gesetzt, sind in die untere Etage geschliddert und auf allen vieren wieder raufgeklettert?«

Lasse schüttelte den Kopf. »Das Gestein hat sich über die Jahrhunderte verschoben. Es sah damals anders aus als heute, alles hat sich auf einer Ebene befunden. Es gab keine Schlufe. Weder vertikale noch horizontale.«

Ohne weiteren Widerspruch seilte sie sich ab. Sie versuchte, nicht daran zu denken, dass sie in eine unbekannte Tiefe vordrang. Es war wie beim Bergabstieg, nur ohne freien Blick und würzigen Alpenkräuterduft.

Bald baumelte sie in einem schwarzen Loch, von dem die Physik behauptet, nichts entkomme seiner unendlichen Dichte, nicht einmal das Licht. Ihre Finger krallten sich fest um das Seil. Sie wusste nicht, wann und ob sie je heil auf einem Boden ankommen würde. Einmal hatte sie gelesen, dass der Mount Everest der Tiefe bislang nicht entdeckt worden war. Der Mount Everest war 8.849 Meter hoch. Ja, super.

Laura vermied den Blick nach unten. Sie visualisierte um sich herum Berge. In Gedanken hing sie in der Breitachklamm, während sie Stück für Stück nach unten sank.

Es dauerte nicht lange, bis sie festen Boden spürte. Noch bevor sie realisierte, dass sie die Grube bezwungen hatte, trafen ihre Füße auf hartem Untergrund auf. Sie hatte die Sohle erreicht. Erleichtert lockerte sie das Seil.

»Was siehst du?« Seine Worte kamen dumpf von oben.

Sie leuchtete ihre Umgebung aus. Der Raum erinnerte sie an den Gewölbekeller ihrer Großeltern. Der war genauso muffig und genauso eng. Aber dieser Raum war viel höher. Und er bestand aus übereinander geschichtetem Gestein.

»Irgendwelche Spuren?«

Die Ungeduld in seiner Stimme entging ihr nicht. Sie würde ihn zappeln lassen. Zufrieden ließ sie den Lichtkegel ihrer Stirnlampe über Wände und Boden tanzen. Die Schatten im Gestein ließen sie an einen Kerker denken. An eine fensterlose Zelle, in die im Märchen böse Stiefmütter verbannt wurden – oder unartige Mädchen, die auf Befreiung durch einen Königssohn warteten. Auf sie wartete jedoch kein Königssohn. Nur Lasse. Ein Mann, der kein Pferd und keine Krone hatte. Schlechte Laune hingegen hatte er, und zwar oft. Doch sie würde sich davon nicht mehr beeinflussen lassen. Sie würde dafür sorgen, dass sie ab jetzt ebenbürtig waren. Sie war erstaunt, wie gut ihr die Selbstmotivation gelang, denn sie fühlte sich schon besser. Langsam schritt sie den Raum ab. Der schwache Strahl der Lampe fing eine Blechbüchse ein, die in einer Ecke lag. Sie trat heran. Die Dose war leer. Achtlos weggeworfen. Obwohl die Feuchtigkeit die Banderole unkenntlich gemacht hatte, gab es keinen Zweifel: Es war eine Konservendose. Daneben entdeckte Laura eine zweite. Sie beugte sich tief über den Gruß aus der Zivilisation, fasste ihn aber nicht an.

»Die Neandertaler waren da, Lasse!«, rief sie nach oben.

»Was?«

Sie kicherte. »Die kamen aus dem 21. Jahrhundert.«

»Wie meinst du das?«

»Ich habe Konservendosen gefunden!« Sie versetzte einer Büchse einen Tritt. »Leider leer.«

»Sonst nichts?«

Sie sah sich weiter um. Nirgendwo ging ein Weg ab. Die Wände waren zerklüftet und an manchen Stellen rissig, aber sie boten keinen Durchgang. Allein die Vertikale führte heraus.

»Nein.«

»Sieh noch mal hin!«

»Zieh mich hoch Lasse, ich will nicht in die Scheiße treten, die irgendwelche Idioten zurückgelassen haben. Außerdem ist das hier kein Luftkurort. Es stinkt nach … Ey, das willst du gar nicht wissen.«

Lasse musste ihr nicht wirklich nach oben helfen, denn das Klettern bereitete ihr keine Probleme. Laura suchte die Wände nach Ritzen ab, in die sie ihre Finger graben konnte. An manchen Stellen war die Oberfläche feucht, an anderen seifig. Sie tastete so lange nach einer Öffnung, bis sie Halt fand. Sie krallte sich an Vorsprüngen fest, stellte die robusten Stiefel auf winzige Erhebungen, testete, ob sie sicher standen, bevor sie weiterkletterte. Das Seil gab ihr die nötige Unterstützung.

Lasse reichte ihr die Hand. Bereitwillig ließ sie sich den letzten Meter hochziehen. Sie sprachen nicht. Alles war gesagt.

Nachdem sie ein, zwei weitere Stunden durch dieses unwegsame Höhlensystem marschierten waren und nichts Aufregendes entdeckt hatten, kehrten sie zu ihrem Lager zurück. »Unser Basislager«, nannte Lasse es. Für Laura war es Lager II. Lager I war der schöne Waldsee. Sie unterdrückte den Gedanken daran, denn sie sehnte sich nach Freiheit.

Lasse sprach nur das Nötigste. »Pass auf, Laura.« – »Da geht's weiter.« – »Achtung, hier ist ein Versturz!« Sie würde sich an das schweigende Nebeneinander gewöhnen. Nach einem kargen Abendbrot – sie aß eine Scheibe Brot mit Paprikacreme und gönnte sich zum Dessert einen Energieriegel – achtete sie nicht weiter auf ihn. Müde und erschöpft wärmte sie sich an ihren Daunen. Und an Mimo.

Tübingen-Bebenhausen

Jonas meldete sich krank. Er schaffte es nicht, in die Agentur zu gehen. Er hatte seine Idee grob skizziert und per Mail an Raffael gesandt. Dass Xenia seinen Ansatz gut fand, war ein Anfang, nichts weiter. Die Ausarbeitung hätte ihn den ganzen Tag und die halbe Nacht gekostet. Er hatte keinen Kopf für den Stress vor einer Präsentation, es war jedes Mal fürchterlich hektisch, weil Xenia üblicherweise in letzter Minute alles über den Haufen warf. Er musste seinen Vater kontaktieren! Und er musste Tom löchern und endlich herausfinden, was mit Laura war, die er immer noch nicht erreichte.

Seine Finger trommelten unrhythmisch auf dem Esstisch, er trank bereits die vierte Tasse Kaffee und scheute sich vor dem, was kam. Was sollte er Roger erzählen? Dass er Laura warnen musste, aber nicht wusste wovor und vor allem wie? Dass er keinen Schimmer hatte, wo sie war?

Jonas fühlte sich mickrig neben seinem Vater. Schon als Kind hatte er das empfunden. Es hatte sich bestätigt. Er hatte nichts auf die Reihe bekommen. So wie seine Berufswahl, die er aus einer Laune heraus getroffen hatte. Wie die Kampagne, die er sich ausgedacht hatte und andere ausarbeiten ließ.

Roger war ein Anpackertyp. »If you party hard, you have to work hard«, war sein Motto. Mit den Jahren war die Betonung auf »work« stärker geworden. Während sein Vater am Steuer seines Lebens saß, ließ Jonas sich treiben, von Gelegenheiten mitziehen, von Gegebenheiten beeindrucken. Roger änderte, was ihm nicht passte. Er wich Problemen nicht aus. Seit 6 Uhr schickte er Nachrichten.

Hast du was Neues?

Jonas, ruf mich an.

JOOOONAS!

Warum meldete Tom sich nicht? Warum hackte er sich nicht endlich in den Computer der Personalabteilung der Uni? Tom konnte das. Er hatte einmal erzählt, dass er als Zwölfjähriger die Schülerakten seines Gymnasiums manipuliert hatte. Nur so, aus Spaß.

Tom hatte um 10 Uhr anrufen wollen. Vor einer Stunde. Entschlossen stellte Jonas die Tasse ins Spülbecken und griff nach seinem Smartphone. Er wählte die Nummer seines Vaters.

»Endlich! Hast du was erfahren?«, rief Roger grußlos aus dem Hörer.

Jonas erzählte von Tom, dessen Anruf er jede Minute erwartete.

»Also nichts«, erwiderte Roger, als könne er über eine Distanz von 550 Kilometern Gedanken lesen. »Du weißt immer noch nichts.« Er seufzte.

»Tom ist wirklich zuverlässig, er …«

»Kannst du nicht einmal etwas selbst herausfinden, brauchst du immer einen, der dir alles abnimmt, Jonas?«

Jonas schluckte.

»Ich hab gleich einen Lunchtermin. Wir sprechen später.«

»Warte!« Plötzlich war Jonas hellwach. Er konnte seinen Vater nicht im Dunkeln lassen, es war unfair. Also stieß er es hervor, ohne groß nachzudenken. »Tom …«, sagte er. »Er hat so … also … solche Sachen gehört.«

»Was für Sachen?«

»Dass er merkwürdig ist, dieser Keyes, dass er Experimente macht mit jungen Frauen.« Jonas wusste, er redete sich um Kopf und Kragen. Aber es war zu viel Zeit vergangen. Sollte Laura etwas passieren, würde er sich schuldig fühlen bis ans Ende seiner Tage.

»Was für Experimente?« Rogers Worte trafen ihn wie eine Ohrfeige. Jonas rieb seine linke Wange. Der Schmerz war spürbar, obwohl sein Vater zwei Landesgrenzen entfernt war. »Wieso hast du mir das nicht erzählt?«

»Weil …«

»Jonas!«

»Er hat Angst.«

»Tom?«

»Ja. Er hat halt was gehört, macht sich Sorgen, und ich … du, Papa, was soll ich jetzt machen? Ich krieg gar nichts mehr auf die Reihe!«

»Wir chartern einen Heli.« Roger schien nicht nachdenken zu müssen, sein Vorschlag kam wie aus einer halbautomatischen Waffe abgefeuert.

»Wozu denn einen Helikopter?« Jonas durchquerte seine kleine Wohnung. Angespannt schlurfte er von der Küche ins Wohnzimmer, ins Bad und zurück. Er konnte nicht fassen, wie schnell sein Vater einen Plan parat hatte! Es war wie immer. Erst gab es bei ihm A, dann B, und C folgte meist, während Jonas noch an Plan A herumbastelte.

»Wie du weißt, bin ich in Brüssel. Ich habe keine Zeit für sieben Stunden Autofahrt. Wir müssen morgen in aller Herrgottsfrühe anfangen zu suchen. Wir treffen uns dort. Ich ruf dich an. Ciao. Ich muss.«

»Was? Wo treffen wir uns?«

»Bei diesen Höhlen. Am Golfplatz. Golfclub Reutlingen Sonnenbühl, du kennst den, Jonas, wir haben ein paarmal zusammen auf der Driving Range gespielt.«

»Ja.«

»Nein, warte! Komm zum Landeplatz vom Reutlinger Krankenhaus, auf dem Dach. Wir waren einmal dort, du erinnerst dich sicher. Du hast gekotzt wie zehn Leichtmatrosen auf hoher See.«

Jonas war zehn gewesen. Roger hatte ihm und Laura einen Rundflug über die Schwäbische Alb spendiert. Laura hatte auf dem Vordersitz gesessen und nicht ein Quäntchen Angst gezeigt. Er hingegen war fürchterlich aufgeregt gewesen. Weil er vorher drei Kugeln Eis verschlungen hatte, hatte er sich beim Flug übergeben müssen. Natürlich erinnerte er sich daran.

»Wie soll ich denn da hinkommen? Ich hab doch kein Auto.«

»Taxi!«

»Taxi?«

Roger seufzte. »Dann nimm dir einen Carsharing-Wagen. Ich melde mich rechtzeitig bei dir, wann ich da sein werde. Und versuch irgendwie herauszufinden, in welchem Bereich Laura und dieser Kerl sind. Wir brauchen die Koordinaten.«

Sein Vater war früher am Klinikum Reutlingen tätig gewesen. Durch zahlreiche Publikationen war er inzwischen als Speaker gefragt. Er hetzte von einem Kongress zum nächsten Symposium. Das Privileg, den Heliport des Krankenhauses zu nutzen, gewährte ihm die Klinikleitung gerne. Dass man Beziehungen pflegen sollte, weil man nicht nur eine Hand, sondern auch die andere wusch, gehörte zu Rogers Prinzipien.

Jonas sah sich um. Seine Wohnung war ordentlich, zumindest halbwegs. Und einigermaßen sauber. Würde sein Vater herkommen, nachdem sie Laura gefunden und nach Hause gebracht hatten? Wo würde er übernachten? Die Stadt war voller Touristen, Chinesen, Japaner, Amerikaner, stets war etwas geboten, Brassband-Tage, Street Food Fiesta, Filmfestival. Es war unwahrscheinlich, dass sie kurzfristig ein Hotelzimmer in Tübingen bekamen. Lauras Apartment war kaum größer als seine Wohnung, wenn auch wesentlich geschmackvoller eingerichtet.

Wie es ihr ging? Wo sie wohl war? Und woher zum Teufel sollte er die Koordinaten bekommen? Glaubte sein Vater, dieser Keyes würde ihm eine Nachricht mit seinem Aufenthaltsort schicken?

Er beschloss, seine Bude aufzuräumen. Mit spitzen Fingern zog Jonas eine aufgerissene Tüte unter dem Sofa hervor. Zerbröselte Chips breiteten sich auf dem Boden aus. Drei leere Flaschen kullerten auf ihn zu, bis er sie mit den Fußspitzen stoppte.

Jonas öffnete den Kleiderschrank. Eine Tasche fiel heraus. Er stopfte die Sportklamotten, die ungeordnet auf einem Stuhl lagen, in die Fächer. Die übrigen Sachen verstaute er in den Schubladen. Ein Päckchen Marihuana versteckte er hinter seiner Unterwäsche. Er verschloss die verspiegelten Türen, indem er mit seinem ganzen Gewicht dagegendrückte. Sein Vater würde, kaum hätte er das Zimmer betreten, die Fenster aufreißen. Beim geringsten

Windstoß würden die Schranktüren aufspringen. Diesen Anblick wollte er Roger ersparen. Genau wie den seines Spiegelbilds. Er sah fürchterlich aus. Er müffelte. Jonas drehte den Duschhahn auf.

Wenig später beschloss er, zu Tom zu radeln. Da fiel ihm ein, dass sein Fahrrad noch vor der Kneipe stand. Er würde einen Bus nehmen, würde das Rad abholen und zu Tom fahren. Der Freund wohnte am Stadtrand in einer WG. Den Umweg über die Altstadt nahm er gerne in Kauf. Jonas wollte endlich Klarheit haben.

Lager II/Felsterrasse

Laura wachte durch ein Geräusch auf, das sie zunächst nicht einordnen konnte. War es ein Reißverschluss? Sie setzte sich auf. Lasse stand neben seinem Lager. Im Strahl seiner Stirnlampe nahm sie seine Silhouette wahr. Ob er mal musste? Sie grinste. Sie würde wegschauen. Wenn er in eine Grotte pinkelte, wollte sie das nicht so genau mitbekommen. Sie hatten das bisher ganz gut gehandhabt und hatten ihr Geschäft voreinander im Verborgenen verrichten können. Das bisschen Privatsphäre war ihr wichtig.

Aus den Augenwinkeln sah sie, dass er an seinem Rucksack nestelte.

»Wo gehst du hin?«, fragte sie verwundert.

»Ich drehe eine Runde«, sagte er, als er den Rucksack über eine Schulter schwang und auf seinem Rücken festschnallte. Den Helm hatte er bereits aufgesetzt, seine Stirnlampe verbreitete helles Licht.

»Was?«, rief sie. Wieso wollte er eine Runde drehen? »Schlaf weiter.«

Sie war einigermaßen bei Sinnen und es gelang ihr, auf den schweren Rucksack zu deuten. »Wozu das Gepäck?«

»Ich bin bald zurück.«

Sie war zu müde, um zu widersprechen.

»Ich mach einen kleinen Erkundungsgang, damit wir morgen wissen, wo wir hinmüssen. Wenn du wieder aufwachst, bin ich längst zurück. Versprochen.«

»Aber …«, murmelte sie.

»In der Unterwelt weiß man nie, was man braucht.«

Laura ließ sich auf ihre Matte zurückfallen und wartete auf einen friedlichen Traum. Sie tastete nach Mimo und presste den weichen Teddy fest an ihre Brust.

Als Laura aufwachte, brauchte sie einen Moment, um zu realisieren, dass sie in einem Schlafsack auf einem Lehmboden lag. Sie musste Mimo weggekickt haben, denn der Teddy befand sich am Fußende. Sie tastete nach ihrem Handy, das sie ausgeschaltet hatte, um Energie zu sparen.

Dann rieb sie sich die Augen. Lauschte. Das Wasser plätscherte und gluckerte von der hinteren Wand. Es war das einzige Geräusch, ansonsten war es still um sie. Ganz still. Grabesstill. Kein Atemzug war zu hören. Sie schaltete das Handy ein, drückte auf das Taschenlampensymbol und ließ den Lichtstrahl über Lasses Schlafstätte huschen. Sie war leer. Sie neigte sich vor, sah noch mal hin. Das Bild veränderte sich nicht. Wieso war Lasse nicht da?

Er war losgezogen, während sie schlief. Sie erinnerte sich, dass er das Gelände inspizieren, Wege auskundschaften wollte. War er auf erste Artefakte gestoßen? Er musste doch müde sein, schließlich waren sie den ganzen

Tag umhergelaufen! Vielleicht hatte er sich hingelegt, er hatte seine Habseligkeiten bis auf Schlafsack und Isomatte dabei. Sie checkte sein Lager. Der Schlafsack lag zusammengerollt auf der Matte. Er hatte also nicht beabsichtigt, in einer anderen Höhle zu übernachten. Wo war er? Wie spät war es? Sie las die Uhrzeit vom Display ab. 3.27 Uhr. Also mitten in der Nacht. Sie sollte noch ein wenig dösen. Lasse würde zurückkehren, am Morgen aufkreuzen, als wäre nichts gewesen.

Sie musste an ihren Vater denken. Wie viele Male hatte er eine seiner unzähligen Geschäftsreisen verlängert? Wie oft war er später heimgekommen als vorgesehen? Manchmal hatte sie die halbe Nacht wachgelegen. Die Angst hatte ihr die Kehle zugeschnürt, denn sie war den bösen Monstern ausgeliefert gewesen! Sie hatten erst dann von ihr abgelassen, als Papa seinen Kopf durch die Tür gesteckt hatte und »Hallo, meine kleine Zauberfee« gesagt hatte. »Ich bin zurück, schlummere ruhig weiter.« Jedes Mal hatte sie befürchtet, es wäre wie damals, bei Mama. Bevor sie zu einem Wanderurlaub aufgebrochen war, hatte sie ihr einen flüchtigen Kuss auf die Wange gedrückt und gesagt: »Bis dann, mein Schatz. Oma passt auf dich auf.« Oma hatte auf sie aufgepasst, aber Mama war nicht zurückgekehrt. Papa hatte alleine an der Haustür gestanden. Er hatte sie hochgehoben und fest an sich gedrückt. Er hatte einen Teddy im Arm gehalten, braun wie die Nougatcreme auf ihrem Frühstücksbrötchen. Sie hatte ihn Mimo genannt. Ohne ihn hatte sie seitdem kaum einen Tag verbracht.

Sie tastete nach dem weichen Plüsch. Dachte an Papa. An Jonas. An Lasse. Der nicht ihr Vater war, nicht ihr Bruder, nicht ihr Freund. Er war ihr Auftraggeber. Nichts weiter. Er zog sie an und stieß sie ab. Zur gleichen Zeit.

Tübingen

Tom goss heißes Wasser in zwei Becher. Er reichte Jonas eine Holzbox, in der sich ein Sammelsurium an Teebeuteln befand. Jonas griff wahllos zu. Es war ihm schnuppe, ob er Salbei- oder Hagebuttentee trank. Er stand nicht auf das gesunde Zeug, das Tom in sich hineinschüttete.

Sie saßen auf einem zerschlissenen Sofa in der Küche einer Vierer-WG. Außer Tom war in den Semesterferien niemand da. Tom sprach schnell. Er erzählte vom Leben und Überleben in Höhlen, von immer gleichbleibenden Temperaturen, von geringer Sauerstoffsättigung und Dingen, die Jonas nicht hören wollte.

»Was hast du herausgefunden?«, wollte Jonas wissen.

Tom nippte an seinem Tee. »Ich war den ganzen Abend bei Caro«, sagte er. »Wir haben mit Finja gesprochen. Caro hat sie angerufen, während ich da war.«

»Das hatten wir schon.« Jonas' Blick blieb an einer Reihe Bilder hängen, die über dem Esstisch hingen. Es waren Zeichnungen. Porträts. Man erkannte die Gesichter nicht. Möglicherweise zeigten die Bilder Toms Freunde. Vielleicht seine Eltern? Oder Nietzsche, Hegel und Hölderlin. Jonas trank geduldig seinen Tee. Er wollte nicht drängeln. Noch nicht.

»Caro hat Finja ins Gewissen geredet. Sie hat ihr erklärt, dass eine junge Frau mit Lasse in Höhlen unterwegs sei und ihre Angehörigen seit Tagen nichts von ihr gehört haben. Sie hat sie gebeten, endlich zu schildern, was passiert ist. Daraufhin ist Finja in Tränen ausgebrochen. Sie erzählte, dass Keyes sie verkabelt und in einen Keller gesperrt hat. Mehr war nicht aus ihr herauszubekommen.«

Jonas verschluckte sich an seinem Tee. Wütend knallte

er den heißen Becher auf die Tischplatte und hustete, bis er einen roten Kopf bekam.

»Shit!«, stieß er hervor. Seine Hände zitterten.

»Wir haben beide versucht, sie dazu zu bewegen, endlich zur Polizei zu gehen, ihn anzuzeigen, um andere junge Frauen vor ihm zu schützen.« Tom sah Jonas mit glasigem Blick an. »Sie ist nicht darauf eingegangen. Wir sollen sie in Ruhe lassen, meinte sie.«

»Glaubst du ihr? Also, dieser Finja.«

»Warum sollte sie lügen?«

»Warum zeigt sie Lasse dann nicht an?«

»Sie will nichts mehr mit ihm zu tun haben, nicht einmal seinen Namen sollen wir je wieder erwähnen. Ich weiß nicht, was sie erlebt hat, Jonas, aber es muss krass gewesen sein.«

»Was ist mit der Personalakte?«

»Keine Chance.«

»Du wolltest dich in euer System hacken!«

Tom schüttelte den Kopf. »Ein Sicherheitssystem zu knacken ist eine Straftat. Wenn das einer mitkriegt, bin ich meinen Job los – und nicht nur das.«

Jonas nickte. Es reichte, wenn er selbst seinen Job riskierte. Er wusste, Tom tat alles, was in seiner Macht stand, er war auf seiner Seite.

Sie sprachen noch eine Weile über Datenschutz, Datenklau und Cybersicherheit. Gegen 20 Uhr verabschiedete sich Jonas. »Ich will morgen fit sein, wir suchen nach Laura. Ich muss noch packen.«

»Am liebsten würde ich mitkommen.« Tom schien zu überlegen. Er legte seinen Kopf schief. »Es geht nicht. Ich muss arbeiten. Du etwa nicht?«

»Ich bin krank«, sagte Jonas. »Also. Du weißt schon.«

Tom fuhr sich übers Gesicht. »Wir sind alle krank, Jonas. Vor Sorge.«

»Exakt, Tom! Und ich frage mich, wo wir suchen sollen. Hast du eine Ahnung, wo die beiden sind? Irgendeinen Anhaltspunkt?«

»Leider nein. Keinen Schimmer. Ich wünsch euch viel Glück! Sobald du ein Lebenszeichen von ihr hast, melde dich.«

»Du auch, Tom.«

Jonas löste das Rad von seiner Halterung. Bevor er den Helm aufsetzte, um nach Hause zu fahren, rief er seinen Vater an.

»In Höhlen wirkt alles gleich, Papa«, sagte er. »Das Licht, die Temperatur, die Zeit. Nichts verändert sich. Bloß der Gehörsinn verschärft sich.« Jonas wusste nicht, warum ihn das so aufwühlte.

»Hast du was Brauchbares herausgefunden?«, fragte Roger.

»Nein. Ja. Vielleicht. Wir haben eine Zeugin, aber die will nicht zur Polizei.«

»Eine Zeugin wovon? Und wieso zur Polizei?«

Jonas ging nicht darauf ein. »Wir müssen sie dazu bringen, Lasse anzuklagen! Wegen Nötigung. Aber es geht vermutlich nicht um sexuelle Nö...« Kaum ausgesprochen, wusste Jonas, dass er ein schweres Schlafdefizit hatte. Sein Hirn funktionierte nicht, er war sich der Konsequenzen seiner Sätze nicht mehr bewusst.

»Was willst du damit andeuten?« Rogers Stimme schnappte fast über.

»Es scheint sich um eine Art Psychospiel zu handeln, Papa.« Das Wort war am Abend mehrfach gefallen. Genaueres konnte weder Caro noch Tom sagen.

Roger stöhnte. »Der Heli ist gechartert. Wir sehen uns morgen.«

»Ich hab keine Ahnung, wo Laura ist, ich bekomme keine Antwort von ihr, ihr Handy ist tot!«

»Ich weiß.«

»Wahrscheinlich kann man es noch nicht einmal orten.«

»Wir werden sie finden.« Roger klang bestimmt. Jonas sagte nichts. Diesen Unterton kannte er. Er ließ keine Widerworte zu.

TAG VIER. 17. SEPTEMBER

Lager II/Felsterrasse

Laura war eingeschlafen. Aufgewacht. Eingenickt. Lasse war nicht zurückgekehrt. Sie warf einen Blick auf ihr Handydisplay. Es war kurz nach sieben. Sie richtete die Taschenlampe zum wiederholten Mal auf seinen Schlafplatz. Er war leer. Sie rieb sich die Augen. War Lasse drüben an der Wasserstelle, nahm er eine längst fällige Dusche? Sie stand auf und ging über eine unbefestigte Stufe zu der Stelle. Im Schein der Taschenlampe betrachtete sie die Umrisse der steil aufragenden Wände. Sie rahmten das Rinnsal ein wie ein Bild. Lauras Blick versank in der winzigen Quelle, in die das Wasser rann.

Außer ihr war niemand da. Während sie wartete, könnte sie sich in Ruhe waschen. Es war höchste Zeit, denn sie fühlte sich schmutzig von den Toilettengängen in der Natur, bei denen sie Feuchttücher wie Papiertaschentücher sparsam einsetzte. Niemals hätte sie sich träumen lassen, dass sie ihr Geschäft in dunklen Höhlenlöchern verrichten würde! Dennoch verspürte sie keine Lust darauf, sich frisch zu machen. Sie musste erst Gewissheit haben.

Warum war Lasse ohne sie losgezogen, weshalb war er immer noch fort? Sie wurde nicht schlau aus ihm. Dieser Mann, der sie herausforderte, verängstigte, verärgerte und allem Anschein nach veräppelte – wer war er? Wieso hatte er sie nicht in seine Pläne eingeweiht? Seine Ehe mit Heiko fiel ihr wieder ein. War Lasse wirklich schwul? Oder hatte er ihr bereits am ersten Abend etwas vorgemacht? »Hey, Schöne, ich bin Lasse, wer bist du?« So hatte er sie angesprochen, obwohl Tom sie schon vorgestellt hatte. Erst hatte sie es als dumme Anmache abgetan. Als er beteuerte, es ginge ihm nicht um das, was sie denke, er suche nichts weiter als eine Fotografin, hatte sie ihm in die Augen gesehen. Sie waren dunkler als ihre haselnussbraune Iris, ohne grüne Sprenkel. Seine Augen waren vom tiefen Braun der Erde, genau wie die ihrer Mutter. Sie hatte gelächelt. Es war vier Tage her. Sie kamen Laura endlos vor. Als habe sie in einem anderen Leben, das Handy in der einen, einen Gin Tonic in der anderen Hand, an einer Bar gestanden, nicht wissend, wohin mit ihrer Zukunft. Tom habe sie wärmstens empfohlen, hatte Lasse behauptet. Lasse war anders als die Männer, die sie kannte. Er war viel älter als sie. Geowissenschaftler. Promoviert.

»Ich bin ein wurzelloser Traumtänzer«, hatte er gesagt. Er hatte ein wenig ungepflegt gewirkt, verwegen fast, mit den ungebändigten dunkelblonden Haaren und der kleinen Lippenspalte an der rechten Oberlippe, die, aus welchen Gründen auch immer, nicht wegoperiert worden war. Es war seine Sicht auf die Welt gewesen, seine Art, vor niemandem in die Knie zu gehen, die sie gefesselt hatte. Sie hatten geredet und geredet, bis sie geglaubt hatte, er habe sich in ihre Seele geschlichen, so intensiv war ihr seine Nähe vorgekommen. Inzwischen wurde sie das Gefühl nicht los, dass er sich hinter einer Mauer aus panzerfestem Glas versteckte. Lichtjahre schien er entfernt, selbst wenn er direkt vor ihr stand. »Es sind bloß ein paar Tage«, murmelte sie vor sich hin. Fast tonlos brabbelte sie weiter. »Bald ist dieser Auftrag Geschichte. Hör auf zu grübeln und sei froh, dass du endlich Zeit für dich hast.«

Sie erhob sich. Entschlossen riss sie sich die Thermowäsche vom Körper und stürzte sich in die Arktis.

Nische hinter Lager II

Ein wenig zickig war sie schon. Hübsch und zickig. Selbstbewusst und zickig. Eine explosive Mischung. Sie hatte gezuckt, als er losgezogen war, er hatte es genau gesehen, es hatte sie irritiert. Sie hatte versucht, sich nichts anmerken zu lassen, doch er wusste genau, was in ihr vorging. Ihre Reaktion gefiel ihm, sie machte den Trip spannend.

Sie war keine, die klein beigab. Keine, die mit der Herde rannte. Laura gehörte zu denen, die sich für Dinge begeisterten, ohne mit dämlichem »Oh my God«-Gekreische zu nerven. Mit solchen Frauen konnte er nichts anfangen. So wenig wie mit diesen hyperintellektuellen Bitches. Die waren ein Albtraum für ihn. Frauen wie Laura waren nach seinem Geschmack. Anstrengend. Hochemotional. Er konnte sich vorstellen, wie es war, wenn sie austickte. Sie hatte sich nur noch nicht getraut. Die Umgebung schüchterte sie ein.

Er hatte sofort geschnallt, dass sie klaustrophobisch war. Er hatte vage durchklingen lassen, dass er niemandem erzählt hatte, wo sie waren. Kein Mensch kannte ihren Aufenthaltsort. Sie wusste, dass sie auf ihn angewiesen war. Ihr Handy nützte ihr nichts. Sie war schlau genug, das zu schnallen. Sie war zäh. Laura würde sich durchbeißen, wenn es hart auf hart kam. Sie gehörte zu der Sorte, die überlebte, wenn alles um sie herum zusammenbrach. Trotzdem hatte sie ihm den Scheiß mit Heiko geglaubt. Es hatte sie verwirrt, aus dem Konzept gebracht. Sie wusste nicht mehr, woran sie war. Je weniger sie ihn einschätzen konnte, umso schneller würde sie austicken. Er grinste. Warum glaubten alle, er wolle ihnen an die Wäsche? Während er an die anderen kleinen Pussys dachte, fuhr er mit der Zunge über seine Zähne. Laura war perfekt für sein Vorhaben. Absolut perfekt.

Lager II – Unter der Schwäbischen Alb

»Kaffee ist fertig«, sagte Lasse. Er saß in der Hocke neben seinem Schlafplatz, als hätte er diesen gerade erst verlassen, als zehre er noch von dessen Wärme. Vor ihm loderte ein kleines Feuer, daneben stand der Gaskocher. Auch er flackerte. Es roch nach Kaffee.

»Da bist du ja!«, stieß sie hervor. Sie hatte unter dem Regenband gestanden, hatte das eisige Wasser so lange auf sich niederprasseln lassen, bis sie geglaubt hatte, bewusstlos zu werden. Die Wassertemperatur betrug kaum mehr als 10 Grad. Bald hatte sich ihr Körper erwärmt, und sie hatte gar nicht genug bekommen können, ja sie hatte es genossen, jeden Millimeter ihres Körpers mit dem Stück Seife, das sie aus ihrem Rucksack geholt hatte, zu säubern. Sie war nahe an die Stelle herangetreten, an der das Rinnsal als Kaskade von der Decke schoss. Jetzt fühlte sie sich von den Haarspitzen bis zu den Zehen gereinigt, rosig durchblutet, runderneuert. Bis ihr der Kaffeeduft in die Nase gestiegen war. Lasse war zurück.

Erleichtert legte sie ein Handtuch auf ihren Kopf und band es zu einem Turban. Das zweite Handtuch hatte sie um ihren Körper gewickelt. Sie bemerkte, dass er sie musterte, während sie zu ihm rüberging. Er hörte nicht auf, sie anzustarren. »Wo warst du?«, wollte sie ihn fragen, voller Vorwurf.

»Na, hattest du ein Rendezvous mit einem hübschen Neandertaler?«, sagte sie stattdessen.

Der Zug um seinen Mund gefiel ihr nicht. Sein Blick war frech. Dreist, geradezu. Er wirkte wie der Typ einsamer Wolf, dem Frauen verstohlen zulächelten und verheiratete Männer aus dem Weg gingen. Stand er wirklich auf Männer? Na warte, dachte sie. Griff nach dem knapp sitzenden Handtuch. Taxierte ihn provozierend. Ließ es fallen.

»Kaffee, Laura?«, fragte er, während seine Pupillen ihren nackten Körper scannten. Er fixierte ihre Brüste und fraß sie mit den Augen auf. Lasse war nicht schwul. Im Leben nicht! Als ihr queerer Freund Carl sie einmal nackt gesehen hatte – es war im Schwimmbad gewesen, er war versehentlich in ihre Kabine gerauscht –, hatte er verlegen zur Decke geschaut. Lasse schaute nicht zur Decke. Sein Blick war lüstern. Nicht von einer Erregtheit, die einer Frau das Gefühl gibt, begehrenswert zu sein. Er hatte etwas Diabolisches an sich. Er ließ sie schaudern. Laura zog ihre Thermounterwäsche an. Sie sagte: »Ja, bitte mit geschäumter Milch.«

»Zu Diensten, Madame!« Schnell bewegte er seine Lippen. Er mimte ein schaumschlagendes Rührgerät. Der charmante Lasse vom Unifest.

Sie setzte sich neben ihn auf einen Stein und streifte den Pullover über. »Was steht auf dem Plan?«

Er reichte ihr einen Kaffee. Er war heiß. Es tat gut, sich von innen zu wärmen. Laura umschloss mit ihren Händen den warmen Becher.

»Heute bin ich dran mit Abwasch«, sagte Lasse, »morgen du. Danach machen wir den Abflug.«

»Du hast nicht geschlafen.«

»Doch. Bloß nicht so lange wie du.«

Hatte er es irgendwie geschafft, mit Heiko zu chatten, der vielleicht doch Heike hieß? Aber es gab hier kein Netz, wie oft hatte sie versucht, eine Nachricht an Jonas oder ihren Vater zu schicken! Kurz vor der Dusche hatte sie einen letzten Versuch gewagt, der wieder fehlgeschlagen war.

Sie beobachtete Lasse. Seine leere Blechtasse in der Hand stapfte er zur Wasserstelle. Ihr verstohlener Blick verharrte auf seinem ungetrimmten Bart. Was wusste sie von ihm? Dass er an einem Buch über die Höhlen der Schwäbischen Alb arbeitete, im Auftrag eines großen Verlags. Dass er gerne Höhlengarn spann. Dass er Wenigschläfer war und Frühaufsteher. Dass er in seiner Jugend zu viel Guns n' Roses gehört hatte. Darüber hinaus wusste sie nichts. Sie kannte weder sein Geburtsdatum noch seine Blutgruppe, sie wusste nicht, was ihn antrieb, anmachte, antörnte, abtörnte; sie hatte keine Ahnung, was ihn anregte, erregte, aufregte. Welche Laster hatte er? Oberflächlich hatte sie in seine Abgründe geschaut. Wie gut kannte man einen anderen Menschen schon? Sogar in Beziehungen glaubte der oder die eine, alles über den oder die andere zu wissen. Um, manchmal nach Jahrzehnten, festzustellen, im Nebel gestochert zu haben. Dies galt auch für Nachbarn. Wer hätte für möglich gehalten, dass der Vater ihrer Freundin Sandy jahrelang eine Doppelehe führte. Ulf Meyerle war zweimal verheiratet. Er hatte zwei mal zwei Kinder. Einmal in Tübingen, einmal in Hannover. Als er von der Polizei abgeführt worden war, waren alle sprachlos gewesen. Auch Lasse hatte ein dunkles Geheimnis. Dies war so sicher wie die Beweise, die gegen Sandys Vater sprachen. Der Mann neben ihr war unberechenbar.

»Wir brechen auf.« Lasse tippte auf seine Armbanduhr. »Beeil dich, Laura. Sorge dafür, dass nichts liegen bleibt.« Zwischen seinen Augen hatte sich eine Falte gebildet. Wie ein spaltender Graben teilte sie seine Stirn. »Und mit nichts meine ich wirklich nichts.«

»Ist das nicht unser Basislager?«, fragte sie.

»Sprech ich Spanisch, oder was?«

Sie rollte mit den Augen, während sie ihre Sachen zusammensuchte. Murrend warf Laura die Kosmetikutensilien, die um sie verstreut lagen, in den Rucksack. Auch die Blechtasse steckte sie in eines der Fächer. Rasch verstaute sie Schlafsack wie Isomatte, zog hektisch die Trekkingstiefel an und verschnürte sie grob. Anschließend hob sie den Rucksack auf eine Schulter.

Lasse war vorausgegangen. Wortlos folgte sie ihm. Immer wieder machte sie Fotos. Eine Zeit lang ging das so. Bis es erneut geschah. Ohne Ankündigung. »Laura, du bist eine Trantüte«, motzte er.

Sie waren über einen endlosen Gang in einen Raum vorgedrungen, der einen faszinierenden Felskamin offenlegte. Er hatte sich aus einer dicken Sinterschicht herausgebildet. Laura leuchtete ihn aus. Ihr Licht fing eine Nische ein, aus der Bodentropfsteine sprossen wie Pilze. Es sah aus wie ein Schlund, mit Zäpfchen übersät. Seit Minuten zoomte sie an die Tropfsteinzäpfchen heran und drückte wie verrückt auf den Auslöser. Was für ein Motiv! Sie ignorierte Lasse und ließ ihn drängeln, bis er seine Worte scharf wiederholte. Zähneknirschend ließ sie die Kamera sinken. Das Maß war voll. Sie fuhr ihn an. »Du bist arrogant und selbstgefällig.« So ruhig sie konnte, brachte sie ihre Anklage hervor. »Und du hast einen grottigen Musikgeschmack.«

Die Kälte in seinen Augen ließ sie verstummen. Sie stapften weitere eineinhalb Stunden stumm hintereinander her. Sie lauschte ihrem eigenen Atem, um nicht durchzudrehen. Ihre Gedanken fielen übereinander her. Sie musste sich zügeln, sie konnte Lasse nicht ausweichen, konnte nicht davonlaufen!

Laura stieß die Luft laut hörbar aus und konzentrierte sich auf ihre Umgebung. Die Gesteinsformationen waren wie Chamäleons. Ständig änderte sich ihre Farbe, verwandelten sie sich und erzählten eine andere Geschichte. Sie lichtete die markantesten Stellen ab. Die Ablenkung half, nicht über Lasse nachzudenken. Laura begann, Farben zu erfinden. Friedhofschwarz, Gipfelkreuzbraun, Schwarzwaldtannengrün. Und immer wieder Felsmausgrau. Ihre Stimmung hob sich. Sie wurde kreativer und unterhielt sich mit den Steinen. »Hey, grauer Alltag!«, rief sie ihnen zu. »Hallo, Schneeflocke!« Und: »Oh, du wunderschöner Sternenstaub!« Übermütig weihte sie Lasse in ihr Spiel ein.

»Hey, Lasse, wusstest du, dass es karussellpferdchenlilane Steine gibt?«

Er lachte, als wäre nichts gewesen. Da war er wieder. Dieser Stimmungswandel. Dieses Zucken um seinen Mund, das Lecken über seine Lippen.

Auch ihr Vater hatte eine Phase gehabt, in der seine Launen wechselhaft gewesen waren. Er war eine schwierige Zeit für ihn gewesen, nachdem ihre Mutter gestorben war. Als Chefarzt hatte seine wöchentliche Arbeitszeit 55 Stunden und mehr betragen. Parallel dazu hatte er ein kleines Mädchen zu versorgen gehabt. Sie hatte eine Nanny bekommen, kurz darauf eine neue Mutter. Manu. Jonas' Mutter war ihr gegenüber reserviert gewesen und Papa war launisch geblieben. Nach zehn Jahren hatten sie sich getrennt. Vor drei Jahren hatte Papa Beatrix getroffen. Von dem Tag an war er ausgeglichen gewesen. Heiko oder Heike war also nicht der oder die Richtige für Lasse, nicht der ausgleichende Pol.

Während sie ihrem Begleiter folgte, besann sich Laura auf ihre Mission. Sie würde diesen Trip überstehen. Sie würde die Klappe halten, und müsste sie ihre Unterlippe durchkauen, bis sie perforiert war. Hauptsache, sie würde nicht klein beigeben.

Vier Tage hatte sie beinahe hinter sich. Sieben hatte er gebucht. Von einer Verlängerung hatte er nicht gesprochen. Es lagen also noch drei Tage vor ihr. 72 Stunden. 4.320 Minuten. 259.200 Sekunden. Ein Viertel der Zeit würden sie verschlafen. Blieben genügend Momente. Augenblicke, die sich, so hoffte sie, verflüchtigen würden wie die Erinnerung an diesen Trip.

Tübingen – Reutlingen

Die Rotoren des Helikopters drehten in der Luft. Sie wirbelten Staubkörner auf und erschwerten jeden Schritt. Jonas kämpfte gegen die Böe an. Er bückte sich, als wolle er sich vor der Erde verneigen. In Wahrheit wollte er von den Drehflügeln nicht kahl rasiert werden. Der Pilot nahm sein Funkgerät in die Hand und gab eine Ansage durch. »Gelandet. Over.«

Mit der Rechten hielt Jonas seinen Parka fest, mit der Linken umklammerte er seinen Rucksack und schleifte ihn hinter sich her. Um 6 Uhr war er aufgestanden und hatte einen Carsharing-Wagen gebucht. Danach war er vom Stadtteil Bebenhausen in die Kernstadt gefahren. Aus einem Impuls heraus hatte er in einer Seitenstraße unterhalb des Nordrings angehalten und ein paar Sachen aus Lauras Kleiderschrank genommen. Den Zweitschlüssel zu ihrer Wohnung hatte sie ihm gleich nach ihrem Einzug gegeben. Wahllos hatte er Klamotten und Waschzeug eingepackt, die Sachen würden drei Tage reichen, notfalls länger. Anschließend war er nach Reutlingen gefahren. In einer Bäckerei in Kliniknähe hatte er gefrühstückt und auf Rogers Nachricht gewartet.

»Wir sind gegen 12.30 Uhr da«, hatte Roger getextet. Endlich. Jonas war aufgebrochen. Er hatte das Fahrzeug vor dem Krankenhaus geparkt, das aus mehreren Gebäuden bestand, war am Empfang vorbeigeschlurft und in den Fahrstuhl gestiegen. Um 11.55 Uhr hatte er auf dem Klinikdach gestanden. Dass er dort warten musste, war ihm egal gewesen. Hauptsache, er hatte es pünktlich geschafft.

Jonas hatte ihn gehört, bevor der Heli über ihm gekreist war. Um 12.45 Uhr hatte der Hubschrauber auf dem Dach des Reutlinger Klinikums am Steinenberg aufgesetzt. Nun sah Jonas die Rotoren in der Luft drehen. Sein Vater saß neben dem Piloten. Jonas winkte ihm zu. Roger stieß die Tür auf und schrie gegen den Lärm der Rotorblätter an. »Los, spring rein!« Der Pilot begrüßte ihn mit einem freundlichen »Bonjour, Monsieur«.

Jonas hob die Hand und ließ sich hinter den beiden auf den gepolsterten Rücksitz fallen. Seinen Rucksack warf er auf den freien Platz neben sich.

»Super, dass du es geschafft hast«, sagte Roger. »Es ging nicht früher.« Er deutete auf den Piloten, der den Steuerknüppel betätigte und den Heli wieder in die Luft brachte. Binnen Minuten lagen die Häuser von Reutlingen hinter ihnen. Sie glitten über bewaldete Hügel. Der Tag hatte sein Sonntagsprogramm aufgelegt. Die Sonne tauchte die Schwäbische Alb in goldenes Licht, die Hügel leuchteten wie für ein Filmteam angestrahlt. Jonas atmete aus. Danach folgte er dem Blick seines Vaters, der auf den Boden gerichtet war. Suchte er das Gelände nach Laura ab? Rogers Kaumuskeln waren unablässig in Bewegung. Er konnte seine Nervosität nicht verbergen.

Wie schön diese Landschaft ist, durchfuhr es Jonas. Abgesehen von einem Schüleraustauschjahr, das er in Seattle verbracht hatte, lebte er hier seit seiner Geburt. Unter ihm erstreckten sich 160 Quadratkilometer Hügel, bewaldete Stellen und Wiesen. Es sah aus wie in Bullerbü. Das wahre Wunder aber tat sich unter der dicken Kalksteinschicht auf. Denn die Schwäbische Alb ist Höhlenland. Sie ist durchlöchert wie Schweizer Käse.

Auch der Pilot schaute fasziniert in die Tiefe, als beeindruckten ihn markante Landstriche noch immer. Dabei schien er so viel Zeit in der Luft verbracht zu haben wie ein Steinadler. Sein Gesicht war zerfurcht. Es glich der Landschaft, die von Wind, Wetter und dem Lauf der Jahrzehnte geprägt war.

»Vous voulez faire un tour?«, fragte er.

»Er spricht nicht Französisch.« Roger zeigte mit dem Daumen nach hinten auf seinen Sohn.

»Kein Problem«, sagte der Pilot. Sein Deutsch war fehlerlos, nahezu akzentfrei.

»Sie sprechen Deutsch?«, wunderte sich Roger.

»Ma grandmère ...«, erwiderte der Pilot. »Meine Großmutter war eine Deutsche.« Seine Plauderlaune hielt an. »Sind Sie auf dem Weg zu einer Expedition oder machen Sie einen Ausflug?«

»Weder noch.«

»Ich habe gehört, dass es in dieser Gegend Höhlen gibt, wie in Belgien. Waren Sie schon mal in Han-sur-Lesse? Das ist eine der größten Schauhöhlen Europas. Dort gibt es einen Salle du Dôme, der ist 62 Meter hoch, 86 Meter breit und 149 Meter lang. Das sind fast 800.000 Kubikmeter, das muss man sich mal vorstellen! Aber ich weiß nicht, Mann«, plapperte er weiter, »ich bin lieber oben, an der frischen Luft.«

»Wir sind keine Höhlentouristen«, sagte Roger unwirsch. »Ich bin Arzt.«

»Verstehe. Ein Klugscheißer.« Der Pilot drehte sich nach hinten um und zwinkerte Jonas zu, bevor er beschleunigte. Die beiden Passagiere wurden in ihre Sitze gedrückt. Roger hob kurz das Kinn, dann richtete er seine Aufmerksamkeit wieder auf den Bildschirm seines Smartphones.

Jonas' Mimik fror ein. Er krallte beide Hände in das Sitzpolster. Seine Knöchel waren bleich wie sein Gesicht. Er musste diesen Flug überstehen, ohne sich übergeben zu müssen, sonst würde er sich vor seinem Vater blamieren!

»Keine Sorge. Mit diesem Schätzchen kann man keinen Looping fliegen.« Der Pilot klang amüsiert. Dachte er, wieder so ein Halbstarker, der ungekämmt in einer löchrigen Jeans und verdreckten Sneakers in meinem Sitz lümmelt und sich die Hosen vollscheißt? Er gab Gas.

»Mir ist schlecht!«, schrie Jonas. Er hielt die Hand vor seinen Mund.

Roger schnauzte den Mann neben sich an. »Wir wollen keine Demonstration Ihres Könnens, wir wollen zu den Koordinaten, die ich durchgegeben habe. Ist das für Sie machbar?«

»Mais oui, Monsieur«, sagte der Pilot. Dann drosselte er die Geschwindigkeit seiner 205 PS starken Robinson R44 Raven II i, deren Reichweite von 640 Kilometern Roger nahezu ausgenutzt hatte. Der Helikopter nahm eine ruhige Flugposition ein. Wenig später flogen sie über die akkurat getrimmten Wiesen eines 18-Loch-Golfplatzes. Der Golfclub Reutlingen Sonnenbühl. Sie landeten vier Kilometer weiter auf einem freien Feld, unweit der Bärenhöhle.

Der Pilot verabschiedete sich überschwänglich.

Lager II/Felsterrasse

Er blieb launisch. Vermutlich ärgerte es ihn, dass sie auf keine Funde stießen. Lasse fluchte und schimpfte vor sich hin. Irgendwann deutete er mit dem Kopf auf ein Portal. Laura riss die Augen auf. Wie war das möglich? Vor ihr lag … die Felsterrasse! Ihr war nicht aufgefallen, dass sie den Weg zurückgenommen hatten. Waren sie etwa im Kreis gelaufen? Hocherfreut blickte sie auf das Lager, das sie am Morgen verlassen hatten. Auf ihre Koje. Eine Reihe Steine waren am Rand aufgestapelt, sie hatte ihr Terrain damit abgesteckt. Warum hatten sie das ganze Gepäck mit sich geschleppt, wenn Lasse vorgehabt hatte, zum Ausgangspunkt zurückzukehren?

Sie war zu müde, um ihm Fragen zu stellen. Während einer schweigenden Mahlzeit registrierte sie emotionslos, dass ihre Vorräte schwanden. Eine Packung Brot hatte sie fast vertilgt, vom zweiten der drei Aufstriche war noch etwas übrig. Flüchtig machte sie ihr Lager zurecht. Sie ließ das Handy eingeschaltet, für alle Fälle, und schlief rasch ein.

TAG FÜNF. 18. SEPTEMBER

Lager II/Felsterrasse

Als sie erwachte, war Lasses Schlafstätte leer. Er begrüßte sie nicht, wie am Tag zuvor, mit einem wärmenden Feuer und einem Becher Kaffee. Dass es dunkel war, bedeutete nichts, wie Laura inzwischen wusste. Beruhigt stellte sie mit einem Seitenblick auf ihr Handy fest, dass es noch keine 6 Uhr war. Sie würde noch eine Weile schlafen. Als sie die Augen abermals aufschlug, war die Brandstelle nach wie vor unberührt, Lasses Schlafsack wirkte unbenutzt.

Laura sah erneut auf ihr Display. 8.10 Uhr! Er war nicht zurück. Was ging hier vor sich? Sie stand auf, putzte ihre Zähne, dann schritt sie ihr Lager ab, um etwas zu tun. Sie bemaß es in Meterschritten. Es erstreckte sich sieben Meter in die eine, sechs in die andere Richtung. Okay. Sie wartete also in einer 42 Quadratmeter großen Kammer, deren Mitte eine Felsterrasse markierte, auf ihren Begleiter, der nicht aufkreuzte. Auch nach einer Stunde nicht. Wo zum Teufel steckte er? Was fiel ihm ein, sie allein zu lassen!

Eine weitere Stunde später beschloss sie, ihn zu suchen. Zunächst inspizierte sie die Gänge und Kammern hinter ihrem Lager. Sie traute sich nur so weit vor, dass sie mühelos zurückfand. Dieses System flößte ihr Respekt ein, sie musste sich jede Kreuzung, jede Weggabelung merken, damit sie sich nicht verirrte. Sobald sie unsicher war, kehrte sie um, setzte sich auf ihren Schlafsack, ruhte ein wenig, bevor sie erneut aufbrach und eine andere Richtung einschlug. Immer wieder rief sie nach Lasse, aber er antwortete nie. Sie konnte sich keinen Reim darauf machen. Ihre Unruhe wuchs. Ließ sie sich besänftigen, wenn sie aktiv wurde? Einen Versuch war es wert.

Irgendwann stieß Laura in einen Gang vor, der in einer Grotte endete. Es war eine Sackgasse. Sie kehrte um und spähte die Nischen und Kammern hinter der Grotte aus. Unablässig rief sie Lasses Namen. Sie wusste nicht, ob sie damit die Stille vertreiben wollte oder eine Antwort erwartete.

Am späten Vormittag dröhnte ihr Kopf. Da waren zu viele Fragen, auf die sie keine Antwort hatte. Jede kreiste um einen Fakt, den sie nicht wahrhaben wollte. Lasse war seit neun, zehn, vielleicht auch elf oder zwölf Stunden weg. Wo war er? Warum kehrte er nicht zurück?

»Laura, denk nach«, ermahnte sie sich, während ihr Blick seinen leeren Schlafplatz streifte. Laut sprach sie vor sich hin: »Hast du etwas übersehen, hast du ihn überhört? Hat er dich gerufen?«

Sie ließ den Abend Revue passieren. Sie hatte wenig Lust auf ein Gespräch verspürt, auch Lasse hatte nicht viel gesprochen.

Sie hatte schon geschlafen, als sie ihn flüstern gehört hatte. »Ich drehe eine Runde.« Wie bei einem Déjà-vu waren die Worte an ihr Ohr gedrungen. Es war wie in der Nacht zuvor gewesen. Er brauchte das offenbar.

Wieder kam ihr der Vater in den Sinn. Manchmal hatte

er sich stundenlang in seinem Arbeitszimmer verschanzt, »um ein spannendes Buch zu lesen«. Niemand hatte ihn stören dürfen. Weder sie noch Jonas hatten gewagt, an seine Tür zu klopfen. Stunden später hatte Papa den Kopf aus seinem Arbeitszimmer gesteckt, meist mit den Worten: »Ich habe einen Bärenhunger. Wen von euch beiden verspeise ich zuerst?« Danach war er aus dem Zimmer gestürmt, hatte Laura hochgehoben und war mit ihr durch die geräumige Wohnung gesaust. Er hatte sie durch die Lüfte fliegen lassen, während Jonas in die Hände geklatscht und gerufen hatte: »Engelchen, flieg!« Ihr kleiner Bruder hatte stets Reißaus genommen, wenn Papa auch ihn hatte hochheben wollen. Laura hingegen war ganz wild auf die Fliegerei gewesen. Bis Manu behauptet hatte, sie sei zu groß für diesen Kinderzirkus. War dies auch ein Kinderzirkus? Oder lag es an ihr? Bestrafte Lasse sie für ihren Widerstand?

Einmal hatte sie mit ihrer Clique nach Nepal reisen wollen, da war sie noch keine 18 Jahre alt gewesen. Ihr Vater hatte »Nein« gesagt. Mehr nicht. »Nein, Laura.« Sie war so wütend gewesen, dass sie ein Gefäß mit einer Flüssigkeit umgestoßen hatte. Papa hatte sie nicht getadelt, sondern wortlos aus dem Zimmer gescheucht und dafür gesorgt, dass ein maskierter Mitarbeiter saubermachte. Sehr viel später hatte sie erfahren, dass es sich um eine hochgiftige flüchtige Substanz gehandelt hatte. Papa hatte ihr verziehen, weil er sie liebte. Lasse liebte sie nicht. Er liebte nur sich selbst. Falls er zu derartigen Gefühlen fähig war. Wo war dieser Scheißtyp bloß?

30 Jahre nach der Tat

»Was will der Kerl von mir, warum lauert er mir auf? Wer ist dieser Bärtige, der derart unflätig vor sich hin schimpft? Was hat er hier verloren?« Sie hatte ihr Singen unterbrochen, nachdem er plötzlich aufgekreuzt war. Schon in der Nacht zuvor hatte sie ihn gesehen. Ziellos war er umhergestapft. Hatte dagestanden, Löcher in die Luft starrend. Was suchte er in ihrem Reich?

Er konnte sie nicht sehen, sie stand in der Wand hinter ihm. Sie hatte das Licht ausgeschaltet. Die Wand war grau wie sie, alt wie sie, sie war eins mit ihr. Sie richtete ihre Pupillen auf den Mann, beobachtete jede seiner Regungen. War er der, für den sie ihn hielt? Sie glaubte, in ihm zu lesen wie in einem Buch. Es gefiel ihr nicht. Es war kein gutes Buch. Das Böse war in ihm. Es lag in seinen Augen.

Lager II/Felsterrasse

Als er gegen Mittag nicht zurück war, entfachte Laura ein Feuer. Die Streichhölzer hatte sie auf seinem Schlafsack gefunden, ein paar Holzscheite hatten neben der Feuerstelle gelegen. Lasse hatte nicht nur den Schlafsack und die Isomatte dagelassen, auch die Kochutensilien, Kleidungsstücke und sogar das Seil lagen verstreut an seinem Platz. Dass er mit leichtem Gepäck unterwegs war, wertete Laura als gutes Zeichen. Er würde zurückkehren. Die Frage war nur, wann.

Durstig und hungrig stapfte sie mit dem Kaffeebereiter zur Wasserstelle, füllte ihn und stellte ihn auf den Gaskocher, der nach mehreren Anläufen brannte. Sie löffelte Kaffee in den French-Press-Kaffeebereiter. Während sich das Wasser erhitzte, heftete sie ihren Blick an das Portal, durch das Lasse verschwunden war. Es lag als schwarzes, mahnendes Rechteck vor ihr. Welchen Weg hatte er eingeschlagen?

Sie goss das kochende Wasser in die Kanne und drückte den Stempel vorsichtig nach unten. Nachdenklich trank sie ihren Kaffee und aß eine Scheibe Brot dazu. Den Aufstrich sparte sie sich auf. Sie dachte nach. Sollte sie weitersuchen oder hier sitzen bleiben, untätig wartend? Was, wenn er auch in der folgenden Nacht nicht wiederkehrte? Sie füllte den Becher so oft, bis die Kanne leer war.

Die Zeit verstrich. Langsam. Zäh. Laura traute sich nicht mehr, die Uhrzeit zu checken. Sie zog die Outdoorsachen aus, auch ihre Thermowäsche legte sie ab. Sie schlüpfte in ihren Pyjama und stapfte mit den Sachen zu der Regenwand, um sie im kalten Wasser zu waschen. Sie hatten Seife dringend nötig!

Die sauberen Kleidungstücke breitete sie auf einem Stein neben der Feuerstelle aus, um sie zu trocknen. Sie setzte sich so, dass sie das Portal im Auge hatte. In regelmäßigen Abständen linste sie rüber, in der Hoffnung, Lasses Umrisse in dem dunklen Tor auftauchen zu sehen. Womit könnte sie sich die Zeit vertreiben, sollte sie fotografieren? Sie setzte Mimo auf die Felsterrasse und lichtete den Bären von allen Seiten ab. Daraufhin fotografierte sie ihre Füße. Schnitt Grimassen und machte Selfies. Schlug die Zeit tot. Irgendwann begutachtete sie die Fotos vom Vortag. Aß einen Energieriegel. Wartete. Schlief. Wartete. Lief umher. Wartete. Und wartete.

Nische hinter Lager II

Obwohl er höllisch aufpassen musste, dass sie ihn nicht bemerkte, hatte er sie im Visier. Lasse stand hinter dem Portal, durch das er gegangen war. Er lehnte an der Wand und gaffte zu ihr rüber. Seine Stirnlampe war ausgeschaltet. Es war stockfinster. Rabenschwarze Nacht. Er sah noch nicht einmal die Hand vor Augen. Auch sie konnte ihn nicht erkennen, dabei kauerte sie wenige Meter von ihm entfernt am Boden. Im schwachen Licht ihrer Helmlampe wirkte sie wie ein Gespenst. Vorhin war sie dicht an ihm vorbeigehuscht. Sie hätte nach ihm greifen können! Wie von einem Höhlentier gestochen hatte sie die Kammer abgeschritten, hin, her, vor, zurück. Danach hatte sie ihre Klamotten gewaschen. Immer wieder hatte sie die Felsöffnung passiert, hinter der er lauerte. Eben war sie so dicht an ihm vorbeigerauscht, dass ihr Duft in seine Nase gestiegen war. Sein Geruchssinn war geschärft. Seine Nervenzellen waren programmiert – auf das, was von ihr ausgehen würde. Noch war sie nicht so weit. Doch schon bald würde sie sie ausstoßen. Die Botenstoffe, mit der nicht nur Tiere kommunizierten. Pheromone. Seine Lieblingsduftmarke.

Unter der Schwäbischen Alb

Als Lauras Display 15 Uhr anzeigte, verwandelte sich ihre Nervosität in Wut. Es war albern, in Anflügen von sinnlosem Aktionismus durch die düsteren Gänge zu hasten! Stets kehrte sie mit klopfendem Herzen zu ihrem Basislager zurück, im festen Glauben daran, Lasse sei in der

Zwischenzeit »heim«gekommen. Doch das war er nicht. Erneut war sie losmarschiert, unablässig nach ihm suchend. Sie wollte ihn nicht mehr bloß finden, sie wollte ihn zur Rede stellen! Ihn fragen, was das solle. Ihm eine Standpauke halten, die sich gewaschen hatte. Was bildete er sich ein, sich so zu verhalten?

Die Wut konnte ihre innere Unruhe nicht mildern, im Gegenteil. Sie ließ sie wachsen. Laura war aufgewühlt. Zittrig. Hibbelig. Sie konnte nicht sitzen, und sie konnte nicht liegen. Dass es irgendwann Nacht wurde, war in dieser Hölle sowieso egal.

Mit einer ungekannten Entschlossenheit packte sie ein paar Sachen zusammen. Sie stopfte das Handy, zwei Energieriegel, eine frisch gefüllte Wasserflasche und ihren warmen Pullover in den Rucksack. Er war nicht einmal halb gefüllt und entsprechend leicht. Sie brach auf und durchschritt das Portal. Diesmal würde sie das Gelände systematisch absuchen. Statt planlos Hohlräume, Nischen und Grotten auszuspähen, würde sie jeden Abschnitt sorgfältig durchkämmen. So lange, bis sie den Mistkerl fand, der dieses dumme Spiel mit ihr spielte.

*

Der Duft, den sie hinterließ, war seine Nahrung. Er nahm die Furcht in ihrem Schweiß wahr, sog sie gierig auf. Sie war die Vorstufe, die Phase vor der Angst. Sie würde sich steigern. Mit jeder Stunde, die Laura im Ungewissen verharrte, würde die Furcht anschwellen. Ihr Duft würde strenger werden. Sobald sie kapierte, dass sie gefangen war, dass es keinen Ausweg gab, dass er nicht zurückkehrte und sie keinen Schimmer hatte, wo sie sich befand, würde sich ihre Furcht in nackte Angst verwandeln. Nackte Angst war sein Terrain. Er leckte sich die Lippen. Shit, war das gut.

*

Sie hielt ihre kleine Stabtaschenlampe in der Hand. Sie war flexibler als die Stirnlampe und ließ sich punktgenau einsetzen. Damit konnte Laura in Sekundenschnelle anstrahlen, was sie sehen wollte. Außerdem flackerte sie nicht wie die Funzel, die sie auf dem Kopf trug. Ihr Mobiltelefon war ausgeschaltet. Sie hatte grob überschlagen, dass sie mit dem Akku nur dann die restliche Woche auskäme, wenn sie es mindestens zehn Stunden am Tag abschaltete. Den Rest der Zeit lief es im Energiesparmodus. Zudem hatte sie noch die Powerbank. Dass sie mit dem 10.000-mAh-Modell ihr Handy komplett aufladen konnte, war beruhigend. Eine Art Notgroschen. Noch wusste sie nicht, wann dieses Abenteuer zu Ende sein würde.

Sie stand hinter dem Portal und zögerte. Rechter Hand führte ein breiter Gang tief in das Höhlensystem hinein. Linker Hand endete der Weg vor einer Wand. Sie hatte diese Stelle bisher nicht beachtet, denn sie war undurchdringlich. Da war keine Spalte, durch die ein Mensch passte. Es war eine Sackgasse, die sie getrost ignorieren konnte.

Den Verlauf der ersten Kilometer, die rechter Hand vom Portal und damit ihrem Lager II wegführten, kannte sie inzwischen im Schlaf. Der Gang verlief gerade und kurvenlos, bevor er eine Wendung nahm und nach wenigen Metern in eine Aneinanderreihung von kleineren Kammern mündete, die Laura mehrfach ausgespäht hatte. Hinter der dritten Kammer führte ein Zickzackweg nach oben. Er war schmal. Voller Geröll. Die Steine waren glitschig, der Boden feucht. Warum sollte Lasse diesen Pfad genommen haben? Allerdings wollte sie nichts unversucht lassen, also folgte sie dem Pfad, bis er vor einer Öffnung endete. Die Öffnung war winzig, wie ein Fuchsbau oder ein Kaninchenbau. Selbst wenn Lasse alle Luft aus sich herausgepresst, sich so schmal wie möglich gemacht hätte, war es unmöglich. Er war zu groß für dieses Loch. Sie war es auch. Also kehrte Laura um und marschierte weiter.

Nach einer knappen Stunde traf sie auf das nächste Hindernis. Vor ihr reckte sich eine gigantische Felsspalte in die Höhe. Sie bestand aus zwei steilen Wänden, geschätzte sieben Meter hoch, durch die sich ein tiefer Riss zog. Er maß oben vielleicht einen Meter, nach unten spitzte er sich v-förmig zu. Laura könnte ihre gespreizten Beine in je eine Wand stellen und nach oben klettern. Wenn sie sich mit ausgestreckten Armen hochzog, war es machbar. Sie war nicht geübt im Freiklettern, traute es sich aber zu.

Laura legte den Kopf in den Nacken und wanderte das Hindernis mit den Augen ab. Schnell ließ sie ihre Schultern hängen. Die Felsen führten vielleicht auf eine zweite Ebene, vielleicht ins Nirgendwo.

Sie kehrte in den Gang zurück, aus dem sie gekommen war. Er verästelte sich erneut. Nachdem sie mehrere Querungen genommen und sich intuitiv für einen Weg entschieden hatte, erreichte sie eine Kreuzung, von der vier Pfade abgingen. Welcher war der richtige? Laura zögerte. Erst jetzt begriff sie, dass sie in diesem Abschnitt noch nie gewesen und ihr seit Längerem keine Stelle mehr bekannt vorgekommen war. Laura hatte nicht die geringste Ahnung, wo sie umherirrte. Schlagartig wurde ihr klar, dass jeder weitere Schritt eine Gefahr barg. Sie geriet immer tiefer in das Höhlensystem hinein, war Stunden von ihrem Lager entfernt. Was, wenn Lasse längst zurück war? Wenn er auf seinem Schlafsack lag, ein dummes Lied pfeifend, einen heißen Kaffee kochend?

Sie dachte nach. Straffte die Schultern. Sprach laut, um sich zu motivieren: »Du wolltest deine Umgebung katalogisieren, Laura, dir jeden einzelnen Schritt merken.«

Sie musste endlich anfangen, systematisch vorzugehen. Sie musste sich einprägen, wie sich die Gänge verzweigten, wie sie verbunden waren, wann und wo welche Kurve kam, welche Kammer auf welche Wasserstelle folgte. Und sie durfte sich nicht dauernd ablenken lassen! Aber alles sah so ähnlich aus. War es möglich, sich jede Auffälligkeit zu merken?

Sie fing an, Markantes zu benennen. Große Grotte links, kleiner Durchschlupf rechts, dolinenartige Vertiefung nach Abzweigung Nummer vier, zwölf Tropfsteine unter Felsvorsprung steil. Das Spiel mit den Farben kam ihr in den Sinn. Sie ordnete die Steine den Tönen nach. »Allerweltsalltagsgrau vor Pferdekackbraun hinter Himmelarschblassblau.« Sie kicherte. »Dreckigesautogrün!« Sie nahm den Weg zurück. Katalogisierte weiter. »Himmelarschblassblau Nummer zwei hinter Pferdekackbraun Nummer drei.« Es unterhielt sie, jedoch brachte sie die Begriffe bald durcheinander. Es war nicht machbar, jede Farbe und jede Stelle einzustudieren. Erneut schoss die entscheidende Frage in ihr hoch: Warum traf sie nicht auf Lasse, wieso fand sich keine Spur von ihm? Nicht einmal ein Papiertaschentuch lag auf dem Boden! Wohin war er gegangen? War er inzwischen wieder unter der Felsterrasse in Lager II? Ihrem Basislager? Was, wenn nicht? Sie stapfte über eine kleine Anhöhe, bis sie sich den Kopf stieß. Sie hatte nicht bemerkt, dass der Luftraum über ihr geschrumpft war. Die Decke neigte sich zu ihr herab. Auch in der Breite büßte der Hohlraum einen halben Meter ein. Sie erschrak. Wo um alles in der Welt befand sie sich? Ihr Blick verlor sich in einem Gefälle, einem Pass, der steil nach unten verlief. Auch diese Stelle kannte sie nicht. Sie atmete schwer. Sie musste es sich eingestehen. Sie hatte sich verlaufen. Sie steckte fest. War gefangen. Tief unter der Alb.

»Okay, Laura! Geh exakt den Weg zurück, den du hergekommen bist«, sprach sie laut zu sich. Wo war dieser Weg? Sie hämmerte mit der Faust gegen ihre Stirn. »Woher bist du gekommen?« Sie hetzte den Gang entlang und versuchte, sich zu erinnern, wo sie abgebogen war. Manche Abschnitte kamen ihr bekannt vor, andere Strecken wählte sie intuitiv. Als ihr Licht auf die himmelarschblassblaue Steinzeichnung fiel und sie wenige Meter daneben die sieben Tropfsteine wahrnahm, die sie sich eingeprägt hatte, atmete sie erleichtert auf. Von da an fiel es ihr leicht, Lager II zu finden. Tränen füllten ihre Augen. Es waren Tränen der Erleichterung. Dieses Lager war das Einzige, was ihr hier unten vertraut war. Es war ihre Heimat geworden. Eine unfreiwillige Heimat.

Seit einer gefühlten Ewigkeit lag sie auf ihrem Schlafsack. Sie umschlang ihre Knie mit den Armen, wiegte sich vor und zurück. Laura fühlte sich wie ein Vögelchen, das aus dem Nest gefallen war und nach den Eltern rief. Papa. Mama. Sie waren ausgeflogen. Wie Lasse. Er war verschollen.

Irgendwann fand sie sich mit einem Gedanken ab, den sie seit Stunden zu verdrängen versucht hatte. Lasse war etwas geschehen. Es musste etwas passiert sein, dies war die einzige logische Erklärung. Möglicherweise steckte er in einem Schluf oder einer wie immer gearteten Bodenvertiefung! Sie war mehrfach kleineren Sinkhöhlen ausgewichen, in die man leicht abrutschen konnte. Wenn der stetig von Regenwasser gelöste Kalkstein brüchig wurde, dünn wie Papier, brach der Boden unter der Last eines Menschen durch. War Lasse in die Tiefe gestürzt? Lag er in einer Schlucht, aus der er sich nicht befreien konnte, weil die Wände glatt und steil waren? Sie dachte an das schwarze Loch, in das er sie abgeseilt hatte. Gänsehaut überzog ihre Arme. Ohne Seil hätte sie sich niemals befreien können. Sie wäre verrottet in dem Drecksloch. Selbst wenn die Konservendosen, auf die sie gestoßen war, voll gewesen wären.

Sie wägte weitere Möglichkeiten ab. Eine wassergeführte Höhle könnte ihn überrascht haben. Aber wieso sollte er ins Wasser gegangen sein? Er hatte keine Tauchausrüstung dabei, war tieferen Wasserstellen bislang immer ausgewichen. Er könnte in einer Röhre festsitzen oder in einem Siphon gefangen sein! Siphon klang nach Ratten. Nach Kanalisation. Nach Erstickungstod. Fast hoffte sie, dass er auf eine Anhöhe gekraxelt und ausgerutscht war, dass er mit gebrochenem Bein am Boden lag.

Nicht jeder Fels eignete sich zum Klettern. Manchmal fielen ganze Brocken herab. Lasse selbst hatte ihr davon erzählt. »Du musst aufpassen, Laura«, hatte er gesagt, als sie unter einem Felsen stehen geblieben war. Sie hatte ihre Hand in eine Mulde gelegt und den rechten Fuß auf eine vorstehende Zacke gestellt, einfach so, als Test. »Wenn dieses Gestein aus Tuff ist, bröselt es dir unter dem Hintern weg. Tuff lässt sich zerreiben wie Mehl.«

Jedes Jahr passierten Unglücke in Höhlen, manchmal stürzten selbst Profis ab. Erfahrenste Höhlenforscher waren schon tödlich verunglückt, jeder, der in der Region lebte, wusste das.

Er lag also irgendwo verletzt, unfähig, sich zu bewegen. Warum antwortete er nicht? Sie hatte ständig nach ihm gerufen! Er hätte sie hören müssen, sie hatte sich die Seele aus dem Leib geschrien, immer wieder seinen Namen gegen die Wände geschleudert. Er hatte nicht ein einziges Mal reagiert. Hieß das, er hatte sich weiter von ihr entfernt, als sie annahm? Sie presste ihre Hände an die Schläfen, als könnte diese Geste ihre Gedanken beeinflussen, als könnte sie sie in eine Richtung lenken, mit der sie umgehen konnte. War es möglich, dass er sich außerhalb ihrer Hörweite befand?

Er hatte einen Vorsprung von vielen Stunden. Er konnte zehn, zwölf, ja, sogar 20 Kilometer zurückgelegt haben, je nach Beschaffenheit der Gänge und Hindernisse. Selbst ein Kilometer Entfernung wäre zu viel, um ihr Rufen zu hören. Sie musste lauter schreien.

So laut sie konnte, rief, schrie, spie sie seinen Namen. »Lasse, Lasse!« Sie stand auf und schrie durch das Portal in den rechten Gang. Sie kreischte, tobte, wütete, buchstabierte seinen Namen erst vorwärts, dann rückwärts, bald seitwärts in Richtung Wand. In die Sackgasse.

»Essal, Essal!«

»Sales, Eslas!«

Statt einer Antwort schlug ihr die Finsternis ins Gesicht. Pechschwarz lag die Unterwelt vor ihr. »Pech!«, schrie es aus ihr. Ja. Genau. Das Pech lag zwischen den Ritzen der Mauern. Auf der Lauer. Noch wollte sie nichts davon wissen.

»Lasse! Lasse!« Sie rannte den Gang entlang und rief in das Grau, das vor, neben, hinter, über und unter ihr lag. »Komm raus, du Idiot! Das Spiel ist vorbei, du hast gewonnen.« Abrupt blieb sie stehen. Sie hatte etwas gehört. Da war eine Stimme! Sie lauschte. Sie hatte eine Stimme gehört!

Doch es war nur ein Echo. Ihre eigenen Worte kamen zu ihr zurück. Sie verhöhnten sie. »Asse! Asse!«

*

Was für ein Auftakt! Er hatte alles richtig gemacht. Laura war ein Volltreffer. Unablässig verlangte sie nach ihm. Ihre Stimme könnte Glas zum Bersten bringen! Er musste sich die Ohren zuhalten, so schrill war sie. Laura war pures Gold. Viel taffer als diese Heulsuse, Finja hieß die, allein der Name hätte ihn stutzig machen sollen. Laura war eine Kämpferin. Er musste sie nur noch ein kleines Stück tiefer in den Abgrund stoßen, ein bisschen weiter in die Ausweglosigkeit schubsen, einen Tacken mehr in den Strudel der Orientierungslosigkeit schicken, bevor sie komplett durchdrehen würde. Er nestelte an seiner Hose, es überkam ihn einfach. Darauf fuhr er voll ab. Auf diese haselnussbraunen Augen, aufgerissen wie pralle Wassermelonen! Sie törnten ihn an. Kaum hatte er den Reißverschluss geöffnet, um sich Erleichterung zu verschaffen, hielt er inne. Er schnappte nach Luft, denn Laura war mitten im Portal stehen geblieben. Er hatte sie nicht kommen sehen, sie hatte sich herangeschlichen, kein Meter trennte sie! Er regte sich nicht, traute sich kaum zu atmen. Er musste aufpassen, dass er es jetzt nicht vergeigte, die Sache komplett vermasselte. Scheiße! Ganz langsam schloss er den Zipper der Hose. Seine Zeit würde kommen. Er musste das Fleisch erst würzen, bevor er es auf den Grill legen konnte.

Der Strahl ihrer Taschenlampe huschte über die Wand, in der er sich versteckt hielt. Würde Laura den Kegel einen halben Meter nach links richten, könnte sie sein Gesicht ausleuchten. Er presste sich dichter an die Wand. Sie stand unschlüssig da, schien nachzudenken, die nächsten Schritte zu planen. Sie sah so verletzlich aus, so ratlos. Noch schien sie abzuwägen, was mit ihr geschah. Und doch hatte sich ihre Furcht bereits verwandelt. Laura schwitzte vor Angst. Herrlich! Animalisch. Wunderschön.

Aber – da war mehr. Sie witterte ihn, denn sie reckte ihre Nase immer wieder in die Luft. Was ging durch ihren Kopf? Es war, wie er vermutet hatte. Angst wirft Menschen zurück, sie katapultiert sie in die Zeit vor der Zivilisation. In die Urzeit. Dahin, wo der Mensch zum Instinkt wird. Zum Tier. Laura war ein Tier. Sein Versuchstier.

Parkplatz Bärenhöhle

Der Hubschrauber wirbelte die Luft auf. Die drehenden Rotoren kreisten über dem Parkplatz, bevor der Stahlvogel abhob und nach Westen abdrehte. Von unten schien das Spektakel spannender zu sein als die bevorstehende Erkundung der Schauhöhle. Die Augenpaare der Besucher waren auf den Helikopter gerichtet. Kinder standen wie an einer Schnur aufgereiht da, mit offenen Mündern, die Köpfe in die Nacken gelegt. Auch Erwachsene richteten ihren Blick auf das gigantische Insekt, das in den Himmel aufstieg.

Ein Herr mittleren Alters mit Krawatte und Jackett, den man eher in der Chefetage einer Bank vermuten würde als bei einem Höhlenbesuch, war aus dem Heli gestiegen, gefolgt von einem jungen Mann, der übernächtigt aussah. Er war nachlässig gekleidet, die Hose saß zu tief, die lockigen Haare wirkten ungekämmt. Er passte nicht zu diesem Gentleman.

Jonas war die Aufmerksamkeit peinlich. Er wandte sich seinem Vater zu. Roger zuckte mit den Schultern. Er hielt die Krawatte fest, die im Wind des abdrehenden Hubschraubers flatterte, und deutete mit dem Kopf zum Hauptgebäude.

»Ich glaub nicht, dass sie in der Bärenhöhle sind, Papa. Dafür hätten wir keinen Heli chartern müssen. Ich wette, da schwirren Hunderte Angestellte rum. Und überall gibt's WLAN.«

»Irgendwo müssen wir anfangen.« In langen Schritten hielt Roger auf das einladende Gebäude zu und strebte ein Schild an, auf dem »Bärenhöhle« stand. Der Eingang mit den Drehtüren wurde von einem mannshohen Bären aus Stein bewacht. Die Kasse lag linker Hand.

»Da kommst du ohne Schlips rein.« Jonas zeigte auf die Krawatte seines Vaters.

»Ich sitze zu oft in Konferenzen.« Roger nickte seufzend. Während er die wenigen Stufen zur Kasse nahm, zog er den Binder aus und steckte ihn in die Gesäßtasche seiner Jeans. Er hing heraus wie ein langer Faden. Das Jackett tauschte er gegen eine Allwetterjacke ein. Flink entnahm er sie einem Seesack, den er über eine Schulter geschwungen hatte.

»Hier flanieren täglich Hunderte Touristen durch«, sagte der Mann hinter dem Schalter. »Meyerlink«, stand auf seinem Namensschild. Roger hatte ein Foto seiner Tochter durch den Spalt geschoben. Der Mann hielt das Bild so dicht vor seine Augen, dass er fast mit der Nase dagegenstieß. Seine Nase war lang. Nicht schief oder gebogen, nein, sie war schnurgerade. Schmal wie sein Gesicht. Roger folgte dem Blick des Mannes. Er sah Laura mit wehenden Haaren an der Reling eines Segelbootes stehen. Roger hatte das Bild im letzten gemeinsamen Urlaub vor drei Jahren aufgenommen. Es war das einzige Foto, das er in seiner Geldbörse aufbewahrte.

»Im Hochsommer sind es noch mehr«, sagte Meyerlink und gab die Aufnahme zurück. »Ich kann mir leider nicht alle Gesichter merken.«

Roger musterte ihn. Er trug einen weißen Pferdeschwanz. Über der Nase blickten ihm graue Knopfaugen neugierig entgegen.

»Sie ist mit einem Kerl unterwegs, wesentlich älter als sie«, versuchte es Jonas.

Der Mann hob die Schultern. Er machte ein ratloses Gesicht, als hätte Jonas ihn gefragt, ob er heute schon jemanden gesehen habe, der zwei Beine hatte. Roger zückte seine Geldbörse und schob 20 Euro unter der Scheibe durch.

»Wozu soll das gut sein?«

»Wenn ich Eintrittstickets löse, bekomme ich dann eine Auskunft?« Roger sah den Mann provozierend an.

Meyerlink lachte. »Bestechen muss man uns auf der Schwäbischen Alb sicher nicht. Ich helfe gerne, wenn ich kann.« Er schob den Geldschein zurück. »Ich habe die junge Frau heute noch nicht gesehen. Bisher waren knapp 15 Leute da, sie wäre mir aufgefallen. Wenn sie nicht bei uns ist, ist sie sicher drüben in der Nebelhöhle. Die befindet sich ein paar Kilometer weiter. Die meisten Höhlentouris kommen erst zu uns und gehen danach rüber. Oder umgekehrt.«

»Sie ist nicht in einer Touristenhöhle«, sagte Jonas. »Sie ist zu einer Exkursion aufgebrochen.«

Der Angestellte der Bärenhöhle runzelte die Stirn. »Was ist mit dem Guide? Nehmen Sie mit ihm Kontakt auf! Oder mit ihr.«

»Ich fürchte, es gibt keinen Guide«, sagte Roger. Er griff nach dem Geldschein und steckte ihn ein.

»Die anderen Exkursionsteilnehmer?«

»Keine anderen Exkursionsteilnehmer – außer einem. Und der ist nicht gerade zuverlässig«, sagte Jonas.

»Ihr wollt mich auf den Arm nehmen!«, sagte der Mann an der Kasse.

»Ich wünschte, es wäre so«, erwiderte Roger.

»Wenn Sie keinen Anhaltspunkt haben, wird das schwierig.« Meyerlink neigte sich so weit vor, dass er die Scheibe, die er vermutlich aus Hygienegründen nicht öffnen durfte, fast berührte. »Es gibt knapp 3.000 Höhlen auf der Alb.« Stolz schwang in seinen Worten mit. Für einen Moment war er Herr über die unterirdische Welt, über Abgründe, die sich von oben schwer erahnen ließen. »Also 2.800 sind es in jedem Fall. Die meisten sind Naturhöhlen. Dort ist es nicht wie bei uns in der Bärenhöhle, wo sich die Leute am Wochenende auf die Füße treten. In den Naturhöhlen trifft man eher selten jemanden.«

Roger hustete. Er konnte seine Nervosität nicht verbergen.

Der Mann an der Kasse schien ihn trösten zu wollen. »Keine Sorge, die meisten sind verschlossen. Da kommen nur Speläologen rein, dort müssen Sie gar nicht erst nachschauen, solche Höhlen sind mit Metallluken abgesperrt. Es gibt aber noch andere bekannte Höhlen, zum Beispiel die Falkensteiner Höhle, die Laichinger Tiefenhöhle oder die Wimsener Unterwasserhöhle. Die befährt man mit dem Boot! Dann haben wir noch die Vogelherdhöhle, drüben in Niederstotzingen, die gehört auch zum Welterbe. Und die Höhlenerlebniswelt in Giengen.«

»Giengen?« Roger kratzte sich am Hinterkopf.

»Mit der AlbCard haben Sie freien Eintritt in viele Schauhöhlen der Region.«

»Wir wollen keinen freien Eintritt«, blaffte Jonas. Roger fasste ihn beschwichtigend am Arm.

Ein kleines Mädchen quengelte hinter ihnen. »Warum brauchen die so lange, Mami?«

Roger drehte sich um und hob entschuldigend beide Arme. »Wir sind gleich so weit«, sagte er freundlich.

»Sie befinden sich in den Höhlenwelten Sonnenbühl», erklärte Meyerlink geduldig. »Das gesamte Geogebiet misst an die 50 Kilometer. Die Höhlen sind in alle Himmelsrichtungen verstreut. Die meisten sind noch nicht einmal bekannt.«

»50 Kilometer?«, wiederholte Roger.

»Mensch, Papa, du hast über 20 Jahre auf der Schwäbischen Alb gewohnt«, tadelte Jonas. »Du müsstest dich hier auskennen.«

»Als Arzt waren meine Tage durchgetaktet, Jonas. Da blieb keine Zeit für Höhlenhopping. Das weißt du. Und du wohnst fast genauso lange hier.«

Hinter ihnen hustete es. Roger schob Jonas sanft zur Seite und machte Platz für einen Vater, der eine Familienkarte erstand.

»Gleich sehen wir die Bären«, sagte das kleine Mädchen und hüpfte aufgeregt auf der Stelle.

»Bist du doof?«, entgegnete ihr älterer Bruder. »Die sind doch schon ewig tot.«

Die Mutter warf dem Jungen einen tadelnden Blick zu. »Wir wollen heute ganz lieb zueinander sein«, sagte sie und rollte mit den Augen. So, dass es nur der Vater sehen konnte. Und Jonas. Er zwinkerte dem Mädchen zu.

»Hier gibt's viel mehr als doofe Bären«, sagte er. »Guck mal, da drüben sind der Kettenflieger und der Zauberspiegel!« Er zeigte nach hinten auf ein kunterbuntes Gebäude mit einladendem Drehkreuz. »Kennst du den Wilden Gockel?«

Ein Freizeitpark erstreckte sich direkt neben dem Höhleneingang und war ein Paradies für kleinere Kinder. »Es ist wirklich toll dort.«

Das Mädchen lugte vorwitzig an dem jungen Mann hinauf, dann versteckte es sich kichernd hinter den Hosenbeinen seines Vaters.

Nachdem die Familie gegangen war, winkte der Angestellte der Bärenhöhle Roger und Jonas noch einmal herbei. »Hören Sie«, Besorgnis lag in seiner Stimme, »wenn ich nicht wüsste, wo meine Tochter oder Frau rumstromert, und Angst hätte, sie sei abgestürzt oder in einer Höhle verschollen, würde ich die Höhlenrettung anrufen.«

»Abgestürzt?« Jonas fuhr sich durch die Haare.

»Die Höhlenrettung!« Roger zog sein Smartphone aus der Tasche.

»Das ist so was wie die Feuerwehr«, klärte Meyerlink auf. »Nur löschen die keine Flammen, sie bergen Menschen aus Höhlen und unterirdischen Hohlräumen, die in Not geraten sind.«

Roger suchte weiter nach einem Kontakt.

»Sie können die 112 oder direkt die Rettungsleitstelle anrufen. Die kontaktieren dann die Höhlenrettung.« Er gab ihm die Nummer.

»Danke. Vielen Dank.«

»Die rücken mit Einsatzleiter und Team an. Taucher, Seiltechniker, Kommunikationstechniker, Ärzte, das ist ein lebensgefährlicher Job, den die Kollegen machen! Die Mitglieder der Höhlenrettung arbeiten alle ehrenamtlich. War mal als Aktiver dabei.« Der Mann an der Kasse schwelgte kurz in seiner Erinnerung, bevor er hinzufügte: »Ich hoffe, Sie haben eine Bergungskostenversicherung, sonst wird es teuer für Sie.« Danach rief er die hinter Roger und Jonas Wartenden zu sich und löste ihre Tickets.

Lager II/Felsterrasse

Laura musste sich mit einem Gedanken abfinden, dessen Tragweite sie noch nicht im Ansatz erfassen konnte: Lasse war weg. Ihr emsiges Suchen und Rufen war idiotisch. Es bewirkte nichts. Er hörte sie nicht, oder wenn doch, dann reagierte er nicht. Aus welchem Grund auch immer. Sie machte sich Vorwürfe. Warum hatte sie sich umgedreht und weitergeschlafen, als er mitten in der Nacht aufgestanden war und zum zweiten Mal allein das Lager verlassen hatte? Wieso hatte sie nicht nachgefragt? Weshalb hatte er sich nicht erklärt? Sie hätte es einfordern müssen, hätte ihm Löcher in den Bauch fragen sollen, sich nicht gefallen lassen dürfen, dass er ohne sie aufbrach!

»Laura!«, schimpfte sie sich. »Deine Schuldzuweisungen sind nutzlos. Du musst aktiv werden.«

Sie war doch aktiv gewesen, und wie! Den halben Vormittag, den ganzen Nachmittag bis in den Abend hatte sie neue Gänge hinter bekannten Gängen abgeschritten. Sie hatte große und kleine Hohlräume durchsucht, sich über schlängelnde Pfade in winzige Einbuchtungen gequält, hatte Kammern ausgeleuchtet, Fußwege erspäht, die nach irgendwo oder nirgendwo führten. Nicht annähernd hatte sie ihre Umgebung erfasst, es war schlichtweg unmöglich. Dieses Höhlensystem war ein Labyrinth. Kaum hatte sie einen Abschnitt ausgekundschaftet, hatte sie eine Stelle bemerkt, die in einen anderen Abschnitt führte. Es würde Tage, wenn nicht Wochen dauern, sich zurechtzufinden! Sie wusste nicht, ob dieses System riesig oder bloß immens verzweigt war. Sie konnte noch nicht einmal ausschließen, dass sie sich, wie schon einmal vermutet, im Kreis drehte. Dass sie in der Nacht unversehrt ihr Basislager erreicht hatte, war es Glück gewesen?

Nie hatte sie bislang eine Überlebensstrategie entwickeln müssen. Sie hatte keine Ahnung, wie man aus einer ausweglosen Situation fand – ohne Papa, ohne Jonas, ohne Freunde, ohne Möglichkeit, die 112 anzurufen. Dass die Rettungsnummer überall in Europa funktionierte – was brachte ihr das, wenn es keinen Empfang gab?

Laura kauerte auf ihrem Schlafsack, unfähig, etwas zu unternehmen, unfähig, sich einen Reim auf das zu machen, was geschehen war, ja unfähig, einen klaren Gedanken zu fassen. Sie schaute nicht mehr auf die Uhr, sie schlief nicht, sie aß nicht. Sie umfasste ihren Kopf mit beiden Händen und wimmerte. Sie sah es kommen. Sie spürte, wie es in ihr heranwuchs. Wie eine schnell wachsende Pflanze schoss es in die Höhe, bis es gegen ihre Schädeldecke stieß und sie komplett einnahm, alles wurde, was sie glaubte zu sein.

Diese Panikattacke war gewaltig. Sie war unkontrollierbar. Nicht einmal den Atem hatte Laura mehr im Griff. Sie rang nach Luft, japste, bis sie glaubte zu ersticken.

Dann legte sie ihre Hände an den Hals und öffnete den Mund, so weit sie konnte, um mehr Luft hineinzulassen. Sie wollte … Sie musste … Sie sollte … So schaffst du es nicht! Die Bedenkenträgerin, da war sie. Laura konnte sie nicht davon abhalten, sie zu korrigieren. Sie kam aus dem Nichts. Sie schrie in Lauras Schmerz hinein, als wäre dieser nicht schon groß genug.

»Reiß dich zusammen, du musst dich in den Griff bekommen.«

Sie versuchte es ja! Sie rang weiter nach Luft.

»Atme, Laura, ruhig atmen. Ganz langsam Luft holen, hörst du?«

Natürlich. Sie wusste, dass sie das wilde Japsen in stetiges Atmen verwandeln sollte. Natürlich war ihr klar, dass sie gegen sich arbeitete. Dennoch japste sie weiter.

»Willst du hier verrecken? Dann verrecke doch.«

Nein! Sie wollte nicht sterben, um Himmels willen nicht unter der Erde in einem unbekannten Grab zurückbleiben, bitte, bitte! Sie presste eine Hand an ihre Lippen, um das hektische Atmen zu unterdrücken. Sie drückte fester zu. Es dauerte. Sie konzentrierte sich. Es verwandelte sich. Sie atmete noch immer zu schnell, aber kontrollierter. Ihr Herzschlag beruhigte sich. Ein wenig. Mehr. Sie atmete tiefer. Sie atmete auf.

»Danke«, flüsterte sie, »Danke, danke, danke!«

Sie begann zu weinen. Ihre Lider fielen zu. Die Bedenkenträgerin hatte ihr das Leben gerettet. Ausgerechnet sie.

Als sie klarere Gedanken fassen konnte, setzte sich Laura an die Feuerstelle, die erkaltet war – es war kein Holz mehr verfügbar –, und dachte nach. Sie musste etwas tun, sie konnte sich nicht so gehen lassen, auch wenn sie glaubte, alles unternommen zu haben, war das gar nichts. Dieses Höhlensystem, von dem sie nicht einmal den Namen wusste – möglicherweise hatte es gar keinen, zumindest hatte Lasse keinen erwähnt –, war Terra incognita. Unerforschtes Terrain, wie so viele Höhlen auf der Alb.

Schon als Teenager hatte sie gebannt gelauscht, wenn in der Schule von der Entdeckung einer Höhle berichtet worden war. Als Experten auf einen neuen Zugang zur Blautopfhöhle gestoßen waren, hatte sich die Presse vor Begeisterung überschlagen. »Stairway to Heaven«, war der Weg genannt worden. Die darunterliegende Tropfsteinwelt hieß »Avalon«, auch den Namen »Palast der Winde« hatte sie damals spannend gefunden. Auch über die »Apokalypse« hatten sie in der Schule gesprochen, eine 170 Meter lange wie breite Halle, 50 Meter hoch. Jochen Malmann und Andreas Kücha von der Arbeitsgemeinschaft Blautopf hatten sie 2006 zum ersten Mal betreten und damit weitere Ausdehnungen des Mörikedoms erfasst: das »Mittelschiff« und den »Äonendom«. Vermutlich hatte nie zuvor ein Mensch diesen Teil der Erde betreten. Die unterirdische Welt um das nahe gelegene Blaubeuren, heute eine wichtige Stätte der Archäologie, war vollkommen unbekannt gewesen. Noch immer waren Teile dieses weitverzweigten Labyrinths unerforscht. Das Fazit aus dieser Tatsache wagte Laura kaum zu Ende zu denken. Kein Mensch auf diesem Planeten kannte das Höhlensystem, in dem sie sich befand. Es lag im Dämmerschlaf. Niemand hatte es je wachgeküsst. In Jahrmillionen nicht.

Sie dachte an die Blechbüchse, die sie weggekickt hatte. An die Bananenschale! Wer hatte sie dort liegen gelassen? Wer immer es gewesen war, dieser Jemand war längst draußen, sie hatte keine Anzeichen menschlichen Lebens gesehen, nicht einmal ein Skelett. Niemand würde ihr zu Hilfe kommen. Sie musste sich allein zurechtfinden. Wo verflucht war der Ausgang? Wenn sie das nur wüsste! Selbst wenn, blieb die Frage: Wie käme sie dorthin?

Sie musste sich orientieren. Das Handy-GPS war wertlos.

»Laura«, schimpfte sie sich. »Es gab eine Zeit vor dem Handy. Vor dem Netz. Auch damals haben sich Menschen orientiert. Woran?« Sie zermarterte sich den Kopf. Der Geistesblitz ließ auf sich warten, aber plötzlich war er da. Ihr Kompass! Er würde den Weg vorgeben, ihr anzeigen, in welche Himmelsrichtung sie marschierte! Damit würde sie verhindern, immer denselben Teil der Höhle abzusuchen. Es war eine Möglichkeit. Zumindest war es ein Anfang.

Laura erhob sich und ging zu ihrem Rucksack. Sie hatte den Kompass in eines der Seitenfächer gesteckt. Sie tastete den nachgiebigen Stoff nach einem runden Gegenstand ab. Sie fand eine Puderdose. Eine Allzweckcreme. Eine Haarbürste. Sie hob die Klettverschlüsse an und leerte die Taschen vollständig. Danach drehte sie den Rucksack auf den Kopf und schüttelte ihn. Kosmetikutensilien kullerten auf den Schlafsack, ein Handtuch fiel heraus, ihre Vorräte. Kein Kompass. »Ganz ruhig«, motivierte sie sich. Sie suchte die durcheinandergepurzelten Sachen ab. Wühlte sich durch Seife, Zahnbürste, Pflaster, Tampons, Schmerztabletten, sie ertastete ein Ladekabel, sogar eine elastische Binde hatte sie eingesteckt. Ein Kugelschreiber kam zum Vorschein, ein Schreibblock, Utensilien, die sie ihrem Rucksack nie entnahm. Sie blieben, wo sie waren, für die nächste Tour. Der Kompass fehlte. Sie checkte jede einzelne Tasche, höhlte alle Fächer bis in die Tiefen aus. Mit spitzen Fingern zog sie ein benutztes Taschentuch hervor.

Auch ein zerknüllter Zehn-Euro-Schein hielt sich hartnäckig in einem Winkel versteckt. Kein Kompass. Hatte sie ihn zu Hause vergessen? Nein, sie erinnerte sich genau, schließlich hatte sie so lange nach ihm gesucht! Sie hatte ihn eingepackt, da war sie sicher. Hatte das Fach offen gestanden, war der Kompass unterwegs beim Rastmachen herausgefallen? Sie hatte das Seitenfach nicht geöffnet. Der Klettverschluss war intakt, er war geschlossen gewesen und konnte nicht einfach aufgegangen sein. Wo war der Kompass? Sie atmete schwer.

»Es gibt eine Antwort, die du nicht hören willst«, sprach die Bedenkenträgerin.

»Nein!«

»Doch, Laura. Lasse hat ihn an sich genommen. Es ist die einzige Erklärung.«

»Niemals«, schrie sie auf. »Was für ein Unsinn! Warum hätte er den Kompass aus meinem Gepäck holen sollen?«

»Warum wohl.«

Die Stimme war erbarmungslos. Die Bedenkenträgerin ließ nicht locker. Noch glaubte Laura ihr nicht. Noch klammerte sie sich an den Gedanken, dass es einen Grund dafür gab. Falls Lasse den Kompass tatsächlich eingesteckt hatte, hatte er ihn ausgeliehen, ihn sich bloß geborgt. Aber … er hätte fragen müssen. Warum hatte er sie nicht gefragt? Er hatte nicht fragen können, sie hatte doch geschlafen, er hatte sie nicht wecken wollen!

»Laura, wach endlich auf.«

Laura war hellwach. Sie war voll da. Der Kompass war weg. Lasse war weg. Die unbekümmerte junge Frau, die sie vor wenigen Tagen gewesen war, auch sie war weg.

Wanderparkplatz

»Es ist schön, mal mehr als drei, vier Sätze miteinander zu wechseln.« Roger hatte ein Taschenmesser aus der Hosentasche gezogen und schnitzte an einem Ast herum, über den er fast gestolpert war. Sie saßen zweieinhalb Kilometer von dem Platz entfernt, auf dem der Heli gelandet war. Die Höhlenrettung hatte einen nahe gelegenen Wanderparkplatz zum Treffpunkt bestimmt. Roger hatte ein kleines Waldstück angesteuert, das von neben- und übereinander gestapelten Baumstämmen eingesäumt war. Von dort hatten Jonas und er freie Sicht. Sie würden jedes ankommende Fahrzeug von Weitem erkennen.

Er schielte rüber zu seinem Sohn. Jonas steckte in einem Parka, darunter trug er ein Motto-Shirt. Eine Jeans, die Roger peinlich war. Allwetter-Sneakers, wie viele seiner Generation.

Roger schnipste ein gelbes herzförmiges Blatt von seiner Jacke. Es drehte sich kurz in der Luft, bevor es sanft Richtung Boden segelte. Der frühe Herbst ließ einzelne Blätter bereits fallen.

Sie saßen auf den Baumstämmen vor dem Wäldchen, den Parkplatz beobachtend, als Roger sagte: »Ich hab Angst, Jonas.«

»Du hast nie Angst, Papa.« Jonas schaute seinen Vater überrascht an.

»Um Laura.«

»Sie klettert wie eine Eins, du hättest sie in den Alpen sehen sollen!«

»Sie hat Angst vor Enge.« Roger begutachtete sein Werk, drehte es in den Händen. Dann warf er den Ast achtlos zur Seite, klappte sein Taschenmesser ein und ließ es in seine Hosentasche gleiten.

»Sie ist eine kleine Fahrstuhlschisserin«, kicherte Jonas. »Aber beim Bergsteigen ist sie unschlagbar.« Er räusperte sich.

»Wie sie sich wohl fühlt, in der Tiefe, bei absoluter Dunkelheit?« Rogers Stimme war belegt. Er spürte, dass sich seine Unruhe auf Jonas übertrug, und versuchte, dagegen anzukämpfen.

»Laura packt das!« Jonas knetete seine Hände. Er glaubte sich selbst kein Wort. »Sie ist da unten ja nicht alleine, sie …« Er zögerte, hielt mitten im Satz inne.

Roger sah ihm an, was er dachte. Wäre Laura ohne ihren Begleiter besser dran? Er wischte den Gedanken weg, er ertrug ihn nicht. Jonas schien es ebenso zu gehen. Er erhob sich. Mit den Worten »Ich muss mal« trollte sich sein Sohn.

Lager II/Felsterrasse

Wieder war Zeit vergangen. Dass ihr Kompass verschwunden war, piesackte sie. Dieser Stachel ließ sich ebenso wenig aus ihrem Fleisch ziehen wie jener, der in ihrem Herzen saß: Warum tauchte Lasse nicht wieder auf? Insgeheim hoffte sie, dass alles ein böser Traum war, dass er in den nächsten Minuten aufkreuzen würde. Sie stellte sich vor, wie er, ohne Gruß, ohne sich zu erklären, wippend durch das Portal stapfte, sie provozierend angrinste und sagte: »Na, Laura, alles klar?«

Eine Weile gelang es ihr, sich an diesen Silberstreifen zu

klammern. Sie würde sich in Geduld üben müssen. Alles würde gut werden.

Sie übte sich in Geduld. Nichts wurde gut. Der Silberstreifen an ihrem Horizont verblasste. Nach zwei weiteren Stunden war der Hoffnungsschimmer verschwunden.

»Vergiss ihn, Laura«, sagte die Bedenkenträgerin, »schreib Lasse endgültig ab. Du bist auf dich gestellt. Hör auf, deine Zeit zu vergeuden. Tu was. Tu! Endlich! Was!«

Was sollte sie denn noch tun? Zunächst musste sie aufhören, sich über den fehlenden Kompass zu ärgern. Er war weg. Punkt. Sie musste einen anderen Plan verfolgen. Dann war es eben ein Plan ohne Himmelsrichtung. Dass es bereits Nacht war, nicht nur gefühlt, sondern real, nahm sie mit Sorge zur Kenntnis.

Sie marschierte um ihr Lager herum. Lief zur Wasserstelle und zurück. Zum Portal und retour. Das hastige Gehen trieb sie an. Eine Idee formte sich. Sollte Lasse in einer Stunde nicht zurück sein, würde sie sich ein letztes Mal auf die Suche nach ihm machen. Bis dahin würde sie an einer Strategie arbeiten. Sie würde die Zeit nutzen, einen Plan auszuhecken. Sie würde nicht mehr Gang um Gang, Höhle um Höhle absuchen, Zentimeter für Zentimeter durchkämmen wie zuvor. Sie würde ihre Schritte festhalten! Wozu hatte sie die Nikon dabei? Sie würde ihre Fotos abmarschieren! Warum war sie nicht früher darauf gekommen … sie hatte unzählige Bilder geschossen. Auf ihre 128-GB-Speicherkarte passten 20.000 JPGs. 435 Aufnahmen hatte sie gemacht. Wenn sie jede einzelne abschritt, ein Foto nach dem anderen zurückverfolgte, könnte es funktionieren. Sie würde sich Bild für Bild zum Ausgang vorkämpfen, und sollte es mehrere Tage und Nächte dauern! Die Idee war so gut, dass ihr Herz klopfte. Endlich ein Ausweg, eine Lösung! Sie durfte bloß nicht schlappmachen und zusammenbrechen.

Sie musste sich stärken, vor allem trinken. Die feuchte Luft vertrieb den Durst, es war trügerisch. Wasser war überlebensnotwendig. Zum Glück war das kein Thema für sie, immer wieder stieß sie auf Wasserstellen. Entschlossen marschierte sie rüber zu dem Rinnsal. Sie hielt beide Hände in das herabschießende Wasser, formte eine Schale und gleich noch eine, die sie gierig leerte. Voller Tatendrang ging sie zu ihrem Lager und griff nach einem der Energieriegel, die nach wie vor verstreut auf dem Schlafsack lagen. 20 Stück hatte sie eingepackt. Sieben hatte sie gegessen. Blieben 13. Sie riss das Papier auf und biss in den Riegel. Blieben zwölf.

Wanderparkplatz

Roger hob den Ast auf, den er achtlos weggeworfen hatte. Er drehte ihn nach allen Seiten, inspizierte ihn, als läge die Antwort auf ihre Fragen in dem dürren Stück Holz.

Die Höhlenrettung wollte schnellstmöglich da sein. Ein Suchtrupp musste zusammengestellt werden. Es konnte dauern. Eineinhalb Stunden waren vergangen, seit er mit der Rettungsleitstelle telefoniert hatte. Gedankenverloren betrachtete er Jonas, der an seinem Smartphone daddelte. Roger sah ihn viel zu selten, seit er in Brüssel wohnte. Er hatte ihn nach wie vor als Jungen im Kopf, als Teenager. Jonas war erwachsen geworden. Wie die Zeit verging.

Es war das Profil. Er erkannte die Mutter in seinem Sohn. Manuela Bloch. Sie war ein herber, männlicher Typ gewesen, burschikos. Mit ihrem Pixie Cut und den weiten Baggyhosen hatte sie wie eine Studentin gewirkt, selbst nach ihrem 40. Geburtstag. Nur manchmal war ihre weibliche Seite hervorgetreten, als hätte sie im Verborgenen auf eine passende Gelegenheit gelauert. Dann hatte sie wie eine Glucke um ihre Lieben herumgeturtelt. Sie war das exakte Gegenteil von Lauras Mutter. Claire war die faszinierendste Frau gewesen, die Roger je getroffen hatte. Mit ihren dunklen Lockenhaaren, den tiefbraunen Augen, der kleinen Narbe über der linken Braue war sie die wandelnde Lebensfreude. Sie hatte die Menschen gemocht und die Menschen hatten sie gemocht. Sie hatte ausgesehen wie Laura heute. Und doch war sie eigenwilliger gewesen als Laura. Sie hatte vor nichts Angst gehabt. Immer war sie unterwegs gewesen, sie hatte das Leben spüren, es mit jeder Faser aufsaugen wollen.

»Ich möchte die Dinge fühlen, Roger, nicht darüber reden!«

Genau das hatte sie getan, sie hatte gefühlt. Mit ihm. Und ohne ihn. Sie war so frei gewesen. Viel zu frei. Sie hatte keine Fesseln gehabt, hatte ihn nicht verstanden, seine Bedenken, sie hatte sie nicht geteilt, sie hatte gefragt: »Warum nicht, Roger?« Sie hatte ihn an seine Grenzen getrieben und darüber hinaus.

Roger hatte die Lider geschlossen. Er dachte an Laura. Als ihre Mutter starb, war sie gerade mal vier Jahre alt gewesen. Das Spängchen in ihrem Haar war lila und mit Strass-Steinchen besetzt, die in der Sonne glitzerten. Sie hatte die Hände in die Hüften gestemmt, ihn von unten angeschaut mit diesen braunen Augen, die eine Mischung aus seinen grünen und Claires dunklen Augen waren. Der Trotz in ihrem Blick, die geschürzten Lippen, er hatte dieses Bild vor sich, konnte es jederzeit abrufen. Laura war zutiefst verletzt gewesen, weil er nicht in den Gully hatte steigen wollen. »Mein Mädchen.« Er sprach tonlos. »Mein kleiner Engel. Wo bist du nur?«

Jonas' Fluchen holte ihn in die Gegenwart zurück. »Scheiße!«

Sein Sohn streifte telefonierend durch das Gelände und war dabei in einen Hundehaufen getreten. Die Zivilisation ist überall, dachte Roger. Eine Zeit lang saßen sie schweigend da. Bis sein Handy klingelte.

»Wir sind in zehn Minuten bei Ihnen.« Der Anrufer war männlich. Er sprach laut und tief.

»Die Höhlenrettung«, sagte Roger. Erleichtert erhob er sich und ging, gefolgt von Jonas, die wenigen Meter rüber zum Wanderparkplatz.

Lager II/Felsterrasse

Laura war voller Energie und Tatendrang. Sie setzte sich auf ihren Schlafsack und besah die Fotos. Zunächst scrollte sie durch die Galerie auf ihrem Handy. Sie hatte hier und dort ein paar Fotos gemacht, aber sie waren wertlos. Also nahm sie sich die Kamera vor. Flüchtig ging sie eine Aufnahme nach der anderen durch, vom Schluss bis zu Anfang. Sie hatte zu viele Bilder geschossen, hatte auf den Auslöser gedrückt, sobald ihr eine Stelle interessant vorgekommen war. Bei Aufnahme 259 hielt sie inne. Vor ihr lag eine Steintreppe, die sie Stufe um Stufe abgelichtet hatte. Ungeachtet der losen Steine, die unter ihren Füßen weggekullert waren, war sie ihr gefolgt. Nach 87 Stufen hörte die Treppe auf. Laura war mit dem Kopf an die Decke gestoßen. Sie erinnerte sich an ihre Enttäuschung. Anschließend scrollte sie die anderen Fotos durch, ohne zu wissen, wonach sie genau suchte. Als sie auf einen breiten Weg schaute – er befand sich im ersten Drittel der Fotos –, hielt sie inne. Der Weg zum See! Den galt es zu finden, er führte zum Ausgang! Zwischen ihm und ihrem jetzigen Aufenthaltsort lagen über 200 Fotos. 200 Stellen, die sie auskundschaften musste. Sie seufzte. Es war eine Sisyphusarbeit, jede einzelne abzumarschieren. Sie durfte sich nicht ein einziges Mal täuschen, sonst musste sie von vorne anfangen. Wie sollte das funktionieren?

Weil ihr Magen bereits den ganzen Vormittag knurrte, legte sie die Kamera beiseite und aß gierig einen Energieriegel. Während sie kaute, zermarterte sie sich erneut den Kopf. Wo war sie bloß?

»Das entstand alles im Oberjura«, hörte sie Lasse sagen. »Vor 150 Millionen Jahren.«

Sie erinnerte sich an seine Worte, an den Tonfall, in dem keine Überheblichkeit, eher Stolz gelegen hatte. Er hatte damit geprahlt, dass nur wenige Menschen wie er den Mut hatten, sich auf ein echtes Abenteuer einzulassen, Unerforschtes zu entdecken, die Landkarte der Erde zu vervollständigen, vormals weiße Flecken mit Farbe zu füllen. Es sei das Größte für einen Höhlenforscher, ein Stück Terra incognita mit dem eigenen Namen zu signieren, hatte er behauptet. An welchem Stück unbekannter Erde steckte er?

Sie nahm erneut die Kamera zur Hand und betrachtete die Nahaufnahmen. Ein Großteil bildete Gänge, Hallen, Kammern, Grotten und Terrassen ab. Andere Fotos gaben Stalaktiten, Stalagmiten oder Stalagnaten wieder.

Und Wasserfälle, Rinnsale, Quellen. Sie unterschieden sich in Details, im Ganzen jedoch glichen sie sich. Je länger sie auf die Bilder starrte, umso mehr verschwammen sie zu einer Einheit. Einmal hatte sie das Gefühl, ein Felsen starre zurück. Er bewegte sich auf sie zu, legte ein Gesicht frei, eine Fratze, die sie verhöhnte. »Bildest du dir wirklich ein, dich in einer Höhlenwelt zurechtzufinden, die sich Dutzende Kilometer in alle Richtungen erstreckt?« Die Bedenkenträgerin. Laura überhörte sie.

Lasses Stimme echote erneut in ihrem Kopf. Er hatte erzählt, dass das Oberjura aus dem Titonium, dem Kimmeridgium und dem Oxfordium bestand. Dass der Superkontinent Pangäa auseinandergedriftet war und sich in Laurasia und Gondwana aufgeteilt hatte. Es hatte wie eine Lesung aus einem Science-Fiction-Roman geklungen. Die beiden Teile waren vom Tethysmeer getrennt worden. Danach hatten Dinosaurier und Flugsaurier die Erde bevölkert. Nach dem Archaeopteryx war der Alcmonavis poeschli entdeckt worden, der zweite flugfähige Vogel seiner Zeit. »Ist das nicht unglaublich, Laura?«

Es war unglaublich. Es kam aus dem Nichts. Der Gedanke traf sie wie ein Pfeil. Sie musste ihn zulassen. Was, wenn Lasse tot war? Er konnte gestürzt und mit dem Hinterkopf auf einen Stein gefallen sein! Oder er hatte eine Gehirnerschütterung erlitten und lag im Koma. Das würde erklären, warum er kein Lebenszeichen von sich gab. Oh nein, bitte, bitte, das darf nicht sein!

»Lasse ist ein erfahrener Expeditionsleiter«, beruhigte sie sich selbst. Er hatte Andeutungen gemacht, hatte behauptet, dem Tod mehr als einmal von der Schippe gesprungen zu sein. War er ein Aufschneider? Sie kannte Menschen, die sich die Wahrheit zurechtbogen, bis sie ihren aufgeblasenen Egos in den Kram passte. Gehörte Lasse dazu? Oder zählte er zur zweiten Kategorie, den wahren Helden? Menschen wie ihre Großmutter. »Oma Helene, wärst du bloß hier, du hättest keine Angst.« Sie lächelte beim Gedanken an die Frau, die im Alter von 83 Jahren zu einer Expedition in die Arktis aufgebrochen war. Und nicht nur das. »Du hast im Krieg im Kohlenkeller gesessen, im Dunkeln, du warst 13, deine Freundin zwölf. Der Mann, der neben euch saß, war ein strammer Nazi. Deine Freundin nicht. Er wollte sie aus dem Keller zerren und der Polizei übergeben. Niemand wollte ihn daran hindern. Eure Eltern waren nicht da. Doch du warst da. Du hast ihn ausgeknockt. Mit der Kohlenschaufel bewusstlos geschlagen. Er hat kein Kind mehr denunziert.« Laura straffte ihren Körper. Oma Helenes DNA war ein Teil ihrer DNA. »Kohlenkeller«, murmelte sie, »du schaffst mich nicht.«

Wanderparkplatz

Das Fahrzeug war ein dunkler Kombi. Kaum hatte es seine Parkposition eingenommen, sprang die Fahrerin aus dem Wagen. Mit ausgestreckter Hand stellte sie sich vor. »Hallo! Ich bin Patricia. Sorry, dass es gedauert hat.« Ihre Stimme war hell und freundlich, ihr Händedruck fest.

Roger schätzte sie auf Mitte, Ende 30. Patricia trug eine Workerhose, einen Parka, einen blonden Kurzhaarschnitt. Sie war kaum geschminkt. Der Typ Frau, bei dem es morgens schnell gehen musste. Ihre Augen waren wach. Weit auseinanderstehend. Wasserblau.

Nacheinander folgten weitere Fahrzeuge. Der Fahrer eines Geländewagens kam gleich zur Sache.

»Hannes Hauff«, sagte er und hob die Hand. »Ich bin der Einsatzleiter und koordiniere die Rettung. Es werden weitere Helfer eintrudeln. Wir schicken rein, wen wir brauchen, wer fehlt, den fordern wir an.«

Der Einsatzleiter war einen halben Kopf kleiner als Roger, Anfang 50, sportlich. Braun gebrannt. Seine Haare waren grau, an manchen Stellen weiß. Er trug einen Wochenbart. Eine ernste, aber freundliche Miene. Und als Einsatzleiter offensichtlich die Verantwortung.

Während er sich und Jonas vorstellte, öffnete sich die Hintertür des neben dem Geländewagen parkenden Mittelklassefahrzeugs. Ein Schäferhund sprang aus dem E-Auto, gefolgt von einem drahtigen 40-Jährigen, der sie mit ausgestreckter Faust begrüßte. »Ich bin Frank.«

Frank hatte rote Haare, einen hellen Teint, eine hochgewachsene, athletische Statur. Er tätschelte seinen Vierbeiner. »Und das ist Agatha.«

»Ein Mantrailer!«, sagte Jonas begeistert.

»Agatha ist für anspruchsvolle Individualsuchen ausgebildet«, bestätigte Frank. »Sie müssen wissen, eine Höhle ist auch für einen Hund eine große Herausforderung. Die Gerüche der gesuchten Person verflüchtigen sich schnell, überall sind Löcher, Spalten oder wassergeführte Gänge. Es ist für sie schwer, eine Spur zu verfolgen. Es gibt ganz wenige Hunde, die dazu in der Lage sind. Aber Agatha ist die Beste«, sagte er augenzwinkernd.

Während Einsatzleiter Hannes die Heckklappe seines Geländewagens öffnete, fragte er: »Haben Sie eine Idee, wo Ihre Tochter sein könnte?«

»Leider nicht.« Roger seufzte.

»Jede Angabe kann helfen. So unlogisch Sie Ihnen auch erscheinen mag.«

»Ich weiß nur, dass sie Artefakte suchen«, sagte Roger.

»Das ist doch was«, erwiderte Hannes zu seinem Erstaunen.

Roger sah rüber zu Jonas. Sein Sohn beobachtete den Hundeführer, der einen schweren PVC-Overall aus seinem Auto zog. Beschichtet, strapazierfähig. Knallrot. Jonas schielte neugierig auf das Höhlenoutfit.

Roger wandte sich ab und lauschte den Worten des Einsatzleiters. »Ich koordiniere den Einsatz von oben«, erklärte er. »Ich bin mit unserer Alarmleiterin verbunden. Silvia unterstützt uns am PC und am Telefon. Die Alarmierung ging gleich nach Ihrem Anruf über unsere App raus.«

»Sie haben eine App?«, fragte Jonas.

»Das nennt sich Group Alarm.« Hannes schmunzelte. Dann wiederholte er: »Artefakte, haben Sie gesagt?«

Roger bejahte.

»Meine Schwester ist Fotografin. Sie soll die Funde fotografieren«, ergänzte Jonas.

Hannes nahm Blickkontakt zu Frank auf. Der nickte.

»Können Sie damit was anfangen?« Roger war der wortlose Informationsaustausch der beiden Retter nicht entgangen.

»Es gibt Spekulationen, dass es hier Elfenbein gibt, aus der Zeit der Neandertaler«, erklärte Hannes. »Es haben sich schon einige daran versucht. Bisher erfolglos.«

»Das ist wie am Klondike!« Patricia lachte. Auch sie hatte sich inzwischen ausgestattet mit Anzug, Stiefeln, Handschuhen und Helm. »Wenn einer verbreitet, dass er irgendwo Gold geschürft hat, strömen die Leute von überall her. In Zeiten der sozialen Medien heißt das, sie kriechen aus allen Löchern, und zwar aus jedem Winkel der Welt.«

»Für Hobby-Archäologen ist Elfenbein wie Gold«, sprach Frank und blickte dabei in Rogers ratlose Miene. »Obwohl …« Er wandte sich Hannes zu. Der Grauhaarige seufzte.

»Obwohl?«, wollte Roger wissen.

»Obwohl der Goldrausch zu Ende ging, bevor er richtig angefangen hatte. Zwei junge Abenteurer stürzten ab. Sie fielen in eine Schlucht«, berichtete Frank.

»Haben sie überlebt?«, fragte Jonas.

»Leider kam jede Hilfe zu spät.«

Der vorwurfsvolle Blick, den Patricia Frank zuwarf, entging Roger nicht.

»Die Sache hat etwas Gutes an sich«, sagte Hannes, als wollte er sich für das Unglück entschuldigen. »Wir haben eine Idee, wo sich Ihre Tochter befinden könnte.«

»Und wir haben eine Fährtenleserin.« Frank zeigte auf die ausgebildete Suchhündin, die hechelnd neben dem Wagen saß. Dann fragte er Roger: »Haben Sie etwas von Ihrer Tochter dabei? Ein T-Shirt, ein Käppi, irgendeinen Gegenstand, von dem Agatha ihren Geruch aufnehmen kann?«

»Ein Foto«, sagte Roger achselzuckend. »Es zeigt sie aber nur, sie hat es nicht angefasst.«

Frank schüttelte den Kopf.

Kurz darauf fuhr ein blauer Kastenwagen vor. Die Hand zum Gruß erhoben stiegen ein älterer und ein jüngerer Höhlenretter aus dem Wagen.

Lager II/Felsterrasse

Einen Moment lang war sie unaufmerksam. Laura stolperte über einen losen Stein, der durch die Luft wirbelte.

Dabei wollte sie lediglich zu der Wasserstelle gehen, um zu trinken, sie hatte das Lager nicht einmal verlassen! Zum Glück fing sie sich. Sie ruderte mit den Armen, bis sie das Gleichgewicht wiederfand. Sie war zutiefst erschrocken. Sie hätte fallen und sich das Bein brechen können! Kein Mensch wäre ihr zu Hilfe gekommen, was hätte sie bloß getan? Sie durfte nicht daran denken. Wieder war es nicht der körperliche Schmerz, der ihr zusetzte. Ihr war nichts geschehen, dennoch raste ihr Puls und ihre Beine zitterten. Es war der seelische Schmerz. Er mischte sich unter all die Qualen, die sie unterdrückte und mit mutmachenden Floskeln unter Verschluss hielt, seit Lasse sie verlassen hatte. Er ließ sich nicht länger unterdrücken. Laura kreischte. Laut und ungezügelt schrie sie den Schmerz aus ihrem Leib. Sie war selbst überrascht von den animalischen Lauten, die aus ihr drangen. Ihre Emotionen überschlugen sich, alles purzelte durcheinander. Die Wut. Die Enttäuschung. Die Trauer. Kurz flackerte Panik auf. Laura wischte sie weg, sie machte ihr keine Angst mehr, Laura hatte sie bezwungen. – Hatte sie das?

Sie durfte sich nicht gehenlassen. Sie musste sich auf die Zuversicht konzentrieren, »positiv denken, Laura«, sie war Optimistin, für sie gab es immer und überall Puzzleteile der Hoffnung, und waren sie noch so klein. Es fiel ihr zunehmend schwer. Sie verlor die Kontrolle über sich, fühlte sich einer Welt ausgeliefert, die sie nicht sehen wollte. Es war die Welt der Schatten. Das Reich der Dämonen. Sie durfte das nicht zulassen! Sie musste kämpfen!

Laura wollte ja kämpfen, aber sie fühlte sich so schwach, so müde, sie wollte schlafen, wegdämmern, alles vergessen, die Dunkelheit aus ihrem Kopf vertreiben, die Stille mit Klängen und schönen Tönen füllen, es war viel zu still …, unfassbar still …, totenstill.

»Ausruhen, ich werde ein wenig ruhen, danach suche ich weiter«, murmelte sie und legte sich auf ihr Lager. Sie presste die Arme eng an ihren Körper und schloss die Augen. Doch die finsteren Gedanken waren nicht weg, sie waren stärker als zuvor, sie fielen über sie her und schnürten ihr die Kehle zu. Was, wenn Lasse wirklich tot war?

»Lasse ist nicht tot!« Sie richtete sich auf, warf den Oberkörper vor und zurück, wiegte sich wie ein Embryo. »Lasse darf nicht tot sein, er kann nicht tot sein, sonst verrotte ich in diesem Dreck und man findet in hundert Jahren meine Knochen.«

»Schaut mal, da liegen Artefakte!« Das Bild einer Schulklasse tauchte vor ihrem geistigen Auge auf. Sie stellte sich eine Horde neugieriger Zehnjähriger vor, die sich um einen Knochenhaufen versammelte. Es war ihr Knochenhaufen! Es war sie, Laura, bzw. das, was von ihr geblieben war. Laura Morgenstern, geboren 1995, gestorben 2022, entdeckt im Jahr 2350. Die Lehrerin war eine Künstliche Intelligenz. »Was für ein dummes Mädchen«, sagte die Lehrerin. Ihre Stimme klang blechern. »Sie hat das Positive in den Menschen gesehen.« Die Klasse klatschte. Manche kicherten.

30 Jahre nach der Tat

»Ihr hättet uns nicht stören dürfen, warum habt ihr uns hier aufgesucht, was wollt ihr bloß von mir? Dies ist mein Reich. Seit Jahrzehnten gehört die Höhle mir! Ich weiß nicht mehr, wie viele Jahre genau, ich habe sie nicht gezählt. Sie spielen keine Rolle. Aber ihr, ihr spielt eine Rolle, und sie gefällt mir nicht. Haut ab, bevor es zu spät ist, alle beide! Geht mir aus dem Weg! Sonst kann ich für nichts garantieren.«

Lager II/Felsterrasse

Nachdem es Laura gelungen war, die Künstliche Intelligenz aus ihrem Kopf zu verbannen und das schadenfreudige Lachen der Schulklasse zu vertreiben, kehrte die Bedenkenträgerin zurück. Klar. Wo sollte sie auch hingegangen sein? Diesmal war aber etwas anders. Hatte sie sich bislang vorsichtig hervorgewagt, wie ein Pflänzchen im Frühjahr, schoss sie nun erbarmungslos auf Laura zu und übersäte sie mit spitzen Dornen. »Wenn Lasse nicht antwortet und nicht tot ist, bleibt nur noch eine Erklärung«, giftete sie. »Er hat dich in einen Hinterhalt gelockt.«

»Wieso das denn?« Die Härchen in Lauras Nacken richteten sich auf.

»Er hat dich angelogen, Liebes.«

»So ein Quatsch.«

»Ach. Und woher willst du das wissen?«

»Er hat mich nicht angelogen. Unmöglich! Weil, weil …« Ihre Stimme wurde brüchig.

»Laura, sieh genau hin. Er hat dich verschaukelt, verscheißert, auf den Arm genommen. Nenn es, wie du magst. Der Kerl hat dich verarscht! Kapier das endlich!«

»Warum hätte er das tun sollen?«, brüllte sie den Stein an, von dem sie hochgesprungen war. »Das ergibt überhaupt keinen Sinn!«

»Für dich nicht. Für ihn vielleicht schon.«

Laura durfte nicht klein beigeben, sie durfte die Bedenkenträgerin nicht über sich stellen, obwohl sie ihr das Leben gerettet hatte und sich viele ihrer Warnungen als wahr herausgestellt hatten. Sie würde sich nicht aufgeben. Sie würde ihre trüben Gedanken eliminieren, durchstreichen, übertünchen wie eine Malerin!

Es gab keinen Grund für schöne Gedanken. Kein Sonnenstrahl, kein Schmetterling, kein hingehauchter Kuss, was sollte sie zum Lächeln bringen? Um sie herum waren graue Felsen. Nackte, rohe Steine. Unter ihr war Lehm. Feuchte, schmierige Erde. Über ihr reckten sich unerreichbare, meterdicke Brocken in die Höhe. Sonst war da nichts. Nur sie und die Bedenkenträgerin. Sie musste ihr zuhören. Sie war die Einzige, die mit ihr sprach. Hatte sie recht? Hatte Lasse sie ausgetrickst? Spielte er mit ihr? Gab ihm das einen Kick, ergötzte er sich daran, sie zur Verzweiflung zu bringen und darüber hinaus?

»Denk an den dritten Gin.«

Laura dachte an den dritten Gin. An Grenzerfahrungen, von denen Lasse gesprochen hatte, als er das Glas erhoben hatte. Davon, dass die meisten Menschen ihr Potenzial nicht annähernd ausschöpften. Dass sie sich von vermeintlichen Grenzen abhalten ließen. Dass man diese aber sprengen könne. Und müsse.

»Wir können unser von Ängsten geprägtes Ich überwinden«, hatte er behauptet. »Unser Sein in ein Universum ausdehnen, das wir uns nicht einmal vorstellen können, so gigantisch ist es.« Gleich kommt er mit Einstein, hatte sie gedacht, gleich erklärt er mir, dass wir nur zehn Prozent unserer Kapazitäten nutzen, aber er hatte es nicht gesagt. Es war ihm offensichtlich zu profan gewesen.

Laura seufzte. Schluckte. Versuchte, sich zu beruhigen. Dieser Trip ist ein Abenteuer, sagte sie sich, in ein paar Jahren erinnert ihr euch daran und Lasse neckt dich, zieht dich mit dieser Story auf, bis du Tränen lachst! Sie hatte wieder Oberwasser. Die fröhliche, optimistische Laura, die der Bedenkenträgerin Paroli bot, sie schweigen und verstummen ließ.

Was, wenn er am Höhleneingang auf sie wartete, genau dort, wo dieser Trip begonnen hatte? Mit einem schiefen Grinsen im Gesicht sah sie ihn an der Metallluke lehnen. Er entnahm seinem Rucksack, der doppelte Böden und unermesslich viele Fächer zu haben schien, eine Flasche Champagner und stieß mit ihr auf die bestandene Mutprobe an. Sie visualisierte es. Spürte einen Kuss, den er ihr auf die Wange hauchte. Imaginierte, wie sie zu ihrem Auto ging, das unweit des Höhlenausgangs parkte. Sie badete in dem Bild, es war so schön, es fühlte sich so gut an, doch … dann … kam … der Kohlenkeller. Oma Helene. Die Fratze des Schicksals. Der Moment, der ihr Leben auf den Kopf gestellt und ihr die Existenz unter den Füßen wegzogen hatte.

»Hör auf mit diesen Kleinmädchenträumen. Komm endlich an in der Realität«, schalt die Bedenkenträgerin.

Sie hatte gewonnen. Laura kapitulierte. Sie musste sich mit den Gegebenheiten abfinden. Mit einem Gedanken, der unerträglich war. Sie saß in einer Falle.

Rettungsaktion, erste Etappe

Während weitere Fahrzeuge vorfuhren, gingen die beiden Männer aus dem Kastenwagen auf Hannes zu. Beide waren mit Helm und Gummistiefeln ausgestattet und trugen einen Schlaz, einen strapazierfähigen Overall. Der Mann zur Linken war vollbärtig, etwa 50 Jahre alt. Sein Schritt war energisch. Der Glattrasierte neben ihm war maximal 30. Er war lang. Dünn. Und forsch.

»Marek Beyer«, stellte sich der ältere Höhlenforscher vor. Er trug über seinem Schlaz einen Schleifsack, der aus einer Art Plane bestand. Neidisch begutachtete Roger das schmutz- und feuchtigkeitsresistente Material.

Der Jüngere sagte mit tiefer Stimme: »Ich bin Daniel Beyer.«

»Mein Neffe«, erklärte der Ältere. »Daniel ist unser Tauchcrack.« Er klopfte dem Jüngeren auf die Schulter.

Nachdem sie sich mit dem Einsatzleiter abgesprochen hatten, der mit dem Einteilen einer zweiten Gruppe beschäftigt war, marschierten Marek und Patricia hinter Frank und Agatha her über Felder und Wiesen. Roger und Jonas folgten stumm. Daniel blieb beim Einsatzleiter.

Seit sie an Lauras T-Shirt geschnüffelt hatte, gab Agatha ein strammes Tempo vor. Jonas hatte dem Hundeführer das Kleidungsstück ausgehändigt. Ein T-Shirt von Laura. Er war so glücklich gewesen, an etwas gedacht zu haben, das sein Vater vergessen hatte. Roger hatte es wohlwollend registriert. Kurz vor dem Parkplatz Nebelhöhle, sie waren knapp 30 Minuten gegangen, schlug Agatha vor einem kleinen Wagen an. Die Hündin führte eine Art Tanz auf, während sie unentwegt bellte und an dem grünen Kleinwagen hochsprang.

»Was ist das für ein Fahrzeug?«, wollte Roger wissen.

»Das ist Lauras Auto!« Jonas erkannte es als Erster. Er hielt den Daumen hoch – Richtung Schäferhündin. Dann bohrte er seinen Blick durch die Scheiben, aber seine Schwester saß nicht in ihrem Auto. Auch sonst war niemand zu sehen. Jonas rüttelte an der Tür. Sie war verschlossen.

»Ist das wirklich ihr Wagen?«, fragte Roger, der hinter Jonas aufgetaucht war. Skeptisch prüfte er die Karosserie, als zweifle er an der Fahrtüchtigkeit des resedagrünen Gefährts. Weder der Zustand noch das Modell schien für ihn annähernd akzeptabel zu sein. Der rechte Kotflügel war stark eingedellt. »Bist du sicher, Jonas?«, wiederholte er.

»Klar bin ich sicher, ich war schließlich dabei, als sie die Mühle gekauft hat«, sagte er lachend und zeigte auf den rosa Aufkleber.

Beim Anblick der aufgeklebten Kamera mit der Aufschrift »Cheese« besserte sich Rogers Laune schlagartig. »Das bedeutet, dass sie nicht weit weg sein kann«, sagte er und drehte sich um. Zu ihrer Rechten lag ein Waldgebiet, linker Hand erstreckten sich Wiesen und Felder. Hinter ihnen befand sich der Eingang zur Nebelhöhle. Er war nicht einsehbar, aber einige Besucher strömten in diese Richtung, andere kamen von dort. Wenn Laura sich nicht in der touristischen Bärenhöhle aufhielt, war sie dann in der Nebelhöhle? Diese war ebenfalls voll erschlossen, es gab dort Licht. Und Treppen mit Geländern, Hinweisschilder, Besucher, die man nach dem Weg fragen konnte.

Jonas schüttelte den Kopf. »Laura macht Touren, die andere meiden, Papa. Und das, was ich von ihrem Begleiter gehört habe, spricht auch nicht dafür, dass sie in einer

Touristenhöhle sind. Außerdem ...« Die Wanderung in den Alpen kam ihm in den Sinn, sie waren an einem Tag 20 Kilometer marschiert. Er hatte keinen Schritt mehr gehen können, Laura hingegen war am nächsten Morgen zum nächsten Trip aufgebrochen und hatte noch mal eine ähnliche Strecke zurückgelegt. Sie war vor vier Tagen aufgebrochen, konnte also unendlich viele Kilometer weit gekommen sein! Jonas stöhnte auf. Innerlich. Äußerlich versuchte er, gelassen zu bleiben. Er behielt seine Gedanken für sich.

»Außerdem?«, fragte Roger.

»Nichts. Ich habe keine Ahnung.« Jonas zuckte mit den Schultern. Roger wandte sich an Frank.

»Brav, Agatha!« Frank tätschelte das Fell seiner Schäferhündin und zog ein Leckerli aus einer Schlaztasche. Nachdem die Finderin ihre Belohnung zerkaut hatte, sagte er: »Wir nehmen die Spur von hier auf.« Wieder hielt er Lauras T-Shirt vor die Hundeschnauze. Agatha schnüffelte an dem Stoff und lief sofort los in Richtung Wald, die Schnauze dicht am Boden.

»Wieso geht sie in den Wald?«, fragte Roger.

»Weil die Besitzerin dieses Shirts vermutlich dort hingegangen ist«, sagte Frank.

»Zum Pinkeln«, meinte Jonas grinsend. Sein Vater fixierte ihn tadelnd, doch Jonas sollte recht behalten. Agatha hechelte kurz darauf zurück zum Fahrzeug und machte sich von da an auf in den nahe gelegenen Wiesengrund.

Zehn Minuten später deutete Frank auf eine Öffnung im Boden, vor der Agatha schwanzwedelnd stehen geblieben war.

»Das ist der Eingang zum Fledermausloch«, sagte Frank. Roger runzelte die Stirn.

»Es heißt so, weil die Öffnung extrem eng ist. Selbst, wenn man es schafft, sich durchzuquetschen, geht es steil runter. Das ist sogar für uns Profis eine Herausforderung.«

30 Jahre nach der Tat

Sie hatte ihm einen Schlag verpasst, obwohl sie das nicht gewollt hatte. Na, wenn schon. Was hatte sie für eine Wahl gehabt? Was hatte er in ihrem Reich verloren!

Bevor ihn die Erde geschluckt hatte, hatte er sie entsetzt angeglotzt. Dann hatte er bloß noch mit den Armen gerudert. Sie hatte nichts dazu beigetragen. Nun ja, ein wenig vielleicht, aber nicht viel. Du meine Güte, wie der gefallen war! Wie ein Stein. »Da macht der Reiter plumps.« Sie kicherte. Seine ganze Überheblichkeit war weggewesen, im Abgrund verschwunden. Was konnte sie dafür? Ihr konnte es recht sein. Sie hatte ihn nicht eingeladen. Sollte er sehen, wie er aus der Doline herauskam. Er war ein starker Kerl, er würde irgendwann rauskraxeln. Sollte er zurückgehen, wo er herkam. Von ihr aus dorthin, wo der Pfeffer wuchs.

Lager II/Felsterrasse

Laura saß immer noch in ihrer Koje. Ihre Umgebung schreckte sie nicht mehr, sie nervte bloß noch. Dieses zerklüftete, rissige, düstere, bedrohliche Stück Erde war kein Ort für eine zivilisierte junge Frau wie sie!

Sie trank Wasser und aß einen Energieriegel. Obwohl sie sich nach einer warmen Mahlzeit sehnte, nach einem Gespräch, einer Umarmung, einem weichen Bett, beruhigte sie sich. Sie machte sich umsonst verrückt. Die Luft war besser als draußen. Laura hatte von der Speläotherapie gehört, einer Art Höhlenkur, die gut für die Lunge war. Menschen, die sich zu Liegekuren unter Tage aufhielten, profitierten von der staub- und pollenfreien Luft bei konstant gleichbleibender Temperatur. Von antiallergener, entzündungshemmender, schleim- und krampflösender Wirkung hatte sie gelesen, davon, dass Höhlen eine Wohltat für Asthmapatienten seien. Die Flimmerhärchen und Schleimhäute der Bronchien erholten sich, die Abwehrkräfte wurden gestärkt. Sie sollte sich diesen Effekt zunutze machen. Laura stellte sich vor, eine Busladung voller lungenkranker Patienten würde hier aufkreuzen, die Leute würden sich vor ihr auf den Boden legen und atmen, bis sie davon erschöpft waren. Sie musste lachen. Es war zu komisch.

Es tauchten jedoch keine Menschen auf, niemand kam, keine noch so mitleiderregende Kreatur leistete ihr Gesellschaft. Lediglich das Plätschern des Wassers war zu hören. Sonst war da nichts. Rein. Gar. Nichts. Doch dann … Eine Stimme! Laura vernahm sie deutlich, wenn auch von weit weg. Es gab keinen Zweifel. Ihre Ohren täuschten sie nicht. Da waren menschliche Laute! Lasse! Sie lauschte. Das konnte nicht Lasse sein. Das Timbre war viel zu hell. Die Töne waren glockenklar, Laura glaubte, einen pfeifenden Unterton wahrzunehmen. Lasse sprach tiefer. Klang maskuliner. Wer konnte das sein, wer außer ihnen beiden war in diesen Höhlen unterwegs? Niemand war hier. Keiner suchte nach ihr. Es musste Lasse sein. War die Tonlage durch die Entfernung verzerrt? War das logisch? Was war in dieser Hölle schon logisch? Wenn Lasse nach ihr rief, war er nicht tot, dann hatte er sich nicht aus dem Staub gemacht, dann spielte er kein perfides Spiel mit ihr! Er war verletzt! Deshalb klang er so anders, es war ein schmerzverzerrter Schrei. Er brauchte ihre Hilfe, sie musste ihn finden, sie würde ihn finden, würde mit ihm diese Hölle verlassen. Er kannte den Weg! Sie musste nur dem Ton folgen. Seiner Stimme nach. Immer seiner Stimme nach.

30 Jahre nach der Tat

Diese kreischende Person nervte sie. Sie war viel zu laut, sie würde noch die Kleinen wecken! Was wollte dieses Gör? Als wäre der Kerl nicht schon genug. Sollte sich diese Person nicht bald verdünnisieren, musste sie sie auch aus dem Weg räumen. Warum missachtete das Gör die Regel! Genau wie dieser grässliche Kerl, auch der hatte sich nicht an die Regel gehalten: Lasst die Toten ruhen! Sie hatten ein Recht darauf. Auch sie hatte ein Recht darauf. »Ich bin längst tot«, murmelte sie. »Und wenn du nicht aufpasst, dummes Gör, bist du auch bald tot. Dann seid ihr beide tot! Ich habe euch gewarnt. Wenn euch was zustößt, hab ihr es euch selbst eingebrockt.«

Rettungsaktion, erste Etappe

Die Höhlenretter standen vor der Stelle, an der Agatha angeschlagen hatte. Roger und Jonas blickten in eine Senke.

Sie war nicht tief, aber auch nicht breit. Mehr als eine Person konnte sich darin nicht aufhalten. Ein Gitter versperrte einen Zugang, wohin, ließ sich nicht erkennen. Von oben gesehen war alles dunkel.

Behände sprang Marek in die Senke und öffnete das Gitter mit einem Schlüssel, den sich ihr Einsatzleiter bei der Gemeinde besorgt hatte. Der helle Lichtstrahl der Kopfleuchte fing eine Reihe Metallringe ein, die an einer Wand befestigt waren.

»Das ist eine Schachthöhle«, sagte Frank, der Rogers skeptische Miene bemerkte. »Da geht's ungefähr 200 Meter runter. Das Fledermausloch ist eine Trockenhöhle. Sie ist nicht sonderlich groß. Es wird nicht lange dauern, sie abzusuchen.«

»Und meine Tochter soll da reingegangen sein?« Roger setzte sich in die Hocke und sah an Marek vorbei in den Schacht. Mit Erstaunen nahm er die Metallringe wahr. Lehmbedeckte Kletterhilfen in die Unterwelt, dachte er.

»Sie muss nicht in den Schacht gestiegen sein«, versuchte Frank ihn zu beruhigen. »Vielleicht ist sie auch nur hier vorbeigekommen.«

»Ich klettere mit Patricia runter. Wir sondieren die Lage«, sagte Marek. Vorsichtig setzte er einen Fuß auf einen der Ringe. Roger hielt den Atem an, denn er vermutete, dass dieser rostig war. Ob er hielt?

»Frank!« Marek nickte dem Kollegen zu.

Frank verstand sofort. Er sicherte Marek, der bereits Sitz- und Brustgurt trug, mit einem Seil ab. Die richtige Technik schien er voll draufzuhaben, denn seine Griffe wirkten geübt. Gekonnt sicherte er auch Patricia.

»Wir kommen mit«, ereiferte sich Roger.

»Nein.« Patricia, die damit beschäftigt war, die Knoten zu überprüfen, klang auf einmal autoritär.

»Wir sind nicht dick!«, grinste Jonas, »und nicht doof.«

»Fahren Sie nach Hause. Wir haben Ihre Telefonnummer. Hannes meldet sich bei Ihnen, sobald wir Ihre Tochter gefunden haben«, schlug Patricia vor.

»Das kommt überhaupt nicht infrage«, protestierte Roger.

Frank klopfte auf seinen Schutzanzug. Roger ließ seinen Blick über das PVC-beschichtete Nylonmaterial wandern, das an Knien, Ellbogen und im Gesäßbereich aufgedoppelt war. Er hatte den Begriff vorhin aufgeschnappt. Er seufzte. »Sie meinen, nicht ohne Schlaz.«

Frank nickte. »In Höhlen ist es eng. Kalt. Dreckig. Der Lehm ist überall.«

Roger sah an sich herab. Wie immer trug er ein blaues Hemd, eine Markenjeans und seine rahmengenähten Schuhe. Obwohl er den Freizeitblouson übergezogen hatte und sein Jackett in seinem Seesack aus gegerbtem Leder steckte, fühlte er sich deplatziert. Warum hatte er sich kein höhlentaugliches Outfit besorgt? Es war alles so schnell gegangen, überstürzt hatte er den Heli gechartert und nicht daran gedacht, sich auszurüsten.

»Zu einem Höhlenoutfit gehört unbedingt ein Hartschalenhelm«, ergänzte Patricia. »Außerdem brauchen Sie eine dimmbare Stirnlampe, Back-up-Licht. Handschuhe. Und wasserfestes Schuhwerk.« Sie zeigte auf ihre Gummistiefel.

Roger räusperte sich. »Wir … ähm.«

Frank legte die Stirn in Falten. »Sie sind doch nicht erfahren in Höhlentouren. Oder?«

Roger verneinte.

Marek, der schon halb im Schacht war, nur sein Oberkörper lugte noch hervor, wurde ungeduldig. »Lassen Sie uns unsere Arbeit machen. Bitte! Wir wissen, was wir tun.

Sie stünden uns nur im Weg. Würden Sie da unten in Panik geraten, müssten wir nicht nur Ihre Tochter und ihren Begleiter, sondern zwei weitere Leute retten. Außerdem besteht in einer Schachthöhle immer Steinschlaggefahr.«

Roger hob die Augenbrauen, dann blickte er rüber zu Jonas. Der zuckte mit den Schultern.

Jonas zeigte auf Agatha.

Frank schüttelte den Kopf. »Zu steil, zu eng«, sagte der Hundeführer. Er zog kräftig an der Leine, denn Agatha hielt dagegen. Hatte eine Spur ihre Riechzellen aktiviert? Drängelte sie: »Los, verfolge mich!«?

»Wir bilden den Vorstoßtrupp und sichten da unten die Lage. Wenn Sie nicht zurück zur Einsatzleitung wollen, warten Sie hier. Bei Frank.«

Ohne eine Antwort abzuwarten, kletterte Marek, gefolgt von Patricia, in den Schacht.

Lager II/Felsterrasse

Die Stimme war weg, der Ruf verhallt. Laura stellte sich in die Mitte des Basislagers, direkt neben Lasses Schlafsack, der nach wie vor unberührt dalag. Ihr Herz klopfte. Sie legte die Hand auf ihre Brust und spitzte die Ohren. Angespannt, den Rücken gestrafft, lauschte sie. Eben hatte sie die Töne noch gehört! Sie vernahm nur das feine Plätschern des Wasserrinnsals, wagte kaum zu atmen, um einen erneuten Ruf nicht zu verpassen. Da! War. Es. Wieder.

»Lasse!«, schrie sie. »Melde dich, ich habe dich gehört. Ich bin unterwegs, du musst mir einen Anhaltspunkt geben, sag mir, wo du bist!« Sie horchte. Allein das Wasser antwortete mit seinem immerwährenden Rauschen, Gurgeln, Sprudeln.

»Woher kam die Stimme?«, fragte sie das Wasser und gab sich die Antwort selbst. Sie hatte keine Ahnung. Sie musste warten, bis sie wieder zu hören war. Dann musste sie sofort losmarschieren, durfte keine Sekunde zögern, die Stimme war ihr Kompass, sie musste ihr folgen! Sobald sie lauter wurde, war sie auf dem richtigen Weg. Konzentrierte sie sich auf den Ruf, würde sie Lasse finden.

Laura sah sich gemeinsam mit ihm aus diesem unheilvollen Ort marschieren. Sollte er verletzt sein, würde sie ihn unterhaken, es wäre ein Klacks, er könnte die Richtung humpelnd vorgeben. Sie würden aus dem Labyrinth spazieren, als hätten sie gerade einen geführten Abenteuertrip beendet.

Tränen rannen über ihr Gesicht. Sie konnte sie nicht stoppen. Sie wollte sie nicht stoppen, es waren Tränen der Erlösung. Kaum hatte Laura sie mit dem Ärmel ihrer Outdoorjacke getrocknet, flossen neue nach. Sie lachte und weinte zur gleichen Zeit. Sie horchte. Sie hörte. Es war nicht weit, da war ein helles, warme Timbre! Jeder Zweifel war verflogen. Sie konnte die Worte nicht verstehen, es war eine Art Singsang, es musste sein verzweifeltes Rufen sein. »Ich bin gleich bei dir«, hauchte sie. Und hetzte in die Richtung, aus der die Töne zu kommen schienen.

Doline

Als er erwachte, war ihm schlecht. Sein Kopf dröhnte, sein Bein tat höllisch weh, er lag in einer Scheißdoline! Was war geschehen?

Er erinnerte sich an einen langen dunklen Mantel, an ihr Gesicht, das spärlich beleuchtet gewesen war. Sie sah ganz anders aus, als er sie in Erinnerung hatte. Laura war um so vieles älter! Wie konnte das sein? Wie hatte sie ihn so schnell finden können? Er hatte die Spuren verwischt, hatte Felsbrocken in die Öffnungen gelegt, die er passiert hatte, schweres Gestein. Er hätte gehört, wenn sie die Brocken zur Seite geräumt hätte. Und doch hatte sie plötzlich hinter ihm gestanden, schlagartig war sie aufgetaucht. Er hatte sie atmen gehört, bevor er sie gesehen hatte. Sie musste wie ein Giftpilz aus dem Boden gewachsen sein. Er hatte sie angesprochen. »Laura, wie kommst du denn hierher, was …?«

Der Schlag hatte ihn ohne Vorwarnung getroffen. Erst war ihm schummrig gewesen, dann war es schwarz vor seinen Augen geworden. Er erinnerte sich, wie er gefallen war. Er war hart aufgeschlagen. Sein Universum verschwamm. Er verschwand.

Unter der Schwäbischen Alb

Die Hoffnung war ihre Wegbegleiterin. Am liebsten hätte sie gesungen, so leicht fühlte sie sich. Laura ging nicht, sie rannte, sie hetzte, sie schwebte, denn sie wollte keinen Laut verpassen! Die Töne waren ihre Orientierung, sie waren der Strohhalm, an den sie sich klammerte. Sie hangelte sich daran entlang wie ein kleiner Käfer an einem Halm. Sobald er abrutschte, kämpfte er sich abermals hoch. Tapfer. Unermüdlich. Weiter. Vorwärts. Hach!

Ihr Optimismus stieg. Sie hatte einen Plan und ein Ziel. Und sie hatte die Bedenkenträgerin zum Schweigen gebracht. Gegen positive Gedanken war diese machtlos. Sie nährte sich vom Zweifel, ein winziges Fünkchen genügte ihr. Als Laura an einer Querung stehen blieb, auf einen Ton wartend, der sie in die richtige Richtung führen würde, aber nicht kam, flammte das Fünkchen auf. »Du hast dich getäuscht! Da ist keine Stimme! Da war nie eine. Du hast sie dir eingebildet«, sprach es in ihr.

Hatte die Bedenkenträgerin recht? Laura lauschte angestrengt. Nur ihr eigenes Keuchen drang an ihr Ohr. Sie sah sich erschrocken um. Vor ihr lagen drei mögliche Abzweigungen. Sie erinnerte sich nicht an diese Stelle. Sie horchte. Ins Nichts. Also setzte sie sich auf eine kleine Erhebung und checkte ihre Kamera. Sie verglich die Kreuzung mit ihren Fotos, aber sie fand sie nicht. Dies hatte nichts zu bedeuten, denn sie hatte keine Kreuzungen oder Weggabelungen fotografiert, hatte jedoch gehofft, sie vielleicht irgendwo im Hintergrund zu entdecken. Trotzdem wurde sie das Gefühl nicht los, noch nie hier gewesen zu sein. Wo befand sie sich? Sie musste auf die Stimme warten, musste ihr folgen, sie war ihre Rettung, doch …

… sie hörte sie nicht mehr. Kein Ton. Kein Flüstern, nicht einmal ein Wimmern.

Für eine Weile schloss Laura die Augen. Dann schlug sie entschlossen den breitesten der drei Wege ein. Nach rund 20 Minuten erreichte sie einen Abschnitt, der ihr bekannt vorkam. Sie erkannte die Umrisse eines riesigen Steins! Er war breit. Flach. Wie ein Bett lag er in einer Welt aus Geröll. Ihr Herz hüpfte. Genau dort hatte sie gesessen und die Schuhe ausgezogen, um ihre schmerzenden Füße zu untersuchen! Der Stein war eben, glatt, wie von Menschenhand bearbeitet. Sie hätte ihn unter Tausenden wiedererkannt.

Selig ließ sie sich auf dem breiten Brocken nieder. Es

fühlte sich heimelig an. In einer Vertiefung auf dem Stein hatte sich eine kleine Pfütze gebildet. Laura tauchte ihren Finger in die Flüssigkeit und benetzte ihre Stirn. Eine Zeit lang blieb sie so sitzen. Sie dachte nach. Verwarf den Gedanken. Kramte ihn wieder hervor, denn er war die Antwort. Der Tunnel, die Röhre, der Schluf! Er konnte nicht weit sein, denn sie hatte ihn bezwungen, nachdem sie ihre Schuhe auf dem Stein ausgezogen hatte.

Sie erinnerte sich an jede Sekunde, die sie robbend, kriechend, keuchend verbracht hatte. Der Gedanke an die Engstelle schnürte ihr die Kehle zu. Sie riss sich zusammen. Der Schluf führte zum Ausgang. Sie musste sich durchzwängen, musste es riskieren, hatte keine Wahl. Kurz stieg Beklemmung in ihr auf. Sie atmete dagegen an.

»Du hast diese scheißenge Röhre zweimal bezwungen«, sprach sie sich Mut zu. »Du hast die Zähne zusammengebissen, hast nicht kapituliert. Du schaffst es ein drittes Mal! Die Röhre wird weiter, sie verwandelt sich in eine Kluft. Dort ist der Weg, der dich raus zum See bringt.«

Der Gedanke an den schönen Waldsee, an die herrliche Natur überwältigte sie. Dennoch zögerte sie. Diesmal war die Situation anders. Sie war allein. Erlitt sie in der Röhre einen Panikanfall, wäre niemand da, der sie trösten könnte. Keine Seele würde sie motivieren, zurechtweisen, anlachen, auslachen, antreiben, ihr beistehen, die Situation zu meistern. Kein Mensch käme ihr zu Hilfe.

Trotzdem gab es keine Alternative. Sie durfte nicht erneut einen Plan aufgeben, nicht schon wieder kapitulieren, sie musste es riskieren! Sie wusste nicht, ob die Stimme von dort kam, ob Lasse auf der anderen Seite war. Es war egal – sie musste endlich hier raus! Nicht einmal die Bedenkenträgerin widersprach. Laura biss die Zähne zusammen und besann sich der 4-7-8-Technik, die sie zur Bewältigung ihrer Angst gelernt hatte. Sie schloss die Augen, atmete vier Sekunden ein, hielt die Luft an, eins, zwei, drei, vier, fünf, sechs, sieben Sekunden lang. Ruhig gab sie die Luft ab, zählte bis acht. Wiederholte es. Zwang sich zu einem Lächeln. Öffnete die Augen.

Sie fand die Engstelle, nachdem sie eine weitere lange Weile umhergeirrt war. Tapfer kämpfte sie sich durch. Schlufend und fluchend nahm sie die Röhre. Bald stand sie in der Kluft und marschierte aus ihrer Angst. Aufrecht und mit erhobenem Haupt.

Rettungsaktion, erste Etappe

Roger schob seine Unterlippe über die Oberlippe. Er ärgerte sich über sich selbst. Warum war er nicht hartnäckiger gewesen? Er hätte an der Aktion teilnehmen müssen! Dass der Schacht steil nach unten führte – was war das schon? Für Laura würde er einen Beinbruch riskieren, sogar eine Lungenentzündung, es war das Mindeste, was er tun konnte. Er hatte sie zu oft allein gelassen, hatte zugelassen, dass sie ohne fürsorgliche Mama aufwuchs. Laura war ein verträumtes Kind gewesen. Manu hatte Claire nicht ersetzen können, sie war ihr nie Mutter genug. Außerdem hatte sie Jonas, ihren Sohn. Und er? Roger hatte kaum Zeit für Laura gehabt. Er war mit seiner Karriere beschäftigt, es waren wichtige Jahre für ihn gewesen. Und für sie, für seine Tochter? Nicht weniger! Er seufzte. Straffte sich. Es war nicht der richtige Moment für Schuldgefühle, erst recht nicht für Sentimentalitäten. Er durfte nicht zulassen, dass ihn die Sorge um seine Tochter so sehr einnahm, dass er nicht aktionsfähig war. Er war es Laura schuldig, nicht nur alles zu geben, sondern ein ganzes Stück mehr.

»Ich habe kein Problem mit dem Schacht«, hatte er ein letztes Mal protestiert.

Patricias Blick hatte sich von seinen Schuhen über sein Stadtoutfit zu seiner entschlossenen Miene hochgearbeitet, es war ihm nicht entgangen. »Es ist völlig ausgeschlossen, dass Sie mitkommen«, hatte die Höhlenretterin klargestellt, bevor sie hinter Marek in die Tiefe gestiegen war. »Es ist viel zu gefährlich.«

Roger war zusammengezuckt. Er war es nicht gewohnt, Befehlsempfänger zu sein. Dennoch hatte er eingesehen, dass bei einer Rettungsaktion eigene Regeln herrschten. Dass der unterirdische Teil der Welt einer der wenigen Orte war, die er nicht kannte.

Während er wartete, betrachtete Roger seinen Sohn. Jonas ging vor dem Schacht auf und ab. Nur Frank schien die Ruhe selbst zu sein. Er telefonierte mit der Einsatzleitung und lachte ab und zu laut auf.

Als Marek und Patricia von ihrem ersten Erkundungsgang zurückkehrten, waren zweieinhalb Stunden vergangen.

»Wir haben was«, sagte Marek. Er deutete mit dem Kinn nach rechts. Roger war mit einem Satz auf den Beinen. Auch Jonas wandte sich neugierig den Höhlenrettern zu, die über einen Spazierweg aus dem nahe gelegenen Waldstück kamen.

»Es gibt einen Eingang zu einem anderen Höhlensystem, etwa 1.200 Meter Richtung Süden«, erklärte Patricia.

Roger sah verwundert hoch.

»Wir vermuten, dass Ihre Tochter dort reingegangen ist«, ergänzte Marek.

»Das heißt, dieses Fledermausloch hat einen zweiten Eingang?«, fragte Jonas.

Marek nickte. »Kommen Sie mit.«

Roger pfiff vor sich hin, so glücklich war er, endlich etwas tun zu können. Mit langen Schritten folgte er Marek und Patricia durchs hohe Gras. Jonas hielt mit ihnen Schritt, Frank und Agatha bildeten das Schlusslicht.

Der Höhlenzugang war mit der Natur verwachsen. Mit bloßem Auge war er nicht als solcher zu erkennen. Ein Tor trennte die innere von der äußeren Welt. Es stand offen.

»Wie findet man solche Eingänge?«, wollte Jonas wissen.

»Wenn man sie nicht sieht und nicht von ihnen weiß, erkennt man sie am Luftzug«, klärte Patricia auf. »Je wärmer es draußen ist, umso stärker nehmen wir die kalte Luft wahr, die aus Höhlen dringt.«

»Weil in Höhlen nur 12 Grad Celsius herrschen?«, fragte Jonas.

»Auf der Alb sind es eher acht bis neun Grad«, entgegnete Patricia.

»Die Luke war offen«, erklärte Marek, »das heißt, jemand war hier. Aber niemand von uns, denn wir schließen hinter uns immer ab. Das Gute ist, in diesem Teilstück können wir Agatha einsetzen. Der erste Abschnitt verläuft eben.«

»Wir kommen mit«, sagte Jonas.

Roger triumphierte, denn Marek willigte seufzend ein: »Meinetwegen.«

Bevor sie über einen breiten Gang tief in die Höhle hineinmarschierten, sandte Marek eine Nachricht an die Einsatzleitung.

Agatha pirschte voran. Zielstrebig suchte sie jeden Aufgang, jeden Abgang ab. Gefolgt von dem Hundeführer lief sie sicher übers Geröll, schnüffelte an Steilwänden und hechelte an Wasserpfaden entlang. Manchmal hielt sie an, jaulend, bellend, schwanzwedelnd. Dann betrachtete Frank den jeweiligen Fund. Er verständigte sich mit Marek und Patricia über Handzeichen. Das anschließende Kopfschütteln konnte auch Roger deuten. »Nichts«, hieß es. Wieder nichts.

Die Gänge verzweigten sich. Die Höhlenretter spähten in Spalten, hoben Steine an, inspizierten Risse und Klüfte. Gingen weiter. Gestikulierten weiter. Roger kapierte. Sie verstanden sich ohne Worte.

Einmal wandte sich Marek an den Hundeführer. »Frank«, hob er an, »such mit Agatha dort oben weiter.«

Roger sah auf die Erhebung, auf die Marek deutete. Schmale, brüchige Trittsteine führten einen steilen Hang hinauf. Der Aufstieg war in meterhohe, stark zerklüftete Wände gebettet.

»Mach ich. Aber danach müssen wir raus.« Frank tätschelte die Hündin. »Sie ist müde.«

Marek nickte und wandte sich an die Gruppe. »Ich knöpf mir den Gang rechts vor. Patty, bleibst du bei den beiden? Ich bin bald zurück.«

»Okay«, erwiderte die Höhlenretterin. Sie setzte sich auf eine der unteren Stufen und zeigte auf das wacklige Sediment, bis Roger und Jonas ober- und unterhalb von ihr Platz nahmen. Jonas geriet ins Rutschen, denn der Stein, auf den er sich setzen wollte, löste sich. Er fing sich und zog einen Sitz in der Hocke vor. Wieder hieß es warten.

Unter der Schwäbischen Alb

Nachdem sie den Schluf und die Kluft bezwungen hatte, spitzte Laura die Ohren. Sie hatte so gehofft, die Stimme jetzt lauter zu hören, weil sie ihr näher gekommen war, doch sie wurde enttäuscht. Sie vernahm gar nichts mehr. Also suchte sie nach Stellen, an die sie sich erinnerte. Lag hinter dem Schluf nicht die Kathedrale? Saurons Welt fiel ihr ein. Die Halle mit den gigantischen Tropfsteinen! Dort waren sie am Anfang ihrer Tour gewesen, sie lag mehrere Stunden von der Kluft entfernt. In welcher Richtung?

Als sie innehielt, um zu verschnaufen, stellte sie fest, dass ihr seit Längerem nichts mehr bekannt vorkam. Was war das für ein Felskamin? Sie hatte nur einmal einen Felskamin gesehen, der ihr wie ein Mund voller Zäpfchen vorgekommen war. Dieser Kamin sah jedoch anders aus, er hatte keine Zäpfchen aus Stein. Sie hatte keinen Schimmer, wo sie war. Dabei war sie sicher gewesen, sich auszukennen, sobald sie den Schluf bezwungen und die Kluft erreicht hatte. Wie naiv! Warum sollte die Höhlenwelt hinter der Kluft leichter zu bezwingen als davor? Dabei hatte sie sich so tapfer durch die Enge gezwängt, sie hatte ihre Panik unterdrückt, sich Mut zugeflüstert, ihren Puls, der Kapriolen geschlagen hatte, immer wieder mit Atemübungen beruhigt. Euphorisch war sie gewesen. Unachtsam! Offenbar hatte sie einmal, zweimal, öfter die falsche Richtung eingeschlagen. Deshalb irrte sie jetzt umher. Planlos. Wieder mal.

Die Wahrheit schlug ihr hart ins Gesicht. Sie kannte sich nicht mehr aus. Sie hatte sich in der Unterwelt verloren. Diese war stärker als sie. Laura war ihr ausgeliefert, sie musste es sich eingestehen – sie war ihrer Umgebung gnadenlos unterlegen. Die Unterwelt würde den Sieg erringen. Was hatte sie sich bloß eingebildet?

Ihr Körper würde sich zersetzen, sie würde sich auflösen, zu Staub zerfallen. Ihre Seele bliebe für immer eingesperrt, chancenlos, eine wie auch immer aussehende Erlösung zu erfahren. Sie würde zum Höhlenzombie, zum körperlosen Geist, sie sah sich durch die Gänge wandern. Laura umfasste ihren Hals. Da saß sie. Die Panik. Der Kloß schwoll stetig an. Die Furcht vor dem Unbekannten, vor dem, was sie nicht in der Hand hatte, nicht kontrollieren konnte, war ihre treueste Begleiterin. Wie die Bedenkenträgerin war sie immer da. Die beiden verließen sie nie.

»Nein«, schrie Laura, »ich will das nicht!« Sie keuchte. Schluchzte. Schnäuzte sich. Besann sich. »Du musst atmen«, murmelte sie. Oder war es die Bedenkenträgerin? »Atme! Und gehe. Gehe! Und atme.« Laura atmete. Und ging.

Sie musste wieder an sich glauben, durfte sich nicht von ihrer Angst einnehmen lassen. Du schaffst das, Laura! Ach so? Und wie? Noch 100 Schritte, noch 200 Schritte, schon bist du draußen, an der frischen Luft, in der herrlichen Natur! Stell es dir vor, dann geschieht es auch! Sie stellte es sich vor. Sah sich die Arme ausbreiten und die Sonne küssen. Morgen, übermorgen, eines schönen Tages würde dieser Albtraum Geschichte sein. Alles ging vorüber. In der Welt der Zeit war es zumindest so. In ihrer alten Welt.

Rettungsaktion, erste Etappe

Endlich tauchte Marek auf. Als er in seinem derben Schlaz, mit dem Helm, der LED-Lampe und den groben Handschuhen auf sie zukam, sah Roger ihm angespannt und erwartungsvoll entgegen. Hatte Marek etwas gefunden, war er auf Laura gestoßen? Noch ein Stück weit entfernt hob der Höhlenforscher entschuldigend die Arme. Roger kapierte. Kein Hinweis. Keine Laura.

»Dort hinten geht's nicht weiter. Keinen Schritt«, erklärte Marek. »Da steht ein gigantischer Gesteinsbrocken im Weg, den hat Ihre Tochter sicher nicht zur Seite geschoben.«

Jonas warf Roger einen Blick zu, den Marek einfing. »Wer immer bei ihr ist, hat das ebenfalls nicht getan«, sagte der Höhlenretter. »Das Ding ist zentnerschwer.«

Nach einer kurzen Wartezeit, die sie schweigsam verbrachten, kehrte auch Frank zurück.

»Fünf Neue sind angekommen«, berichtete er. »Hannes hat sie rübergeschickt in die Tiefengrotte. Inzwischen sind drei Teams im Einsatz.« Er wandte sich an Roger und Jonas. »Das heißt, wir suchen bereits die ganze Umgebung ab.«

»Wo ist Agatha?«, fragte Jonas.

»Draußen. Das war heute fast schon grenzwertig, die Unebenheiten, das schwache Licht sind für sie megaanstrengend. Meine Frau hat sie am Eingang abgeholt.«

Roger nickte. Sie waren alle müde, Stunden vergeblicher Suche waren vergangen, doch niemand ließ sich etwas anmerken. Nach einer weiteren Stunde sprach Marek aus, was Roger sich kaum zu denken erlaubte. »Wir müssen unsere Kräfte sammeln.«

»Was meinen Sie damit?«, fragte Roger.

»Wir suchen morgen verstärkt weiter, es werden sicher noch ein paar Teams dazustoßen«, sagte Marek.

»Und wir müssen unser Funksystem installieren. Die

Kommunikationstechniker haben sich bei Hannes gemeldet. Sie wollen in der Früh da sein«, erzählte Frank.

Jonas runzelte die Stirn. »Hier gibt es doch nirgendwo Empfang!«

»Eben. Deshalb setzen wir Cave-Link ein«, sagte Frank.

»Was ist das?«

»Ein Höhlenkommunikationssystem. Damit werden Untertage Daten übermittelt. Es wird im Bergbau wie bei der Höhlenrettung eingesetzt. Wir können kurze Nachrichten senden und uns so verständigen.«

»Dann legen Sie Leitungen?«, fragte Jonas.

Frank schmunzelte. Die Neugierde des jungen Mannes schien ihn zu amüsieren. »Tatsächlich werden auch leitungsgebundene Kommunikationssysteme in Höhlen eingesetzt«, klärte er auf, »aber Cave-Link funktioniert kabellos. Über ein Magnetfeld von Längst- und Langwellen im Bereich 20 bis 140 KHz. Man überträgt die Daten quasi durch den Felsen.«

»Krass!«

»Die Techniker schließen mehrere Geräte an. Das Grundgerät bleibt oben bei der Einsatzleitung. Die Modems teilen wir untereinander auf. Alles wird so programmiert, dass eine Verbindung egal von welchem egal zu welchem Gerät hergestellt werden kann.«

»Dagegen ist WLAN wie Eisenbahn spielen.« Jonas grinste.

Der Hundeführer klopfte ihm auf die Schulter. »Sie werden sehen, wie das funktioniert. Morgen.«

Roger warf einen Blick auf seine Armbanduhr und stellte erstaunt fest, dass es bereits 21.30 Uhr war. Bis zum Ausgang würden sie eine Stunde benötigen, vielleicht auch zwei. Höchste Zeit, ebenen Boden unter den Füßen zu spüren. Und Licht zu tanken, obwohl es heute kein Tageslicht mehr sein würde.

Unter der Schwäbischen Alb

Laura wusste nicht, was mit ihr geschah oder was mit Lasse geschehen war. Er sprach nicht, er sang nicht, er kicherte nicht mehr. Er neckte sie nicht und meckerte nicht einmal. Er gab kein weiteres Lebenszeichen von sich. Als hätte es diese Zeichen nie gegeben, als wäre die Stimme, der sie gefolgt war, ihrer Einbildung entsprungen.

Sie bewegte sich langsam, suchend, das Licht auf den Boden gerichtet. Inzwischen war sie überzeugt davon, dass er gestürzt, auf einen Stein geprallt, auf einem glitschigen Lehmbrocken ausgerutscht oder in ein Erdloch gefallen war. Dass er nicht nur bewegungsunfähig, sondern auch rufunfähig war. Dies wäre eine logische Erklärung. Eine Erklärung, mit der sie klarkam. Halbwegs! Denn wenn er wirklich ohnmächtig geworden war, ernsthaft verletzt irgendwo lag, was würde sie tun? Sie könnte ihn nicht aus einer Sinkhöhle befreien, wie sollte sie das schaffen? Sie würde Hilfe holen müssen. Wie? Sie hatte kein Handysignal! Also hatte auch Lasse kein Signal. Er müsste konkrete Angaben machen, ihr den Weg beschreiben, der sie hinausführte. Es würde funktionieren, wenn er bei Sinnen war. Er musste bei Sinnen sein, zumindest gewesen sein, sonst hätte er sie nicht rufen können. Warum hatte er nicht auf ihre Kontaktversuche reagiert? Ihre Gedanken verliefen in einer Schleife und ihr Anfang war Lauras Ende. Wieso zur Hölle meldete er sich nicht?

Die Antwort lieferte die Bedenkenträgerin, bevor Laura die Frage zugelassen hatte. »Wäre es in seinem Sinne, dass du ihn findest, hätte er reagiert, Laura. Er hätte dir zugerufen, wo er sich befindet. Ja, er hat dich gerufen, hat dich gelockt. Seitdem lässt er dich im Regen stehen. Was heißt das wohl? Er will nicht, dass du weißt, wo er ist, versteh das endlich! Er. Will. Es. Nicht!«

Sie verdrängte die Stimme, denn es gab Wahrheiten, die durften einfach nicht sein. Sie erinnerte sich an die Worte, mit denen er losgezogen war, sein belangloses »Bis dann, Laura!«. Sie verdrängte, dass er wusste, wie verloren sie hier unten war. Dass er den Kompass an sich genommen hatte, was sie noch immer als Versehen, als gedankenlose Handlung auslegte. »Natürlich war alles ein Versehen, Dummchen. Er ist der freundliche Versicherungsvertreter. Mit einem netten Lächeln im Gesicht zieht er dir das Fell über die Ohren«, stichelte die Bedenkenträgerin.

»Halt den Mund!« Laura wollte die Worte nicht an sich heranlassen, sie musste in ihrer Zuversicht baden, das Gefühl bewahren, etwas Sinnvolles zu tun, die Hoffnung schüren, dass sie sich aus eigenen Stücken aus ihrer Situation befreien konnte, sonst würde sie durchdrehen!

Sie suchte weiter, ohne zu wissen, wonach. Ihr Blick verharrte auf einem Gegenstand. Achtlos lag er in einer Mulde. Laura trat näher. Das war doch … eine Konserve. Vor ihr lag eine Blechbüchse. Schon wieder. Sie berührte sie mit dem Fuß, dann hob sie sie hoch und drehte sie in ihrer Hand. Die Banderole war halbwegs intakt. »Rindfleisch mit Erbsen«, las sie. Sie schnappte nach Luft. Jemand war hier! Ein Mensch hatte genau an dieser Stelle gestanden! Ihr Herz klopfte. Dieser Mensch war auch in der Doline gewesen, in der sie die beiden anderen Konserven gefunden hatte.

Dieser Mensch kannte sich hier aus, führte Lebensmittel mit sich. Vorräte! Sehnsüchtig studierte sie die Banderole und suchte nach dem Verfallsdatum. Ihr Herz klopfte laut. 1992, las sie. Enttäuscht ließ sie die Konserve sinken. Die Person, die aus dieser Dose gegessen hatte, würde ihr nicht zu Hilfe kommen. Sie war im letzten Jahrhundert hier gewesen. Vor 30 Jahren! Sie hatte längst das Weite gesucht.

Laura verlor jede Körperspannung. Sie fiel einfach in sich zusammen, im Stehen. Sie schrie ihre Verzweiflung gegen die Wände. Lautlos. Ihre Worte waren nichts weiter als Gedanken, sie war nur noch ein stummes Wesen, ein Stück Fleisch, von Hirngespinsten zusammengehalten. Ihre Situation war ausweglos.

Sie setzte sich auf einen Stein, denn ihre Gedanken fuhren Achterbahn. Kaum nahte ein Hoffnungsschimmer, katapultierte sie dieser in die Höhe. Sie war obenauf. Hing kopfüber, bis der Funken verschwand. So wie jetzt. Jetzt stürzte sie mit Karacho in die Hölle. Sie würde erst wieder herausfinden, wenn sich der nächste Lichtblick am grauen Horizont zeigte. Doch auch der würde verblassen. Sich verflüchtigen. Lasse hatte ihren Kompass an sich genommen und war aus den Höhlen hinausmarschiert. Sie hatte diesen Gedanken immer wieder gestreift, aber nicht zugelassen, denn er war unerträglich. Und doch war er logisch. Lasse hatte sie bewusst zurückgelassen, um zu verrecken, zu krepieren. Nahm er sie auf und stellte die Fotos oder Videos ins Internet? Sie spähte nach Überwachungskameras, sie konnten winzig sein. Aber da war nichts. Sie wären ihr aufgefallen, sie hatte so gut wie jede Wand ausgeleuchtet. Dennoch hätte Lasse irgendwo Kameras installieren können, die sie nicht bemerkte. Rechts und links des Kegels ihrer Lampe war alles stockdunkel. Andererseits hätte er dann unzählige Kameras anbringen müssen, schließlich war das Höhlensystem riesig. Und er könnte die Ergebnisse nicht abrufen, ohne Internet, wie sollte das gehen! Sie war allerdings kein Techie. War es möglich? Es wäre eine Erklärung, ein Grund, warum er keiner Menschenseele von ihrem Aufenthaltsort erzählt hatte, warum alles so schnell hatte gehen müssen. Er hatte verhindern wollen, dass nach ihr gesucht wurde. Wusste wirklich niemand, wo sie sich befand? Ahnte keine Seele, dass sie in einer gottverdammten Falle saß, in einer Gruft, die vor 30 Jahren zuletzt ein Mensch betreten hatte? Im Jahr 1992 oder früher?

30 Jahre nach der Tat

Der Kerl lag immer noch in der Schlucht, sie hatte nachgeschaut, hatte sich über ihn gebeugt. Er konnte sie nicht sehen, denn seine Augen waren geschlossen. Nichts an ihm regte sich. Er winselte bloß, ganz leise. Was sollte sie mit ihm tun?

Sie hatte ihre Schaufel dabei. Sollte sie sie ein zweites Mal einsetzen? Verdient hätte er es. Groß tönen und kneifen, wenn es darauf ankam. So einer war das. Ein Weichei! Warum kroch der nicht endlich aus der Schlucht und suchte das Weite? Auf der anderen Seite, war er es wert, dass sie sich die Finger an ihm schmutzig machte? Sicher nicht. Sie ließ ihn jammern, während sie plante, was sie mit ihm tun sollte. Während sie die Optionen abwägte, kicherte sie. Endlich ein wenig Action in ihrem monotonen Alltag.

Lager II/Felsterrasse

Als der erste Besucher auftauchte, lag Laura ermattet auf ihrem Schlafsack. Sie erinnerte sich vage daran, wie sie sich auf den Rückweg gemacht hatte, wie sie ungezählte Abbiegungen genommen, korrigiert und neue Anläufe unternommen hatte, endlos lange marschiert war, bis sie zurückgefunden hatte. Laura wusste nicht, ob es mitten in der Nacht oder bereits früh am Morgen war. Ihre Umgebung kam ihr düsterer vor als sonst. Stockdunkel. Mit offenen Augen war es so finster wie mit geschlossenen Lidern. Schmerzlich wurde ihr bewusst, dass sie nie wieder einen Stern sehen würde, keinen Mond, der seine Bahnen gemächlich über den Horizont zog, kein Sonnenstrahl würde mehr ihre Nasenspitze kitzeln! Sie war in ihrem wärmenden Schlafsack aufgewacht und hatte keine Ahnung, wie sie in ihr Lager gelangt war. Wie viele Kilometer hatte sie zurückgelegt? Waren es vier, waren es zehn oder mehr gewesen? Woran hatte sie sich orientiert?

Vage erinnerte sie sich an ihre Verzweiflung, an Wände, die auf sie zugekommen waren, an Worte, mit denen sie sich Mut zugesprochen hatte, an unzählige Schritte, die sie unternommen hatte und die sie doch keinen Schritt weitergebracht hatten. Ihre Aktion war nutzlos gewesen. Ohne Zweck. Ohne Ergebnis. Reine Beschäftigungstherapie. Wie alles, was sie unternommen hatte, seit er verschwunden war.

Laura wälzte sich in ihrem Schlafsack. An Ruhe war nicht zu denken. Es gelang ihr nicht einmal, tröstende Traumbilder hervorzurufen, sich fluoreszierende Farben vorzustellen, Töne in sich zu erzeugen, die sie ablenkten. Sie versuchte es mit Liebesszenen aus alten Kitschfilmen, die sie so mochte, Harry und Sally, Bridget Jones, irgendwas mit Kate Winslet. Sie wollte Szenen vor ihren Augen abspulen lassen, die ihre Stimmung hoben. Schon als Kind war sie gut gewesen im Imaginieren und Wegträumen. Doch in ihrer neuen Welt funktionierte es nicht. Alles war anders. Und jetzt piekte es auch noch. Etwas piesackte sie. Es ließ nicht von ihr ab, bewegte sich direkt auf ihr. Sie hielt den Atem an. Spielte ihr die Fantasie wieder einen Streich? Nein. Es war nicht ihre Fantasie. Etwas huschte über ihr Gesicht und kitzelte sie. Sie wollte ihre Hand ausstrecken, um das Kitzeln zu vertreiben, aber sie konnte sich keinen Millimeter bewegen. Die Furcht lähmte sie. Sie presste ihre Lippen aufeinander. Es kitzelte immer noch. Sie blies Luft in Richtung Stirn, um die Haarsträhne zu verscheuchen, die sie auf ihrer Wange spürte. Die Haarsträhne trippelte weiter. Haarsträhnen trippelten nicht! Haare bohrten sich nicht mit kleinen, spitzen Krallen in die Haut. Was um alles huschte über ihre rechte Wange und lief über ihr Kinn, wer um Himmels willen schlug in dieser Sekunde den Weg zu ihrem Hals ein? Sie presste die Lippen fest aufeinander, um zu vermeiden, dass dieses ominöse Etwas in ihren Mund kroch. Sie lag da wie tot. Ihr Herz setzte fast aus, als ihr klar wurde, was geschah. Etwas krabbelte über sie hinweg – ein Lebewesen aus der Unterwelt!

Es dauerte nicht lange, dann war das Wesen verschwunden. Kein Krabbeln mehr, kein Kitzeln mehr. Erleichtert atmete Laura aus. Plötzlich schreckte sie auf. Es war zurück! Diesmal trippelte es über ihre Brust. Laura erstarrte. Erst als es aufhörte, über sie hinwegzuhuschen, wagte sie, einen tiefen Atemzug zu nehmen. Sie blieb noch eine Weile liegen.

Dann lachte sie. Der vielbeinige Höhlenbewohner, der über sie hinweggekrabbelt war, hatte bestimmt genauso viel Angst vor ihr wie sie vor ihm. Laura wusste, dass es in Höhlen troglophile Tiere gab. Käfer, Molche, Salamander. Höhlenflohkrebse oder die Große Höhlenspinne, auch Höhlenkreuzspinne genannt. Ab dem späten Herbst gehörte die Untererdewelt den Fledermäusen. Zu Tausenden bevölkerten sie die Schächte, hingen dicht aneinandergereiht an Wänden und Decken – wie Trauben an einer Weinrebe. Die eine oder andere Fledermaus verirrte sich sicher auch im Sommer oder im frühen Herbst hierher. Doch das trippelnde Wesen war keine Fledermaus gewesen. Es war ein wendiges, blitzschnelles Tier. Sie erinnerte sich an den Biologieunterricht, an Fotos von Grottenolmen. Farblose, pigmentlose Geschöpfe. Sie waren blind. Weil ihnen das Sehorgan unter der Erde nichts nützte, hatten sich ihre Augen zurückgebildet. War ihr eine derartige Kreatur übers Gesicht gelaufen? Sie schüttelte sich. »Es gibt keine Grottenolme unter der Alb. Man findet sie beispielsweise in Slowenien«, sprach die Biologielehrerin aus ihrer Erinnerung. »Was war es dann?«, fragte sie Frau Bucher. Frau Bucher antwortete nicht.

Laura tastete nach ihrer Stablampe. Der Lichtstrahl huschte über das Geröll, auf dem sie lag. Sie hob einen Stein hoch und ließ ihn sogleich erschrocken fallen, wie einen Bratapfel, der frisch aus dem Ofen kam. Tiere lebten unter Steinen! Hatte sich das Krabbelwesen zu seinen Brüdern und Schwestern dorthin zurückgezogen? Wehmütig dachte sie an Jonas. Ach, Jonas. Wäre er nur hier mit seinem leeren Marmeladenglas! Ihr kleiner Bruder würde den Salamander oder was immer es war, in das Glas laufen lassen, sein Herz würde pochen, wenn er den Deckel schloss und das Tier einsperrte. Weit von sich gestreckt würde er mit seinem Fang zur Terrasse laufen. Mit herausgestreckter Zunge würde er das Tier sachte hinausbefördern und im Garten freilassen. Wie oft hatte sie gekreischt: »Jonas, mach das weg!« Nicht, weil sie das Vieh nicht selbst hätte entfernen können, damals hatte ihr das nichts ausgemacht, sie hatte noch nicht einmal ein Glas dafür gebraucht. Sie hatte das jeweilige Zappelpaket an den Beinen oder Flügeln gepackt und war damit über den Holzboden zur Terrasse gerannt. Weil sie gewusst hatte, dass Jonas seiner älteren Schwester nur zu gerne half, hatte sie ihm den Gefallen getan. Sie hatte vorgegeben, ängstlich zu sein, bis er, aufgeregt in die Hände klatschend, in die Luft gehüpft war. Stolz, den inneren Dämon zu bezwingen und dem Drachen mit den glutroten Augen eins auszuwischen. Bis zur Pubertät war ihr kleiner Bruder der Angsthase der Familie gewesen. Was hätte er getan, wenn er jetzt hier wäre? Hätte Jonas ihre Verzweiflung in sein Marmeladenglas gepackt und hinausgetragen? Hätte er im Freien den Deckel geöffnet und ihre Panik davongejagt? Beim Gedanken an ihren Halbbruder lächelte sie. Dann fielen ihre Lider zu. Bald ertrank sie in einem traumlosen Schlaf. Sollte huschen, was wollte.

30 Jahre nach der Tat

Der Kerl winselte. Ganz kurz. Dann war er wieder wie weggetreten. Sie kletterte zu ihm hinab, es ließ ihr keine Ruhe. Insgeheim hatte sie gehofft, er würde sich doch noch aufraffen und verschwinden. Mit der Stablampe leuchtete sie über seinen Körper. Er zuckte im Schlaf. Sie packte ihn am Arm und schüttelte ihn leicht. Nichts rührte sich. Sie legte ihr Ohr auf seine Brust. Sein Herz klopfte, wenn auch schwach.

Kopfschüttelnd betrachtete sie die klägliche Gestalt. Das Licht der Lampe huschte über das schmerzverzerrte Gesicht des Mannes. Was führte er im Schilde? Warum hatte er ihre Ruhe gestört? Würde er sie verraten, sobald er draußen war? Freilich würde er das tun.

»Ein Geist hat mich geschlagen! Ich bin in die Schlucht gestürzt«, hörte sie ihn wehklagen.

Sie lächelte schief. Glucksende Laute kamen aus ihrem zahnlosen Mund. »Sie werden dir nicht glauben, elender Waschlappen«, knurrte sie. »Die Ärzte werden sagen, du hattest eine Halluzination.« Alle hatten das. Auch sie hatte anfangs Trugbilder gehabt. Vielleicht hatte sie sie immer noch.

Sie löschte das Licht. Sie setzte es nur ein, wenn es nicht anders ging. Ihre Augen waren so an die Dunkelheit gewöhnt, dass sie gut zurechtkam. Sie konnte nicht mehr hoffen, dass er sich davonstahl, sobald er erwachte. Gekrümmt, wie er dalag, musste er sich etwas gebrochen haben. Ein Bein, einen Knöchel, er würde es nicht ohne Hilfe aus der Doline schaffen. Sie überlegte nicht lange. Sie würde ihm nicht heraushelfen. Warum sollte sie das tun? Wer hatte ihr geholfen, als sie unten gewesen war? Niemand! Keiner half einem, der am Boden lag! So war das Leben. Grausam. Ungerecht.

Wenn er am nächsten Tag nicht endlich aus dieser blöden Doline gekrabbelt war, und sei es auf allen vieren, würde sie dafür sorgen. Sie würde ihn verschwinden lassen. Sie musste nur ein paar Schaufeln Dreck auf ihn werfen. Dann war er weg. Für immer. Sie konnte ihn hier nicht gebrauchen.

TAG SECHS. 19. SEPTEMBER

Engstingen

Sie hatten die Nacht in einem Bed and Breakfast in Engstingen verbracht. Roger hätte auch in den Höhlen geschlafen, aber Patricia hatte zwei Einzelzimmer für sie gebucht. Sie hatte die Adresse auf Rogers Handy hinterlassen.

Nach einem wortkargen Abendessen in einem Bistro nebenan waren Jonas und Roger auf ihre Zimmer gegangen. Selbst Roger hatte sich eingestehen müssen, dass er todmüde war.

Am nächsten Morgen fühlte er sich erfrischt wie selten und stand um 5.30 Uhr auf. Er bestellte ein Taxi für 6.30 Uhr und weckte Jonas. Sie würden überpünktlich am Höhleneingang sein. Nach einem kurzen Frühstück brachen sie auf.

Rettungsaktion, zweite Etappe

Wieder hatten sie einen großflächigen Abschnitt durchkämmt, hatten Grotten, Nischen, Klüfte und einmal eine Karstquelle ausgespäht. »Ein Bröller, auch Hungerbrunnen genannt«, hatte Patricia erklärt. »Wenn Regenwasser durch den Karst sickert, entstehen solche wasserführenden Spalten und Gänge.«

Roger war froh über diese Nachricht, denn sie bedeutete, dass Laura nicht an Wassermangel litt. Dennoch stieg seine Unruhe. Sie wurden nicht fündig. Es gab kein noch so winziges Anzeichen von menschlichem Leben. Nichts deutete darauf hin, dass Laura hier gewesen war. Sie riefen unermüdlich nach ihr. Mal Roger, mal Jonas.

Gegen Mittag waren alle müde. Selbst Agatha trottete seit einer Weile lustlos neben Frank her, den Kopf auf den Boden gerichtet.

Er wusste nicht, wie lange sie schon wieder marschiert waren, als sich Frank zu Patricia und Marek umdrehte. »Agatha braucht eine Pause«, sagte der Hundeführer. Er zeigte auf eine Ansammlung flacher Steine. Sie setzten sich. Sogar Roger nahm dankbar Platz.

»Warum finden wir sie nicht?«, fragte Jonas.

»So eine Suche kann dauern. Weite Teile dieses Systems sind gar nicht erforscht«, antwortete Frank. »Lediglich drei Abschnitte sind kartografiert. Die anderen müssen wir uns erschließen.«

»Das heißt, wir irren tagelang umher, ohne konkretes Ziel?« Roger legte die Stirn in Falten.

»Kann sein. Muss nicht sein.« Frank tätschelte Agatha, die zu seinen Füßen lag.

»Was bedeutet das, nur drei Abschnitte sind kartografiert?«, wollte Jonas wissen, nachdem er sich einen großen Schluck Wasser aus seiner mitgebrachten Trinkflasche gegönnt hatte. »Wie viele Abschnitte hat denn so eine Höhle?«

Die Experten tauschten amüsierte Blicke.

»Nicht einmal ein Zehntel der Höhlen auf der Schwäbischen Alb ist komplett erforscht«, sagte Marek, der ein Bein auf einen Stein gestellt hatte und seinen Rücken durchdrückte. »Es dauert Jahrzehnte, alles Meter für Meter abzuschreiten und zu dokumentieren. Unter uns erstreckt sich ein Universum, dessen Ausmaß man sich gar nicht vorstellen kann. Ein Hohlraum mäandert in den nächsten und der verzweigt sich wieder und erneut. Manche Gänge enden abrupt, einfach so, zack, landet man in einer Sackgasse. Andere führen in einen wassergeführten Abschnitt. Der Luftraum beträgt oft keine 20 Zentimeter. Manchmal steht man auch vor einer unpassierbaren Schlucht. Man weiß nie, was einen als Nächstes erwartet.«

»Wollen Sie damit andeuten, dass wir uns in einer Art Labyrinth befinden?«, fragte Roger. Der Gedanke gefiel ihm nicht, obwohl er zugegeben musste, dass ihm die letzten Stunden genauso vorgekommen waren. Wie ein Marsch durchs Ungewisse.

»Das ist eine starke Untertreibung.« Patricia nahm den Helm vom Kopf und fuhr sich durch die kurzen Haare, bevor sie sie wieder bedeckte. »Im Vergleich zu dem, was vor uns liegt, sind Labyrinthe winzig. Nehmen Sie Samsø Labyrinten, mit 60.000 Quadratmeter einer der größten Irrgärten der Welt. Man kann sich sehr gut darin verlaufen«, sagte sie.

»Das sind achteinhalb Fußballfelder.« Jonas hatte es schnell überschlagen.

»Im Masone Labyrinth in Italien gingen vor Jahren 90 Menschen verloren«, sagte Frank.

Roger rieb seine schweißnassen Hände an seiner Hose trocken.

»Wie groß ist eigentlich die größte Höhle?«, fragte Jonas.

»Die Sơn-Đoòng-Höhle in Vietnam misst fast neun Kilometer in der Länge«, erzählte Marek. »Ihr tiefster Punkt liegt 500 Meter unter der Erdoberfläche, die Decke hängt bis zu 200 Meter über einem. Aber wir reden nicht von Höhlen, wir sprechen von Systemen. Das längste je gemessene Höhlensystem befindet sich in den USA. Von Mammoth Cave in Kentucky sind 675 Kilometer kartiert. Die Höhle selbst dürfte deutlich größer sein.«

»675 Kilometer?« Jonas kaute auf seiner Unterlippe. Dies entsprach der Strecke von Tübingen nach Berlin.

»Im Britisch-Amerikanischen Krieg von 1812 war Mammoth Cave ein bedeutender Lieferant für Salpeter. Daraus wurde Schießpulver hergestellt«, lenkte Frank ab.

Jonas' Interesse war sichtlich geweckt.

»Wissen Sie, wer Salpeter produziert?«

Jonas verneinte.

»Die Fledermäuse.« Frank grinste. »Es wird aus ihren Exkrementen gewonnen.«

»Wir sind auf der Schwäbischen Alb«, ging Roger dazwischen, schroffer als beabsichtigt. »Nicht in Amerika.«

»Korrekt«, sagte Patricia. »In unserem Biosphärenreservat befinden sich etwa 2.800 Höhlen. Bei manchen handelt es sich um einzelne Räume, andere sind miteinander verbunden. Viele dürften wassergeführt sein, so wie im Blautopfhöhlensystem. Dort wurden erst zehn Kilometer vermessen, ein Bruchteil. Es wird Generationen brauchen, um die Aufgabe zu bewältigen.«

»Als Jochen Hasenmayer 1985 den Mörikedom fand, war das eine Sensation«, erzählte Frank. »Das muss man sich mal vorstellen. Er spürte bei einem Tauchgang eine gigantische, lufterfüllte Halle auf, in einem rein wassergeführten System! Seit seinem Tauchunfall ist er querschnittsgelähmt. Er musste die Erkundung der Blautopfhöhle unterbrechen. Trotzdem hat er gemeinsam mit dem Orgelbauer Konrad Gehringer den Speleonauten entwickelt. Mit diesem Höhlen-U-Boot konnten viele Forschungen unternommen werden.«

»Essen wir einen Happen«, sagte Marek und holte Proviant für alle aus seinem Schleifsack. Jonas und Roger nahmen die belegten Brote gerne an. Roger bewunderte das Engagement der Höhlenretter zunehmend. Es war unglaublich, wie sehr sich jeder Einzelne einsetzte.

»Im Hohlenstein-Stadel hat man den Löwenmenschen gefunden, eine Elfenbeinfigur, die 40.000 Jahre alt sein dürfte. Sie wurde 1939 bei einer archäologischen Grabung geborgen und ist heute eine Weltsensation«, berichtete Frank weiter.

»Was wollen Sie damit andeuten?«, fragte Roger stirnrunzelnd.

»Sie lag etwa 38.061 Jahre im Verborgenen«, vervollständigte Jonas den Satz des Hundeführers. Nervös trommelte er einen unbekannten Rhythmus auf einen Stein. »Kein neuzeitlicher Mensch hat diese Höhle vorher betreten.«

Roger legte sein Brot weg und stieß hörbar Luft aus.

»Haben Sie Geduld. Wir werden sie finden.« Lächelnd betrachtete Frank seine Schäferhündin. »Nicht wahr, Agatha?«

Die Hündin saß auf ihren Hinterbeinen und hechelte mit herausgestreckter Zunge. Agatha war die Königin des Tages. Sie schien die Anerkennung für ihren Einsatz voll auszukosten. Das nächste Leckerli wartete.

Lager II/Felsterrasse

War das Wissen um die Zeit für die meisten Menschen so wichtig wie Aufstehen und Zähne putzen, war es Laura inzwischen gleichgültig. Längst waren Schlafrhythmus und Wachphasen miteinander verschmolzen. Sie schlief, wenn sie müde war und aß einen Bissen, sobald ihr Magen knurrte, wobei es zuletzt nicht annähernd genug war. Die Reaktionen ihres Körpers waren aus dem Gewohnten gefallen, sie ließen sich nicht mehr vorhersagen, nicht berechnen.

Sie schälte sich aus ihrem Schlafsack, streckte sich und tapste zu der Feuerstelle, die längst erloschen war. Sie war froh, dass Lasse den Gaskocher zurückgelassen hatte. Er verfügte über eine Piezozündung, funktionierte also ohne Streichholz. Sie hatte es schnell erfasst, intuitiv.

Sie würde Kaffee kochen. Danach würde sie einen halben Riegel essen, einen neuen Plan schmieden, ihre Nervosität bezwingen, einen klaren Kopf bewahren. Die Stimme … Genau hier hatte sie sie gehört, in ihrem Lager. Sie musste in die falsche Richtung gelaufen sein. Sie durfte sich nicht dauernd einreden, dass sie sich alles nur einbildete. Die Stimme war da gewesen!

Während der starke Kaffee seine Wirkung tat, scrollte Laura ein weiteres Mal durch die Aufnahmen ihrer Kamera. Die Fotos waren datiert. Sie sah, in welcher Minute sie was aufgenommen hatte. Zum ungezählten Mal blickte sie auf Tropfsteine, die oben faustdick und unten dünn wie kleine Finger waren. Andere kamen ihr wie umgekehrte Trichter vor. Dritte waren wie Stricknadeln, wieder andere in der Mitte abgebrochen. Lasse hatte die dünnen Stäbe Sinterröhrchen genannt. Diese Höhle hatte Laura nicht wiedergefunden.

Sie widmete sich den darauffolgenden Fotos. Vergrößerte sie. Studierte Wände, die sie in sämtlichen Einzelheiten aufgenommen hatte. Laura erkannte tiefe Risse und auffällige Vorsprünge im Gestein. Hatte sie bisher geglaubt, in der Unterwelt sähe alles gleich aus, wurde sie nun eines Besseren belehrt. Die Grotten, die Wasserrinnsale, selbst die Felsen unterschieden sich in Höhe, Breite, Form. Die mineralischen Ablagerungen trugen mal helle, mal dunkle Farbtöne. Karussellpferdchenlila! So hatte sie manche Ablagerungen genannt. Lächelnd vergrößerte sie die Stelle an der grauen Wand, die eine lilafarbene Zeichnung hatte. Das Schwarzwaldtannengrün daneben fiel ihr auf. Sie hatte bislang gar nicht versucht, den Weg anhand dieser Feinheiten zu rekonstruieren! Zwar hatte sie geglaubt, die Details zu erkennen, sobald sie vor ihnen stand, aber sie hatte sich zu oft ablenken lassen, hatte sich nicht stoisch an die Reihenfolge gehalten, die die Fotos vorgaben.

Ihr Puls raste. Der Lichtstreif, der vor ihr auftauchte, schien heller als jeder andere zuvor. Es lag an ihr, ihn in ein immerwährendes Leuchten zu verwandeln. Bevor die Bedenkenträgerin nerven konnte, sprach Laura so laut, dass sie die innere Stimme übertönte.

»Das ist es!«, sagte sie. »Wenn ich Foto für Foto abschreite und jedes einzelne Bild mit der entsprechenden Stelle vergleiche, wenn ich nicht aufgebe, bevor ich das Motiv der Aufnahme tatsächlich vor mir habe, klappt es. Notfalls vergrößere ich die Fotos – so lange bis ich die Stelle finde. Dann kann nichts schiefgehen.«

»Freilich kann es schiefgehen, bisher ging schief, was überhaupt schiefgehen kann! Was glaubst du, wer du bist? Lara Croft?«, antwortete die Bedenkenträgerin. Laura hörte ihr zu. Sie hatte recht. Es würde eine Ewigkeit dauern, die Bilder abzugleichen.

Sie trank einen weiteren Schluck Kaffee und drehte die Kamera in ihrer Hand. Es war nichts weiter als ein Gefühl. Es raunte ihr zu: Die Fotografien sind die Lösung! Noch fehlte das letzte Quäntchen, das ihr Vorhaben wasserdicht machte. Ihre Idee hatte einen entscheidenden Haken: Deutete Laura eine einzige Stelle falsch, funktionierte der ganze Plan nicht. Diese Erfahrung hatte sie zu oft gemacht, sie brauchte sie kein weiteres Mal. Sie durfte sich nicht mehr verlaufen und irgendwo im Nirgendwo landen! Laura konnte nicht damit rechnen, jedes Mal unversehrt in ihr Basislager zurückzufinden. Es war geschehen, ja. Der Zufall hatte ihr in die Hände gespielt. Oder war es Fügung gewesen?

Doline

In seinem Kopf dröhnte es. Es war kaum auszuhalten. Als stünde er beim Start einer Boeing 777 direkt unter den Flügeln. Sein linkes Schienbein tat höllisch weh. Kaum fasste er es an, schrie er auf vor Schmerz. Fuck, was für eine Scheiße, es musste gebrochen sein! Er war immer wieder eingeschlafen, wie tot hatte er in diesem Steinbett gelegen, er musste sich zwingen, nicht vollends wegzudämmern! Es war stockfinster um ihn, die Stirnlampe war erloschen, er tastete nach ihr und schaltete sie ein.

Er musste aus diesem verdammten Steinbett raus! Auf allen Seiten ragten steile Wände in ein undefinierbares Oben. Warum hatte Laura ihn in den Abgrund gestoßen? Die blöde Schlampe! Hatte sie ihn durchschaut? So schnell? Er versuchte, die Situation zu rekapitulieren, denn sie ergab keinen Sinn. Laura hatte ihm etwas in den Rücken gestoßen, er hatte noch gedacht, woher hat die Bitch so viel Kraft! Sie musste ihn mit dem Fuß gekickt haben, so stark war der Schlag gewesen. Er hatte das Gleichgewicht verloren, dann war er gefallen.

Vorsichtig fasste er sich an den Kopf. Kein Blut. Immerhin. Aber eine Beule konnte er ertasten, an der rechten oberen Stirnseite. Die Erhebung fühlte sich an wie ein Golfball. Er musste sich beim Sturz den Kopf angeschlagen haben.

Lasse brauchte Hilfe. Er zog sein Handy aus der Tasche. Kein Empfang. Logisch. Vorsichtig tastete er nach dem Kompass in seiner Jackentasche. Die Nadel zeigte nach Osten. Der Ausgang lag weiter hinten, im Südwesten. Ihn zu finden war keine große Sache, er war schließlich nicht zum ersten Mal in diesem System unterwegs, er kannte sich hier recht gut aus. Das Problem war, dass er in der Tiefe lag, in einer gottverdammten Doline! Es waren knapp vier Meter bis nach oben, was gut zu schaffen wäre – mit gesundem Bein. Er musste den Schmerz ignorieren, schleunigst hier raus! Lasse hatte noch nicht einmal Wasser bei sich. Durstig leckte er sich über die trockenen, spröden Lippen. Er würde verdursten. Jämmerlich verrecken. Verdient hätte er's.

Lager II/Felsterrasse

Lauras Blick fiel auf versteinertes Gemüse. Sie stutzte. Die Tuffsteine! Blumenkohlsinter, hatte Lasse sie genannt.

Sie saß auf ihrem Lager, den Fotoapparat in der einen, den Kaffeebecher in der anderen Hand. Fieberhaft suchte sie nach einem Weg, die Fotografien zur Orientierung einzusetzen. Sie erinnerte sich gut an die versteinerten Formationen, die aussahen wie Gemüse. Wie Blumenkohlröschen. Beim näheren Betrachten erkannte sie, dass die Tropfsteingebilde nicht bloß an einer Wand zu finden waren, der Raum war komplett damit übersät! Myriaden grober Schwämme, wie von einem Künstler an die Felsen geklebt. Wie viele Tuffsteinhöhlen gab es auf der Schwäbischen Alb? Lasses Worte kamen ihr in den Sinn: »Dieses Phänomen ist hier nur aus der Olgahöhle bekannt.« Sie hatte in dem Moment nicht weiter darauf geachtet.

Kalktuffhöhlen gab es überall auf der Welt. Sie erinnerte sich an Kappadokien in der Türkei, wo sie vor vielen Jahren mit Papa, Jonas und Manu gewesen war. Eine ganze Stadt war in den Tuff gehauen, 55 Meter tief! Tausende Menschen konnten dort ausharren, inklusive ihrer Tiere. Die Kammern und Ställe waren mit Lüftungsschächten versehen. Es war die perfekte Zufluchtsstätte.

Schon immer lebten Menschen in Stollen oder Kavernen. Überall auf der Welt, auch in Spanien, Frankreich, Papua-Neuguinea. Im Loiretal gab es ein unterirdisches Tunnelsystem, das 1.000 Kilometer lang war. In den weichen Kalkstein ließen sich leicht Hohlräume schlagen. Noch heute hausten Menschen in selbst angelegten Grotten. Aber auf der Schwäbischen Alb? Längst hätten Studenten und Abenteurer den Raum für sich entdeckt und in Lebensraum verwandelt. Konnte dieser Abschnitt Teil der Olgahöhle sein? Befand Laura sich in einer Parallelhöhle? War sie auf einen Seitenarm gestoßen? Menschen fanden andauernd neue Zugänge, Laura hatte gehört, dass eine Familie ihr Haus auf einen unterirdischen Hohlraum gebaut hatte, von dem sie nichts gewusst hatte. Sie grübelte. Kaute auf ihrer Unterlippe. Die längste Tuffsteinhöhle Deutschlands lag keine zehn Kilometer vom Sonnenbühl entfernt. Gab es eine Möglichkeit, von ihrem Aufenthaltsort zur Olgahöhle zu gelangen? Eine noch so winzige Spalte würde ihr genügen! Laura würde sich durch jeden Schluf zwängen, und sollte er enger und länger sein als jener, den sie mehrfach passiert hatte.

Wann waren sie in der Tuffsteinhöhle gewesen? War das nicht vor der Unterhöhle gewesen, in die sie sich abgeseilt hatte? Laura seufzte. Wo war die Unterhöhle?

Rettungsaktion, zweite Etappe

Frank ging zielstrebig voraus. Der Hundeführer bewegte sich gekonnt, behände stapfte er durch die Gänge, geschickt wich er tunnelartigen Röhren aus. Roger vermutete, dass er Agatha schonen wollte. Er hatte mitbekommen, dass sich die Hündin vor Engstellen fürchtete. So wie Laura. Er durfte nicht daran denken, wie sie sich fühlte.

Nachdenklich folgte Roger Frank und Jonas. Die beiden bildeten die Vorhut. Marek durchsuchte mit Patricia einen anderen Streckenabschnitt.

Vor einem weitläufigen Gewässer hielt Frank an. Ein Unterwassersee breitete sich tiefschwarz über die Fläche eines halben Fußballfeldes aus.

»Gleich kommt Nessie raus«, witzelte Jonas, und Roger lächelte. Eingefasst von gigantischen Felswänden setzte dieser Höhlensee auch sein Kopfkino in Gang.

»Hier geht's mit dem Schnellboot weiter.« Frank sah Jonas verschmitzt an. »Wem keines zur Verfügung steht, der muss tauchen.«

»Wir tauchen«, sagte Roger, ohne eine Minute zu zögern.

»Mit dem Schnorchel kommen Sie nicht weit«, erwiderte Frank stirnrunzelnd.

Jonas schaute an seinem orangefarbenen Öloverall herunter, den er inzwischen ganz selbstverständlich trug. Hannes hatte ihn und seinen Vater ausgestattet. Nicht nur mit dem Overall, auch mit Helm, Handschuhen, Stiefeln. Jonas hatte das Höhlenoutfit gerne angenommen. »Mein eigener Schlaz«, hatte er zufrieden gesagt und auf das widerstandsfähige Material geklopft, in dem er jede Höhle befahren und sogar durchs Wasser waten konnte.

Auch Roger hatte sein Höhlenoutfit am Morgen dankbar angezogen. Obwohl die Gummistiefel eng waren, hatte er sie klaglos entgegengenommen.

»Ich bin dabei«, sagte Jonas.

»Daniel ist unser Taucher«, sagte Frank. »Patricia hat ebenfalls eine Tauchausbildung. Wir warten, bis sie hier sind.« Er machte sich an seinem Cave-Link-Gerät zu schaffen.

»Ein Feuerchen wäre nicht schlecht«, sagte Jonas nach einer Weile. Er hatte die verschränkten Arme fest an seinen Körper gedrückt. Er schien im Moment nicht einmal Augen für die Technik zu haben, die ihn am Vortag so fasziniert hatte.

Roger musterte seinen Sohn, der offensichtlich fror. Weil er fürchtete, dass »gleich« Stunden bedeuten konnte, sagte er: »Gute Idee. Fragt sich nur, womit? Wir haben kein Holz, keine Zeitung, nichts, was brennt.«

»Selbst wenn wir etwas Brennbares dabeihätten, würden wir hier kein Feuer entfachen«, protestierte Frank.

»Ein wenig Wärme würde uns allen nicht schaden.« Roger nahm seinen Sohn in Schutz. Die Kälte kroch auch ihm unter die Haut, vor allem, wenn er sich nicht bewegte. Trotz der diversen Kleidungsschichten, die er unter seinem Schlaz trug, und ungeachtet des kälteresistenten Materials.

Der Höhlenretter schüttelte den Kopf. »Wenn du in eine Höhle gehst, nimm nichts mit, lasse nichts zurück, zerstöre nichts und schlag nichts tot. Das ist das Credo jedes seriösen Höhlenforschers.«

»Wir zerstören doch nichts«, maulte Jonas.

»Und ob!«, widersprach Frank. »Der Ruß kann die Mineralablagerungen schwärzen. Wenn sich die Sinterbildungen verfärben, ist der Originalzustand zerstört.«

Jonas und Roger lauschten gebannt.

»Zudem gibt es hier winzige Lebewesen. Auch wenn wir sie nicht sehen, schützen wir sie.«

Während sie im gedämmten Licht auf einer Rettungsdecke sitzend warteten, fragte Jonas, wie die Vermessung von Höhlen ablief. Er wollte wissen, wie er sich eine Kartografierung vorzustellen habe.

»Die richtige Ausrüstung ist entscheidend.« Frank war in seinem Element. »Nehmen Sie die Falki, so nennen wir die Falkensteiner Höhle. Bis Ende der 1990er-Jahre haben die Taucher acht Siphons vermessen. Mehr schafften sie erst, als die Neoprenanzüge aufkamen.«

»Der erste Wetsuit stammt aus den 1950er-Jahren«, wusste Roger. Er hatte sich mal im Surfen versucht, in den 1970er-Jahren.

Frank nickte. »Korrekt. Bereits in den 1930er-Jahren wurde mit Tauchanzügen experimentiert. Aber Höhlentauchen hat mit normalem Tauchen wenig zu tun. Unsere Ausrüstung ist viel spezieller. Für die ersten Siphons reichte noch eine einfache Taucherausrüstung mit Stirnlampe, danach musste man schon ein Drucklufttauchgerät einsetzen.«

»Wie viele Siphons wurden bis heute vermessen?«, fragte Jonas wissbegierig.

»Insgesamt 26. Der letzte liegt fünf Kilometer vom Eingang entfernt.«

Endlich stießen Daniel und Patricia zu ihnen. Beide transportierten Sauerstoffflaschen, die an einem Band über ihren Schultern hingen. Wie Roger und Jonas erfuhren, war ein Materialwagen der Feuerwehr angekommen. Er hatte aus dem Depot der Höhlenrettung jede Menge Ausrüstung mitgebracht. Tauchanzüge. Sauerstoffflaschen. Rettungsdecken. Seile, Aufhängungen, Flaschenzüge. Vorräte, Medizin und Hygieneartikel. Aber auch Scheinwerfer, Notfalllampen, Ersatzakkus. Eine Rettungstrage – für alle Fälle. Zudem hatten die beiden Höhlenretter eine große Thermoskanne mit Tee dabei. Laut ihrer Erzählung hatten sich nicht nur die Presse, sondern auch eine Menge Anwohner um das Materiallager und die Einsatzleitung versammelt. Manche trieb die Neugierde her. Die meisten wollten helfen. Mit gutem Rat. Oder mit Tee.

Während Patricia das wärmende Getränk verteilte, ließ sie sich geduldig von Jonas Löcher in den Bauch fragen. Ja, die Neoprenanzüge, die sie unter ihren Schlazen trugen, waren schwerer und robuster als klassische Tauchanzüge. Sogar die Socken waren aus Neopren. »Da schleppt man schon mal 20 Kilo mit sich rum«, sagte sie augenzwinkernd und verteilte Rettungsdecken. »Wer nicht in Bewegung ist, muss sich vor Unterkühlung schützen. Nicht nur um die

Schultern legen, am besten hüllen Sie sich komplett darin ein. Es ist wichtig!« Sie klang bestimmt.

Indessen checkte Daniel die Wasseroberfläche und leuchtete den Eingang zum Siphon aus. Die Decke aus hellem Kalkstein lag bedrohlich über dem Wasserspiegel, sie deutete einen Bogen an, als wollte sie das Sagenhafte, das sich unter ihr auftat, beschützen.

Nachdem er den Sitz seiner Taucherbrille überprüft hatte, wandte sich Daniel an Patricia. »Wenn ich in dreieinhalb Stunden nicht zurück bin, komm bitte nach«, sagte er.

»Mach ich.« Patricia stellte ihre Sauerstoffflaschen auf dem Boden ab. Anschließend nahm sie einen Becher zur Hand, füllte ihn mit heißem Tee und setzte sich neben Roger und Jonas auf die wasserabweisende und reißfeste Rettungsdecke.

Rogers Blick verlor sich in dem Gewässer, das mystisch und geheimnisvoll dalag, kristallklar, wie für ein Outdoor-Shooting vorbereitet. Nur die Scheinwerfer fehlten. Allein seine Stirnlampe leuchtete das Gewässer an, huschte über die Felsdecke, die es zu bewachen schien. Kondensierte Wassertropfen glitzerten im Strahl der Lampe.

Nach einer Weile hielt es Roger nicht länger auf dem Stein. Aufgewühlt sprang er hoch und sprach Daniel an, der als letzte Vorbereitung die Funktion seines Atemreglers und der Taucherlampe überprüfte. Roger hüstelte, während er sein Anliegen hervorbrachte. »Wenn Sie Unterstützung brauchen, sagen Sie es einfach. Ich hab keine Angst, da reinzugehen.«

Daniel musterte Roger. »Selbst wenn Sie über 20 Meter die Luft anhalten könnten, bräuchten Sie einen Tauchschein. Ich nehme nicht an, dass Sie den haben. Oder?«

Roger verneinte.

»Sie müssen die höchste Stufe der CMAS-Tauchausbildung, den Full Cave Diver, absolviert haben. Nur damit dürfen Sie in wassergeführten Höhlen tauchen.«

»Was ist der Full Cave Diver?«, mischte sich Jonas ein.

Daniel lächelte. »Dabei lernst du, wie du dich in Siphons verhältst, was Gaps und Jumps sind. Und du erfährst, wie du bei Nullsicht tauchst.«

»Nullsicht?«, fragte Jonas.

»Na ja. Das hier ist kein fröhliches Korallentauchen. In Unterwasserseen schwimmen jede Menge Sedimente. Sobald du die Füße auf den Boden setzt, wirbeln sie auf. Dann schwimmst du durch Dreck und Schlamm. Du hast keine Ahnung, wo du dich befindest, wie es weitergeht, wann du wo rauskommst. So was ist äußerst belastend für den Körper, vor allem aber für die Psyche.«

Jonas schluckte.

»Wonach suchen Sie eigentlich?«, fragte Roger. »Laura ist sicher nicht da drin.«

»Wir kennen diesen Siphon nicht«, sagte Daniel. »Er könnte in einem trockengeführten Gang enden oder in einer Halle, die von einer anderen Seite zugänglich ist.« Er hob die Hand.

Jonas zeigte auf die sperrige Spule, die Daniel mit sich führte.

»Er spannt eine Führungsleine«, erklärte Patricia. »Damit wird er zurückfinden, wenn er keine Sicht hat, und er wird sie unten lassen für anschließende Tauchgänge. Sie müssen wissen, dass uns dieser gesamte Abschnitt bisher nicht bekannt war. Wenn er später vermessen wird, bietet die Leine Orientierung.«

Bald hatte die Dunkelheit den Taucher mit den Sauerstoffflaschen, die er an beiden Seiten trug, verschluckt.

»Die Höhlendecken sind manchmal sehr niedrig, der Luftraum ist fürchterlich eng«, erläuterte Patricia. »Deshalb tragen wir die Flaschen seitlich.«

Bald waren Luftblasen auf der Wasseroberfläche zu sehen. Sie sprudelten fröhlich und verwandelten sich in Bläschen. Bis sie platzten. Und ertranken.

Unter der Schwäbischen Alb

Laura überlegte immer noch, welche Richtung sie einschlagen sollte. Sie beschloss, zunächst zum Schluf zurückkehren, sie war immer wieder auf anderen Wegen dorthin gekommen, vermutlich hatte sie unzählige Umwege genommen, es musste einen kürzeren Weg geben, sie musste vermeiden, sich jedes Mal zu verlaufen! Sie brauchte eine Art roten Faden, etwas, an dem sie sich entlanghangeln konnte. Erst als sie den Gedanken laut aussprach, als sie »Ich brauche einen roten Faden« murmelte, traf es sie wie ein Blitz. Dies war das letzte Stück, das ihr fehlte! Sie benötigte einen Faden, eine Schnur, um ihre Strecke zu markieren. Damit wäre es ganz einfach.

Woher sollte sie eine Schnur nehmen? Sie dachte an das Seil, an dem Lasse sie in die Schlucht abgelassen hatte. Es lag nach wie vor auf seinem Schlafplatz. Sie könnte es auf den Boden legen und neben sich herziehen, um ihren Weg zu kennzeichnen. Wie lang das Seil wohl war? 50 Meter vermutlich. Viel zu wenig. Selbst 100 Meter wären lächerlich. Laura brauchte mindestens ein fünf Kilometer langes Seil! Der berühmte Faden der Ariadne kam ihr in den Sinn. Ich muss schlau sein wie die Tochter des kretischen

Königs Minos, dachte sie. Ariadne hatte ihrem Geliebten Theseus ein rotes Wollknäuel ausgehändigt. Er sollte es mit sich führen und auf seinem Weg durchs Labyrinth abrollen. So fand er sicher zum Ausgang zurück.

Laura seufzte. Ihr Blick fing Steine ein, die den Boden übersäten. Sie waren die Heimat der Höhlentiere. Des Krabbelwesens, dessen Bekanntschaft sie unfreiwillig gemacht hatte. Es lebte vermutlich direkt unter ihr. Warum starrte sie auf diese Steine? Wieder war es ein Gefühl, eine Intuition. Die Steine lagen überall. Steine, Steine, Steine. Sie befand sich mitten in einer Wüste aus Gestein. Die … Steine … Yes! Sie schlug sich an die Stirn, denn der Gedanke war schlagartig da. Es war, als habe sich ein verschlossener Karton geöffnet, aus dem die Lösung sprang. Mit den Steinen könnte sie ihre Route kennzeichnen! Sie würden ihr als Kompass dienen! Markierte sie jeden Streckenabschnitt, ließ sich der Weg rekonstruieren. Sie setzte den Plan sofort in die Tat um. Wie im Automatikmodus sammelte sie kiesel-, brocken-, felsenartige Steine. Helle, dunkle, große, kleine. Sie legte sie übereinander, bis Figuren entstanden. Gebilde aus Steinen. Zwei Männchen, vier Frauchen, zehn Wesen, dann 20, bald 30. Sie stellte sie vor sich auf, eines neben das andere. Die Steine hatten nicht nur unterschiedliche Breiten und Höhen, auch die Farben unterschieden sich. Laura griff hektisch nach ihnen, stapelte sie und reihte sie aneinander. Um die Batterie zu schonen, trug sie ihre Stirnlampe nicht. Die Stablampe war in dieser Situation unpraktisch, da sie beide Hände brauchte. Es kümmerte sie nicht. Ihre Augen hatten sich angepasst. Laura konnte die Figuren ohne Licht erkennen. Zumindest ihre Umrisse konnte sie ausmachen. Euphorisch legte sie die unförmigen Brocken übereinander, bis ihr Figurenpark wuchs. Dann ordnete sie die Gebilde der Größe nach.

Die erste Figur, die aus einem großen Stein bestand, auf den sie quer einen kleinen gelegt hatte, platzierte sie an der Gabelung, die von ihrem Basislager wegführte. Vor die Strecke, die von dem Portal nach links abging und in einer Sackgasse endete, stellte sie eine mahnende sieben Steine hohe Figur.

Danach steckte sie den Pfad zu ihrer Rechten ab. So würde sie jede Weggabelung kennzeichnen, an jedem Schnittpunkt eine Figur aufbauen, jeden Aufstieg, jeden Abstieg, jede Grotte, jede Nische abstecken. Sie hielt inne. Überlegte. Dann packte sie Steine in ihren Rucksack, füllte ihn komplett, bevor sie sich auf den Weg machte. Sie würde sich dieses gottverdammte Labyrinth erschließen! Sollte sie unsicher sein, welche Querung sie zu nehmen hatte, würde sie wie zuvor ihre Fotos zurate ziehen, die Auffälligkeiten vergleichen und den Weg kennzeichnen, sobald sie sicher war. Sie würde Tag und Nacht arbeiten. Vier Stunden Schlaf sollten ihr genügen. Sie würde mit sehr wenig Essen klarkommen müssen. So lange bis sie zurückkehren würde an den Waldsee, zu ihrem Auto, zu ihrem Leben.

Bald war alles, was sich innerhalb von wenigen Kilometern im Umkreis ihres Basislagers befand, markiert. Noch war sie vom Schluf entfernt. Noch ließ sich kein Tor vor ihr quietschend öffnen, nicht einmal ein Streifen Lampenflora deutete an, dass sie auf dem Weg ins Freie war. Und doch standen überall Steinfiguren. Männchen, Frauchen, Kinder, Greise. Wo Laura hintrat oder hinsah, reckten sie sich vor ihr in die Höhe. Trotzig. Unbesiegbar. Sie bildeten ihre Armee. Es war eine große Armee. Sie würden für sie kämpfen! Oder waren sie ein Hirngespinst?

Rettungsaktion, zweite Etappe

Während Frank Agatha, die ihr Tagespensum erreicht hatte, aus der Höhle führte, setzte sich Roger neben Jonas und Patricia auf einen Felsen. Jonas nahm den Gesprächsfaden mit der Höhlenretterin wieder auf, die bereitwillig seine Fragen beantwortete.

Roger ließ den Siphon nicht aus den Augen. Sein Blick versank in der gespenstischen Szenerie. Zeit verging. 20 Minuten. 40 Minuten. Bald trat er an die Stelle heran, wo er Daniel zuletzt gesehen hatte. Der Mann blieb untergetaucht. Roger studierte die Wasseroberfläche, doch nichts rührte sich. Raum und Zeit spielten keine Rolle mehr. Sie waren eine Illusion. Es gab sie nicht.

Unter der Schwäbischen Alb

Laura legte weiter Figur um Figur. Inzwischen setzte sie unten die breiten, oben die schmalen Steine aufeinander, damit die Gebilde hielten. Sie war voller Hoffnung, übermütig, geradezu glücklich betrachtete sie das letzte Werk, das sie errichtet hatte. Es sah sie mit großen Pupillen an. Auf den mittleren Stein hatte sie zwei kleine schwarze und darüber einen hellgrauen platziert, der die Haare andeuten sollte. Laura ging vor dem Gebilde in die Hocke und ließ sich von den schwarzen Kulleraugen anstarren. Albern schnitt sie eine Grimasse. Die Figur schien sie zu tadeln, denn ihr Ausdruck war grimmig. Sollte Laura sich mit ihr unterhalten? Ihr das Leid klagen, wie im Film Cast Away, in dem Chuck Noland mit einem Ball sprach, den er Wilson genannt hatte? Wilson war Nolands Wegbegleiter gewesen, als er nach einem Flugzeugabsturz auf einer unbewohnten Insel gestrandet war. Sie liebte diesen Film! Sie mochte Wilson. Er bewahrte Noland vor dem Wahnsinn. Sollte sie ihr Gebilde Wilson nennen?

Laura brach in Lachen aus, erst in ein leises Kichern, dann in ein glucksendes Gellen, gefolgt von schallendem Gelächter. Sie musste Tränen von ihren Wangen tupfen, so sehr amüsierte sie der Gedanke, ihre Steinmännchen mit Wilson oder, da es eher ein Steinfrauchen war, mit Wilsona anzusprechen. Sie wusste, wie lächerlich diese Aktion war, trotzdem stand sie auf und sprach die Figur an. »Hallo, Wilsona.«

Wilsona sagte kein Wort. Sie glotzte sie bloß an.

»Ich bin Laura, und wir werden eine kurze Zeit zusammen verbringen. Wir beide stecken weitere Wege ab, markieren jeden Gang und jede Gabelung, hörst du, Wilsona! Wir vergessen keine Kurve und keine Kehre! Danach spazieren wir gemeinsam aus diesem Shithole und fangen wieder an zu leben. Was hältst du davon?«

Wilsona schwieg.

Laura grinste das Steinfrauchen an.

Wilsona saß ungerührt da.

Laura streckte die Zunge raus.

Wilsona ging nicht auf sie ein.

»Scheißsteine!« Sie wusste nicht warum, aber sie kickte die Figur um, trat mit ihren Trekkingschuhen dagegen. Die Kulleraugen rollten davon. Laura sah ihnen nach und spürte Tränen über ihre Wangen laufen. Viele und noch mehr Tränen. Ihre Lage war unerträglich, kein Mensch sollte das durchmachen müssen! Diese Dunkelheit. Diese Stille. Die immerwährende Stille.

»Dein Gehörsinn ist überwältigend da unten, Laura, um ein Vielfaches verstärkt«, hatte Lasse gesagt. »Lausche!« Laura wischte die Tränen weg und lauschte. Sie hörte nichts. Kein Zwitschern, kein Klopfen, kein Fiepen. Kein Flattern, kein Zirpen, kein Ziepen. Kein Wasser rauschte, nichts plätscherte. An diesem Fleck Erde war nichts. Rein gar nichts. Laura wusste, dass sich Leere unverzüglich mit etwas füllen konnte. Und sie ahnte, dass sie dieses Etwas mehr fürchten sollte als alles andere. Es kam aus ihrem Inneren. Es war der unberechenbare Faktor. Davor konnte sie niemand schützen. Vor ihrer Angst war sie nicht gefeit. Sie musste sie verdrängen, um jeden Preis verhindern, dass sie die Kontrolle übernahm und eine erneute Panikattacke folgte. Laura durfte jetzt nicht hyperventilieren, niemand würde ihr eine Plastiktüte reichen, in die sie atmen konnte! Wie sehr sehnte sie einen Menschen herbei, egal wen, selbst für die Anwesenheit von Lasse hätte sie so viel gegeben.

»Reiß dich zusammen!«, schrie sie sich an. Sie riss sich zusammen. Musterte die Steine, die am Boden lagen. Das Häufchen, das von Wilsona übrig war. Zwei große helle Steine, zwei kleine schwarze und ein hellgrauer Stein.

»Sorry, Wilsona«, sagte sie. »Es tut mir leid.« Sie tupfte ihre Wangen trocken und baute die Figur wieder auf. Exakt so, wie sie vorher gewesen war.

Rettungsaktion, zweite Etappe

»Es sind 150 Minuten vergangen«, sagte Roger. Er sah Patricia hilfesuchend an.

»Zeit bedeutet hier unten nicht viel«, sagte die Höhlenretterin lächelnd. Obwohl er froh war, dass sie seine Empfindung teilte, fragte sich Roger, wie es möglich war, dass dieses essenzielle Element seines Lebens plötzlich keine Rolle spielte.

Jonas stand auf und stellte sich neben seinen Vater. Einträchtig ließen sie ihre Blicke über den See gleiten, wie der Vater so der Sohn. Die Oberfläche gab sich unbeeindruckt. Von Daniel fand sich keine Spur. Keine Luftblasen, keine Sauerstoffflasche, keine grüßende Hand. Nichts und niemand tauchte auf. Der Höhlenretter blieb verschwunden.

Unter der Schwäbischen Alb

»Es wird nicht funktionieren.« Die Bedenkenträgerin. Fast hatte Laura ihre mahnende Stimme vergessen. »Glaubst du im Ernst, dass dich diese lächerlichen Steinfiguren aus einem Labyrinth führen, das vielleicht Hunderte Quadratkilometer groß ist?« Laura wusste nicht, wie lange sie ihre Route schon absteckte. Ihr Rucksack war längst leer, es war auch idiotisch gewesen, Steine mit sich zu führen, sie lagen überall. Sie baute sie einfach an der Stelle zusammen, an der sie sie benötigte. Kaum gabelte sich ein Abschnitt, markierte sie die Strecke, die sie nahm. Sie war hellwach, obwohl sie seit Stunden Figuren legte. Als sie ein Geräusch wahrnahm, blieb sie stehen. War da die Stimme, die sie herbeisehnte? Nein. Es war das Rauschen von Wasser. Das Geräusch war ungewöhnlich laut. Es war kein feines Plätschern wie in ihrem Basislager. Dieses Tosen musste von einem Wasserfall stammen. Sie hatte ein einziges Mal einen derart heftigen Wasserfall gesehen. Es war am zweiten Tag gewesen, unweit von Disneyland, hinter der Kluft! Sie hatte diese Stelle seitdem nicht mehr betreten.

Herzklopfend betrachtete Laura eine hohe Wand, die sie vom Wasserfall trennte. Er musste sich auf der anderen Seite befinden, von dort kam das Tosen. Doch die Wand war aus meterdickem, abweisendem Gestein. Sie leuchtete sie sorgfältig aus, zunächst mit der Stirnlampe, dann nahm sie die Stablampe zur Hand. Sie hielt Ausschau nach einem Spalt, einem größeren Riss, einer weit auseinanderdriftenden Stelle. Wenn sie es auf die andere Seite schaffte, fand sie sich dann wieder zurecht? Würde sie erst vor dem Wasserfall stehen, könnte sie sich von den Fotos hinausleiten lassen.

Sie suchte das Gestein ab, doch es gab keine Ritze, keine Aushöhlung, die einen Durchgang erahnen ließ. Weiter hinten vielleicht? Sie tastete die benachbarten Wände ab. An irgendeiner Stelle musste ein Durchlass sein. Befand sich da hinten nicht eine Spalte zwischen zwei Wänden? Könnte sie von dort auf die andere Seite gelangen?

Nach einer Stunde ließ sie resigniert die Schultern hängen. Laura musste sich eingestehen, dass es keinen Durchgang gab. Kein Durchlass, kein Tunnel, kein Weg zum Wasserfall. Selbst wenn, was würde es ihr nützen? Es gab kein Entkommen! Nicht aus dieser Scheißhöhle, nicht aus ihrem Dilemma.

Sie zitterte. Sie hatte Hunger. Entsetzlichen Hunger. Sie hatte Durst. Wollte nur noch weinen. Jeder Mensch hat eine Grenze des Erträglichen und sie hatte ihre einmal zu oft überschritten. Sie legte sich auf den nackten Höhlenboden und schmiegte sich an die kalte Steinfigur, die sie zuletzt gebaut hatte. Sie war turmhoch. Ihre Augen sahen sie mitleidig an. Laura fühlte sich wie damals, als sie ihre

Mutter verloren hatte. Klein. Hilflos. Einsam, von allen verlassen, auf sich allein gestellt. Tränen rollten über ihre Wangen. Sie wischte sie nicht weg. Frische Tränen flossen nach. Sie ließen sich nicht stoppen. Sie schossen hervor, gleichzeitig, nacheinander, übereinander, bis Lauras Schluchzen so stark war, dass sie glaubte, das Schluchzen selbst zu sein. Laura befand sich in einer Endlosschleife des Universums, in einer Welt, die aus der Zeit gefallen war. Sie entzog sich ihrer Wahrnehmung. War die Zeit eine Illusion, ein Spiel, auf das sich der Mensch gleich nach der Geburt einließ? Für einen kurzen Moment durchschaute sie dieses Glaubensmuster, das so im Menschen verankert war, dass es nicht infrage gestellt wurde. Von niemandem. War Zeit existent? War sie, Laura, existent?

Sie fiel in einen Dämmerschlaf, wusste nicht, wie lange sie so dalag. Das monotone Geräusch des Wassers wirkte wie ein Schlummerlied auf sie. Sie glitt hinüber. In … ja, wohin?

Bald glaubte sie, ein Rascheln oder Tuscheln zu hören. Ihre Fantasie spielte ihr einen Streich. Hier gab es kein Rascheln oder Tuscheln, hier gab es nur das blanke Horror-Nichts. Sie wollte die Augen nie mehr öffnen.

»Nicht einschlafen«, mahnte die Bedenkenträgerin. Laura stimmte ihr zu. Sie wiederholte die Worte, bis sie wie ein Echo durch ihren Kopf hallten. »Du darfst nicht einschlafen, Laura, bleib wach, hörst du, du musst wach bleiben!« Sie kämpfte gegen ihre Melancholie an, gegen ihre Lider, die zuklappten, die sich schwer und schwerer öffnen ließen.

»Wach bleiben, wach …« Sie war so erschöpft, sie sehnte sich danach, in einen erlösenden Traum zu fallen, im Schattenreich zu versinken. »Du musst wach …« Ihre Lider fielen zu, der Atem verlangsamte sich. Ihr Wille schwand. Ach.

Am ganzen Leib zitternd kam Laura zu sich. Sie fuhr sich mit dem Handrücken über ihre Stirn. Ihr war heiß, obwohl es kalt war. Hatte sie Fieber? Litt sie unter Hypothermie? Weiteten sich ihre Gefäße bereits, schoss das Blut in ihren Körper, wie es beim Kältetod kurz vor dem Sterben geschieht?

Stundenlang hatte sie Steine gesammelt, hatte Hunderte von Figuren aufgestellt, geduldig Abschnitt um Abschnitt, Weggabelung um Weggabelung gekennzeichnet, bevor sie zusammengebrochen war. Die Müdigkeit hatte sie überwältigt, der Schlaf hatte sich seinen Anteil geholt. Nun würde sie etwas essen, am liebsten eine XXL-Pizza mit allem verspeisen, aber ein kleiner Happen musste genügen. Danach würde sie weitermachen. Auch wenn es anstrengend war und tagelang dauern würde, selbst wenn die Chance, den Ausgang zu finden, klitzeklein war, musste sie alles geben. Sie würde es schaffen.

Der Wasserfall! Wieder lauschte sie seinem unermüdlichen Tosen. Er lag hinter einer Wand, die nicht zu bezwingen war.

Rettungsaktion, zweite Etappe

Noch immer auf den Taucher wartend, wanderte Roger umher, auf die Wasseroberfläche starrend. Er marschierte einmal rechts um den Siphon herum, einmal links. Danach setzte er sich auf einen Stein und nahm ein paar Atemzüge, bevor er die Strecke von Neuem abschritt. Auf und ab. Ab und auf. Auf und ab. Warten war nicht seine Stärke. Mit Untätigkeit konnte Roger wenig anfangen. Er beugte sich vor und sah sein Spiegelbild in dem dunklen Gewässer.

Auf einmal wurde die Oberfläche lebendig. Lauras Gesicht erschien im klaren Wasser, sie winkte ihm zu! Sein kleines Mädchen! Es brach ihm das Herz, Laura so verletzlich zu sehen. Er betrachtete das Bild, als würde er einen Spielfilm anschauen. Mutterseelenalleine irrlichterte sie durch eine Welt, die vor ihr kaputtgeschlagen wurde, in Scherben zerbrach. Sie rief nach ihrer Mutter. Ein Teil in Laura war davon überzeugt, sie sei in den Gully gefallen. Sie verstand nicht, was geschehen war, sie trauerte, sie … wurde … größer. Älter. Vor seinem geistigen Auge wichen die kindlichen Züge denen einer jungen Frau. Laura, so, wie sie vor vier Jahren vom Camping zurückgekommen war. Sie hatte ihn in Brüssel mit ihrem damaligen Freund besucht. Seinen Namen hatte er vergessen, ihr offenes Lachen nicht. Die von der Sonne gebleichten Haare waren zu einem Dutt gebunden. Seine große, schöne Tochter. Wo war sie? Der Schmerz schwoll an und wurde unerträglich. Bis ihn eine vertraute Stimme aus seinem Tagtraum riss. Er hörte Jonas fluchen. Sein Sohn versuchte offenbar, sein Handy zu aktivieren. Er schimpfte vor sich hin. »Scheiße, irgendwo muss es doch Empfang geben!«

Roger seufzte tief. Nichts tun zu können, seine Kinder nicht schützen, das Leid nicht von ihnen abwenden zu können, raubte ihm fast den Verstand.

Roger ging zu Jonas und Patricia rüber. Er sagte zu der Höhlenretterin: »Wenn Daniel in einer halben Stunde nicht zurück ist, tauchen wir.« Seine Worte ließen keine Widerrede zu.

»Ich tauche«, entgegnete sie ungerührt. »Wie gesagt. Ich werde nicht zulassen, dass Sie da reingehen. Es wäre grob fahrlässig.«

Sein Gesicht nahm einen hilflosen Ausdruck an. Sie legte eine Hand auf seinen Unterarm. »Vertrauen Sie uns, Herr Morgenstern. Wir machen das nicht zum ersten Mal.«

Roger entschuldigte sich. Sie hatte recht, er schämte sich für seine Ungeduld. Als Jonas sich neben ihn stellte, um ihm freundschaftlich auf die Schulter zu klopfen, nickte er dankbar, bevor er seinen Blick wieder zu dem Siphon wandern ließ. Der Wasserspiegel lag dunkel vor ihm, ungerührt, unberührt. Hatte er den Taucher zu sich geholt? Hatte er den Höhlenretter in seinem gefräßigen Maul verschwinden lassen wie der biblische Wal, der Jona schluckte und drei Tage und drei Nächte in seinem Bauch gefangen hielt?

30 Jahre nach der Tat

»Geh fort, du schwarzes Hündelein,
Und weck mir nicht mein Kindelein,
hmmm, hmm, hmmm,
Schlaf …«

Und der Schwäbischen Alb

Düstere Gedanken drehten sich in ihrem Kopf. Sie hatte sich so lange an die Illusion geklammert, mithilfe der Steinfiguren und ihrer Kamera aus diesem Labyrinth herauszufinden, bis sie körperlich vollkommen erschöpft war. Sie war sicher gewesen, es diesmal zu schaffen. Doch dann hatte sie der Wasserfall zurückgeworfen. Sie konnte sich nicht mehr aufraffen, nicht motivieren weiterzumachen. Was ergab es für einen Sinn? Ihre Welt war zerbrochen. Sie war in sich zusammengefallen, hatte sich in ihre Einzelteile zerlegt. In Teile, die sich nicht wie bei einem Puzzle neu zusammenfügen ließen.

Es dauerte eine Zeit lang, bis sie sich überwinden konnte, ihren Plan weiter in die Tat umzusetzen. Laura hatte gerade eine 90-Grad-Kehre markiert, als sie abrupt innehielt. Sie holte ihre Taschenlampe hervor, denn sie glaubte nicht, was sie im Schein der Stirnlampe sah. Wie festgenagelt blieb sie stehen, in eine Vertiefung starrend. In das Maul eines Riesen. Wenige Meter vor Laura tat sich der Boden auf und machte einer gigantischen Schlucht Platz. Es war ein Tal. Das Tal des Grauens. Direkt vor ihr ging es 25, 30 Meter in die Tiefe. Von der gegenüberliegenden Seite trennten sie sieben, acht Meter. Es gab keinen Übergang. Keine Hängebrücke, natürlich nicht, noch nicht einmal ein Brett, über das sie hätte balancieren können. Dorthin, wo das Geräusch herkam. Sie hörte den Wasserfall tosen. War er real? Toste er in ihrer Fantasie? Er lachte sie aus. Verhöhnte sie. Blieb unerreichbar. Laura schnaubte. Wütend auf sich und die Welt aß sie zwei Energieriegel. Sie warf die Verpackungen in die Schlucht. Blieben sechs.

Doline

Versatzstücke kamen in ihm hoch, Bildfetzen der Vergangenheit, blasse Szenen der Erinnerung. Lasse wusste nicht, wie lange er weggetreten gewesen war. Die Kopfschmerzen waren verschwunden. Das war schon mal was. Er versuchte, sein Bein zu drehen. Der Schmerz beförderte ihn jäh ins Diesseits zurück.

Langsam versuchte er, den Kopf zu heben, ohne sein Bein zu bewegen. Er inspizierte die Doline, schaute sich nach einer Stelle um, an der er es mit gebrochenem Bein nach oben schaffen könnte. Die Vertiefung, in der er lag, verlief trichterförmig, sie war unten schmal und oben breit, wie ein Kaffeefilter. Lasse richtete sich ein Stück auf, um nach einem Vorsprung zu spähen, an dem er sich emporziehen könnte. Der aufflackernde Schmerz drückte ihn auf den Boden zurück. Er atmete hektisch und versuchte, sich mit den Ellbogen aufzustützen, um sich aus diesem Drecksloch rauszuschieben. Er hielt das verletzte Bein fest, wollte es aufstellen. Lasse betastete seinen Knochen. Er war in der Mitte zertrennt, die beiden Stücke klafften auseinander. Es gab keinen Zweifel, sein Scheinbein war gebrochen! Sein Fuß knickte weg. Er zwang sich zu einer Seitendrehung und schrie laut auf. Sank zurück. Sah schwarz. Dann stieß er mit dem Ellbogen gegen einen harten Gegenstand. Er stutzte. In einer Mulde lag eine Plastikflasche mit Wasser. Daneben eine Konservendose. Und eine Wolldecke. WTF?

Unter der Schwäbischen Alb

Laura setzte sich auf ein breites Geröllfeld. Es befand sich seitlich von der Schlucht und war bequem. Von da aus hatte sie das Tal des Grauens im Blick. Sie hätte dort schlafen können, so ausladend war das Feld. Sie wollte sich ein wenig ausruhen, denn sie war unfassbar müde, völlig fertig. Erschöpft legte sie ihren Oberkörper auf den Steinen ab, bettete den Kopf auf eine halbwegs glatte Fläche. Kurz schloss sie die Augen. Sogleich öffnete sie sie wieder, denn sie spürte eine innere Unruhe. Aus einem Impuls heraus richtete sie ihre Pupillen zur Decke. Wonach suchte sie? Glaubte sie, der liebe Gott winke ihr von oben zu?

Sie starrte nach oben und blinzelte. Sie blinzelte noch einmal, denn sie erfasste nicht, was sie sah. Und doch war es da. Licht! Konnte sie ihren Sinnen trauen? Laura setzte sich auf und ließ ihren Blick über die Decke wandern. Sie hatte es richtig gedeutet. Durch einen Spalt drang Licht. Ein Kegel traf auf das zerklüftete Gestein und beleuchtete eine Stelle. Laura starrte in den winzigen Lichtstrahl. Er war Balsam für ihre Seele. Mit einem Satz war sie auf den Beinen. Sie hatte eine Öffnung gefunden! Einen Deckendurchbruch, der in die Freiheit führte! Hastig nahm sie die Stablampe zur Hand und leuchtete nach oben. Der Spalt lag gute zehn, vielleicht zwölf Meter über ihr. Sie fixierte den hellen Schein, während sich ihre Gedanken überschlugen. Direkt über ihr war Tageslicht, dort hörte die Höhlenwelt auf! Sie konnte es kaum glauben.

Sie musste nach oben. Ratlos schaute sie sich um. Die Wände waren steil, an manchen Stellen ragten Überhänge hervor. Sie fürchtete den Aufstieg nicht, doch Felswände in Höhlen waren glitschig. An der linksseitigen Wand schlängelte sich ein Wasserrinnsal entlang. Nasse Wände waren tabu. Es waren Rutschbahnen in den Tod.

Was war mit der anderen Wand? Laura trat an sie heran. Achtsam fuhr sie mit den Fingerspitzen über den Stein, der nur an manchen Stellen feucht war. Sie legte den Kopf in den Nacken, suchte nach Terrassen, Vorsprüngen, hervorstehenden Zacken. An einigen Stellen fanden sich tiefere Eindellungen. Könnte sie diese Wand bezwingen? Sie war steil. Laura müsste im Zickzack nach oben klettern. Ob sie auf den Vorsprüngen ihre Füße abstellen konnte? Sie musste sichergehen, dass sie es nicht mit Tuffstein zu tun hatte, der unter ihrem Gewicht wegbröseln würde. Selbst wenn der Stein fest war, war sie keine Ausnahmekletterin! Sie war nicht Angela Eiter! Sie war nicht Adam Ondra, der in der Flatanger Höhle in Norwegen als Erster und Einziger den Schwierigkeitsgrad 9c schaffte. Als Hobbykletterin war sie nicht geübt im Free Solo. Sie konnte nicht wie Alex Honnold ohne jegliche Absicherung winzige Vorsprünge, Wölbungen und Haltepunkte nutzen, um frei zu klettern.

Sollte sie das Seil holen, das auf Lasses Lager lag? Aber sie hatte weder einen Klettergurt noch genügend »Friends« dabei, die zur mobilen Sicherung genutzt wurden. Seufzend dachte sie an das Express-Set, das zu Hause im Schrank lag und dazu diente, eine perfekte Verbindung zwischen den Klemmkeilen und dem Seil herzustellen. Könnte sie sich damit sichern, wäre diese Wand zu bewältigen.

Sie studierte die Decke. Von unten sah der Spalt klein aus, doch das konnte durch die Entfernung täuschen. Wenn sie Glück hatte, war der Durchbruch groß genug, um hindurchzuschlüpfen. Was, wenn nicht?

Laura überlegte. Sobald sie hoch genug war, könnte

sie schreien und sich bemerkbar machen. Der Spalt bot möglicherweise Zugang zu einer Straße oder führte auf einen Spazierweg! Er konnte genauso gut im Niemandsland enden. Könnte sie dort oben ausharren, bis jemand vorbeikam, der sie hörte?

Sie dachte an ihr Mobiltelefon. Dass sie direkt unter der Decke Empfang hatte, war nicht unwahrscheinlich. Sie könnte das Smartphone in die Öffnung halten, würde vorher Jonas' Nummer wählen und so laut schreien, dass er sie hörte. Sie würde ihm ihren Aufenthaltsort durchgeben, damit er Hilfe holte. Was würde sie sagen? Wie würde sie ihren Standort beschreiben? »Bin in einer Felsöffnung, Jonas.«

»Cool, Laura.«

Konnte er ihr Handy orten? Wenn sie in den Einstellungen den Standortzugriff aktivierte, sah er dann, wo sie war? Nein, es sei denn, sie wären über eine entsprechende App verbunden, was sie nicht waren. Aber Tom ... Ihr Ex könnte sie vielleicht tracken, er war ein Computer-Nerd. Um die Polizei einzubinden, wäre zu wenig Zeit, schließlich könnte sie nicht stundenlang dort oben verharren und ihr Handy in die Luft halten! Dennoch – sie musste es riskieren. Auch wenn sie Angst davor hatte, auf den harten Boden zu knallen und sich das Genick zu brechen. Sie zögerte. Sie sollte einen Testlauf wagen, bevor sie den ganzen Weg zurückging, um Lasses Seil und die wenigen Klemmkeile zu holen, die sie in ihrem Gepäck vermutete. Sie war nicht einmal sicher, ob sie sie wirklich dabeihatte. Also würde sie zunächst ein Stück frei klettern, eine ungefährliche Stelle austesten, checken, aus welchem Stein die Wand beschaffen war. War sie brüchig, konnte sie die Aktion sowieso vergessen. Mit oder ohne Seil.

Sie scannte die Felswände. Grübelte. Wenn sie ihr Handy hoch genug in die Luft hielt, sobald sie den ersten Vorsprung erreicht hatte, könnte sie sich dann die riskante Aktion sparen? Einen Versuch war es wert. Sie schaltete das Telefon ein und kletterte. Laura war so euphorisch, dass sie einen spitzen Vorsprung übersah und mit der rechten Wade dagegenstieß. Vor Schmerz schrie sie auf. Es war egal. Sollte das Blut doch ihre Wade entlangrinnen, sie hatte einen Plan!

Laura erklomm den Vorsprung und reckte die Hand mit dem Smartphone in die Höhe. Angestrengt schielte sie auf das Display. Kein Balken. Kein Empfang. Sie kraxelte weiter und streckte den Arm höher in die Luft. Noch ein Stück. War da ein Balken? Hatte sie ein Signal? Nein. Auch hier gab es kein Netz. Sie hatte keine Alternative. Sie musste ganz nach oben.

Rettungsaktion, zweite Etappe

Neben dem Gewässer war es feucht. Roger wusste, dass sich die Temperatur in Höhlen nicht veränderte, und doch war ihm kälter als zuvor. Wann waren Daniel und inzwischen auch Patricia in den Siphon getaucht? Seine Uhr zeigte an, dass der Höhlenretter vor fünfeinhalb Stunden in den See gestiegen war, Für Roger fühlte es sich an wie ein ganzer Tag. Selbst Frank war noch nicht zurück.

Unruhig lehnte Roger an einer Wand, das Gewässer im Blick, seinen Sohn im Auge. Jonas hatte das Mobiltelefon über sich erhoben und rannte wie von einer Tarantel gestochen Hänge hoch und runter, bevor er die nächste Anhöhe nahm. Sein Sohn ohne Anschluss an die Welt. Es amüsierte Roger. Auch er liebte die zeitgemäßen Medien und nutzte sie täglich. Dennoch war er froh, zu einer Generation zu zählen, für die ein Dasein ohne Funkzellen, Access-Points und MAC-Adressen möglich war.

30 Jahre nach der Tat

Was bei allen Höllenhunden trieb dieses Gör? Die turnte herum wie ein Äffchen! Wieso erklomm die junge Frau die steile Wand?

Sie hielt den Atem an, denn sie wollte nicht mit ansehen, wie sie sich das Genick brach. Schön. Gut. Es wäre eine Lösung. Damit wäre sie sie los, sie müsste nichts weiter tun, als abzuwarten. Warten war sie gewohnt. Aber irgendwie rührte sie dieses Geschöpf. Obwohl ihr Problem damit endgültig aus der Welt geschaffen wäre und sie dafür nicht einmal die Schaufel einsetzen müsste, wollte sie nicht, dass die junge Frau abstürzte. Sie brauchte nicht noch einen schwerverletzten Menschen in ihrem Reich! Der Kerl genügte ihr.

Wie der sie angeglotzt hatte, als sie das letzte Mal nach ihm gesehen hatte! Er war halbwach gewesen, wie ein Zombie hatte er dagelegen, hatte sie angestarrt und doch nicht wahrgenommen. Sie hatte im Dunkeln gestanden, entfernt vom Strahl seiner Lampe. Bestimmt war sie ihm wie eine Figur aus einem Traum erschienen. Er würde überleben. Sie hatte eine Decke neben ihn gelegt, hatte eine Flasche Wasser und eine Dose Rahmgulasch in einer Mulde deponiert. Danach hatte sie ein wenig ihres selbst angesetzten Baldriantrunks in sein Wasser gekippt. Keiner konnte sagen, sie hätte ihm nicht geholfen! Die Idee, ihn mit Dreck zuzuschütten, hatte sie nicht verworfen. Sie hatte sie nur vertagt.

Unter der Schwäbischen Alb

Je höher Laura kletterte und sich der Höhlendecke und damit der Freiheit näherte, umso mehr schien sich diese von ihr zu entfernen. Immer wieder hielt sie inne, um nach einer Ausbuchtung Ausschau zu halten, an der sie sich festhalten konnte. Manche Mulden waren faustgroß, in andere passte lediglich die Spitze eines Fingers. Manchmal brachen Sedimente ab. Gerade eben fiel ein Brocken krachend auf den Boden. Sie musste höllisch aufpassen. Der Aufstieg war mühevoll, das Gestein stellenweise brüchig. Laura stellte ihren Fuß auf der nächsten Erhebung ab und testete, ob sie ihrem Gewicht standhielt. Danach griff sie in eine Vertiefung, die sie zuvor ausgespäht hatte, und zog sich daran hoch. Ihre Armmuskeln waren ausgeprägt, sie schaffte es, konnte sich selbst halten, auch ohne Seil. Die nächsten drei Meter waren gut machbar. Die Stelle war steil, aber es ging wenigstens nicht senkrecht nach oben. Sollte sie dennoch das Seil holen? Wenn sie die Klemmkeile einsetzte, fände sie Halt, wo wenig Grifffläche war. Auch würde sie sich sicherer fühlen, wenn sie angeseilt war. Was, wenn sie die »Friends« doch nicht dabeihatte? Aus Gewichtsgründen führte sie das ganze Set Klemmkeile normalerweise nur mit sich, wenn sie in die Berge ging. Außerdem würde es zu lange dauern, zum Lager zurückzukehren. Sie straffte die Schultern. Sie würde es ohne Hilfsmittel versuchen. Aufgeben war keine Option. Umkehren konnte sie immer noch.

Das freie Klettern bereitete ihr Mühe, aber es war zu schaffen. Als sie die erste Hälfte zurückgelegt hatte – sie ließ sich Zeit, wägte jeden Handgriff ab, bevor sie sich dazu entschloss, ihn durchzuführen –, spähte sie nach oben. Das letzte Stück war schwieriger. Die Wand kam ihr entgegen. Direkt über ihrem Kopf befand sich eine Terrasse. Wie der Balkon an einem Mehrfamilienhaus hing der Fels über ihr und dehnte sich in den Hohlraum aus. Ein Überhang konnte unmöglich bezwungen werden. Dazu müsste sie sich auf den Rücken legen und der Schwerkraft den Stinkefinger zeigen.

*

Sie traute ihren Augen kaum, denn was sich vor ihr abspielte, war nicht von dieser Welt. Das Gör krallte die Fingerspitzen in den Stein und kraxelte den steilen Felsen hoch. Was zum Teufel wollte die junge Frau da oben? Das Gestein war an manchen Stellen lose, soeben war ein immenser Brocken auf den Boden gedonnert! Trotzdem hing diese Fremde wie ein Koalabär in der Wand, fünf, sechs Meter über ihr!

Die Gefahr wuchs mit jeder Sekunde. Gelang diesem Gör das Übermenschliche? Würde das dumme Ding nicht, wie erwartet, auf den Boden knallen? Was, wenn die Fremde sie entdeckte? Sie müsste den Kopf lediglich zur Seite neigen, eine winzige Sekunde lang zu ihr herüberschauen. Sobald sie den Überhang geschafft hatte, würde sie ihr Nest erkennen. Das Heim, das sie für sich und die

Kleinen in mühevoller Arbeit geschaffen hatte. Das Gör durfte dieses Heim nicht finden, unter keinen Umständen! Sie würden sie holen und ihr die Kleinen wegnehmen. Nein. »Nein!« Sie ballte die Fäuste, schlug sie gegeneinander und stieß einen spitzen Schrei aus. »Du darfst nicht in unserem Nest herumwühlen, hörst du? Dummes Gör! Geh zurück! Kehre um. Sonst kann ich für nichts garantieren.«

*

Hatte sie eine Stimme gehört? War da nicht was gewesen? Hatte Lasse nach ihr gerufen? Laura verdrängte die fixe Idee, sie war ihr zu oft aufgesessen. Sie durfte sich nicht ablenken lassen, musste sich auf den Überhang konzentrieren, der nicht zu schaffen war. In der Kletterhalle hatte sie die Eindrehung geübt, sie konnte ihre Beine über die Arme hieven und, nah an die Wand geschmiegt, die Unterseite eines Überhangs überwinden. Aber sie war in keiner Kletterhalle, auch in keiner Boulderhalle. Laura war weder mit einem Seil gesichert noch trug sie Kletterschuhe. Ihr standen keine bunten Haltegriffe zur Verfügung. Ihr Leben hing am seidenen Faden. Ohne Kletterausrüstung war eine derartige Aktion lebensgefährlich. Beim ersten freien Tritt würde sie die Schwerkraft nach unten reißen. Sie würde auf den Steinboden knallen. Rippen gebrochen. Querschnittsgelähmt. Oder tot.

Sie musste den Überhang seitlich umgehen. Immer wieder schielte sie nach oben, um den Durchbruch einzuschätzen. Sie empfand ihn größer als zuvor, vermutlich war er einen knappen Meter lang. War er breit genug? Ja! Oder doch nicht? Müsste sie die Luft anhalten, um sich durchzuquetschen? Mit glasigem Blick stierte sie in die Freiheit. Das Tageslicht war wie eine Botschaft, die vom Himmel kam. Es war so hell! Es war … Sie musste sich konzentrieren. Vorsichtig krallte sie ihre Fingerspitzen in eine winzige Spalte und kraxelte weiter. Geschickt kletterte sie am Überhang vorbei. Sie musste eine kurze Strecke baumelnd überwinden, bevor sie ihre Beine in eine tiefere Einbuchtung stellen konnte. Noch konnte sie nicht erkennen, wo dieser Pfad endete. Sie fokussierte sich vollkommen auf das, was sie tat. Auf ihre Fingerspitzen. Und auf den nächsten Schritt.

*

Wie war das möglich? Dieses Geschöpf gab nicht auf! Die Fremde hing in dieser steilen Wand und war Teil von ihr geworden. Inzwischen dürfte sie sich fast acht Meter über dem Erdboden befinden! Wie ein Faultier, das sich an seinen Hakenklauen durch den Tropenwald kämpft, kam sie ihr vor. Aber die junge Frau war alles andere als ein Faultier. Sie war schnell. Sie war geschickt. Sie war unermüdlich. Und sie war ihr nicht geheuer. Glaubte sie, durch die Decke fliegen zu können? Was sie tat, war reines Harakiri! Dazu musste sie sich den Bauch nicht einmal aufschlitzen, es genügte, wenn sie ein winziges Mal danebentrat.

Das Gute war, dass das Gör den Kopf in dieser Lage kaum drehen konnte. Wenn sie ihr Nest bisher nicht bemerkt hatte, würde es unentdeckt bleiben. Als sie wieder nach oben sah, erschrak sie. Die Fremde hatte die eine selbstmörderische Aktion gegen eine andere eingetauscht. Sie hing jetzt am Felsen. Ihre Beine baumelten frei in der Luft, sie hielt sich nur noch mit den Fingerspitzen fest!

Sie musste sich abwenden. Sie konnte nicht mit ansehen, wie sich das Gör die Wirbelsäule brach.

Rettungsaktion, zweite Etappe

Nachdem Daniel und Patricia zurückgekehrt waren, die Sauerstoffflaschen abgestellt und sich auf einen Stein gesetzt hatten – beide wirkten erschöpft –, fragte Roger hoffnungsvoll: »Irgendwelche Hinweise?«

Daniel verneinte. »Das hat gigantische Ausmaße da unten, wir werden den Bereich noch mal mit einem Taucherteam absuchen müssen. Auf alle Fälle führt dieser Siphon nicht wie gehofft in einen Trockengang. Er erstreckt sich kilometerweit. Am Ende wird es brutal eng. Ich bin nicht einmal auf dem Rücken mit zur Seite gedrehtem Kopf weitergekommen.«

Jonas riss die Augen auf. Auch Roger konnte sich nicht annähernd vorstellen, was ein Höhlentaucher leistete. Und doch galt seine Sorge vornehmlich Laura.

»Wir gehen erst mal raus«, sagte Patricia.

Roger verstand. Die beiden mussten trockene Sachen anziehen, um sich nicht den Tod zu holen. In diesem Moment tauchte Marek auf, der Nachrichten von der Einsatzleitung überbrachte. »Wir trennen uns«, sagte er knapp.

Roger fragte nicht. Er erhob sich und schwang seinen Seesack über die Schulter. Erwartungsvoll sah er den Höhlenretter an.

»Ihr macht erst mal Pause«, sagte Marek zu Daniel und Patricia. »Ich schließe mich dem anderen Team an.« Patricia nickte.

Marek wandte sich an Roger. »Die Kollegen suchen eine Tiefenhöhle weiter hinten ab. Die liegt eineinhalb Kilometer in westlicher Richtung. Sie brauchen Unterstützung, ich geh jetzt zu ihnen rüber. Warten Sie hier auf Frank, er ist auf dem Weg zu Ihnen.«

»Wie können wir Sie erreichen?«, wollte Roger wissen. »Oder die Einsatzleitung?«

»Cave-Link!«, sagte Jonas triumphierend. »Ich übernehme das!« Er wollte diese Art der Kommunikation endlich selbst ausprobieren, nun schien seine Stunde gekommen. Er spähte auf die rechteckige Box, deren Benutzung auf ihn nicht kompliziert wirkte.

Der Höhlenretter schüttelte den Kopf. »Ich müsste Sie erst einweisen und dafür ist im Moment keine Zeit.«

»Aber ich hab kein Netz! Obwohl ich einen super Tarif habe, beste Netzabdeckung, keine Chance.« Jonas hielt sein Smartphone hoch. »Ich habe es überall probiert. Mehr als ein Balken ist kaum drin.«

Marek lächelte, dann nahm er seinen Schleifsack vom Rücken und fischte ein Gerät daraus hervor. Ein schwarzes langes Ding, das aussah wie ein Bumerang.

»Was ist das?«, fragte Roger.

»Ein Heulruftelefon.«

»Hey!« Jonas beugte sich über das lange Gerät, an dem sich Marek zu schaffen machen. Der Höhlenretter drehte am unteren Ende, bis ein Ton aufjaulte. *Ui, ui uiiii.*

»Das klingt wie bei den Cops! Genau derselbe Ton! Wie amerikanische Polizeiwagen.« Jonas lachte laut auf.

Roger erstickte seine Ausgelassenheit mit einem tadelnden Blick.

»Heulen Sie dreimal, wenn Sie Hilfe brauchen.« Marek händigte Roger das sperrige Gerät aus. »Es ist netzunabhängig und funktioniert ohne Batterien. Die Sprech- und Hörkapsel wird über einen Tonfrequenz-Dynamo aktiviert.«

Roger drehte das Heulruftelefon in seinen Händen. Es erinnerte ihn an sein erstes Mobiltelefon Anfang der 1980er-Jahre. Es wog 800 Gramm und war 33 Zentimeter lang.

»Wie gesagt, Frank dürfte bald bei Ihnen sein«, fuhr Marek fort. »Machen Sie bitte keinen Schritt ohne ihn, hören Sie! Frank ist mit mir und der Einsatzleitung verbunden. Er weiß, was zu tun ist. Am Abend treffen wir uns drüben im Biergarten zur Lagebesprechung.«

»Beim Maultaschenwirt«, ergänzte Patricia.

»Maultaschen«, brummte Roger. Es klang verlockend.

»Wenn Sie müde sind, kommen Sie einfach mit uns raus. Einer von den Helfern bringt Sie in Ihre Pension. Wir sehen uns dann morgen«, ergänzte sie.

»Es sei denn …« Daniel schnalzte mit der Zunge.

»Was für eine Pension?«, fragte Jonas.

»Es sei denn?«, fragte Roger.

Jonas hob beide Augenbrauen, als Daniel seinen Satz zu Ende führte. »Es sei denn, wir stellen ein Biwak auf. So kann hier übernachten, wer will.«

Patricia protestierte. »Wir können jetzt nicht auch noch ein Biwak aufstellen, Daniel!« Sanft fügte sie hinzu: »Wollen wir?« Der Taucher folgte ihr. Sie sah Roger fragend an, der schüttelte den Kopf. »Wir warten auf Frank.«

Jonas war ein wenig enttäuscht. Biwak hörte sich nach Outdoorabenteuer an, nach Ablenkung von der Sorge um seine Schwester. Aber er freute sich auch auf Tageslicht. Auf ein funktionierendes WLAN. Auf Maultaschen. Und ein weiches Daunenbett, selbst wenn er kein Auge zubekäme.

30 Jahre nach der Tat

Sie spürte, wie sich die Schlinge um ihren Hals zuzog. Wieso hatte sie nicht eher daran gedacht! Plötzlich war es ihr wie Schuppen von den Augen gefallen! Während sie die Fremde beobachtet hatte, war ihr ein Gedanke gekommen, bei dem ihr heiß und kalt wurde. Dieses Gör und der grässliche Kerl, die gehörten zusammen! Nie zuvor hatte sich jemand derart nah an ihr Refugium herangewagt, keiner hatte je hier herumgeschnüffelt, in den letzten 30 Jahren nicht! Warum ausgerechnet jetzt? Warum diese beiden? Es gab eine einzige Erklärung. *Er* steckte dahinter. Er hatte die beiden beauftragt, sie zu finden. Warum wären sie sonst da? Dieser grässliche Kerl war ein Polizist oder ein Detektiv! Ein privater Ermittler, ein Schnüffler. Zuzutrauen wäre es ihm. Dem traute sie alles zu – sofern es fies war. Hinterlistig. Gemein. Dass dieses Geschöpf auf ihn reingefallen war, konnte sie sich gut vorstellen. Sie war damals auch auf so einen reingefallen.

Die beiden Männer waren sich ähnlich. Der eine so hinterhältig wie der andere. Sie schielte wieder zu der Fremden hoch, wagte jedoch kaum hinzusehen. Obwohl sie ihre Kraxelaktion unterbrochen hatte und auf dem Felsvorsprung saß, glotzte sie nach oben. Offensichtlich konzentrierte sie sich auf die Welt, die über ihr lag. Die vermeintliche Freiheit. Schön! Sollte sie die Unterwelt doch verlassen! Wie auch immer sie das bewerkstelligen wollte, es war nicht ihre Sache. Solange das Gör nicht zu ihr rüberschielte, war alles gut.

Wieder dachte sie an ihn. Was, wenn der grässliche Kerl und das junge Geschöpf tatsächlich hier waren, um sie zu suchen, wenn sie in seinem Auftrag agierten? Dann war er nicht weit. Gisbert. Stand er oben, neben der Öffnung, wartete er dort auf das Gör? Wollte er wissen, wo sich seine Frau aufhielt? Wer hatte ihm gesteckt, dass sie unter der Erde lebte? Niemand wusste davon. Keiner Seele hatte sie davon erzählt. Und doch ließ sie der Gedanke an ihren Ehemann schaudern.

Unter der Schwäbischen Alb

Müde legte Laura eine Pause ein. Sie musste Kraft schöpfen, das Klettern war aufreibender als gedacht, sie spürte jeden Muskel. Ihre Oberschenkel zitterten bereits. Als sie eine Nische erspähte, groß genug, um sich bequem auszuruhen, beschloss sie, kurz zu verweilen. Am liebsten würde sie ein Nickerchen halten. Aber es war zu gefährlich.

Sie hatte den Überhang seitlich bezwungen. Zunächst war es kein Problem gewesen, der Aufstieg an der Terrasse vorbei war kinderleicht. Doch auf einmal war der Stein bröselig geworden. Sie war nicht weitergekommen, hatte umkehren, die Aktion abbrechen müssen. Widerwillig war sie runtergeklettert, einen anderen Weg suchend. Sie hatte sich ein Stück schräg nach unten abgelassen – und dabei die … Nische … entdeckt!

*

Die junge Frau war härter im Nehmen als der Waschlappen. Sie war bis zu der Nische heruntergeklettert, in der sie seit einer Weile saß und vor sich hin starrte. Schlief sie? Kein Wunder, bei dem Abenteuer, das sie hinter sich hatte. Bedeutete dies, dass Gisbert gar nicht an der Öffnung stand? Sie hätte seine fiese Stimme gehört! Wenn er auf das Gör gewartet hätte, hätte sie ihn gerufen. Oder umgekehrt. Was also wollte die da oben?

Sie war der Fremden nicht gewachsen, hatte der Energie der Jugend nichts entgegenzusetzen. Sie hatte lediglich ihren Grips, nur damit konnte sie ihr Reich verteidigen. Und das würde sie. Hatte sie eine Wahl? Sie hatte nie eine Wahl gehabt. Sie schlurfte die wenigen Meter zu ihrem Nest und holte die Schaufel. Wenn es nicht anders ging, musste sie es mit dem Gör machen wie mit dem grässlichen Kerl. Sie würde warten, bis die junge Frau vollständig heruntergekraxelt war. Dann würde sie sie hinabstoßen zu ihm, sie neben oder auf ihn legen, vielleicht würde ihr das ja gefallen. Sie kicherte. Und presste die Lippen aufeinander. Kein Ton sollte sie verraten. Nichts. Und niemand.

*

Laura brütete. Grübelte. Verzweifelte. Sie weinte nicht, sie bettelte. Um was? Das Leben rutschte ihr aus den Händen, Stück für Stück, es gehörte ihr nicht mehr. Ihr Vorhaben funktionierte nicht. Sie musste es sich eingestehen.

Von der Nische aus ging es nicht weiter. Nach unten ja, nach oben nein. Hinzu kam, dass sie sich von der Deckenöffnung wegbewegt hatte. Wieder zeigte die Realität ihre Fratze. Erbarmungslos. Laura hatte sich vom vermeintlichen Weg in die Freiheit entfernt. Wenn sie den Kopf hob, war die Deckenöffnung außer Sicht. Sie musste sich weit nach vorne beugen, um sie noch wahrzunehmen. Und da war noch etwas. Zwischen ihr und dem Tageslicht stand jetzt ein Fels. Er war plötzlich aufgetaucht, sie hatte ihn aus dem Winkel zuvor nicht sehen können. Er ragte senkrecht in die Höhe. Wie ein Mahnmal. Steiler als alles, über das sie bisher geklettert war. Dieses Mahnmal war unmöglich zu bezwingen. Es versperrte ihren Weg in die Freiheit. Es war sinnlos. Alles war auf einmal sinnlos.

*

Angestrengt dachte sie nach. Es musste einen Grund geben, warum ihr Gisbert nach all der Zeit durch den Kopf spukte. Bei einem ihrer Landausflüge hatte sie eine alte Zeitung aus einer Mülltonne gezogen, sie erinnerte sich gut daran. Darin war über eine Cold-Case-Einheit berichtet worden, die sich in Tübingen gebildet hatte. Sie klärten Mordfälle auf. Gisbert musste davon gehört haben. Selbst wenn er recherchiert hatte, wie war er auf ihr Versteck gekommen? Sie konnte es sich nicht erklären, aber sie konnte sich vieles nicht erklären, wenn es um ihn ging. Gisbert. Dieses Aas war selbst ein Verbrecher! Ein Pädophiler, der nicht einmal vor seinen eigenen Kindern Halt gemacht hatte! Und doch war sein Verbrechen gesühnt. Zehn läppische Jahre hatte er bekommen. Nicht alle hatte er abgesessen. Dabei hätte er für den Rest seines Lebens in der Hölle schmoren sollen!

Ihre Schuld würde niemals getilgt sein. Mord verjährte nicht. Er bedeutete lebenslänglich, egal wann sie sie fanden. Als ob sie nicht längst gefangen wäre. Seit dem Tag, an dem sie keinen Ausweg mehr gesehen hatte, war sie eingesperrt. Nacht für Nacht durchlebte sie ihre Tat erneut, wieder und wieder presste sie das Kissen auf das Gesicht ihrer Mädchen, das nass von ihren Tränen war. Warum nur hatte sie das getan? Sie bereute es, mit jedem Atemzug wünschte sie sich, sie könnte es rückgängig machen. Ach, könnte sie die Mädchen zum Leben erwecken! Doch das Blut klebte an ihren Händen. Sie war zu feige gewesen, sich selbst zu richten. Jetzt kamen sie, um sie zu holen. Es war gerecht. Viel zu spät hatte sie erkannt, wer er wirklich war. Ein kalter Psychopath. Einer, der keine Einsicht hatte. Gisberts Eisaugen verfolgten sie seit jenem Tag. Sie ließen sie frösteln. Sein Wunsch nach Rache musste gewachsen sein, jedes Jahr ein wenig mehr. Nun war er größer als er, dieser widerliche Zwei-Meter-Wicht.

*

Laura riss sich zusammen und besann sich auf ihre Strategie. Sie wollte Jonas kontaktieren! War die Nische hoch genug? Sie musste es versuchen! Zitternd zog sie ihr Handy aus der Tasche, betätigte den Startknopf und hielt das Smartphone in die Luft. So, dass sie das Display noch im Auge hatte. Sie hatte kein Signal. Sie hielt es höher, trat einen Schritt nach vorne, wagte sich gerade so weit vor, dass sie keinen Absturz riskierte. Sie musste achtgeben, dass sich die vorderen Steine nicht lösten. Vergeblich. Kein Empfang. Die Öffnung war zu weit entfernt. Also hielt sie sich an einem Vorsprung fest, drehte den Oberkörper zur Seite, reckte den Arm so hoch sie konnte in Richtung Tageslicht. Nichts. Kein Draht zur Außenwelt. Sie ließ die Schultern sinken. Setzte sich in die Hocke. Sackte in sich zusammen wie ein Hefeteig, der nicht gelungen war. Enttäuscht verkroch sie sich. Versteckte sich. Kauerte sich in ihre Nische.

*

Wie tot verharrte die Fremde in dieser Nische, reglos, als habe sie sich verletzt. Vorhin war die noch putzmunter gewesen! Auf alle Fälle war jetzt eines klar: Die junge Frau hatte nichts mit Gisbert zu tun. Nicht er und keiner von seinen feinen Freunden wartete auf sie, sonst hätten sie Kontakt mit der Fremden aufgenommen. Niemand stand der bei. Sie war auf sich gestellt. So wie sie selbst …

*

Laura hatte keine Idee mehr. Was könnte sie noch ausprobieren? Jedes Vorhaben war gescheitert! Sie war gescheitert. Sie war eine Gefangene. Eine Gefangene der Dunkelheit. Eine Gefangene der Einsamkeit. Eine Gefangene des Hungers. Den hatte sie völlig verdrängt. Ihr Magen knurrte nicht, er schmerzte. Alles an und in ihr schmerzte. Ihr Körper war eine offene schwärende Wunde. Das einzig Gute war diese Nische. Sie war über zweieinhalb Meter breit und gute eineinhalb Meter lang. Hier konnte sie verharren. Bis sie verreckte.

*

Offensichtlich hatte die junge Frau fliehen wollen, hatte endlich eingesehen, dass es zwecklos war. Das hätte sie ihr gleich sagen können! Keiner entkam durch die Decke! Klar führte der Durchbruch hinaus, direkt über ihnen lag ein Waldstück, von dort ging es zu Fuß in die nächste Ortschaft. Aber die hätte erst verhungern müssen, bevor ihr Körper durch den schmalen Spalt gepasst hätte. Ein Kind schaffte das. Ja, gut, dieses Gör war zart wie ein Kind. Aber nur einer entkam dieser Hölle: der Wind, der Wind …

*

Wie lange kam ein Mensch ohne Nahrung aus? 40 Tage oder mehr. Bald würde sich Lauras Körper seines Kohlenhydratspeichers bedienen. Danach würde er den Muskeln Eiweiß entnehmen und seine Fettreserven angehen. Der Stoffwechsel würde auf Sparflamme laufen. Herzfrequenz, Blutdruck, Körpertemperatur – alles wäre gesenkt. Kraftlos würde sie dahinvegetieren, bis ihr Körper die eigenen Organe angreifen und auffressen würde. Selbst dann müsste sie nicht sterben, weil ihr ausreichend Wasser zur Verfügung stand. Wasser gab es hier überall. Wasser war überlebensnotwendig. Sie hatte von einem Schotten gelesen, der fast ein Jahr gefastet und dabei hundert Kilogramm verloren hatte.

Sie hatte keine hundert Kilogramm zu verlieren, sie besaß kaum mehr als die Hälfte davon. Ihr Herz würde versagen. Es wäre eine Erlösung. Falls es nicht vorher brach, aus Einsamkeit.

Laura, schimpfte sie sich, was für eine dumme Redewendung! Herzen brachen nicht. Menschen starben an Durst, an Krebs, an Herz-Kreislauf-Versagen. »Lieber Gott«, brabbelte sie vor sich hin. »Lass das nicht zu!« Sie hielt inne. Analysierte ihre Gedanken. Warum betete sie? Zu wem betete sie? Wer war dieser Gott, den Menschen in Notsituationen anflehten, der für viele der letzte Anker war? Wieso war er männlich? Es konnte auch eine Göttin sein! Doch wahrscheinlich hatte dieses Wesen gar kein Geschlecht. Der weiße Mann mit dem Rauschebart war ein Relikt aus der patriarchischen weißen Gesellschaft. Es konnte sich genauso gut um ein schwarzes Wesen handeln. Es konnte rot, grün, lila sein. Und lieb war dieser Gott beileibe nicht. Zumindest nicht zu jedem. Nicht einmal zu Kindern war er lieb. Oder sie. Oder es. Wie oft hatte

Laura mit ihrer Oma ein Gute-Nacht-Gebet gesprochen, wenn sie nicht hatte schlafen können. Dennoch hatte er ihr ein Messer in den Rücken gestochen, dieser liebe Gott. Die liebe Göttin. Hatte ihr die Mutter genommen. »Was du liebst, das lieb ich auch, und weil ich stärker bin als du, schnapp ich sie mir!« Ja, vielen Dank.

Trotzdem behaupteten Menschen, die an Gott glaubten, beschützt zu sein. Pah!

Laura war keine Atheistin, aber sie war auch nicht gläubig. Sie glaubte an das Leben, das sie bisher geführt hatte. Es war gut gewesen! Hatte sie es immer geschätzt? Sicher nicht. Auf einmal überschwemmte sie die Sehnsucht nach ihrem Alltag, nach den Sorgen und Problemchen, sie flutete ihren Körper oder das, was von ihm übrig war. Eine leere Hülle. Die Hose schlackerte schon an ihr. Als würde sie sich langsam auflösen. Wenn sie schon nicht sterben konnte, würde sie im Nichts verschwinden, zur Atmosphäre werden, zu all dem, was um sie war? Sie sah sich zum Felsen werden. Zum Geröll. Zum Stein. Laura versteinerte. Sie verwandelte sich in ihren eigenen Grabstein.

*

Wenn die Fremde bereit war, Kopf und Kragen zu riskieren, um rauszukommen, sah sie sonst keinen Ausweg. Warum war sie überhaupt hier reingekommen? Etwas musste vorgefallen sein. Wahrscheinlich war der Kerl ihr ans Höschen gegangen. So war es! Er hatte ihr eine Falle gestellt, hatte sie unter einem Vorwand in die Höhlen gelockt, hatte sich an ihr vergangen, die Drecksau. Als sie ihn durchschaut hatte, war es zu spät gewesen. Da war sie schon gefangen. Nicht nur er hatte seine gierigen Hände nach ihr ausgestreckt, auch die Höhle hielt sie festgekrallt. Und der grässliche Kerl wusste das. Es geilte ihn auf. Sie hatte recht gehabt. Er war wie Gisbert. Der eine ein Klon vom anderen. Schmierige Widerlinge. Mistkerle. Es gab sie zu Dutzenden. Gesichter änderten sich, Charaktere nie. Sie ließ die Schaufel sinken. Sie brauchte sie nicht. Das Gör war ein Opfer. Genau wie sie.

*

Lauras Gefühle waren stärker als je zuvor. Die Wut, der Trotz, die Verzweiflung waren so übermächtig, dass sie keine anderen Gedanken zuließen. Die Trauer überdeckte alles. Sogar den Hunger. Die Schwärze füllte sie komplett aus. Die Stirnlampe lag neben ihr, ausgeschaltet. Das Licht war gestern schwächer geworden, es hatte kurz geflackert, bevor es komplett ausgefallen war. Zum Glück für wenige Sekunden nur. Obwohl Laura sich daran gewöhnt hatte, empfand sie die Finsternis immer noch als krass. Es war wie in einem fensterlosen Keller, in dem man den Schalter nicht fand. Sie hoffte so, dass die Lampe den Geist nicht endgültig aufgab! Hatte Lasse absichtlich einen schwachen Akku hineingesteckt? Höchstwahrscheinlich hatte sie ein einfaches Modell. LED war es nicht. Er hatte damit geprahlt, dass seine Lampe 330 Stunden durchhielt. Das waren nahezu 14 Tage und Nächte Helligkeit! Gut, dass ihre Taschenlampe noch funktionierte. Die kleine Stablampe wurde von vier AAA-Batterien gespeist. Obwohl sie recht neu waren, spendeten sie kaum mehr als 35 Stunden Licht. Irgendwann würden die vorüber sein. Laura hätte sich ein Profigerät besorgen müssen! Es gab Modelle mit Brennzeiten von 100.000 Stunden. Niemals hätte sie sich unvorbereitet an eine derartige Expedition heranwagen dürfen. Auch mit der Handy-Taschenlampe musste sie mit Bedacht umgehen. Der Akku hielt vielleicht noch ein, zwei Tage. Sie hatte ihn halb aufgeladen, mit der Powerbank. Ein Mal konnte sie ihn noch nachladen. Danach würde sie nichts mehr erkennen.

Sie sah sich als wandelnde Finsternis. Für immer gefangen im Dunkelgrau, Dunkelbraun, Dunkelschwarz. Von oben, von unten, von allen Seiten heftete sich eine dunkle Krake an sie. Sie führte ihr vor Augen, dass die Abwesenheit des Lichts zumindest gefühlt die Abwesenheit des Lebens war. Sie würde keiner Menschenseele mehr begegnen. Laura wollte schreien, doch kein Ton drang über ihre Lippen. Stattdessen wuchs ein innerer Schrei. Du bist in etwas hineingeraten, aus dem du aus eigener Kraft nicht herauskommst. Ohne Hilfe von außen bist du verloren! Du befindest dich tief in der Erde. Niemand weiß, wo du bist. Keiner wird sich hierher verirren. Du hast allein deinen Verstand und deine Angst – vor allem deine Angst. Sonst hast du nichts. Sonst bist du nichts. Bald wirst du weniger sein als nichts, du wirst zu Staub, Asche. Dreck. Du wirst sie anlocken, die Aaskäfer. Die Totengräber. Mit ihren feinen Fühlern werden sie deinen Körper abtasten. Sie werden ihre Flügeldecken aneinanderschlagen und Töne erzeugen. Trauerklänge. Klagelaute. Die keiner hören wird.

Laura weinte.

Laura wimmerte.

Laura winselte.

Es dauerte lange, bis sie sich besann. Dann nahm sie ihren Mut zusammen. Und machte sich auf den Weg nach unten.

Kaum hatte Laura den Boden erreicht, huschte etwas über ein Steinfeld. Wie aus dem Erdboden geschossen war es aufgetaucht und blieb knapp 20 Meter von ihr stehen. Laura dachte zunächst, es sei Lasse, doch die Gestalt war kleiner. Sie wirkte feingliedrig, filigran, flüchtig wie ein Schemen. Leichtfüßig bewegte sie sich. Wer war das? Ohne nachzudenken, folgte Laura ihr. Sie wusste nicht, wem sie folgte, doch sie streckte die Hand aus, um nach dem Mantel zu greifen, der die Gestalt verhüllte. Es war ein langer Mantel, er reichte bis zum Boden. Und war plötzlich verschwunden. In einiger Entfernung entdeckte sie ihn wieder. Den Mantel. Und die Gestalt. Sie sang. Ab und zu stieß sie ein kehliges Lachen aus. Laura stutzte. Sie blieb stehen. Die Stimme! War das möglich? Nein. Doch. Sie kannte dieses Lachen! Es konnte nicht sein, sie jagte schon wieder einer Schimäre nach! Sie setzte sich auf das Steinfeld, umschlang die Knie mit den Armen und schaukelte vor und zurück. Was war bloß los? Was geschah mit ihr?

Auf einmal hörte sie ihren Namen. »Laura«, hauchte es hinter ihr. Sie zuckte zusammen. Es war ihre Mutter, die Klangfarbe war unverwechselbar. Niemand sprach tief und moduliert wie sie, weiblich und doch so herb.

»Folge mir!« Claires Stimme echote von der Höhlenwand. Wer war das? Wer gab vor, ihre Mutter zu sein?

»...olge mir! ...ge mir ... mir.«

Zu Tode erschrocken spähte Laura hinüber zu der Wand, aus der die Töne kamen. Sie hatte geträumt. Doch dann hörte sie die Stimme erneut. »Hierher, Laura!« Die Gestalt im schwarzen Mantel war so real, Laura sah ihre Umrisse, sie nahm einen Rücken wahr, über den Haare rieselten. Ein Meer an Haaren, glatt und weiß wie Schnee, fiel über ihre Schulterblätter herab. Aber Mama hatte Locken getragen!

Dunkelbraune Wellen! Haare konnte man färben. Haare ergrauten. Wurden weiß mit der Zeit. Außerdem verzerrte das schwache Licht, das von der Gestalt ausging, das Bild.

»Folge mir«, flüsterte die Gestalt abermals.

Wie gebannt stand Laura auf und lief hinter der Gestalt her. Es kam ihr vor, als schwebte diese. Wie ein Geist in einem Schloss, das einst seine Heimat gewesen war. Der Lichtkegel, der vor der Gestalt tanzte, war schwächer noch als die Funzel auf Lauras Kopf. Und doch leuchtete er die Gestalt aus, die ihre Mutter war. Mama. Sie war gekommen, um Laura zu holen.

»Du spinnst«, schalt sie sich. »Es ist ein Trugbild! Alles bloße Einbildung!«

Die Welt, in der sie gefangen war, arbeitete gegen sie. Laura konnte es drehen und wenden, wie sie wollte, die Wirklichkeit oder das, was sie bisher dafür gehalten hatte, entglitt ihr mehr und mehr. Sie hatte nichts mehr unter Kontrolle. Vor allem nicht sich selbst.

Laura hatte von Halluzinationen gehört. Sie waren wie Krebszellen, die sich gegen den eigenen Wirt richteten. Laura halluzinierte. Sie rannte einem Schemen hinterher. Sie wusste es. Und konnte doch nicht anders.

Der Schemen passierte Gänge, in denen Laura noch nie gewesen war. Die Gestalt umging Schlufe und Dolinen, bog mehrfach rechts ab, dann scharf links, sie nahm eine Anhöhe und … war … weg. Laura hatte geglaubt zu sehen, wie der dunkle Mantel eins mit dem Stein wurde. Sie war also doch nicht echt, die Gestalt war kein Mensch, sie war ein Wesen, das sie, Laura, erschaffen hatte. Ein inneres Bild, dem sie auf den Leim gegangen war! Damit nicht genug. Als sie sich nach den Seiten umschaute, realisierte sie, dass sie sich in einer unbekannten Kammer befand. Wieder einmal hatte sie sich verlaufen. Die Gestalt hatte sie in die Irre geführt, bevor sie sich aus dem Staub gemacht hatte. Ja, danke auch!

Es dauerte nicht lange, da hörte Laura die Stimme wieder. Sie sang! Diesmal erkannte sie das Lied, es war ein altes Schlummerlied, ihre Oma hatte es manchmal für sie gesungen, auch einmal ihre Mutter.

»Die Mutter schüttelt's Bäumelein,
da fällt herab ein Träumelein …«

Und es war doch die Stimme ihrer Mutter!

»Schlaf, Kindlein, schlaf.
Am Himmel zieh'n die Schaf',
Die Sternlein sind die Lämmerlein,
Der Mond, der ist das Schäferlein …«

Aber es konnte nicht ihre Mutter sein. Ihre Mutter war gestorben. Sie lebte nicht mehr. Allein in ihr, in Laura, lebte sie weiter. Sie erschuf die Stimme, weil sie wollte, dass ihre Mutter lebte, dass sie gekommen war, um sie aus ihrer Misere zu retten.

Laura lief durch die Gänge. Die Arme erhoben klagte sie die stummen Wände an. »Du bist tot, Mama«, schrie sie. »Tot, tot, tot, tooot!«

Ihre Mutter konnte sich unmöglich hier aufhalten. Ihr Körper lag unter der Erde. Die Würmer hatten ihn geholt. Und ihre Seele war im Himmel, die Engel hatten sie mitgenommen. Vielleicht schwebte sie auch als Fixstern durchs Universum. Mama! Sie konnte überall sein. Bloß nicht hier, in diesen Katakomben.

»Ich bin verrückt.« Laura zwickte sich in den Arm. Sie glitt zunehmend ab, verließ die Ebene der Realität und wurde eins mit der Schattenwelt. Laura war Opfer einer unkontrollierbaren Wahrnehmungsstörung geworden. Sie hatte gelesen, dass Menschen, die viel Zeit unter der Erde verbrachten, Zustände schwerster Verwirrung erleben konnten. Traumata. Psychosen. Natürlich! Das war es! Sie war eine Psychotikerin. Eine Irre.

TAG SIEBEN. 20. SEPTEMBER

Rettungsaktion, dritte Etappe

Auch die vergangene Nacht hatten Roger und Jonas in dem kleinen Bed and Breakfast in Engstingen verbracht. Wieder waren sie früh aufgebrochen. Sie nahmen die Suche von dem Abschnitt an auf, den sie am Abend zuletzt durchsucht hatten. Die Höhlenretter fanden ihn anhand ihrer Markierungen problemlos: Sie hatten einen Teil des schweren Gepäcks dagelassen.

Agatha hechelte mit hängender Zunge über den steinigen Boden. Die Hündin schien etwas zu verfolgen. Dass sie in der Dunkelheit Umrisse erfasste, weil sie besser sah als Menschen, erfuhren Roger und Jonas viel später, als Jonas fragte, warum Agathas Augen in der Nacht grünlich leuchteten.

»Sie hat eine reflektierende Schicht in ihrer Netzhaut«, klärte Frank auf. »Man kann sich das vorstellen wie einen Lichtverstärker.«

Doch in diesem Moment kam der Hundeführer kaum hinterher, denn Agatha wurde schneller. Es kam Roger vor, als zöge die Hündin ihr Herrchen, nicht umgekehrt.

»Dort hinten muss was sein!«, rief Frank, während er, Agatha fest an der Leine, Schritt hielt. Die anderen waren den beiden dicht auf den Fersen. Agatha peilte eine Stelle an, vor der sie stehen blieb und anschlug. Aller Augen richteten sich in eine Erdöffnung, vor der die Hündin auf und ab lief.

»Eine Doline!«, rief Frank.

»Da liegt jemand«, sagte Patricia.

Rogers Herz setzte kurz aus, als er in die Tiefe spähte. »Laura?«, fragte er. Er konnte eine Gestalt ausmachen, doch die Stirnlampen, die in die Doline gerichtet waren, gaben keine Details preis. Bis Frank den Einschnitt mit einem handlichen Scheinwerfer anstrahlte.

»Hier, ich bin hier!« Die Stimme war menschlich. Männlich. Aggressiv.

»Das ist nicht Laura«, sagte Jonas enttäuscht. Auch Roger hatte gehofft, Lauras weiches Timbre zu hören. Die Klagelaute sandten ein anderes Signal aus.

Im grellen Lichtstrahl erkannte Roger einen Mann mit einem struppigen Bart.

»Ist das dieser Wissenschaftler, mit dem sie unterwegs ist?« fragte er Jonas, der neben ihm in die Kluft lugte.

Jonas zuckte mit den Schultern. »Keine Ahnung, Papa. Ich hab den einmal gesehen, ganz kurz. Von der Seite.«

Roger ging in die Hocke. Er schätzte, dass der Mann dreieinhalb Meter unter ihnen lag. Er blickte auf ein schmerzverzerrtes Gesicht mit einer kleinen Lippenspalte. Das linke Bein des Mannes wirkte unnatürlich, sein Fuß war nach außen gedreht. Der Mann schirmte seine Augen mit der Hand ab, offenbar blendete ihn das Licht. »Sie müssen mich rausholen! Mein Bein, ich kann es nicht bewegen«, brüllte er.

Roger suchte die Vertiefung nach Laura ab, nach einem Indiz, das auf seine Tochter hinwies, doch der Mann mit dem struppigen Bart schien alleine zu sein. Roger war maßlos enttäuscht und dennoch erleichtert. Wenn das dieser Wissenschaftler war, dem sich Laura anvertraut hatte, kannte er ihren Aufenthaltsort.

»Waren Sie mit meiner Tochter unterwegs?«, rief er. Sein Echo hallte zurück. »Unterwegs, …egs …«

»Ich brauch Hilfe!«, entgegnete der Mann. Lasse Keyes, Roger erinnerte sich an seinen Namen, Jonas hatte ihn mehrfach erwähnt.

Marek wandte sich an Frank. »Ich geh runter und seh mir das an«, sagte der Höhlenretter. »Wenn er innere Verletzungen hat, dürfen wir ihn nicht bewegen. Dann müssen wir einen Arzt holen.«

»Keine Sorge«, erklärte Frank Roger, der ihn skeptisch musterte. »Wir haben genügend Mediziner im Team. Ich schick über Cave-Link eine Nachricht an Hannes. Er soll einen Trupp mit einer Trage herschicken.«

»Ich bin Arzt«, sagte Roger. »Ich mach das.«

»Wenn Sie Zahnarzt sind, nützt uns das wenig«, erwiderte Frank.

»Er ist Internist mit internationalem Renommee«, klärte Jonas auf, nicht ohne Stolz.

Frank pfiff durch die Zähne und Marek nickte zufrieden. »Gut. Seilen wir Sie ab.«

»Nicht nötig«, winkte Roger ab. Er setzte sich an den Rand der Doline und untersuchte die Wände, die voll natürlicher Steighilfen waren. Obwohl Marek protestierte, kletterte Roger langsam nach unten. Das Gestein war nur an manchen Stellen derart glatt, dass seine Beine abrutschten und er neue Haltepunkte suchen musste. Auch wenn er ein erfahrener Kletterer war, war dies lange her. Der Abstieg war anstrengender als gedacht. Die letzten eineinhalb Meter sprang er. Roger ließ sich neben dem

Mann, der vor sich hin meckerte wie eine alte Ziege, in die Hocke sinken.

»Wo?«, fragte der Arzt knapp.

Der Verletzte deutete auf sein linkes Bein. Roger tastete es ab. Schnell erkannte er, dass die Tibia gebrochen war. Es war keine offene Fraktur, die Haut war intakt, da war keine Fleischwunde, kein sichtbarer Knochen, aber er konnte fühlen, dass der unglückliche Sturz den stärkeren der beiden Unterschenkelknochen durchtrennt hatte.

Der Verletzte stöhnte. »Ist das ein Bruch?«

»Allerdings«, sagte Roger und fragte: »Haben Sie sonst wo Schmerzen?«

»Reicht das nicht?«

Roger zuckte zusammen. Der Ton war eine Spur zu barsch. Arrogant war dieser Wissenschaftler also auch noch. Kein Problem. Diese Sprache beherrschte er aus dem Effeff.

»Wo ist meine Tochter?«, schnauzte er den Verletzten an.

Der hob die Mundwinkel. »Sie sind Lauras Vater!«

Grinste der etwa?

»Wo ist sie?«, wiederholte Roger. Schärfer.

»Woher soll ich das wissen? Das ist jetzt nicht wichtig, holen Sie mich erst mal raus!«

Roger drückte auf das verletzte Bein. Der Mann schrie laut auf. Roger presste seine Handfläche weiter auf die Stelle.

»Aaaaaauuu!« Der Kerl starrte ihn ungläubig an. »Sind Sie ein Sadist, oder was?«

»Das ist noch gar nichts«, sagte Roger leise, bevor er deutlichere Worte fand. »Sie waren mit Laura unterwegs. Das heißt, Sie sind für sie verantwortlich. Dann wissen Sie auch, wo meine Tochter ist!«

Der Verletzte sank in sich zusammen, die Hand an der Stirn. »Ich hab einen Abstecher gemacht. Was weiß ich, wo sie in der Zeit hin ist.«

Roger blieb höflich. Er hatte andere Mittel, diesen Kerl um Gnade winseln zu lassen. »Sie haben Sie alleine gelassen?«, fragte er.

»Sie wirkte erwachsen auf mich.«

»Haben Sie nicht nach ihr gerufen? Wenn Sie hier lagen, müssen Sie doch um Hilfe gerufen haben.«

»Klar hab ich geschrien. Gebrüllt hab ich, und wie! Die kleine Bitch hat mich nicht gehört. Sie hat mich im Stich gelassen.«

Hatte der Kerl Bitch gesagt? Rogers Wut wuchs. »Sie irrt durch die Höhlen, panisch vor Angst, und Sie klagen sie an? Was sind Sie für ein Armleuchter!«

Lasse grinste Roger ins Gesicht.

»Ich kann Sie einfach liegen lassen. Es wird bestimmt jemand vorbeikommen, der Ihre Knochen zusammenklaubt. In ein, zwei Jahren oder auch in 50. Was macht das für einen Unterschied?« Noch fauchte Roger wie ein Kater, doch die Tür zum Raubtierkäfig war bereits geöffnet.

»Das wagen Sie nicht.«

»Sie haben keine Ahnung, was ich wage und was nicht.«

»Ihre Freunde werden mich bergen.« Der Kerl reckte das Kinn. Drei Gesichter sahen auf sie herab. Frank. Patricia. Jonas. Ein Hundeschwanz wedelte ihnen zu.

»Alles klar?«, rief Patricia.

»Alles bestens«, gab Roger zurück.

Lasse schnalzte mit der Zunge. »Sehen Sie?«

Roger sah nur eines: Dieser Armleuchter ging ihm auf den Sack. Mächtig auf den Sack. Es stieg in ihm hoch. Dann übernahm es. Der Raubtierkäfig stand sperrangelweit offen. Der Tiger schoss heraus. Und schubste den Verletzten.

Lasse schien die Attacke nicht erwartet zu haben, denn er kippte nach hinten.

»Warum sind Sie mit meiner Tochter hierhergekommen, was hatten Sie vor, haben Sie sich ein paar perverse Spielchen ausgedacht, wollten der kleinen Bitch ein wenig Angst einjagen? So was machen Sie sicher, weil Sie sonst keinen Erfolg bei Frauen haben, was sind Sie für eine erbärmliche Kreatur!« Rogers schob sein Gesicht dicht an Lasses Wochenbart heran. Er roch den sauren Atem dieses Jammerlappens, der zuckte und ausweichen wollte. Doch es gab keinen Platz, um auszuweichen. Nur rauen Fels.

»Was wollen Sie von mir?«

Roger fing sich. Der Kerl war es nicht wert. Er ließ von ihm ab. »Wenn meiner Tochter auch nur ein einziges Härchen gekrümmt wurde, mach ich Sie dafür verantwortlich. Ich bin hartnäckig, glauben Sie mir. Ich verklage Sie bis in die letzte Instanz.« Er sprach ruhig, betonte jedes Wort.

»Ich habe nichts getan! Sie verwechseln da was, ich bin das Opfer!« Als fürchte er, Roger greife ihn tätlich an, hielt Keyes abwehrend die Hände vors Gesicht. »Ich wollte die Gegend erkunden und dann zurückkehren. Ehrlich, das müssen Sie mir glauben.« Er versuchte sich aufzurichten.

Roger hielt ihn fest. Seine Finger hielten Lasses Handgelenke wie Schraubstöcke umschlossen.

»Alles in Ordnung bei euch?«, rief Patricia. Besorgnis lag in ihrer Stimme. »Soll ich eine Rettungsdecke runterwerfen?«

»Nicht nötig, wir sind gleich so weit!« Roger hielt einen Finger vor seinen Mund und fixierte Lasse scharf. Wehe, der Armleuchter hielt die Klappe nicht. Er wollte ihm keine weiteren Schmerzen zufügen, scheute sich aber auch nicht davor. Menschen mit Schmerzen beeindruckten ihn wenig. Er hatte zu viele von ihnen auf seinem Tisch gehabt. Roger hatte von Minen zerfetzte Gliedmaßen amputiert, hatte blutjunge Menschen operiert, Kinder in Asien, in Afrika, sie hatten die Zähne zusammengebissen, obwohl sie notdürftig anästhesiert gewesen waren, wenn überhaupt. In Deutschland war es anders. Dort jammerten die Leute, obwohl es nichts zu jammern gab. Die westliche Welt war ein Landstrich voller Jammerlappen.

Der Tiger nahm erneut Anlauf. »Ein Ton und ich trete dir mit voller Wucht auf das gebrochene Bein!«, blaffte er. »Dann ist es so zerschmettert, dass man es dir amputiert.« Er duzte Menschen nicht. Er bedrohte Menschen nicht. Roger wusste, dass er eine Grenze überschritt. Er konnte nicht anders. Er war im Recht. Der Armleuchter durfte nicht ungestraft davonkommen. Dieser Typ war garantiert kein Wissenschaftler.

»Ich bin verletzt, ich brauch Hilfe!«, zischte Lasse.

Speichel tropfte von seinem Kinn. Er konnte seine Angst nicht verbergen. Wahrscheinlich hatte er sich bereits in die Hosen geschissen. Roger registrierte es wohlwollend. Doch dann besann er sich seines Vorhabens. »Ich bin Arzt. Bevor ich Ihr Bein provisorisch schiene, checke ich Sie einmal durch. Wir müssen sichergehen, dass Sie keine inneren Verletzungen haben und transportfähig sind.«

Routiniert tastete er Keyes Ober- und Unterleib ab. Er befühlte Magen, Milz, Leber. Lasse ließ ihn gewähren.

»Die Bauchregion ist intakt«, sagte Roger und besah die Schwellung an der Stirn. Eine Aufprallverletzung. Schädel-Hirn-Trauma. Grad 1, maximal 2, sonst wäre der Patient nicht ansprechbar.

Roger schrie nach oben: »Er ist so weit stabil. Ich muss das Bein noch schienen, danach ziehen wir ihn raus!«

»Ist das Bein gebrochen?«

»Die Tibia ist in der Mitte durch. Schienbeinfraktur.«

»Wir kontaktieren Hannes! Er wird sich um ein Ärzteteam kümmern.«

»Ich brauch nur einen Ast, einen stabilen Holzstab, eine Binde oder ein T-Shirt.«

Nach einer Weile warf Patricia einen Ast und ein Seil in die Doline. »Was anderes haben wir nicht.«

Der Ast, an dem er herumgeschnitzt hatte! Jonas musste ihn mitgenommen haben. Natürlich! Sein Sohn hatte daran sein Handy befestigt, um zu testen, in welcher Höhe er Netz hatte. Roger lächelte. »Das ist perfekt.«

Patricia ließ einen Rettungsgurt hinab. »Wenn Sie fertig sind, legen Sie ihm das um«, sagte sie und warf einen Flaschenzug hinterher. »Kennen Sie sich damit aus?«

»Ich denke schon.«

»Es ist ein einfacher Flaschenzug«, rief Frank über Patricias Schulter. »Er hat eine Umlenkrolle mit Rücklaufsperre!«

»Haben wir Morphium?«

»Wie gesagt, das Ärzteteam …«

»In meiner Tasche sind Tabletten. Jonas! Schau nach dem Opipramol. Wirf mir die Packung runter – und eine Flasche Wasser.«

»Wir übernehmen das«, sagte Patricia. Roger hatte keine Zeit, sich zu fragen, wo sein Sohn war. Vermutlich war er wieder auf der Jagd nach einer Verbindung zur Außenwelt.

Er verabreichte dem Patienten zwei der Tabletten, die für Laura bestimmt waren. Sie linderten die Schmerzen nicht wirklich, aber sie bekämpften die Angst und wirkten stimmungsaufhellend. Roger sagte: »Sorry. Das tut jetzt gleich ein bisschen weh.«

Lasse schluckte die Tabletten ohne Widerrede. Roger hoffte auf einen Placeboeffekt. Keyes gab keinen Ton von sich. Er stöhnte nur einmal kurz auf, als Roger die beiden Knochenstücke, die weit auseinanderklafften, zusammenfügte. Der Arzt musste sich an der Dolinenwand abstützen, es war ein enormer Kraftaufwand. Schweiß stand auf seiner Stirn. Dass Lasse die Zähne zusammenbiss, stellte er emotionslos fest. Das Gesicht seines Patienten war weiß wie Schnee und bleich wie die Augen, aus denen die Iris geflohen zu sein schien.

Nachdem er den Ast angelegt und das Seil fest um das verletzte Bein gewickelt hatte, nahm Roger den Rettungsgurt in Augenschein. Er bestand aus einem Sitzgurt und einem Brustgurt. Das Anlegen war selbsterklärend. Lasse wehrte sich nicht.

»Er muss schnellstmöglich ins Krankenhaus«, rief er nach oben.

»Marek ist vorausgegangen, er kümmert sich mit Hannes um den Krankentransport. Die Rettungssanitäter sind bestimmt schon mit Trage und Hebezeug auf dem Weg zu uns. Bis wir ihn draußen haben, ist der Krankenwagen längst da«, erklärte Frank.

»Nicht in ein Krankenhaus!«, protestierte Lasse. Seine Worte verhallten ungehört.

Während Frank und Patricia den Verletzten am Ende des Flaschenzugs langsam nach oben zogen, hielt Roger Lasse fest. Er umfasste Taille, Beine, zuletzt die Füße. Er musste vermeiden, dass sich der Patient an den spitzen Vorsprüngen verletzte. Als Frank Lasse oben zu fassen bekam, ließ Roger los und kletterte aus der Schlucht.

Nach dem Wahnsinn kam das Selbstmitleid. Das Warum, Wieso, Weshalb. Das Hätte, Könnte, Sollte. Das Weh und Ach. Es war vergeudete Zeit, wer hätte ihr zuhören sollen? Die Bedenkenträgerin war eine Einbahnstraße, sie hatte ihre eigene Agenda. Der Einzige, den sie anklagen konnte, war der Alb. Der Mahr der Nacht. Er bleckte die Zähne und zeigte ihr seine Fratze: dumme Laura, naives Kind! Ich sehe dich, ich hole dich! Laura fühlte sich wie in einem Horrorfilm, in dem sie die Hauptrolle spielte.

Danach überfielen sie die Selbstvorwürfe. Warum wollte sie dauernd mehr, warum genügte ihr nie, was sie hatte? Wieso war sie nicht bei Tom geblieben? Er war doch nett gewesen, fürsorglich! Überfürsorglich. Ihr hatte der Kick gefehlt, der Rausch, das Abenteuer. Das hatte sie zu Lasse gebracht! Wie bescheuert war sie gewesen, wie grenzenlos naiv hatte sie sich verhalten, wie ein Teenager hatte sie sich aufgeführt! Jetzt bezahlte sie dafür. Mit ihrem Leben? Womit sonst, sie hatte keine andere Währung. Ihre Gesichtszüge würden verblassen, für niemanden mehr sichtbar sein. Ein vages Abbild des größten Fehlers ihres Lebens würde bleiben, ein Foto, das man in ein staubiges Album klebte, als Warnung für die Kinder und Enkel, die sie nie haben könnte, weil sie das nicht überleben würde. Sie war eine Fliege, die in einer Müslischale gefangen war. Sie konnte nicht davonschwirren, sich *zzzhh, zzzhh*, aus der Schale befreien. Weil ihre Flügel am honigverschmierten Rand klebten. Bald würden sie gebrochen sein.

Laura sah sich um, vorsichtig, als spränge er gleich hervor, der Alb, der Mahr, der Dämon, der in ihr tobte. Eine

Weile noch badete sie in der Wehmut. Danach richtete sie sich auf.

Rettungsaktion, dritte Etappe

Er kannte den Weg nicht, den sie einschlugen. Gestalten in roten Schlazen, die einem hechelnden Hund folgten, brachten ihn auf dem schnellsten Weg ins Freie, was gut war. Wo angeblich ein Krankenwagen auf ihn wartete, was schlecht war. Lasse wollte unter keinen Umständen in eine Klinik.

Die Frau zu seiner Linken hielt seinen Arm fest wie einen Schraubstock. Patricia, hieß die. Auch der Mann, den sie Frank nannte, hatte ihn umklammert. Genauso fest. Er würde sie in ein Gespräch verwickeln, alle beide. Lasse wusste noch nicht wie, aber er musste seine Retter loswerden, sobald sie draußen waren.

Er stöhnte. Das linke Bein knickte immer wieder weg. Obwohl es geschient war, erlitt er bei jedem Schritt Höllenqualen.

Patricia sah ihn an. »Alles okay bei Ihnen?«

»Hm. Ja. Was soll sein?«, schnaubte er.

Er erkannte an ihrem Seitenblick, dass sie ihn nicht mochte. Die Schlampe. Sie waren alles Schlampen. So wie seine Ex. Die war die größte Schlampe von allen. Eine Emanze. Eine von sich eingenommene Kuh! Aber dieser Doc hatte ihn beeindruckt. Wie der seinen Knochen eingerenkt hatte, ohne Spritze, ohne Betäubung, obwohl er fast ohnmächtig geworden war! Als der Arzt den Stab mit einem Seil umwickelt und das Bein mit derart provisorischen Mitteln geschient hatte, hatte Lasse ihm mit offenem Mund zugesehen. Das war nicht von dieser Welt. Ein harter Brocken war der! Lauras Vater. Obwohl Lasse nicht nach Lachen zumute war, verzog er den Mund. Der Doc war ein ebenbürtiger Gegner, das war ihm sofort klar gewesen. Wenn der gewollt hätte, hätte dieser Arzt ihm alle Knochen brechen können. Er hatte seine Wut gerochen. Sie hatte ihm gefallen, diese Wut, sie war echt, sie war groß, sie war eine dieser entfesselten Emotionen, auf die er voll abfuhr. Wahrscheinlich war der gar kein Internist, eher ein Viehdoktor, so wie er zugepackt hatte. Aber er hatte sich unter Kontrolle gehabt! Weitgehend, zumindest. Der Doc war nicht bis zum Äußersten gegangen. Offenbar ahnte er nicht, was für ein geiles Gefühl er verpasst hatte. An seiner Stelle hätte er ihm die Knochen gebrochen. Jeden einzelnen. Mit Hochgenuss.

Plötzlich hielt der Hundeführer zu seiner Rechten an. Sogar die Töle blieb stehen. Der Hundeführer wandte sich dem Doc zu, der von hinten überholte und sich vor Lasse aufbaute.

»Wo ist meine Tochter?«, brüllte der Doc, aus dem Nichts. Was ihn plötzlich so in Rage gebracht hatte, konnte Lasse nicht sagen. »Ich muss das jetzt wissen! Ich will genaue Angaben. Wo haben Sie sie zuletzt gesehen?«

Am liebsten würde der mir eine in die Fresse hauen! Lasse grinste schief. Dann hob er das Kinn und richtete es gen Westen. »Da hinten.« Er wusste nicht, warum er das sagte. »Ich kam von dort.« Warum nicht? Sollten sie sie doch finden, die kleine Bitch.

»Da waren wir schon«, erwiderte der Doc barsch.

»Dort ist sie nicht«, pflichtete ihm der junge Typ bei, der

sich breitbeinig neben den Arzt gestellt hatte. Das musste sein Sohn sein, die Augenpartie hatte eine gewisse Ähnlichkeit. Lauras Bruder also.

»Wo genau?« Der Doc gab nicht auf.

Die Frau neben ihm legte dem Arzt ihre freie Hand auf den Arm. »Lassen Sie es gut sein, Herr Morgenstern«, sagte sie. »Wir bergen den Verletzten erst mal. Danach können Sie ihn gründlich in die Mangel nehmen.«

»Wo!«

Lasse grinste. Er wusste es. Er war ihm ebenbürtig, dieser Doc. So what, sollten sie die Bitch suchen. Ihm konnte es recht sein. Er war sowieso fertig mit ihr. Sie taugte nicht für seine Zwecke.

»Zuletzt waren wir in der Hegelhöhle«, sagte er.

»Wo ist die?« Der Doc wandte sich an den Hundeführer.

»Achteinhalb Kilometer von hier«, erwiderte Frank.

»Welche Richtung?«

»Südwest. Das Gelände haben wir bislang nicht abgesucht. Wir sind knapp sechs Kilometer weit vorgestoßen.«

»Jonas!« Der Doc drehte sich nach seinem Sohn um. »Lass uns dort weitersuchen.«

»Nein«, widersprach der Hundeführer. »Erst bringen wir den Verletzten raus. Patty, bist du bereit?«

»Was glaubst du, wozu ich hier bin, Frank? Mein Bügelbrett aufstellen?«

Wie diese Patty dem Hundeführer zuzwinkerte!

»Jonas und ich kommen nicht mit.« Der Doc blieb stehen. »Wir suchen Laura.«

»Ganz genau«, plapperte der junge Typ seinem Alten nach. Ein Prachtexemplar dieser Lost Generation. Der würde nie was alleine auf die Reihe bringen.

Der Hundeführer schien zu überlegen, denn er kratzte sich am Kopf. »Agatha«, er zeigte auf die Hündin, die an einer Leine neben ihm hertrottete, »sie hört nur auf mich.«

»Deshalb brauchen wir einen von Ihnen«, sagte der junge Typ. »Die Suche nach Laura ist wichtiger als dieses Arschloch.«

Was war das? Lasse zuckte zusammen.

»Der kann ruhig warten, bis wir zurück sind. Sobald wir Laura gefunden haben, bringen wir ihn in ein weiches Krankenhausbettchen«, ergänzte der junge Typ.

Wie der Vater so der Sohn? Was war das für eine Familie! Sogar der Doc sah erstaunt auf seinen Sohn. Er kannte diesen Zug nicht von ihm. Das wurde ja immer interessanter! Lasse lachte innerlich.

Die Frau schien zu überlegen. Dann sagte sie: »Ich bringe den Verletzten raus. Frank, du und Agatha, ihr macht euch mit den beiden auf die Suche.«

»Schaffst du das?«, fragte der Hundeführer.

»Ja.« Ihre Stimme war fest. »Ich schick Marek eine Nachricht, vielleicht ist er schon auf dem Weg zu uns.«

»Shaka!« Der junge Typ hob die Faust, spreizte Daumen und kleinen Finger ab. Kam sich wohl vor wie ein Surfer auf Hawaii. Der Doc nickte bloß.

Der Hundeführer blieb skeptisch. »Du weißt, dass ein Trageteam aus fünf Personen besteht, Patty. Wenn es steil wird, müssen wir uns alle 200 bis 300 Meter ablösen. Da kommt es auf jeden Helfer an«, sagte er.

»Die erste Strecke ist nicht schwierig«, beschwichtigte die Frau. »Hannes hat ein vierköpfiges Team geschickt, die bereiten an der Himmelsleiter alles vor. Mit Marek und mir sind wir zu sechst.«

»Was denn für eine Himmelsleiter?«, entfuhr es Lasse. Er erinnerte sich an keine Leiter, wo sollte die sein?

»Es ist der schnellste Weg raus. Die 180 Stufen ersparen uns mehrere Stunden«, erklärte ihm Patricia.

»180 Stufen!« Lasse beäugte sein verletztes Bein.

»Keine Sorge. Die Sanitäter haben alles für eine Bergung dabei. Wenn wir eine Seilbahn aufbauen, können wir Sie senkrecht in der Trage hochziehen.«

Lasse schluckte, sagte aber nichts. Er hörte dem Hundeführer zu, der sich an den Doc und seinen Sohn wandte: »Wollen wir?«

»Wissen Sie, wo diese Halle liegt?«, fragte der Doc.

»Wenn sich einer auskennt, ist es Frank«, erwiderte Patricia augenzwinkernd.

Der Hundeführer straffte die Leine. »Ich hab schließlich mein GPS dabei.«

Unter der Schwäbischen Alb

Laura hatte sich gefangen. Genau genommen hatte ihr Magen dafür gesorgt, denn er meldete sich nicht mehr bloß mit nagendem Hungergefühl, sondern mit Knurren. Mit lautem, langem Knurren. Es weckte ihren Kampfgeist. Wenn ihre Körperfunktionen intakt waren, funktionierte sie noch! Damit es so blieb, musste sie etwas essen. Sie musste endlich wieder handlungsfähig werden, dieses Trübsalblasen ging ihr mächtig auf den Geist.

Okay. Essen. Das Problem war, sie hatte nichts mehr. Die Brote waren vertilgt, bis auf den letzten Krumen verspeist. Die letzten drei Energieriegel, die sich in ihrem

Gepäck befanden, waren tabu. Absolute Notration. Sonst gab es nichts Essbares mehr. Oder doch?

Sie könnte eines dieser Krabbelwesen fangen! Ach ja? Der schiere Anblick eines Höhlentieres würde einen Würgereiz bei ihr auslösen. Hatte sie eine Wahl? Laura schloss die Augen. Sie versuchte sich vorzustellen, wie sie ein krabbelndes Wesen bei lebendigem Leib verschlang, es unzerkaut schluckte. Als wäre sie bei einem Survivaltraining in der Wildnis oder in einer dieser Fernsehsendungen, in denen sich Halbprominente wie Vollidioten aufführten! Laura kümmerten solche Sendungen nicht. Der Gedanke daran, ein Tier zu essen, löste Ekel in ihr aus. Etwas Rohes, Lebendiges hinunterzuwürgen überstieg ihre Vorstellungskraft. Sie mochte Tiere. Tofu und Gemüsebällchen waren ihr lieber als ein Rindersteak. Doch diese widerlichen Grottenviecher, die aussahen wie bei lebendigem Leib geschält, waren das einzig Essbare hier!

Sie hatte vergeblich nach Pflanzen gesucht, nach Algen, Moosen, Farnen, sie hatte an der Spalte unter der Decke verkümmerte Gewächse entdeckt. Ihre botanischen Kenntnisse reichten jedoch nicht aus, um einen Straußenfarn von einem giftigen Adlerfarn zu unterscheiden. Laura hatte mal gelesen, dass Farnspitzen in den USA, in Kanada, Japan oder Korea als Delikatessen galten. Sie hätte es gerne darauf angelegt! In diesem Abschnitt gab es weder Farne noch Algen. Selbst wenn, hätten sich diese so dicht an die Felsen geschmiegt, dass sie sie mit den Fingernägeln hätte abkratzen müssen.

»Lampenflora«, hatte Lasse ihr dieses Phänomen erklärt, kurz nachdem sie die Höhlenwelt betreten hatten. Direkt hinter dem Eingang, wo schwaches Licht in den Hohlraum gefallen war.

»Da wachsen nur bescheidene Pflanzen«, hatte Lasse gesagt. »Sie müssen mit einem halben Promille Tageslicht auskommen.« Was hätte sie für ein halbes Promille Tageslicht gegeben!

Laura beschloss, Ausschau nach einem Höhlenwesen zu halten. Fisch, dachte sie. Fisch wäre großartig, hier gab es unzählige Wasserstellen! Sie könnte ihn roh essen, wie Sushi. Das unterirdische Wasser war klar. Rein. Schwämme darin ein Fisch, wäre dieser kerngesund, der wiese keinen einzigen chemischen Rückstand auf! Eine Biodelikatesse. Bloß hatte sie bisher keinen einzigen Fisch gesehen, in keinem der Gewässer, aus denen sie getrunken hatte. Existierten Höhlenfische? Die Rinnsale, die von den Felswänden tropften, versickerten im Gestein. Manche bildeten eine Pfütze. In Pfützen hausten Kaulquappen. Gab es Höhlenkaulquappen?

Der Hunger tat so weh, aber sie würde erst dann an einem ihrer letzten Energieriegel knabbern, wenn es nicht anders ging. So wie jetzt. Jetzt ging gar nichts mehr! Sie brauchte Kraft, um aus diesem Wahnsinn herauszufinden! Im Augenblick konnte sie keinen Gedanken fassen, der nicht mit Essen anfing und mit Essen aufhörte. Alles kreiste um die nächste Mahlzeit. Ihre ganze Aufmerksamkeit galt diesem Salamander. Diesem Olm. Diesem … wie auch immer er sich schimpfte.

Hatte sie nicht eines dieser winzigen Tiere gesehen, war es nicht gestern gewesen? Wie das Wesen, das über sie hinweggekrabbelt war, maß es sicher nur wenige Zentimeter. Es war blass wie der Grund, auf dem es lebte. Der Gedanke, so ein Tier in den Mund zu stecken, seine winzigen Krallen auf ihrer Zunge zu spüren, zu wissen, dass es um sein Leben rang, während sie seinen schleimigen, schlüpfrigen Körper runterschluckte, war ihr zuwider. Sie würde es nicht schaffen, selbst wenn sich die Haut bereits von ihren Knochen schälte. Auf der anderen Seite – wenn sie nicht länger kraftlos dahinvegetieren wollte, musste sie sich dazu zwingen.

Nach einer Weile ließ sie Froschschenkel vor ihrem inneren Auge auftauchen. Ein Salamander oder ein Höhlenkrebs war auch eine Art Frosch. Ein Grenouille! Ein Urlaub im Elsass kam ihr in den Sinn. Sie war 15, 16 Jahre alt gewesen. Papa hatte gemeint, Cuisses de Grenouille seien eine Spezialität, man müsse sie in viel Knoblauchbutter tunken. Das Wasser lief ihr im Mund zusammen. Das Essen im Elsass war ein Gedicht gewesen, damals hatte sie gerne Fleisch gegessen. Warum nicht Cuisses de Höhlenkrebs? Sie pustete ein Haar aus ihrem Gesicht. Sie hatte weder Knoblauch noch Pfeffer noch Salz dabei. Ein Feuer würde sie hinbekommen, sie erinnerte sich an die Streichhölzer, die sie eingepackt hatte. Die Holzscheite waren längst abgebrannt, aber sie hatte eine Kerze dabei. Für romantische Nächte in der Höhle! Wie weit sie sich entfernt hatte von der unbekümmerten Frau, die sie noch vor einer Woche gewesen war, ein Produkt der Zivilisation wie ihre Freundinnen, wie alle in ihrem Umfeld. Nie hatte sie darüber nachdenken müssen, womit sie ihren Hunger stillte. Die Frage war stets gewesen, worauf sie Lust verspürte.

Sie kehrte zu ihrem Lager zurück. Die Steinmännchen wiesen ihr den Weg. Sie nahm sie fast schon als gegeben hin. Nachdem sie Streichhölzer und Kerze aus ihrem Rucksack geholt und vor sich aufgestellt hatte, malte sie sich aus, wie sie das Grottentier zu fangen bekäme. Mit den Händen? Sie würde loslassen, sobald sich das Tier zu wehren begann.

Sie würde es nicht übers Herz bringen. Sie musste einen Stein nehmen und dem armen Vieh auf den Kopf schlagen. Sie würde sich zur Seite drehen, um nicht mit anzusehen, wie sie das Tier tötete. Es müsste mechanisch geschehen, quasi ohne ihr Zutun. Falls das Tier nicht schlau war und floh, bevor es vom Stein getroffen wurde. Fast hoffte sie es! Dennoch war sie bereit. Sie würde warten.

Sie wartete. Kein Tier tauchte auf. Sie kramte in ihrem Gepäck. Gierig riss sie einen Energieriegel aus der Verpackung und aß ihn komplett auf. Wann hatte eine Mahlzeit je köstlicher geschmeckt? Den zweiten wollte sie im unmittelbaren Anschluss vertilgen, denn ihr Magen schrie: »Nachschub!«, doch sie legte ihn zurück. Es war der vorletzte Riegel. Sie hob einen Stein auf, den größten, den sie finden konnte, und platzierte ihn neben der Kerze und den Streichhölzern. Sie hatte alles, was sie brauchte. Fehlte bloß das Krabbelvieh.

»Heute Abend, Laura«, sagte sie sich. »Bevor du dich schlafen legst, hast du Grillgut auf deinem Feuer. Du musst es dir vorstellen, ganz fest. Setze Imagination ein! Du kreierst die Dinge, wenn du es schaffst, sie vor deinem geistigen Auge aufsteigen zu lassen.« Das Achtsamkeitstraining fiel ihr ein. Drei Tage Meditationswochenende im Kloster. Es hatte ihr gefallen. Wundervolle Theorie. Nun kam der Praxistest. Der Ernstfall. Sie stellte sich vor, wie sie ein zappelndes Lebewesen an einem Stab über den Flammen drehte, bis es sich nicht mehr regte. Sie schauderte. Huschte etwas über ihren Arm? Sie erschrak. Bevor sie reagieren konnte, war es verschwunden. Sie musste schneller sein! Im Schneidersitz setzte sie sich neben das Feuer. Ihre Chance würde kommen. Das Tier würde sich heranschleichen. Sie lockte es herbei. Sah es in ihrer Vision. Sie war bereit.

Rettungsaktion, dritte Etappe

Während sein Vater Frank und Agatha folgte, kletterte Jonas auf den höchstgelegenen Felsen, den er ausmachen konnte und der für ihn ohne abenteuerliches Herumkraxeln erreichbar war. Er keuchte auch so schon genug. Oben angekommen hielt er sein Mobiltelefon am ausgestreckten Arm in die Luft. Jonas konnte es kaum glauben: Er hatte ein schwaches Signal. Empfang! Wie ein kleines Kind den Weihnachtsmann angaffte, der durch den Kamin gefegt kam, starrte er auf sein Smartphone. Sein Herzschlag beschleunigte sich, als er mit dem Daumen über das Display strich. Zwei Balken! Ein halbwegs funktionsfähiges Netz. In diesem Moment klingelte sein Telefon.

»Hallo?«, hörte er. Tom, es war Tom!

»Hey«, begrüßte er den Freund.

»Mensch, Jonas«, stieß Tom aus. »Ich versuche seit Tagen, dich zu erreichen! Habt ihr sie gefunden?«

»Ja und nein«, erwiderte Jonas. »Wir haben ein paar Hinweise. Zuerst ihr Fahrzeug. Sie hat es auf einem Parkplatz abgestellt.« Er war so froh, dass er wieder Kontakt zur Außenwelt hatte.

»So weit wart ihr vor Tagen schon, du hast es mir geschrieben.« Tom konnte seine Enttäuschung nicht verbergen.

Die App-Nachricht aus der Pension, sie war also angekommen. Natürlich war sie das. »Bloß diesen Keyes, den haben wir gefunden«, berichtete Jonas. Leider, dachte er, sagte es aber nicht, denn es klang, als schluchze Tom. Er schilderte kurz, was vorgefallen war.

»Ich bin an allem schuld« sagte Tom mit brüchiger Stimme.

»Sag mal, Tom, heulst du?«

»Sorry. Das macht mich richtig fertig.«

»Mich auch, das kannst du mir glauben.«

Sendepause.

Jonas musste einlenken. »Warum seid ihr eigentlich nicht mehr zusammen, du und Laura?«

»Das frag ich mich jeden Tag.«

»Und Sarah? Macht ihr das nichts aus?«

»Doch, natürlich.« Tom stöhnte laut auf. »Sie ist weg. Sie ist … ausgezogen.«

»Alter! Das tut mir echt leid.«

»Ich bin völlig durch den Wind.«

»Wir sind alle durch den Wind. Aber wir suchen weiter. Millimeter für Millimeter. Das ist ein Labyrinth hier, so was hast du noch nicht gesehen. Ich melde mich, sobald wir was haben. Das kann allerdings dauern, der Empfang ist voll grottig. Sobald wir draußen sind, ruf ich dich an, okay?«

Er hörte Toms Antwort nicht mehr. Die Verbindung war unterbrochen. Ob der Freund seine letzten Worte mitbekommen hatte, konnte Jonas nicht sagen. Er würde Tom eine Nachricht schicken. Am Abend. Sobald sie wieder in der Pension waren.

Dass er für ein paar Minuten Handyempfang gehabt hatte, grenzte an ein Wunder, und er hatte dies nur seiner Hartnäckigkeit zu verdanken. Laura war das offensichtlich nicht gelungen, sonst hätte sie sich gemeldet!

Unter der Schwäbischen Alb

Auf der Suche nach etwas Essbarem hatte Laura die passive Rolle aufgeben. Sie war zu sich zurückgekehrt. Zu der Frau, die die Initiative ergriff.

Sie hatte das Lager wieder verlassen und lüftete seit einer Stunde jeden größeren Stein, den sie heben konnte. Obwohl die Krabbeltiere dort hausen mussten, war es ihr nicht gelungen, ein noch so winziges Wesen einzufangen. Dabei hatte sie mehrfach geglaubt, ein Tier erspäht zu haben, bevor sie es aufgescheucht und vertrieben hatte.

In der Rechten hielt sie einen Stein, zweimal so groß wie ihre Handfläche. Über die linke Hand hatte sie eine Socke gestülpt, die sie als Fangobjekt einsetzen wollte. Sie war so froh über diese Lösung gewesen! Sie würde das Wesen mit der Socke packen und es anschließend mit dem Stein erschlagen. Was sie vorhatte, war schlimm genug, sie wollte sich nicht auch noch bei ihrer mörderischen Tat zusehen! Die Socke war wie ein Netz, mit dem man Fische fing. Ein Instrument für Feiglinge. Sie war gerne ein Feigling. Bekäme sie nur endlich was zwischen die Kiemen!

Als das Licht ihrer Stirnlampe auf ein kleines farbloses Wesen fiel, schlich sie sich an. Diesmal würde es klappen, sie würde sich das Tier schnappen! Sie streckte die Hand in der Socke nach dem Tier aus! Doch sie griff daneben. Binnen Sekunden war das winzige Wesen geflohen. Verschwunden. Mist! Resigniert setzte sich Laura neben eines ihrer Steingebilde. Sie war zu müde, um zu weinen. Empört, erschöpft, enttäuscht schlief sie ein.

Als sie erwachte, fühlte sie sich mies. Von allem verlassen. Nicht von Lasse, der war verblasst, nichts weiter als eine abgelegte Karte in einem Memoryspiel. Es waren die lieb gewonnenen Gewohnheiten, die ihr fehlten. Dinge, die so selbstverständlich waren, dass man nicht darüber nachdachte. Vom Vogelgezwitscher des Smartphones geweckt zu werden, verschlafen gegen die Bettdecke zu treten, sich unter ihr hervorzuschälen und dann müde ins Bad zu tapsen und danach mit einem doppelten Espresso in den Tag zu starten. Mit den besten Freundinnen zu chatten! Sie sah Jess vor sich. Und Elina. Was sie wohl machten? Manchmal waren sie zu dritt in einen Club gegangen, hatten zwei, drei Drinks genommen, geflirtet, geschwatzt, hatten Typen gecheckt, gekichert. Und getanzt, getanzt, getanzt, bis die Haare an ihren erhitzten Wangen geklebt hatten. Spät waren sie ins Bett gefallen, allein, zu zweit, es hatte keine Rolle gespielt, denn sie waren glücklich gewesen. Auch sie war glücklich gewesen. Unbeschwert. All dies war weggewischt, wie mit einem Schwamm von der Tafel entfernt – von einer Minute auf die andere. Laura hielt inne. Sie durfte sich nicht schon wieder im Selbstmitleid suhlen! Sie musste weiterjagen! Mühsam stand sie auf. Sie wollte in eine Grotte spähen, als sie im schwachen Lichtschein ihrer Lampe etwas bemerkte. Da war … ein Schatten! Er huschte links von ihr einen Pfad entlang. Das war kein Salamander und kein Olm. Es war ein Wesen, das nicht aus der Tierwelt stammte. Es trug einen Mantel, dieses wehende, bis zum Boden reichende Gewand, das sie schon einmal gesehen hatte. Wie zuvor schien es geradewegs aus einer Steilwand zu kommen. Es war die Gestalt! Sie schwebte über das Geröll, bevor sie in einer gegenüberliegenden Spalte verschwand. Laura musste träumen. Sie zwickte sich. Es tat weh. Die Situation war real. Die Figur war nicht real, Laura halluzinierte, es war der Hunger, er zerstörte ihren Geist.

»Kindelein …« Die Stimme! Dieser Singsang war wie

ein Säuseln, ein Hauch, ein Gefühl, das sie vom Träumen kannte. Natürlich! Sie durchlebte einen Tagtraum, nichts weiter. Die Stimme und die Gestalt waren nicht real. Laura kämpfte dagegen an, sie wollte nichts mehr hören, sie musste einen klaren Kopf behalten, ihren Verstand einsetzen, durfte sich nicht den Trugbildern hingeben. Doch da! Sie hörte erneut den Gesang. Ihre Ohren täuschten sie nicht. Es war laut und klar: die Stimme ihrer Mutter, Mami! Sie sang für sie.

Nicht einmal die Bedenkenträgerin meldete sich. Fast wünschte sie sie herbei.

»Geh fort und hüt' die Schaf',
Geh fort, du schwarzes Hündelein,
Und weck mir nicht mein Kindelein,
Schlaf, Kindlein, schlaf …«

Rettungsaktion, dritte Etappe

Es war Agatha, die das Blatt wendete. Wieder hatte Frank Mühe, ihr zu folgen, abermals schien die Hündin eine Spur aufgenommen zu haben, kurz nachdem sie aufgebrochen waren.

Stirnrunzelnd blieb Frank neben Agatha vor zwei steil aufragenden Wänden stehen. Roger war mit wenigen Schritten bei den beiden. Er kniff die Augen zu schmalen Schlitzen zusammen, so überrascht war er, denn vor ihnen lag ein gigantischer Spalt. Agatha scharrte mit den Vorderpfoten über den lehmigen Boden. Dann streckte sie ihre Schnauze in die Öffnung.

»Sitz, Agatha!«, befahl Frank. Er zog fest an der Leine, um sie davon abzuhalten, ihn in den Spalt zu zerren.

Die Hündin gehorchte.

»Das hast du super gemacht!«, lobte Frank und tätschelte ihr Fell.

Roger trat neben den Hundeführer. Vorsichtig strich er mit der Hand über das Gestein und tastete es ab.

Frank tadelte ihn. »Bitte nicht berühren! Wir fassen hier nichts an, wenn es nicht sein muss.«

Roger zog die Hand zurück und Frank fügte freundlich hinzu: »Das könnte ein Durchgang in einen anderen Abschnitt sein. Aber ...« Er klopfte seine Handschuhe aneinander und dehnte seine Arme.

»Das sieht verdammt eng aus«, sagte Roger.

Der Hundeführer nickte. Prüfend schaute er auf Jonas, lange blieb sein Blick an der Statur des 22-Jährigen hängen, bevor er wieder Roger ansah. Roger erschrak. Noch sprach Frank nicht aus, was allen durch den Kopf ging – bis auf Jonas.

*

Neugierig beäugte der 22-Jährige den Spalt, der von zwei Steilwänden eingesäumt war. Die linke Wand überragte seinen Vater, der mit 1,88 Metern der Längste in der Runde war, um einen halben Kopf. Die Wand zur Rechten lag meterhoch über ihnen. Zwar weitete sich der Spalt mit zunehmender Höhe, in Bodennähe jedoch war er kaum hüftbreit. Er überschlug es grob. 40 Zentimeter Durchmesser, mehr hatte diese Felsöffnung kaum zu bieten.

»Da drin wohnt eine Hobbit-Familie!«, witzelte er.

Warum taxierte ihn Frank? Ihm entgingen die Sorgenfalten im Gesicht des Höhlenretters nicht. Jonas sah auf Agatha, die aufgestanden war und nicht aufhörte zu winseln.

»Sitz!«, befahl Frank. Dann nahm er das Cave-Link-Gerät aus seinem Gepäck und sandte eine Nachricht ab.

»Ich hab die Einsatzleitung kontaktiert. Hannes soll jemanden runterschicken«, sagte er.

»Und dieser jemand passt da rein?«, fragte Roger. Jonas las seine Gedanken. Sein Vater dachte an die Höhlenretter, die er bisher kennengelernt hatte. Sie waren muskulös, kräftig. Schlank. Aber nicht dünn.

Er deutete mit dem Kinn auf die Hündin.

Frank schüttelte den Kopf. »Agatha geht da nicht rein.«

Als wolle sie ihm beipflichten, trat Agatha knurrend, mit eingeknickten Hinterläufen und eingezogener Rute vor die Engstelle.

»Sie hat Angst.« Frank zeigte auf ihre angelegten Ohren. Dann sprach er es endlich aus: »Sie sind der Schmalste von uns, aber Sie sind leider kein Bergretter.« Frank seufzte.

Jonas glotzte erst Frank an, dann verlor sich sein Blick in dem Spalt, den Agatha bewachte. Der Zugang war ausgefranst. Er war wie das Maul eines Riesenraubtiers, das seine spitzen Zähne zeigte.

*

Roger sagte keinen Ton. Im diffusen Schein der Stirnlampen erkannte er, dass das Blut aus dem Gesicht seines Sohnes gewichen war. Er spürte fast physisch, wie es in Jonas arbeitete, wie er abwägte, nicht wusste, was er sagen sollte. Wie gerne hätte er ihm diese Tortur erspart! Es war alternativlos, er selbst passte nicht durch den Eingang. Auch

Frank war breiter als Jonas. Sein Sohn war der Einzige, der sich durch die Erdspalte zwängen konnte. Wie erschreckend dünn Jonas war, war Roger aufgefallen, als sein Sohn in den Heli gestiegen war. Ob das geringe Gewicht von zu viel Alkohol oder durch Drogenkonsum kam? Im schlimmsten Fall von beidem. Dies war nicht der richtige Moment, sich damit auseinanderzusetzen. Er musste das Thema verschieben. Wie so viele andere Themen.

»Da soll Laura reingegangen sein?« Jonas räusperte sich.

»Vermutlich gibt es nicht nur diesen einen Zugang«, sagte Frank. »Es könnte sehr gut sein, dass Ihre Schwester von einer anderen Seite hergekommen ist. Dort kann die Öffnung viel breiter sein als hier.« Der Hundeführer kraulte Agathas Kinn. »Jedenfalls muss Laura in der Nähe gewesen sein, Agatha hätte sonst nicht angeschlagen.« Fast zärtlich betrachtete er seine Hündin. Sie lag neben dem Eingang wie eine Steinlöwin, die einen Palast bewachte.

»Jonas, du musst das nicht tun«, sagte Roger. Er wollte nicht auch noch seinen Sohn verlieren, er konnte ihm nicht zumuten, sich einer Gefahr auszusetzen, die niemand einschätzen konnte.

»Auf keinen Fall«, sagte Frank. »Hannes schickt einen jungen Kollegen runter.« Er nahm den Blick nicht von seinem Cave-Link-Gerät. »Emil hat heute Schule. Aber für morgen hat er wohl zugesagt.« Der Hundeführer lächelte. »Emil ist perfekt dafür.«

»Sie meinen, dieser Emil passt da rein?«, fragte Roger.

»Und ob«, bestätigte Frank und fügte grinsend hinzu: »Er ist unser Nachwuchsprofi für Engstellen.« Danach wurde er ernst. »Wie gesagt, wir machen die Rettung ehrenamtlich. Jeder von uns hat einen Job. Wir können immer nur die einteilen, die freibekommen oder flexibel sind. Außerdem sind wir über ganz Baden-Württemberg verstreut. Manche haben einen stundenlangen Anfahrtsweg. Emil wohnt in Riedlingen, das ist nicht weit.«

Jonas fuhr sich mit beiden Händen übers Gesicht. Er schien zu überlegen.

»Nein«, sagte er unvermittelt. »Wir warten nicht länger.«

»Jonas?« Roger traute seiner Interpretation des Gesagten nicht.

»Ich mach das.«

»Überleg es dir gut!«

»Ich hab es mir überlegt, Papa. Ich geh da rein. Das bin ich Laura schuldig.«

»Nein! Nein. Sie haben keine Erfahrung mit so was«, widersprach Frank.

»Wir haben keine Zeit zu verlieren. Ich mein es ernst.« Jonas klang bestimmt.

Frank überlegte. »Normalerweise lassen wir solche Alleingänge nicht zu.«

»Was ist hier unten schon normal?«, sagte Jonas. »Ich lass mir das nicht ausreden.«

»Bist du sicher, Jonas?«, mischte sich Roger erneut ein.

»Ja, Papa. Bin ich.«

Frank überlegte. Dann klopfte er Jonas auf den Rücken. »Gut. Aber Sie befolgen meine Anweisungen.«

Jonas nickte und ließ zu, dass Frank seinen Helm überprüfte. Der Höhlenretter checkte, ob die Hartschale fest genug saß, und vergewisserte sich, dass die daran befestigte Stirnlampe intakt war.

»Wenn Sie nicht weiterkommen, kehren Sie um«, sagte Frank. »Sie dürfen sich nicht durchzwängen! Hören Sie! Es ist wahrscheinlich, dass sich dieser Spalt verändert. Vielleicht verliert er an Höhe. Er könnte weiter werden.

Oder enger. Sie dürfen nur so weit gehen, dass Sie mühelos zurückkönnen. Keinen Millimeter mehr! Es kann Stunden dauern, jemanden zu befreien, der feststeckt. Manchmal braucht es dazu eine Bohrung von oben. Dann schwirren zig Rettungsleute hier herum. Bis wir die zusammengetrommelt haben, vergehen Stunden. Also keine Mutproben, ja?«

Während Jonas grinste, kratzte sich Roger am Hals. Er schabte mit seinen Fingernägeln über die immergleiche Stelle, bis die Haut aufriss. Mit dem Handrücken verrieb er das Blut. Seine Unruhe war mit jedem Wort gewachsen, das Frank ausgesprochen hatte. Und doch konnte er Jonas die Aktion nicht ersparen. Agatha hatte angeschlagen und ihre Reaktion schien zuverlässig zu sein. Lauras Fahrzeug hätten sie ohne die Suchhündin nicht gefunden. Warum sollte sie sich täuschen? Was, wenn Laura in diesem Spalt festsaß? Er wollte sich die Konsequenz nicht ausmalen. Würde Jonas nicht durch den Tunnel kriechen, müssten sie einen weiteren Tag warten. Bis der neue Kollege da war, könnte Laura tot sein. Jonas war ihre einzige Chance. Roger wusste, dass sein Sohn seine Grenzen um ein Vielfaches überschreiten würde. Und doch: Traute sich Jonas die Aktion zu, musste er sie ihm auch zutrauen. Er hoffte, dass die von Frank erwähnte Möglichkeit nicht eintraf. Dass sich die Spalte nicht in einen Kriechgang verwandelte.

Jonas sah seinen Vater mit gehobenen Brauen an. Roger reckte den Daumen. Der 22-Jährige stellte sich vor den Spalt, dann trat er einen Schritt nach vorn und blickte in die Finsternis.

»Nichts überstürzen, ja? Du machst nur, was du dir zutraust!«, rief Roger hinter ihm her.

Jonas inspizierte den dunklen Tunnel. Der Luftraum an jeder Seite betrug kaum mehr als eine ausgestreckte Hand. Dass die Luft nach oben unendlich war, war unerheblich. Der Helm hätte ihn auch in einem tiefen Tunnel geschützt. Die eng stehenden Seitenwände schreckten ihn nicht wirklich ab, flößten ihm jedoch Respekt ein.

»Jonas, ich muss Ihnen noch was zeigen!«, rief Frank in seinen Rücken.

Jonas drehte sich zu dem Höhlenretter um. »Wenn es richtig eng wird, nehmen Sie den Weg seitlich. Das ist kein Problem, solange die Decke hoch bleibt. Wenn es niedriger wird und Sie nicht mehr aufrecht stehen können, müssen Sie schlufen.«

»Schlufen?«

»Sie können auch schliefen dazu sagen.« Frank legte sich auf den Bauch. Er zeigte Jonas, wie man sich kriechend vorwärtsbewegte. Jonas machte es dem Höhlenretter nach. Den einen Ellbogen aufstützen und den Körper im Liegestütz nachziehen. Den anderen Ellbogen aufstützen und nachziehen. Noch mal von vorn. Es war nicht schwer.

Frank lächelte. »Jetzt sind Sie fast schon ein Profi.«

»Pass auf dich auf!«, gab Roger seinem Sohn mit auf den Weg.

Kurz darauf war Jonas verschwunden.

30 Jahre nach der Tat

Dieses Gör machte sie wahnsinnig! Sie hatte versucht, die Fremde zu vertreiben. Am Anfang war sie ihr brav gefolgt, dann war sie plötzlich verschwunden. Hatte ihr das Singen Angst gemacht? Die kraxelte glatte Wände hoch und hatte Schiss vor ihrem Gesang? Sie riskierte ihr Leben, und das Gör folgte ihr nicht!

Hier unten war kein Platz für zwei. Eine von ihnen musste gehen, und es wäre nicht sie. Sie hatte sich diesen Ort ausgesucht, ihn mühevoll ausgestattet, hatte ihn verdient. Wenn Gisbert nicht oben an der Öffnung gestanden hatte, wusste er nicht, wo sie war. Niemand wusste, wo sie war. Dies war der einzige Ort auf Gottes Erdboden, an dem sie leben konnte und wollte. An diesem Ort wollte sie sterben. Ihre Zeit würde kommen. Sie war bereit. Aber sie brauchte keine Gesellschaft! Sie musste das Gör loswerden. Sie hatte keine Wahl. »Morgen«, murmelte sie vor sich hin. »Gleich morgen werd' ich dafür sorgen.«

Rettungsaktion, dritte Etappe

»Ich werde stecken bleiben, das ist verdammt eng, warum hab ich mich bloß darauf eingelassen! Wenn ich festsitze, können sie mich nicht herausholen, keiner von denen, die sind alle zu fett, und der Hund kann mich nicht rausziehen, ich werde mir in die Hosen scheißen, ich …« Das Gebrabbel, das Jonas begleitete, nervte ihn selbst, doch er konnte es nicht abstellen.

Er war geschätzte 30 Meter vorangekommen. Stolz, sich darauf eingelassen zu haben, und voller Zuversicht, Laura zu finden, war er in den Spalt gestiegen. Er hatte vor sich hin gesummt, so easy war es ihm anfangs vorgekommen. Bis sich die Schlucht verändert hatte. Die Seiten waren dichter an ihn herangerückt. Zunehmend hatte sich die

Decke über seinem Kopf geschlossen. Frank hatte recht gehabt – der Spalt verwandelte sich stetig, jetzt wurde er zu einem Tunnel, zu einer verdammten Röhre, und er steckte mittendrin! Zunächst hatte er noch gebeugt gehen können, doch bald war er mit dem Helm an die Decke gestoßen. Okay, dachte er, dann schlufe ich eben, Frank hatte es ihm gezeigt. Jonas legte sich auf den Bauch und schlängelte sich über den Boden, aus dem spitze Steine ragten. Es ging scheißlangsam voran. Er versuchte, sich zu motivieren, doch es wollte ihm nicht gelingen. Was ums Verrecken tat er hier? Warum ausgerechnet er? Wozu gab es Höhlenretter!

Jonas hatte nie solche Aufgaben erledigen müssen. Früher hatte seine Mutter alles für ihn getan. Heute übernahmen es andere. Er hatte ein Talent dafür entwickelt, unangenehme Dinge abzuwälzen. Auf Freunde. Auf Kollegen. Es war ihm nicht bewusst gewesen. Zum ersten Mal stellte er sich einer Aufgabe, der er sich nicht gewachsen fühlte. Er hatte sich freiwillig bereit erklärt. Er wollte das unbedingt durchziehen! Er konnte sich nicht länger vor allem drücken, das ihm lästig war. Aber es war so verdammt eng! Es war nicht fair. Es war fies. Es war … Er musste aufhören, herumzunölen. Er würde diese Sache jetzt zu Ende bringen. Ein einziges Mal würde er eine Sache zu Ende bringen.

Umsichtig schlufte er voran. Seine Stirnlampe leuchtete die nächsten Meter aus. Er konzentrierte sich auf die Bewegungen. Mit zusammengebissenen Zähnen robbte er über den Boden. Arme aufstützen, Beine nachziehen. Wiederholen. Arme weiter vorne aufstützen, Beine und Körper nachziehen. Darauf richtete er seinen Fokus. Dennoch ging ihm der Schlauch nicht aus dem Kopf, durch den er sich schlängelte. Dabei war er nicht einmal klaustrophobisch! Aber er wusste nicht, wohin der Weg führte. Keiner wusste das. Nicht einmal Frank. Sonst hätte er Agatha nicht zurückgehalten. Die Hündin hätte das mit links geschafft! Es musste einen Grund geben. Eigentlich wollte er diesen Grund gar nicht wissen. Nicht, solange er in einer Röhre steckte, die kein Ende nahm. Okay, notfalls konnte er umkehren. Die Vorstellung, rückwärts kriechen zu müssen, erschreckte ihn noch mehr. Es würde Stunden dauern! Er durfte nicht daran denken, musste nach vorne schauen, stets dem Lichtkegel folgen, er gab ihm Orientierung.

Jonas kämpfte sich mutig voran. Er war auf dem Weg zu Laura. Er hoffte so sehr, seine Schwester am Ende dieses Tunnels zu finden. Kaum wagte er, Pausen einzulegen. Die Konzentration auf seine Aufgabe machte ihn ruhiger, seine Bewegungen wurden mechanisch, es funktionierte, er funktionierte. Der Tunnel veränderte sich erneut. Diesmal wuchs die Decke in die Höhe, dafür büßte er an Breite ein. Jonas konnte nicht weiter schlufen. Er musste aufstehen, sich vorsichtig aufrichten und dann drehen. Okay. Er stand nun seitlich in dem hohen Spalt. Er musste seitwärts gehen. Es strengte ihn an. Die Wände kamen auf ihn zu. Wie weit konnte sich der Spalt denn noch verengen? Jonas spürte, wie er sich verkrampfte. Er hätte es wissen müssen! Er würde festsitzen in diesem stickigen Spalt, eingequetscht zwischen zwei Wänden, die ihn zermalmten. Er würde ersticken, einen qualvollen Tod erleiden, entsetzlich langsam krepieren. Er fluchte, wollte auf den Boden spucken, doch er konnte sich nicht mehr nach vorn lehnen. Es war fürchterlich. Beängstigend. Der absolute Horror.

Es wurde schlimmer. Bald stieß Jonas mit dem Kopf an die Decke. Er musste sich schon wieder in die Hocke ablassen. Wie ums Verrecken sollte er jetzt vorankommen, sollte er etwa seitwärts watscheln? Es war alternativlos. Der seitliche Watschelgang war noch mühsamer als das Robben. Er fühlte sich wie in einem Stephen-King-Film. Das feuerspeiende Monster lauerte auf ihn. Es hatte seine Krallen bereits nach ihm ausgestreckt! Die Röhre würde kein Ende nehmen, niemals. Sie ging immer so weiter, sie führte ihn tief und tiefer in die Unendlichkeit hinein. Jonas saß in einem Schwarzen Loch. Er war gefangen im Mysterium des Universums. Dass es Milliarden Sonnenmassen wog und die Masse eines gigantischen Sterns schlucken konnte, darauf kam es auch nicht mehr an.

30 Jahre nach der Tat

Die Fremde kauerte am Boden und stierte vor sich hin. Sie konnte ihren Blick nicht sehen, aber sie ahnte, dass er glasig war. Die war verzweifelt! So zart war sie, so zerbrechlich. Sie seufzte. Sie konnte diese junge Frau nicht in den Abgrund stoßen, es ging einfach nicht. Sie erinnerte sie an ihre Kleinen! Der Gedanke an Julia und Katharina schnürte ihr die Kehle zu. Wären die beiden jetzt wie die Fremde, sähen sie aus wie die junge Frau, wenn sie ihre Kleinen nicht getötet hätte? Julia hatte genauso dunkles Haar gehabt wie das Gör, Katharinas Haar war heller gewesen, genau wie das von Gisbert. Hätte sie ihre Tochter zum Färben gezwungen, um den Anblick seines dummen Strohs auf ihrem Kopf nicht ertragen zu müssen?

Sie betrachtete die junge Frau, und es zerriss ihr das Herz. Warum folgte die ihr nicht, wieso kapierte das Gör nicht, dass sie bloß helfen wollte? Sie hatte es noch einmal versucht, war vorausgeeilt, anfangs klappte es auch, die Fremde war ihr gefolgt, doch an einer Abbiegung war sie unvermittelt stehen geblieben. Die hatte sie angestarrt wie eine Erscheinung! Dabei hätte sie einfach nicht so viel zweifeln und nicht zögern sollen, hätte lediglich hinter ihr herlaufen müssen. Dummes Gör!

Rettungsaktion, dritte Etappe

Jonas besann sich auf das Watscheln. Er schloss die Augen und sprach sich Mut zu. Er musste sich motivieren, er gab jetzt nicht auf, er war nicht im Bauch der Erde eingesperrt, so wie Laura! Auf der anderen Seite stand sein Vater! Roger würde Himmel und Hölle in Bewegung setzen, ihn zu retten, sollte er in diesem Drecksloch feststecken. Hatte Frank nicht gesagt, manchmal müssten sie eine Bohrung von oben vornehmen? Dann sollten sie eben nach ihm bohren! Er würde weitermachen, würde nicht bloß alles geben, sondern ein ganzes Stück mehr. Ohne auf seine Gefühle zu achten, plagte sich Jonas durch den Schluf. Herzschlag um Herzschlag. Atemzug um Atemzug. Zentimeter um Zentimeter. So besiegte er den Spalt.

Jonas wurde belohnt. Bald betrat er einen Hohlraum, höher als das mehrstöckige Gebäude, in dem er wohnte. Er konnte es kaum fassen! Er richtete sich auf, streckte sich, gähnte. Langsam ließ er die Stirnlampe die Wände anstrahlen. Turmhoch schraubten sie sich nach oben. Sie waren von korallenartigen Gebilden überzogen. Jonas stand staunend da. Er kannte das von der Nebelhöhle. Es waren Kalkschwämme. Fossilien, die im flachen Wasser und in kryptischen Habitaten wie Höhlen vorkamen. Fasziniert leuchtete er die versteinerten Schwämme an. Wo war er gelandet? Der Raum war wie ein Verlies in einer mittelalterlichen Burg! Genauso roch es auch. Modrig. Muffig.

Sein Blick fiel auf den lehmigen Boden. Die Stirnlampe fing ein Glitzern ein, das ihm fremd erschien. Es passte nicht in ein Verlies wie dieses. Jonas sah abermals hin. Verdutzt beugte er sich vor und hielt die Luft an. Direkt vor ihm lag es auf dem Boden, inmitten der Gesteinstrümmer. Weiter hinten entdeckte er noch eines. Zwei silberne Einwickelpapiere in dieser gottverdammten Gruft? Er bückte sich und hob sie auf. Mit zitternden Händen las er die Aufschrift. »NRGize.« Weil er es kaum glauben konnte, hielt er das Papier dicht vor seine Augen. Kein Zweifel. Auf dem zweiten Papier – dasselbe Logo, dieselbe Aufschrift. Laut schrie er durch die Röhre.

*

Roger hörte seinen Sohn undeutlich, Jonas musste eine ordentliche Strecke zurückgelegt haben, er war seit 50 Minuten weg und Roger hatte begonnen, sich Sorgen zu machen. »Jonas!«, rief er erleichtert. »Alles okay bei dir?«

»Ich glaub, ich hab was!« Jonas' Stimme klang dumpf.

Roger marschierte auf und ab wie von einer Höhlenspinne gestochen, die Hände aneinandergepresst.

»Brauchen Sie Hilfe?«, rief Frank in den Tunnel.

Roger schluckte. Er durfte das nicht auf andere abwälzen, es war seine Mission, seine Tochter, seine Aufgabe!

»Ist das überall so eng, Jonas, oder wird es irgendwann weiter? Könnte ich es hindurchschaffen? Dann komm ich zu dir!« Er schickte seine Worte lautstark in den Spalt.

»Vergiss es, Papa. Das ist scheißeng! Irgendwann geht's seitlich weiter. Am Schluss musst du watscheln wie eine Ente.«

Marek fasste Roger an der Schulter. Vor einer Viertelstunde war der Höhlenretter zu ihnen gestoßen. Sie hatten Lasse zum Krankenwagen gebracht, erzählte er, danach war er gleich wieder aufgebrochen. »Wir warten, bis Ihr Sohn zurückkehrt«, schlug Marek vor.

»Er hat etwas entdeckt!« Roger war aufgewühlt.

Marek nickte. »Haben Sie Ihre Schwester gefunden, Jonas?«, schrie der Höhlenretter in die Kluft.

»Sie war hier!«

»Bist du bei Laura?«, wiederholte Roger, er wollte endlich Gewissheit haben. Frank legte eine Hand auf seine Schulter.

»Jonas, hören Sie mich?«, fragte Marek.

»Klaro!«

»Ist Ihre Schwester bei Ihnen?«

»Nein, aber ich hab was, das ihr gehört.«

Keine Stunde darauf trat Jonas durch den Spalt, pfeifend, als käme er aus einem Ferienlager. Triumphierend präsentierte er die silbernen Papiere.

Roger entzifferte den Schriftzug. »NRGize«, las er laut. Enttäuscht sagte er: »Ja, und?«

»Energieriegel«, klärte Jonas auf.

Roger kapierte nicht.

»Es ist ihre Marke.«

»Bist du sicher?«

»Absolut! Sie bestellt die im Internet. Da sind reine

Pflanzenproteine drin, du weißt, dass sie kein Fleisch futtert.«

»25 Gramm Eiweiß pro 100 Gramm«, las Roger. Er studierte die Rückseite des zerknüllten Einwickelpapiers Wort für Wort.

»Die sind sauteuer, Papa. Laura gibt 40 Euro für eine Großpackung aus. Sie hat mich gefragt, ob ich mitbestellen will.« Er lachte. »Aber ich ziehe flüssige Energie vor. Die sättigt auch. Und ist hochprozentig.«

Roger bedachte Jonas mit einem vorwurfsvollen Blick. Es war nicht der richtige Zeitpunkt, seinen Sohn auf den Pfad der Moral zurückzuholen. Dieser Aufgabe hätte er sich früher stellen müssen, dieser Trip machte ihm so vieles klar. Er würde einiges in seinem Leben ändern müssen und hoffte, es war nicht zu spät dafür. Zunächst war er froh, ein Lebenszeichen von Laura erhalten zu haben. Vor seinem geistigen Auge sah er, wie sie ihm mit dem silbernen Papier zuwinkte. »Danke, Jonas«, sagte er, »das war eine große Leistung! Ich bin ehrlich stolz auf dich, ich kann kaum glauben, dass du das gemacht hast.« Er nahm seinen Sohn in den Arm und hörte gar nicht auf, ihm auf den Rücken zu klopfen.

Wo w… s.e?

War es Tag oder Nacht, Morgen oder Nachmittag? Wo um alles in der Welt war sie hingelaufen? Nichts kam ihr mehr bekannt vor. Wie von Sinnen war sie der Gestalt gefolgt und doch hatte sie sie verloren. Sie war stehen geblieben, denn sie hatte eine andere Stimme gehört! Diese war männlich. Sie wusste gleich, dass ihr die Fantasie erneut einen Streich spielte. Diesmal war es nicht ihre Mutter, sie hatte Papa rufen gehört. Und Jonas! Auch ihn hatte sie vernommen. Sie waren weit weg, alle beide, ihre Worte waren unverständlich und doch Musik in ihren Ohren gewesen. Der dunkle Bariton ihres Vaters, der Singsang-Tenor von Jonas – wie gerne würde sie zu ihnen eilen! Natürlich waren auch diese Stimmen ein Produkt ihrer Einbildung. Eine auditive Fata Morgana. Zu schön, um wahr zu sein.

Ihr Vater war in Brüssel. Jonas war in der Agentur oder in einer Kneipe. Alles geschah allein in ihrer Vorstellung. Wer wusste schon, was real war und was nicht! Sie wusste nicht einmal mehr, ob sie selbst real war. Wer war sie? Sie hieß Laura, okay, und? Sie wiederholte ihren Namen, um den Verstand nicht vollständig zu verlieren, sagte immer wieder mantraartig: »Laura«, brabbelte »Laura, ich bin Laura Morgenstern« vor sich hin. Sogar die eigene Stimme war ihr fremd geworden. »Laura heißt die Lorbeerbekränzte, die Siegerin.« Was für ein Bullshit, es war bloß ein Name. Worte, aneinandergereihte Buchstaben. Laura. Arual. Wer glaubte sie zu sein? Laura sackte in sich zusammen. Ihre Gliedmaßen fühlten sich an wie Gummi. Sie zwang sich, sich aufzurichten. Sie lehnte an einer Höhlenwand, hielt sich an einem hervorstehenden Brocken fest, krallte ihre Fingernägel in den Stein, bis der Nagel ihres Zeigefingers brach. »Ich steh das durch, ich geb nicht auf«, hauchte sie. Danach legte sie sich auf den Boden, machte sich klein wie ein troglophiles Wesen. »Ich muss bei Sinnen bleiben«, schalt sie sich und lenkte ihre Aufmerksamkeit auf ihren Atem. Konzentriert sog sie Luft ein und gab den verbrauchten Sauerstoff wieder ab. Sie atmete ein. Und aus. Wieder. Und noch mal. Bis sie sich unter Kontrolle hatte. Ihr Atem gehorchte. Tief ein. Tief aus.

Dann kam sie. Die Bedenkenträgerin. »Du machst dir was vor«, zischte sie. Und ob sie sich etwas vormachte, natürlich tat sie das. Sie konnte sich konzentrieren, bis die Sonne unterging! Die Finsternis war die einzige Siegerin in diesen Katakomben. Ungefragt hatte sie sich an sie gekrallt, unbemerkt war sie in sie hineingekrabbelt. Sie saß in ihren Extremitäten, flutete ihre Organe und biss sich an jeder Zelle fest. Ja, sie hatte sich in ihr verhakt und sie vollends eingenommen. Sie waren eins. Sie war sie. Laura. War. Die Finsternis.

Tübingen

Lasse lag auf einem Bett in der Uniklinik und sah an die Decke. Er war allein im Zimmer, das Bett neben ihm war leer. Sein Bein war geschient. Es fühlte sich unter seiner Bettdecke an wie ein Fremdkörper. »Knochenfraktur und Schädel-Hirn-Trauma«, hatte der Oberarzt vor einer halben Stunde gesagt. »Wir machen noch eine CT-Untersuchung.«

Die Visite hatte vier Minuten gedauert. Lasse hatte keine Schmerzen, er war mit Medikamenten vollgepumpt und trug einen Gips am linken Bein. Er spürte nichts, das Bein war wie ein Wurmfortsatz, der ihn nicht groß kümmerte. Die Beule am Kopf schwoll langsam ab. Eine kleine Gehirnerschütterung, so what.

Er hatte andere Sorgen. Richtige Sorgen. Er musste hier raus, um jeden Preis. Er hatte falsche Angaben gemacht, hatte sich als Privatpatient ausgegeben und eine Adresse angegeben, die es nicht gab. Dummerweise hatte er seinen richtigen Namen genannt. Jan de Vries. Sein Hirn musste von den Medikamenten vernebelt gewesen sein, sonst hätte er das niemals getan! Sie würden ihn überprüfen. Die Frage war, wann.

Er nahm sein Smartphone zur Hand, öffnete die Kontakte und streifte das Telefonsymbol nach rechts. Kurz darauf bellte er ins Telefon. »Tom! Du …« Er konnte nicht ausreden, denn Tom fuhr ihn an.

»Lasse, wo ist Laura!« Seine Stimme überschlug sich fast, sodass Lasse das Gerät weit von sich hielt.

Tom ging ihm auf die Nerven. Er war fürchterlich naiv, hatte von nichts eine Ahnung, er hauste unter einer Glasglocke wie viele seiner Generation. Aber Tom war gebildet. Man konnte sich mit ihm unterhalten, ohne dass einem ein Zahn abbrach vor lauter Schmerz, weil die Antworten dümmer waren als Brot.

»Hör zu, du musst mich abholen, Tom«, sagte Lasse knapp. »Ich bin im Krankenhaus. Uniklinik, Notaufnahme. Die werden mich morgen in die Orthopädie verlegen, ich kann da nicht hin, ich muss vorher raus!«

Tom schien zu überlegen. »Du meinst, ich klaue mir einen Arztkittel und ein Stethoskop, marschiere damit in dein Zimmer, schnappe dein Bett, entsichere die Rollen, grüß die Kollegen und fahr mit dir im Fahrstuhl runter zum Ausgang? Der netten Dame am Empfang werfe ich ein Küsschen zu. Danach ziehe ich meine Skimütze über, schnalle meine Kalaschnikow vom Rücken, kapere einen Krankenwagen und …«

Lasse hob eine Braue. Seit wann hatte Tom Humor? Er kannte ihn nur bierernst. Das war ja ein ganz neuer

Zug! Wie auch immer, er brauchte ihn. Dieser intellektuelle Kauz war der Einzige, der ihn aus seinem Schlamassel befreien konnte. Er hatte keine Freunde in dieser bescheuerten Stadt. Klar hatte Lasse an der Uni ein paar Bekanntschaften gemacht, aber die meisten waren ihm zu beschränkt. Auch die Dozenten, die Professoren, alle laberten das gleiche Zeug. Außerdem waren sie neugierig. Tom hingegen stellte keine persönlichen Fragen.

Er hatte ihn in der Mensa getroffen, Tom hatte gerade einen Salatteller vollgeschaufelt und war gegen ihn geprallt. Der Teller war auf dem Boden gelandet, sie hatten laut gelacht. Es war ein Zufall gewesen. Lasse war nicht der Typ für Zufälle. Er war der Macher. Er bestimmte, was in seinem Leben geschah. »Okay, Tom«, sagte er. »Wann kannst du hier sein?«

*

Tom war froh, Lasse am Apparat zu haben. Wo Lasse war, war Laura nicht weit. Alles würde gut werden. Seine Laune stieg mit jedem Wort, das er amüsiert hervorbrachte, weil er längst herausgefunden hatte, dass es der einfachste Weg war, Lasse gesprächig zu machen. »Entführung Uniklinik. Tatort Tübingen, das ist nach deinem Geschmack, was, Lasse?«, witzelte er.

»In einer Stunde?«

Lasse war unfreundlich wie immer. Tom wollte eine bissige Bemerkung hinterherschicken, doch er besann sich seines Vorhabens. »Ich muss erst wissen, wo Laura ist.«

»Wir reden später darüber.« Mit einem drängelnden Unterton wiederholte Lasse seine Frage. »Wann?«

»Heute nicht. Am Abend ist ein Vortrag.«

»Vergiss den Vortrag. Du musst herkommen. So schnell du kannst! Ich halt das keinen Tag länger aus.«

»Ich bin angemeldet, Lasse. Der Vortrag interessiert mich.« Tom brauchte Zeit zum Nachdenken. Es ging nicht um den Vortrag, er wusste längst, dass Hegel und Hölderlin eine Freundschaft gepflegt hatten, die für Kleingeister seltsam war, er würde nichts Neues erfahren. Aber er mochte nicht von Lasse herumkommandiert werden. Warum war der so erpicht darauf, aus dem Krankenhaus zu kommen? Er konnte sich selbst entlassen und in ein Taxi steigen! Auf der anderen Seite wollte er wissen, was mit Laura war. Als Jonas erzählt hatte, sie hätten Lasse aus einer Doline befreit, hatte sein Herz kurz ausgesetzt. Aber Laura war nicht bei ihm gewesen. Von ihr gab es keine Spur. Lasse sei »ein arroganter Wichser«, hatte Jonas gesagt.

»Morgen früh um zehn«, sagte Tom. »Sonst musst du dir einen anderen Dummen suchen.«

*

Lasse fiel in sein Bett zurück. Wenn Tom nicht rechtzeitig kam, war er geliefert. Dass er einen Namen angegeben hatte, der in den Niederlanden auf der Fahndungsliste stand, war fatal. Aber er hätte ja schlecht seinen Fakenamen nennen können! An der Uni hatte es damit geklappt, die hatten seine Papiere klaglos akzeptiert. Aber er hatte sich dort auch nicht um einen Job beworben, sondern lediglich an ein paar Vorlesungen teilgenommen. Dass er Dozent sei, hatte er nur Tom erzählt. Warum auch immer.

Im Krankenhaus ging's ums Geld. Die würden ihm 150 EUR für jeden Tag Aufenthalt aufbrummen. Oder mehr. Plus die Arztkosten. Er hatte keine Versicherung. Die Adresse gab es nicht. Die Rechnung würde mit dem Vermerk »unbekannt« zurückkommen. Die Krankenhausleitung würde die Polizei einschalten. Die würde seine Identität überprüfen. Er war geliefert.

Hinzu kam der Transport aus der Höhle. Auch der dürfte ein Vermögen kosten! Sicher würde sich auch die Höhlenrettung an die Polizei wenden. Das Damoklesschwert hing über ihm. Was hätte er tun sollen? Es war ihm nicht gelungen, diese Patty abzuschütteln. Ein vierköpfiger Rettungstrupp hatte ihn in Empfang genommen. Sie hatten ihn auf einer Trage über eine aus Flaschenzügen gebaute Seilbahn aus der Höhle transportieren wollen, aber er hatte sich geweigert. Also hatten sie ihn diese Himmelsleiter hochgeschleppt, einen steilen Aufstieg, der nicht hatte enden wollen. Auf jeder Seite hatte ihn ein Retter untergehakt. Sie hatten sich abgewechselt, dennoch hatte es eine Ewigkeit gedauert. Ein Tragen-Transport hätte vermutlich noch mehr Zeit gefressen. Er war völlig fertig gewesen, hatte die Zähne zusammengebissen und überlegt, wie er aus der Sache rauskäme, wie er das Team abschütteln und loswerden konnte. Der Krankenwagen hatte bereits am Ausgang gestanden, und die Rettungsmannschaft hatte ihn einem Sanitäterteam übergeben. Zwei Frauen, ein Mann. Die hatten ihn wortlos auf eine Liege geschnallt und ins Krankenhaus gefahren. Zu schnell, um aus dem Wagen zu hüpfen. Er hatte keine Möglichkeit gehabt abzuhauen.

Er musste hier raus, bevor sie kamen und Fragen stellten. Seine Vergangenheit musste bleiben, wo sie war. Unter einem Deckel. Er hatte ihn längst zugeschweißt. Die Lösung hieß Tom. Er würde sich bei ihm einnisten, dies war seine einzige Chance, es gab keine Verbindung zu ihm, niemand wusste, dass er mit diesem komischen Vogel bekannt war.

Ein Geräusch schreckte Lasse auf. Es war nicht das Damoklesschwert, das auf ihn gefallen war, es war die Türklinke. Sie wurde heruntergedrückt. Eine zarte Gestalt huschte herein.

»Alles in Ordnung?«, fragte die Nachtschwester. Es war die hübsche. Die mit der samtenen dunklen Haut und den fragenden fast schwarzen Augen. Sie lächelte ihn an.

»Ja«, sagte Lasse. Seine schlechte Laune war verflogen.

»Brauchen Sie etwas?« Sie warf ein Auge auf den halb leeren Beutel, der an einem Infusionsständer hing. Über einen Schlauch, der mittels einer Kanüle an seinem Handrücken befestigt war, wurde er mit Flüssigkeit und Medikamenten versorgt.

»Ein Gin Tonic wäre gut«, frotzelte Lasse.

»Soll ich einen Arzt holen?«

»Danke. Mir geht's blendend.« Er tastete ihren Körper mit den Augen ab, während sie um das Bett herumging und das Tablett vom Nachttisch nahm. Wie sie wohl reagieren würde, wenn er ihr das Tablett aus der Hand schlug? Er taxierte sie. Die würde nicht gleich loskreischen und vor ihm flüchten. Sie würde ihn kratzen. Oder anspucken. Sie war ganz nach seinem Geschmack. Es war zu schade. Er seufzte. Gähnte, um zu demonstrieren, dass er schlafen wollte. Es war der falsche Zeitpunkt.

Sie schlich hinaus, leise, wie sie hereingekommen war.

W lch r O t? We he Z it?

Laura fror. Sie presste die Arme so eng an sich, dass sie das Frösteln nicht mehr spürte, sie klammerte sich an ihre eigene Körperwärme. Sie musste endlich einen klaren Kopf bekommen, die Halluzinationen vertreiben, ihre Emotionen kontrollieren! Wenn sie den Verstand einsetzte, bezwang sie ihre Fantastereien. Die Welt der Bedenkenträgerin war jetzt ihre. Die Vernunft, die sie stets mit den Füßen getreten hatte, schien ihre einzige Überlebenschance zu sein. Sie durfte sich nicht in ihren Gefühlen verlieren, sie waren ihr Todesurteil. Sie würde es nur schaffen, wenn sie Gebieterin über ihre Gedanken war.

Sie nahm einen Schluck Wasser aus ihrem Fläschchen, das sie immer wieder aufgefüllt hatte, seit sie in den Höhlen war. Sie schüttete sich etwas davon in ihre linke Hand, die sie zu einer Schale formte, und wusch ihr Gesicht. Danach schloss sie die Augen. Atmete tief durch. Konzentrierte sich. Besann sich. Plante die nächsten Schritte. Bis sie die Punkte sah. Sie tauchten vor ihren geschlossenen Augen auf. Wie sie strahlten! Laura kniff die Lider zusammen. Sie durfte dieser optischen Täuschung nicht nachgehen, sie musste die Punkte vertreiben, sie führten sie schon wieder in die Irre! Sie durfte sich nicht in neuen Fantastereien verlieren, sondern musste endlich ihren Plan verfolgen!

Die Punkte waren gelb. Grün. Orangefarben und knallrot. Es waren viele und es wurden mehr. Myriaden. Legionen! Ungezählte Glühwürmchen, die einen Reigen aufführten. Vor ihren Augen gaben sie ein Lichterballett, schön wie der Aufgang der Sonne an einem nebligen Morgen. Laura wollte sie wegwischen, ignorieren, vertreiben, doch sie blieben. Sie lullten sie ein. Fasziniert öffnete sie den Mund und ließ die Lichter auf ihrer Zunge zergehen. Sie schmeckten nach nichts und nach allem. Als kämen sie aus dem Anfang der Zeit, als wären sie einem Licht entsprungen, das die Erde geschaffen hatte! So empfand sie es. Um sie herum war es heller als der Tag, sie wurde selbst zum Schein, zum Licht. Auf einmal verschmolzen die Punkte und wurden zu Gestalten. Zu der Person, die sie verfolgte. Sie war zurück! Hundertfach erschien sie ihr. Sie wollte sie ansprechen, nach einem Ausweg fragen, endlich mit ihr reden! Laura hielt inne. Entsetzt musterte sie die Gestalt. Die Frau im schwarzen Mantel war auf einmal so jung! Sie war schön! Es war ihre Mutter! Claire Morgenstern. So wie sie sie im Jahr 2001 zum letzten Mal gesehen hatte.

Laura streckte beide Arme aus. Sie wehrte sich nicht mehr, denn sie war bei ihr, sie war zu ihr gekommen. »Mama.« Laura schluchzte. »Mama, Mamaaaaa!«

Ihre Mutter rannte davon. Laura folgte ihr. Die Mutter wurde kleiner und auch Laura schrumpfte. Sie war ein verwirrtes Mädchen, das beide Hände ausstreckte, um Mami am Kleid zu fassen. Sie war aus dem Gully gestiegen, um ihr Kind zu holen, sie hing an dem Ring, den sie aus den Klauen des Monsters befreit hatte! Ihre Mutter drehte sich um. Laura sah sie erwartungsvoll an, sie nahm ihren Duft auf, Vanille, sie duftete nach Vanille, sie roch sie so gerne, ihre Mutter … duftete nicht …, sie roch ranzig. Streng. Sie blinzelte sie an. Ihr Blick verweilte auf ihrem Gesicht. Es war nicht jung. Es war knochig. Es war alt und lippenlos. Die weichen Wangen, an die sie sich so gerne geschmiegt hatte, waren weg. Da war kein Gesicht. Nur ein Skelett.

Laura kreischte, wissend, dass niemand sie hörte. Ihr Schrei knallte gegen die Höhlenwand, prallte ab und kam zu ihr zurück. Sie starrte auf das Skelett. Sah noch mal hin. Das Bild war klar. Sie war klar. Ihre Sinne täuschten sie nicht. Es war nicht das Skelett ihrer Mutter, es gehörte auch keinem troglophilen Wesen, kein Höhlentier war so groß, auch keine im Flug verendete Fledermaus.

Die Knochen, die aus einer großen Mulde emporragten, waren scheinbar endlos. Laura trat näher. Vor ihr lag ein gigantisches Skelett! Es war kein menschliches Skelett, es war … ein verendeter Höhlenbär? Hatte ihm der Tod im Schlaf aufgelauert, hatte er das Riesentier vor 40.000 Jahren sterben lassen? An Hunger? An Einsamkeit? Laura begutachtete das Gerippe. Es maß gute drei Meter in der Länge, sie schätzte seinen Umfang auf eineinhalb Meter. Der Knochenbär sah friedlich aus. Er war ja auch Mimos Vorfahre. Versonnen strich sie über eine Rippe. Sie lächelte. Legte sich unter das Skelett und rollte sich ein wie ein Baby, das von einem Säugetier aufgezogen wird. Ihre Lider schlossen sich. Alles war gut. Sie fiel ins Reich der schönen Träume.

Während sie unter dem riesigen Skelett ruhte, erwachte es zum Leben. Wie von Geisterhand erhob es sich. Lautlos bewegte sich das Gerüst aus Knochen auf sie zu. Laura regte sich nicht. Sie fürchtete sich nicht, obwohl das Gerippe sein großes Maul aufriss. Es wollte sie verschlingen! Doch es verschlang sie nicht, es wurde eins mit ihr. Es war ihr Skelett. Ihr Tod. Laura sah ihm ins Angesicht. Der Sensenmann wetzte kein Messer, er griff nach ihr. Mehr musste er nicht tun. Einfach die Arme nach ihr ausstrecken. Sie wusste, sie würde mitgehen. Die Begegnung mit dem Tod schreckte sie nicht. Im Gegenteil, der Gedanke daran hatte etwas Beruhigendes. Er war ein Ausweg. War der Tod die Erlösung? War er eine Option? Natürlich war der Tod eine Option, er war immer eine Option.

»Nein!« Ihr Lebenswille bäumte sich auf. Sie schoss hoch. »Er ist keine Option! Ich will nicht sterben. Ich werde nicht sterben, nicht in diesem Drecksloch.« Laura hatte die Steilwand bezwungen, ohne Seil, ohne Weichbodenmatte. Sie hatte enge Kriechstellen geschafft, hatte Tage und Nächte allein unter der Erde verbracht. Sie war eine Kämpferin! Sie gab nicht klein bei!

Und doch wusste sie, dass sie dem Tod unterlegen war. Wenn er es auf sie abgesehen hatte, würde er sie finden. Selbst in einem Kerker wie diesem. »Er holt dich so oder so«, sagte die Bedenkenträgerin. »Finde dich damit ab.«

Laura fand sich damit ab. Bald schlief sie tief und wurde so leicht, dass er sie einfach hochheben und davontragen könnte. »Es ist nur der Tod«, murmelte sie. »Komm, lieber Tod.« Sollte er sie holen.

30 Jahre nach der Tat

Den ganzen Tag schon hatte sie diese Unruhe gepackt. Sie war wie eine aufgezogene Spieluhr gewesen, war planlos umherspaziert. Dieser grässliche Kerl war weg, sie hatte beobachtet, wie sie ihn aus der Doline bugsiert hatten und mit ihm davongestapft waren. Das war gut. Aber es war auch nicht gut. Wer waren diese Leute? Die stromerten überall herum, sogar einen Hund hatten sie dabei, der quer durchs Gelände schnüffelte!

Auch dieses Gör war noch da. Sie verlor langsam die Geduld mit der Fremden! Die junge Frau schlief, lag unter diesem Bären wie tot, die war schon völlig gaga. Glaubte die, das alte Gerippe böte Sicherheit? Dabei hatte sie die junge Frau in Sicherheit bringen wollen! Das Gör hatte es nicht geschnallt, hatte nicht gerafft, dass sie, die zahnlose Alte, der Ausweg war und nicht die Wahnvorstellungen, denen das dumme Ding sich hingab. Dieser irre Blick! Sie seufzte. Sie durfte nicht urteilen. Sie war genauso gewesen, am Anfang. Sie hatte damals geglaubt, sie sei schizophren, weil sich die Scheinphänomene gehäuft hatten. Trugbilder. Trugtöne. Ja, sie war sogar Truggerüchen aufgesessen. Alles lange her.

Rettungsaktion, dritte Etappe

»Wir müssen die Suche abbrechen.« Marek legte die Stirn in Falten, als er die Nachricht über Cave-Link entgegennahm. Roger glaubte, sich verhört zu haben. Er brauchte einen Augenblick, um die Worte des Höhlenretters zu verarbeiten. Auch Jonas erwischte die Entscheidung kalt.

»Was? Wieso das denn?« Der 22-Jährige schrie so laut, dass Frank ihm den Rücken tätschelte. »Es ist erst kurz nach sechs!« Er dachte an die Einwickelpapiere. Die Verpackungen der Energieriegel waren ein untrügliches Zeichen dafür, dass seine Schwester hier gewesen war! Sie hatte in dem Verlies gesessen, in das er sich gezwängt hatte, wie auch immer sie dort hingekommen war. Sie hatte sich dort aufgehalten, es war eine Spur, der sie nachgehen mussten, und ausgerechnet jetzt gab es eine Planänderung?

»Wir wussten von diesem Unwetter, aber es scheint stärker zu sein als erwartet«, sagte Marek.

Jonas lachte auf. »Das ist ein Witz, oder? So was gibt es nur in Hollywood! In einem Höhlendrama würde in jedem halbwegs spannenden Film in der zweiten Hälfte ein Gewitter hereinbrechen.« Er kicherte. »Gefolgt von einem Platzregen, der die Höhle flutet.«

Roger scannte Frank, der sich räusperte.

»Es hat sich tatsächlich ein Gewitter mit Starkregen angekündigt. Damit ist nicht zu spaßen.«

Jonas fuhr den Hundeführer an: »Was soll das heißen?«

»Für uns heißt das gar nichts, Jonas. Wir haben ein Dach über dem Kopf. Wir warten, bis der Regen vorüber ist«, sagte Roger, der von Gewitterregen in seiner Wetter-App am Morgen gelesen hatte. Er hatte nicht weiter darauf geachtet, hatte Jonas nichts davon erzählt. Er hatte es nicht ernst genommen. Dauernd übertrieben die Medien bei Unwettern! Sie schrieben von »drohender Eiszeit«, bloß, weil einstellige Minusgrade erwartet wurden, sie warnten vor »Feuerland« bei 32 Grad Celsius und schrieben von »Sturzflut«, wenn ein Platzregen bevorstand.

Marek hob die Stirn. »Die Signale sind eindeutig. Der Höhlenwind ist stärker geworden, das ist Ihnen sicher aufgefallen. Zeichen für einen Wetterumschwung.«

Roger schluckte.

»In einem komplexen Karstsystem wie diesem kann ein kurzer Regenguss ein Rinnsal zu einem reißenden Bach anwachsen lassen«, fuhr der Höhlenretter fort. »Binnen weniger Stunden stehen sämtliche Hohlräume unter Wasser. Das ist, als bräche die Sintflut herein. Da kommt man nur noch schwimmend vorwärts.«

»Dann schwimmen wir eben«, sagte Jonas.

»Wenn ein Hohlraum luftdicht verschlossen ist, geht gar nichts mehr. Weder vorwärts noch rückwärts. Das ist lebensgefährlich.« Marek erhob sich. »Wir nehmen die Suche in der Früh wieder auf. Um sieben.«

»Und was ist mit Laura?«, fragte Roger ungehalten. »Wir können sie unmöglich in einem Unwetter zurücklassen!«

»Es tut mir leid«, sagte Marek bedauernd.

Roger gab nicht auf. »Gehen Sie ruhig, du auch, Jonas. Ich bleibe hier und suche nach meiner Tochter.« Laura würde das nicht durchstehen, wie würde sie reagieren, wenn sie von den Wassermassen überrascht wurde? Sie hatte keinen Empfang, keine Wetter-App! Ahnungslos über das, was geschah, würde sie in Panik geraten. Menschen in Panik begingen Fehler. Tödliche Fehler.

»Kommt nicht infrage, Papa. Ich bleib bei dir«, sagte Jonas.

Mareks Protest folgte so schnell wie bestimmt. »Nein.«

»Es würde sowieso nichts bringen.« Frank versuchte zu deeskalieren. »Dass Sie bereit sind, Ihr Leben aufs Spiel zu setzen, ehrt Sie. Aber es hilft Ihrer Tochter nicht.«

»Wir nehmen die Suche in aller Frühe wieder auf«, sagte Marek. »Wie es aussieht, ist der Regen um drei, spätestens um vier vorüber. Wir treffen uns um sieben, oben am Eingang. Wir bringen Verstärkung mit.«

»Warum bis sieben warten? Sobald der Regen nachgelassen hat, brechen wir auf! 4 Uhr passt, ich werde eh kein Auge zubekommen«, versuchte es Roger erneut.

»Haben Sie nicht zugehört?« Marek wurde ungeduldig. »Die Höhlen werden überflutet sein, es dauert einige Stunden, bis das Wasser abgeflossen ist! Los, wir dürfen keine Zeit verlieren. Wenn wir nicht alle ersaufen wollen, müssen wir uns sofort auf den Rückweg machen.«

»Nicht mal Agatha würde etwas finden. Gegen Regen ist sogar sie machtlos. Das Wasser verwischt jede Spur.« Eifrig erklärte Frank die Sinnlosigkeit einer weiteren Suche.

Roger mahlte mit dem Oberkiefer im Uhrzeigersinn über den Unterkiefer. Und zurück.

Jonas räusperte sich. »Okay. Schlafen wir eine Runde. Dann sind wir morgen fit und voll einsatzfähig.«

Roger taxierte ihn. Hatte Jonas die Rolle des Sohnes gegen die des Vaters ausgetauscht? Schweigend folgten sie Marek, Frank und Agatha, die sie sicher aus der Höhle führten.

Lager III/Bärenskelett

Laura wachte auf, weil sie sich an etwas Hartem gestoßen hatte. Sie erschrak, als sie realisierte, dass sie unter dem Skelett eines Eiszeitbewohners nächtigte. Sie war mit dem Ellbogen gegen eine Rippe geprallt. Laura, du bist wahnsinnig, durchfuhr es sie. Du kuschelst dich an ein Skelett!

»Na und?«, konterte sie, ohne zu wissen, mit wem sie sprach. War es die Bedenkenträgerin? Wer sonst sollte hier mit ihr schimpfen.

»Glaubst du, es wird dadurch lebendig? Wahrscheinlich bist du selbst nicht mehr lebendig. Du bist genauso tot wie das Wesen, unter dem du ruhst.«

Der Tod! Sie erinnerte sich an die Begegnung, die sie vor wenigen Stunden gehabt hatte. Dass sie sich nicht länger vor dem Sterben fürchtete, wunderte sie. Auf der anderen Seite, warum eigentlich? Wie viele Menschen hatte der Tod ihr genommen? Die geliebte Mutter, ihre Oma, einen Großonkel, warum sollte der Tod sie verschonen? Sollte sie mit ihm verhandeln? Es war lächerlich. Sie war nicht Faust und vor ihr stand nicht Mephisto. Sie war noch nicht einmal Gretchen, Fausts hintergangene Geliebte, die im Kerker auf ihre Hinrichtung wartete. Sie war Laura. Es lag an ihr. Sie könnte einfach wieder einschlafen, wegdämmern, sich ihren finsteren Bildern hingeben, sich in schwammigen Hirngespinsten suhlen und hinübergleiten. Sie würde keinen Hunger verspüren, keinen Durst, keine Sehnsucht nach einem Menschen, sie würde in den paradiesischen Urzustand zurückkehren. Was wäre daran verkehrt?

Sie lugte hoch zu den Knochen. Aus unerklärlichem Grund fühlte sie sich unter dem Bärenskelett geborgen. Vielleicht, weil die Toten gar nicht tot waren? Es war bloß das Geschwätz von Leuten, die noch keinen geliebten Menschen verloren hatten. Dass sie ihre Mutter nicht sah, hieß nicht, dass sie nicht existierte. Ein Baby, das im Bauch seiner Mutter heranwuchs, war auch nicht tot, nur weil es keiner sehen konnte. Die Mutter spürte sein kleines Herz pochen! Und Laura spürte das Herz ihrer Mutter. Sie hatte sie hierhergeführt! Tränen rannen ihr übers Gesicht. Laura hatte sie vermisst. So sehr vermisst. Man hatte sie ihr gestohlen. Jetzt war sie hier, bei ihr, sichtbar oder nicht. Selig schloss sie die Augen und gab sich den watteweichen Bildern hin, die wabernd aus dem Dunkeln stiegen.

St. Johann

Das Bed and Breakfast, in dem Roger und Jonas die beiden vorigen Nächte zugebracht hatten, war ausgebucht. Auf Franks Empfehlung quartierten sie sich in St. Johann in einem Landgasthof mit Fremdenzimmern ein. Sie nahmen ein Zimmer mit einem extragroßen Doppelbett. Das Bad war rosafarben, die Blumen auf dem Tisch aus Plastik, das Abendessen, das die freundliche Wirtin eiligst zusammengestellt hatte, üppig. Eine riesige Wurstplatte mit Tomatenscheiben und Gürkchen, dazu gab es Bauernbrot. Sie aßen in der Stube, die das Wohnzimmer der Wirtin war. Die vollbusige Frau mit den vielen Sommersprossen und dem hellblonden Kurzhaarschnitt verstand, dass ihnen nicht nach Small Talk war. Sie bedankten sich und zogen sich in ihr Zimmer zurück. Die halbe Nacht saßen sie auf dem breiten Bett, die Beine auf dem stramm gezogenen Laken ausgestreckt, und redeten. Nach längerem Zögern nahm Roger zwei Flaschen Bier aus dem großen Kühlschrank im Flur. Sie stießen auf Laura an. Dann sprachen sie übers Wetter. Über Unwetter. Über Tragödien in Höhlen. Jonas erinnerte an den Juli 2019.

»Die Rettung aus der Falkensteiner Höhle«, sagte Roger. Es war damals durch die Presse gegangen. Er war in den USA gewesen, hatte sogar in Chicago in den Nachrichten davon gehört. Ansteigende Wassermassen hatten zwei Männern den Rückweg ins Freie abgeschnitten.

»Die saßen in der Höhle fest, 650 Meter tief«, sagte Jonas, der sein Smartphone konsultierte. »An dem Großeinsatz nahmen Sanitäter, Feuerwehrmänner, die Berg- und Höhlenrettung teil. Insgesamt 90 Leute.«

»Sie haben sie gerettet. Beide Männer«, sagte Roger und dachte an ihren eifrigen Rettungstrupp. An Marek, Frank und Agatha. An Hannes und an Daniel, den Taucher. An Patricia, die einen kurzen Abschnitt dabei gewesen war. An die Alarmleiterin und all die anderen Helfer, die sie noch nicht einmal zu Gesicht bekommen hatten. Alle waren sie Ehrenamtliche, niemand von ihnen wurde für seinen Einsatz bezahlt! Er lauschte Jonas, der von der spektakulären Rettung in Thailand sprach.

»Diese Fußballkids, erinnerst du dich? Die saßen wegen heftiger Regenfälle in der Tham-Luang-Höhle fest. Unfassbar viele Helfer kamen von überall her. Aus der ganzen Welt! Soldaten, eine Eliteeinheit der Marine, Höhlenexperten, Höhlentaucher. Selbst Elon Musk wollte sich einbringen.« Jonas grinste.

»Am Ende hatte ein Arzt die rettende Idee«, sagte Roger.

Auch darüber hatten die Medien berichtet. Rund um den Globus hatten Menschen nägelkauend vor ihren Bildschirmen gesessen, hatten gefiebert, gebangt, gehofft. Jeder hatte die blutjunge Mannschaft in Freiheit sehen wollen.

Jonas interpretierte in eigenen Worten, was er von seinem Display las: »Die Evakuierung hat drei Tage gedauert, Papa. Die haben den Wasserspiegel mithilfe von Pumpen senken können. Aber kurz nach der Rettung kam der Monsun und hat die Höhlen geflutet. Die Rettung kam also im letzten Moment. Danach wäre sie nicht mehr geglückt.«

Ein Taucher erlag einer Asphyxie, wusste Roger. Er wollte Druckluftflaschen in die Höhlen bringen, wurde bewusstlos und konnte nur noch tot geborgen werden. Eineinhalb Jahre nach der Rettung starb ein Soldat an einer Blutvergiftung. Eine Spätfolge der Bergung. Roger sprach es nicht aus. Er sagte nur: »Lass uns schlafen, Jonas.«

Jonas leerte sein Bier. Danach legten sie sich aufs Bett und löschten das Licht.

Lager III/Bärenskelett

Ob es ein Traum, eine Vision oder eine Illusion war – Laura wusste es nicht. Sie hörte ihren Puls so laut klopfen, dass sie beide Hände auf ihre Brust legte. Sie lag immer noch unter dem Gerippe, doch das Gefühl der Geborgenheit war schlagartig verschwunden. Plötzlich fühlte sie sich beobachtet. Sie konnte es nicht erklären, aber sie waren überall. Augen. Hundert Augen, tausend Augen waren auf sie gerichtet. Sie fühlte sich begafft. Die schwarzen Pupillen bohrten sich in sie hinein und durch sie hindurch, als wollten sie sie fressen wie Kannibalen.

Sie erlag ihren Dämonen. Ihre inneren Bilder trugen den Sieg davon, der Wahnsinn hatte gewonnen. Doch ihre Halluzinationen nahmen ein neues Ausmaß an. Sie sah nicht mehr nur Dinge, die nicht existierten. Die Dinge sahen auch sie! Die Gestalten, die Gespenster, die sie erschaffen hatte, glotzten sie an. Die Silhouetten bewegten sich auf sie zu. Weglaufen war aussichtslos. Schreien war zwecklos. Die Gestalten hatten keine Ohren. Nur riesengroße Augen. Laura schloss die Lider, presste sie ganz fest aufeinander. Als sie die Augen öffnete, waren die Pupillen weg. Erleichtert stellte sie es fest. Doch dann … kam er. Der Albtraum. Er begann gerade erst.

St. Johann

Roger wälzte sich im Schlaf hin und her, während er sich vorstellte, wie Laura verzweifelt vor den Wassermassen floh. Immer wieder schreckte er auf, hörte sie weinen, wimmern, schreien.

»Ein Hochwassereinbruch kann einen Anstieg von einem Meter in einer halben Stunde bedeuten. Die Wassermassen türmen sich bis zu 18 Meter hoch«, sprach Marek aus seiner Erinnerung. »Bei niedrigen Ganghöhen ist der Weg in kürzester Zeit abgeschnitten«, hörte Roger den Höhlenretter sagen. Oder kam die Stimme aus der Tham-Luang-Höhle?

»Eine Welle baut sich langsam auf. Dann donnert sie mit mehreren Kubikmetern in der Sekunde durch die Gänge. Gibt es oberirdische Schlucklöcher, leiten diese das Wasser direkt in die Höhle. Die begehbaren Abschnitte werden unpassierbar, manchmal sind Hunderte Meter Gangläufe überflutet. Erfahrene Speläologen, sogar Profi-Höhlentaucher sind bei solchen Verhältnissen schon ertrunken oder an Unterkühlung gestorben. Manche hingen noch am Seil.«

Roger fuhr sich übers Gesicht. Er hoffte, dass er nicht im Traum gesprochen hatte, er wollte Jonas nicht beunruhigen. Sein Sohn lag ruhig da, friedlich schnarchend.

Also stand er auf und füllte sein Zahnputzglas mit Wasser aus dem Hahn. Nachdenklich trat er damit ans Fenster. Der Regen hatte nachgelassen, dennoch war es draußen windig und unwirtlich. »Laura«, flüsterte er, »halte durch. Wir sind bald bei dir.« In einem Zug trank er das Glas leer und füllte es erneut. Anschließend legte er sich noch mal hin und versuchte einzuschlafen. Schnell fand er sich in der Hölle wieder. Kein Fegefeuer loderte, stattdessen umgaben ihn Wassermassen, schwarze Wellen hoben sich aus der Erde und überfluteten ihn, er schnappte verzweifelt nach Luft, die restliche kurze Nacht lang.

Lager III – Unter der Schwäbischen Alb

Sie hörte ihn, bevor sie ihn wahrnahm. Abrupt riss er sie aus ihrer Lethargie. Er trommelte auf die undurchdringliche Decke, die über ihr lag. Es war kein Niesel- oder Sprühregen, der im Lehmboden versickerte. Dieser Regen war laut. Er prasselte so heftig, dass sie ihn tief im Bauch der Erde hören konnte, unter meterdicken Felsen. Noch hoffte Laura, dass es ein kurzer Platzregen war, denn Starkregen war gefährlich. Sie ahnte, dass die Überdeckung das Wasser nicht abhalten würde. Es würde durch jede noch so kleine Ritze dringen und die Höhle unter Wasser setzen. Jeder in der Gegend wusste das. Schon kleinen Kindern wurde beigebracht, dass man bei Regen nicht in Höhlen gehen durfte. Je höher der Wasserstand stieg, je enger der Hohlraum war, in dem sie sich befand, desto schneller machten die Luftspalten dicht. Danach gab es kein Entkommen mehr. Nur qualvolles Ersticken.

Laura musste einen Unterschlupf finden. Sie musste sich in die Höhe zurückziehen, zwei, drei Meter über ihr sollte sich eine Einbuchtung finden lassen, groß genug, um darin auszuharren. Sie wusste, dass sie handeln musste. Jetzt! Der Tatendrang tat ihr gut. Er ließ die seelische Verirrung, die körperliche Verwirrung von ihr abfallen wie ein Kleid, das nicht mehr passte.

Entschlossen stand sie auf. Der Platz unter dem Bärenskelett bot keine Sicherheit. Ihr war nicht klar, ob sie je zurückkehren würde, also löste sie ihr Lager komplett auf. Wie ferngesteuert rollte sie den Schlafsack zusammen und befestigte ihn am Bodengestell des Rucksacks. Der Expander-Spanngummi bewährte sich. Die Isomatte klemmte sie in den Seitengurt. Danach zog sie alle Sachen an, die wärmten. Über die Skiunterwäsche den Pullover, dann die Softshelljacke, darüber die Hardshelljacke. Sie streifte ihre Handschuhe über, denn es war zu befürchten, dass der Regen die Temperatur weiter senkte. Wenn nicht real, dann gefühlt. Sie warf einen sehnsuchtsvollen Blick auf das merkwürdig vertraute Bärenskelett, schnallte den Rucksack auf den Rücken und marschierte los.

Zunächst suchte Laura die nahe gelegenen Felsen ab. Ihre Taschenlampe huschte über den Stein vor, neben, über ihr. Sie hielt Ausschau nach einer passenden Stelle. Die meisten höher gelegenen Nischen waren keinen halben Meter groß. Zu klein, um dort Stunden zu verbringen. Oder sie befanden sich nicht hoch genug. Andere waren nur über einen beschwerlichen Aufstieg zu erreichen. Fast alle Wände waren nass und rutschig, weit gefährlicher als sonst. Sie wollte nichts riskieren. Vor einer Aushöhlung blieb sie stehen, sie war riesig, eine richtige Behausung. Die Höhle lag einen knappen Meter über ihr, sie war über wenige Stufen problemlos zu erreichen. Diese Behausung war perfekt! War sie perfekt? Nur, wenn der Regen bald aufhörte! Dann könnte sie da warten, bis das Schlimmste vorüber war. Wenn nicht, wäre sie dort oben genauso verloren wie hier unten. Sie musste höher hinauf.

Wie lange irrte sie nun schon durch dieses Todeslabyrinth? Als sie aufgebrochen waren, war es Mitte September gewesen. Bald kam der Oktober. Dann wurden die Höhlen geschlossen. Kein Zutritt mehr, weder für Abenteurer noch für Höhlenforscher. Der Winter war die Zeit der Fledermäuse. Zu Tausenden hingen sie an den Höhlendecken, es musste aussehen wie am Frühstückstisch von Graf Dracula. Laura gruselte sich nicht vor den Fledermäusen, ihr graute vor dem Regen. Sie lauschte, hörte ihn stetig auf die Steindecke prasseln. Sie stand bereits knöcheltief im Wasser. Der Pegel stieg weiter. Laura musste nach oben, und zwar unverzüglich!

Es dauerte keine Stunde, bis das Wasser an manchen Stellen an ihre Waden heranreichte. Sie durfte keine Zeit mehr verplempern! Immer wieder besah sie die Felsen über sich, wanderte sie mit den Augen ab, auf der Suche nach einer passenden Kammer. Die missglückte Kletteraktion ging ihr durch den Kopf, ja klar, die Nische unter der Decke! Sie lag gute fünf Meter hoch. Das Wasser würde diese Nische vermutlich nicht erreichen, auf der Schwäbischen Alb fielen sicher keine 150 Liter auf den Quadratmeter in der Stunde. Sie könnte es riskieren. Die Nische war lang und breit genug, um eine Weile in ihr auszuharren. Sie war der beste Unterschlupf, den sie bisher entdeckt hatte.

Doch wo war diese Stelle? Laura hatte sich weit davon entfernt. Wie weit? Sie konnte es nicht sagen. Sie war der Stimme gefolgt, der Gestalt, die sie wohin auch immer geführt hatte. Selbst wenn sie die Einbuchtung fände, war die Wand, die zu ihr führte, vermutlich rutschig. Seifig. Gefährlich. Sie zögerte. Auf der anderen Seite kannte sie die Wand, hatte an ihr Halt für Hände und Füße gefunden. Sie hatte sie einmal bezwungen und könnte es ein zweites Mal schaffen. Außerdem hatte sie keine andere Option. Wie aber kam sie auf dem schnellsten Weg dorthin? Was war mit den Steinmännchen? Laura seufzte. Die letzten Abschnitte hatte sie nicht mehr abgesteckt. Auch die Fotos nützten ihr nichts, denn sie hatte in den vergangenen Stunden, vielleicht waren es auch Tage, keine Aufnahmen mehr gemacht. Sie würde ihren Schutzraum intuitiv aufsuchen, sie musste ihn finden, es war alternativlos, wenn sie den Regen überstehen wollte. Laura hatte alles, was sie brauchte: eine Strategie. Feste Stiefel. Mut. Und Mimo. Mimo? Wo war Mimo! Sie tastete ihr Gepäck nach dem Teddybären ab. Enttäuscht ließ sie die Arme sinken. Er musste ihr aus der Tasche gefallen sein. Ach, Mensch.

Keine Stunde danach stellte Laura ihren rechten Stiefel auf dem ersten Vorsprung ab. Sie konzentrierte sich auf den Aufstieg und kletterte umsichtig. Sorgfältig überprüfte sie jeden Tritt, während sie die Wand zum zweiten Mal erklomm. Immer wieder legte sie Pausen ein. Die Wand war wie erwartet feucht, manche Stellen waren rutschig. Das Klettern war anstrengender als sonst. Sie quälte sich, während der Regen weit über ihr durch die Deckenöffnung prasselte. Unter ihr stand das Wasser einen halben Meter hoch. Dennoch lächelte sie, denn sie hatte sich erinnert und nicht einmal verlaufen! Sie hatte zu ihrer Stärke zurückgefunden, sie war auf dem richtigen Weg.

Sie kletterte. Verharrte. Kletterte. Schnaufte. Noch ein kleines Stück, dann hatte sie es geschafft! Sie drehte ihren Kopf zur Seite. Laura musste sich vergewissern, dass sie nicht halluzinierte und eine erneute Fata Morgana sah. Sie kniff die Augen zusammen und riss sie wieder auf. Das Bild blieb. Wieso blieb das Bild?

Sie blickte auf ein Lager, wie für sie hergerichtet. Auf ihrer Augenhöhe, sprich auf einer Erhebung von rund fünf Metern, befand sich ein immenses Plateau. Es war größer als jede Einbuchtung, die sie zuvor gesehen hatte. Und es war geschmückt! Bunte Tücher lagen überall verstreut. Die Flut konnte dieses Plateau unmöglich erreichen. Unweit von ihrer Position erwartete sie ein Refugium. Ein Rettungsort. Es war kaum zu glauben. Und doch schien es so zu sein.

TAG ACHT. 21. SEPTEMBER

St. Johann – Unter der Schwäbischen Alb

Unmittelbar nach dem Aufwachen checkten sie die Nachrichten. Sie saßen an dem großen Esstisch mit den Plastikblumen. Die Wirtin hatte mit fröhlichen Worten eine Kanne Kaffee sowie Brötchen mit Butter und selbstgemachter Marmelade vor sie hingestellt. Sie hatten das Frühstück dankbar entgegengenommen.

Das Tiefdruckgebiet hieß Michael. Es hatte verheerende Verwüstungen in ganz Süddeutschland hinterlassen. Bäume waren entwurzelt worden, einige waren auf Wohnhäuser gefallen. Die Schwäbische Alb hatte es hart getroffen. Der Blitz hatte das Dach einer nahe gelegenen Waldhütte getroffen und sie in Brand gesetzt.

Nachdem sie ein üppiges Mahl zu sich genommen hatten, setzten sie sich auf eine Bank vors Haus neben Pflanztröge mit bunten Astern und Chrysanthemen, direkt vor einen handgeschnitzten Holzbrunnen. Dort warteten sie auf Marek, der sie abholen wollte. Sie waren 20 Minuten zu früh dran. Jonas genoss die Zeit mit seinem Vater. Fast war es wie früher. Hatte Laura ihre frühe Kindheit auch so unbeschwert erlebt? Jonas kannte Lauras Mutter aus Fotoalben. Viel mehr wusste er nicht. Claire sei bei einem Unfall gestorben, hieß es immer. Er hatte sich nie Gedanken darum gemacht, was es für Laura bedeutet haben musste, so früh die Mutter zu verlieren. Für ihn war Claire immer tot gewesen, er hatte es als gegeben hingenommen. Wie achtlos! Das wurde ihm nun bewusst.

»Wie war das eigentlich mit Claire?«, fragte er in die Stille.

»Lauras Mutter?« Roger hüstelte. »Du kennst die Geschichte. Sie ist gestorben, als Laura vier Jahre alt war.«

»Wie ist sie gestorben? Du hast kaum darüber gesprochen. Es hieß bloß, dass sie einen Unfall hatte.«

Roger starrte stumm auf seine Hände.

»Sorry, Papa, ich wollte nicht …«

»Schon gut, Jonas. Es war ein tragisches Unglück.«

»Was war das für ein Unfall? Ein Verkehrsunfall?«

»Nein. Ein Absturz beim Klettern in den Alpen.«

»Du hast nie erzählt, dass du kletterst!«

»Tu ich auch nicht, Jonas. Nicht mehr.« Roger stieß hörbar Luft aus. Er schaute seinem Sohn in die Augen. »Sie war nicht mit mir unterwegs, sie war mit jemand anderem in den Bergen.«

»Wie meinst du das?«

»Genau so, wie du es verstehst.« Roger fuhr mit den Händen über sein Gesicht, als wollte er das Gesagte wegwischen wie den Staub des Tages.

»Willst du andeuten, dass sie mit einem anderen Mann unterwegs war? Sie hat dich betrogen und ist mit deinem Nebenbuhler abgestürzt! Oder war es eine Frau?« Jonas schnellte hoch. »Ist er oder sie auch tot?« Wäre seine Familie nicht involviert, fände Jonas so eine Geschichte spannend. »Mega-Plot«, würde er sagen. Doch es war kein Mega-Plot, es war ein schweres Schicksal.

»Sie ist abgestürzt. Jede Hilfe kam zu spät.«

»Dann liegt sie gar nicht auf dem Friedhof, den wir jedes Jahr an ihrem Geburtstag mit Blumen schmücken?«

Roger seufzte tief. »Doch. Man konnte ihre Leiche bergen.«

»Willst du darüber sprechen?«

»Jetzt nicht, Jonas. Gleich kommt Marek. Wir reden später drüber.«

»Immer weichst du aus, wenn es um den Tod von Lauras Mutter geht«, knurrte Jonas.

Roger wandte sich seinem Sohn zu. »Du hast recht.« Er legte eine Pause ein. Mit belegter Stimme sprach er weiter: »Ich fürchte, ich kann die Geschichte nicht erzählen, weil ich sie immer noch nicht verarbeitet habe.«

»Die Story ist älter als ich!«

»Das ist korrekt.«

»Und?«

»Ich erzähl sie dir, sobald wir Laura haben.«

»Klar.« Jonas schmollte.

»Es ist …, ich fühle mich schuldig.«

»Wieso das denn?«

»Ich …«

»Papa!«

Endlich sprach Roger das Unausgesprochene aus, das tief in ihm schlummerte, nun war er bereit, aus der Deckung zu gehen. »Bevor Claire zu dem Trip aufgebrochen ist, habe ich ihr eine Szene gemacht. Ich war eifersüchtig. Deshalb bin ich den beiden hinterhergefahren und habe sie vor Ort zur Rede gestellt. Es kam zu Handgreiflichkeiten. Claire fiel, knallte rückwärts auf einen Stein … und verblutete.«

Jonas starrte seinen Vater entsetzt an. »Das glaub ich jetzt nicht! Wie konnte das denn passieren?«

»Wenn die Suche nach Laura abgeschlossen ist, reden wir uns mal alles von der Seele, Jonas. Versprochen.« Roger erhob sich, denn Mareks Kastenwagen bog um die Ecke und fuhr auf den Vorplatz zu, auf dem sie warteten.

»Ich erinnere dich daran.« Jonas konnte seinen Satz gerade noch zu Ende führen, als der Wagen direkt vor ihnen anhielt. Der Höhlenretter winkte sie herbei. Roger überließ Jonas den Beifahrersitz und nahm auf der Rückbank Platz.

Das Rettungsteam war pünktlich. Um sieben warteten Frank und Agatha bereits vor dem Eingang der Höhle. Neben Patricia gehörte noch ein junger Mann zum Team des Tages. Er hieß Emil. Emil war neu bei der Höhlenrettung. Er hatte vor einem halben Jahr das Mindestalter von 18 Jahren erreicht und war seitdem dabei, wie er begeistert erzählte.

Emil war forsch und behände. Seine braunen Haare hingen ihm weit über die dichten Brauen, sodass er seine Umgebung wie durch einen Vorhang sehen musste. Er war dünn wie Jonas, aber kräftiger. Für sein Alter wirkte er erstaunlich zäh. Ein geübter Kletterer. »Bin quasi in der Steilwand geboren«, sagte er und grinste Roger an. Er musste nicht groß schauen, wo er hintrat. Seine Füße fanden den Weg.

Sie kamen extrem langsam voran. Schweigsam gingen sie durch die Gänge, bis sie den Abschnitt erreichten, an dem sie die Suche am Vorabend unterbrochen hatten. Der Regen hatte viele Hohlräume geflutet, an manchen Stellen stand die Gruppe knöcheltief im Wasser. Das Waten war anstrengend, obwohl die Gummistiefel ihre Füße trocken hielten. Die Kriechstrecken waren nicht mehr passierbar. Nicht nur einmal mussten sie großräumig einen Schluf umgehen.

Am späten Vormittag gähnten alle. Sogar Emil wirkte müde und ein wenig lustlos, als Jonas auf ein Steinmännchen stieß. »Seht her!« Er deutete auf ein Gebilde, das eindeutig menschengemacht war. Breite Steine lagen übereinander, darauf thronten schwarze Kulleraugen. Jonas sah erst Roger, dann Frank an.

»Da war jemand«, sagte Frank.

»Da ist noch eins. Und dort auch!« Jonas raste wie ein aufgezogenes Spielzeugauto vom zweiten zum dritten zum höchsten Steinmännchen. Fünf graue und sorgfältig aufeinandergestapelte Steine standen wie Zinnsoldaten auf dem nassen Boden. Sie markierten einen Pfad, der zu einer Anhöhe führte. Falls es weitere Steinmännchen gegeben hatte, dürfte der Regen sie zerstört haben.

Roger wurde stutzig. »Jemand hat einen Weg gekennzeichnet!«, sagte er.

»Das ist typisch für Laura. Es passt zu ihr. Sie ist hier! Zumindest war sie das.« Aufgeregt steuerte Jonas das nächste Steinmännchen an.

Patricia folgte ihm. Sie musterte die Gebilde. »Wirklich ungewöhnlich«, sagte sie.

»Haben wir eine Spur?«, fragte Emil und ließ seinen Kaugummi zu einer Blase anwachsen.

Roger wollte Hoffnung schöpfen, doch er wagte kaum, sie zuzulassen. Das Schlimme an Hoffnung war, dass es so wehtat, wenn sie platzte. Wie der Kaugummi, der sich gerade an Emils unterer Gesichtshälfte festsetzte. Für Roger war es einfacher, sich auf eine Tragödie einzustellen und sich zu freuen, wenn sie gut ausging. Trotzdem wollte er für gute Laune sorgen, sie tat allen gut, sie war wichtig, um durchzuhalten. Sie hatten sich tagelang vorangekämpft, waren erschöpft, immer wieder hatte der eine oder die andere von ihnen die Rolle übernommen, die Stimmung hochzuhalten, hatte einen dummen Witz gerissen, eine Geschichte zum Besten gegeben. Und nun tauchte die Zuversicht vor ihnen auf wie eine genügsame Blume, die im kargen Geröll wuchs! Hatte sich Laura an dieser Stelle aufgehalten? Die Steinmännchen waren nicht das Einzige, das sie entdeckten. Wieder war es Agatha, die das Blatt zu ihren Gunsten wendete. Sie schnupperte an einem Gegenstand.

»Was ist das?«, fragte Jonas.

»Ein verendetes Tier«, vermutete Roger.

»Dann muss es ein Troglobiont sein. Ein Weichtier, das in Höhlen lebt. Eine Assel, ein Springschwanz, eine Kellerglanzschnecke. Oder eine Buckelfliege«, sagte Patricia. »Die meisten sind winzig.«

»Höhlenspinnen sind sicher riesig!«, mutmaßte Jonas.

»Irrtum. Selbst die Große Höhlenspinne misst maximal 17 Millimeter«, klärte Patricia auf.

Frank beugte sich über die Hündin, die bellte und immer wieder an dem Gegenstand schnupperte. »Diese Höhlenspinne ist eher ein Bär«, sagte er schelmisch. »Und der ist aus Plüsch.«

Roger blickte über Agathas Ohren hinweg auf den Gegenstand. Er blinzelte, trat näher, blinzelte noch mal und trat noch näher. »Das ist Mimo!«, rief er aus. Er fing sich gleich wieder, räusperte sich, wollte einen emotionalen Ausbruch vermeiden, obwohl er guten Grund dazu hatte. Das braune schmutzige Bündel vor ihm war Lauras Teddybär! An einer Stelle war der Kopf aufgerissen und bot Einblick in ein prall gefülltes Innenleben. Roger betrachtete die Putzwolle, in der die Liebe, die Tränen, die tausend Wünsche und Träume eines kleinen Mädchens steckten. Eines Mädchens, dem das Leben viel zugemutet hatte.

Jonas sah seinen Vater fragend an. »Bist du sicher?«

Roger hob Mimo hoch und säuberte das Fell grob vom Schmutz. Er erinnerte sich sehr gut an den Tag, an dem er und Claire den Teddy gekauft hatten. Es war Ende Juni gewesen. Ein heißer Nachmittag in Paris. Sie waren vor der Sonne in eine schattige Straße geflüchtet, die voller Antiquitätengeschäfte gewesen war. Claire hatte den Bären in einem Schaufenster entdeckt. Sie hatte sich lachend zu ihm umgedreht. Kurz darauf hatte die Glocke der alten Ladentür gebimmelt. Der Bär hatte eine kleine Trikolore auf dem linken Fuß. Roger konnte sie nurmehr vage erkennen, sie war mit den Jahren verblasst. Doch er wusste, dass sie aufgestickt war. Der Bär wies eine leichte Verdickung unter der linken Fußsohle auf, die er gerade abtastete. Die Verdickung war da. Kein Zweifel: Er hielt Mimo in den Händen! Es hatte Lauras Weihnachtsgeschenk werden sollen. Es wurde ihr Abschiedsgeschenk. Das Abschiedsgeschenk von ihrer Mutter. Roger schluckte. Laura. Sein Mädchen. Sie war tatsächlich hier gewesen.

»Kann das nicht irgendein Bär von irgendeinem Kind sein?«, fragte Emil. Er musterte das verdreckte Bündel Plüsch skeptisch.

Patricia legte die Stirn in Falten. »Ein Kind auf einer Höhlenexkursion?«

»Agatha hat den Geruch Ihrer Tochter aufgenommen«, sagte Frank und klopfte der Hündin aufs Fell. »Trotz des Regens! Das ist eben Agatha. Sie täuscht sich nicht.« Er tastete seine Taschen nach einem Leckerli ab. »Prima, mein Mädchen, das hast du fein hinbekommen.«

»Laura ist ganz in der Nähe.« Roger drückte Mimo an sich. Wäre der Teddy lebendig, würde er vor Schmerz aufschreien, so fest klammerte sich der Arzt an das Lebenszeichen seiner Tochter.

»Laura!«, schrie er die Wände an. »Laura, gib nicht auf, wir sind gleich da, gib uns ein Zeichen, wir kommen zu dir!« Daraufhin versagte seine Stimme.

Jonas umarmte seinen Vater, hielt ihn lange fest. Wieder tauschten sie die Rollen, und Jonas tat, was sich Kinder von ihren Eltern wünschten. Rogers Schultern hingen herab, seine Muskeln schienen jede Spannung verloren zu haben. Jonas konnte sich nicht erinnern, seinen Vater je derart verletzlich erlebt zu haben. Er war das Epizentrum der Familie, der Fixstern! Jonas hatte sich selbst stets als Umlaufbahn gesehen.

»Darf ich?« Frank zeigte auf das Plüschtier. Roger nickte. Frank nahm Roger Mimo ab und ließ Agatha an dem verschmutzten Fell schnuppern. »Los, Agatha, such!«, sagte er. Kurz darauf hatten sie Mühe, der Hündin zu folgen. Agatha brauchte nichts weiter, um die Spur von Laura aufzunehmen. Sie musste nur ihren 220 Millionen Riechzellen folgen.

Tübingen

Tom wartete im Foyer der Uniklinik. Er hatte sich geweigert, Lasse im Zimmer abzuholen. »Wie du rauskommst, ist mir egal. Ich warte am Eingang um 11 Uhr. Sei pünktlich«, hatte er ins Telefon gekläfft.

Um 11.12 Uhr humpelte Lasse, gestützt auf zwei Krücken, das linke Bein im Gips, aus dem Fahrstuhl. Als er

Tom auf einer Sitzgruppe neben dem Eingang sah, hob er eine Krücke zum Gruß. Dann sagte er: »Ich brauch was zu trinken, lass uns in ein Café gehen.«

Demonstrativ zeigte Tom auf seine Armbanduhr. Lasse reagierte nicht.

Tom ärgerte sich, dass Lasse ihn 12 Minuten hatte warten lassen. Er herrschte ihn an: »Du bist mit Medikamenten vollgepumpt. Gehen wir eine Pizza essen. Ich sterbe vor Hunger.«

»Okay. Von dem Krankenhausfraß wird eh keiner satt.«

Nachdem er die kurvenreiche Straße vom Gelände der Unikliniken in die Tübinger Innenstadt mit überhöhter Geschwindigkeit durchfahren war, parkte Tom den schwarzen Fiat 500 auf einem Seitenstreifen in der Innenstadt.

Zum Italiener waren es fünf Minuten Fußmarsch. Tom ging in ausladenden Schritten voran, sodass Lasse Mühe hatte zu folgen. Er kannte jede Gasse hier, bog mehrmals ab, bis die Gässchen enger wurden, die Lokale kleiner, die in den Schautafeln ausgewiesenen Preise günstiger.

Tom bestellte eine vegetarische Pizza, Lasse orderte eine Pizza mit allem. Dazu ein Glas Chardonnay. Lasse nahm einen großen Schluck. Er wischte sich mit dem Ärmel über die Lippen. »Alter, wie hab ich das vermisst«, sagte er und lehnte sich zurück.

»Wo ist Laura?«, fragte Tom zum ungezählten Mal. Ihm fiel jetzt erst auf, dass Lasses Bart ab war. Er sah jünger aus, harmlos fast. Wie ein Junggeselle, der im Dachgeschoss wohnt und der gebrechlichen Frau Müller aus dem Erdgeschoss den Müll rausträgt. Lasse trug garantiert keiner Frau den Müll raus. Er war alles andere als harmlos. Tom hatte nicht den geringsten Zweifel daran. Er durfte seinem Gegenüber nicht trauen.

Er wiederholte seine Frage. »Wo ist Laura?«

»Du klingst wie dein eigenes Echo.« Lasse wippte mit dem filigranen Holzstuhl, auf dem er saß, den Blick auf sein Weinglas gerichtet.

»Ich kann Jonas nicht erreichen.«

»Wer ist Jonas?«

»Ihr Halbbruder.«

Lasse grinste. Der junge Typ! »Ich hatte das Vergnügen, seine Bekanntschaft zu machen.«

»Wir sind in großer Sorge. Jonas. Und ich.«

»Hat die Bitch dich nicht abserviert?«

»Nenn sie nicht so, Lasse. Das ist frauenverachtend.« Tom biss in seine Pizza, er durfte keine Zeit verlieren, also redete er kauend weiter. »Sag schon! Wo hast du sie zurückgelassen und warum hast du das getan?«

Lasse lachte. Dann trank er sein Glas leer und schnipste mit den Fingern. »Ich brauch Nachschub.«

Nachdem Lasse ein zweites Glas Chardonnay bestellt hatte, zu Toms Verblüffung hatte er die junge Bedienung mit äußerster Höflichkeit behandelt, wandte er sich wieder an Tom. »Hör zu, das war nicht geplant.«

»Dann hilf uns, sie zu finden.«

»Ich habe keine Ahnung, wo sie ist. Ehrlich nicht.« Lasse ließ seinen Bick über die anderen Tische schweifen, die gut besetzt waren.

»Du bist ein Drecksack«, sagte Tom und schaute ihm verächtlich ins Gesicht.

Lasse lachte schallend.

»Es ist so. Lasse. Du bist krank! Ein egozentrierter Arsch, ein veritabler Narzisst.«

Lasse hob entschuldigend die Hände. »Ich wollte sie bloß testen.«

»Was, wie, testen?«

»Na, auf die Probe stellen! Schauen, wie sie reagiert, wenn sie alleine ist.«

»Du hast sie in der Höhle zurückgelassen, um zu sehen, ob sie durchdreht? Wusst' ich's doch! Sie ist nicht die Erste. Auch Finja ist wahrscheinlich nicht die Erste. Die hast du kaputt gemacht. Die ist durch. Und du bist ein echter Psycho!«

»Finja«, Lasse leckte seine Lippen. Dann warf er Tom einen provozierenden Blick zu. »Ich steh halt auf Frauen mit weit aufgerissenen Augen! Wenn diese zarten Herzen klopfen bis zum Anschlag, geht mir einer ab.«

Tom hatte einen großen Bissen im Mund, doch er vergaß zu kauen. Er verschluckte sich, hustete. Schrie: »Du perverse Sau!« Andere Gäste drehten ihre Köpfe. Tom schämte sich seiner Worte nicht, obwohl sie nicht zu ihm passten. Zu dem Arschloch, das ihm gegenübersaß, passten sie sehr wohl.

»Ich hab dich gegoogelt, Lasse. Hab deinen Namen eingegeben. Den gibt es nicht. Dich gibt es nicht. Weder in den sozialen Medien noch bei Wiki noch sonst wo. Entweder bist du ein Hochstapler oder ein Psychopath. Ich tippe auf beides.«

Lasse hob die Brauen. »Sitzen solche Leute nicht in Einrichtungen?«

»Schön wär's! Aber nein, leider nicht. Viele sind freilaufende Wissenschaftler, so wie du. Psychopathen findest du sogar unter Wirtschaftsbossen, Politikern, Rechtsanwälten oder Journalisten. In führenden Positionen lassen sich dunkle Fantasien perfekt ausleben.«

»Jeder hat Fantasien.« Lasse grinste anzüglich. »Ich wette, auch der kleine Tom hat ein dunkles Geheimnis. Die Harmlosen sind die Schlimmsten.«

»Es geht dir um Macht, Lasse. Um eine exzessive Ausübung von Macht.« Tom hatte Stunden in der Bibliothek verbracht. Er hatte sich von Caro Bücher und Magazine mit Abhandlungen über Psychosen bringen lassen, hatte sich in die Geheimnisse der Machtmanipulation vertieft, hatte die destruktiven Seiten der Psyche studiert, ja er hatte sogar Bücher über die Dunkle Triade mit nach Hause genommen. Nächtelang hatte er darin gelesen und erfahren, dass nach diesem Konzept Narzissmus, Machiavellismus und Psychopathie eng miteinander verwoben waren. Auch wenn manches Geschriebene, das er gelesen hatte, sensationslüsterne Pseudowissenschaft war, erkannte er Lasse in vielem wieder.

»Chill, Tom! Das war ein Witz«, behauptete Lasse und zwinkerte einem jungen Paar zu, das immer wieder zu ihnen herüberschielte.

»Ne, Lasse, das glaub ich dir nicht.« Tom funkelte sein Gegenüber an.

»Ich wollte die Gegend erkunden, schauen, welche Richtung wir am nächsten Tag einschlagen. Dieses Gelände ist wahnsinnig zerklüftet, du weißt nie, wo du bist, was nebenan ist, wo du weitermusst. Wenn du nicht aufpasst, weißt du noch nicht einmal, wo du eben warst.«

Tom schnappte nach Luft. Laura durch Irrgänge hetzen zu sehen, ohne Licht, ohne Orientierung, war für ihn unerträglich.

Lasse sprach weiter. Er betonte Wort für Wort, als säße ihm ein Mensch mit einem geringen IQ und nicht der hochbegabte Tom gegenüber. »Sie hat mich geschubst.«

»Was?«

»Glaub mir! Sie hat mich in einen Abgrund befördert, dein entzückendes Lauralein! Das ist eine hinterfotzige Zicke, sei froh, dass du die los bist.«

»Noch mal, Lasse. Laura hat dich gestoßen? Wie kommst du darauf?«

Lasse zeigte auf das Gipsbein. »Denkst du, ich hätte mir das freiwillig zugezogen? So eine Schienbeinfraktur ist schmerzhaft, Tom! Es dauert ewig, bis die komplett verheilt ist.«

Tom hatte selten so viel Schadenfreude verspürt. Auch wenn es ein Gefühl aus der Dunklen Triade war, schämte er sich kein bisschen. Er griff nach dem letzten Stück Pizza. Der Käse hing weit über den Teig. Er packte ihn mit dem Zeigefinger und beförderte ihn auf den Belag zurück, bevor er das große Stück in seinem Mund verschwinden ließ. Der beste Weg, sein breites Grinsen zu unterdrücken. Laura, die Lasse in eine Grube beförderte, was für eine Aufführung! Leider war es kein spannendes Theaterstück, es war eine Schmierenkomödie. Nachdem er den letzten Rest des knusprigen Pizzateigs zerkaut und geschluckt hatte, fragte er: »Bist du eingeschnappt, weil du bei ihr nicht landen konntest? Verschweigst du deshalb, wo sie ist? Weil sie nicht auf deine bescheuerten Spielchen eingegangen ist? Das ist nicht lustig, Lasse. Ein Suchtrupp ist seit Tagen da unten. Sie verhungert, wenn wir sie nicht finden.«

»So schnell verhungert die nicht.« Lasse aß das letzte Viertel seiner Pizza auf.

»Menschen, die Tage oder Wochen in Höhlen verbringen, drehen durch, das weißt du genau! Man nennt das Höhlenkoller. Die Leute haben Halluzinationen, Visionen, sie hören Stimmen, fühlen sich verfolgt, können die Realität nicht von der Fantasie unterscheiden.«

»Kennst du das Projekt Deep Time?«, fragte Lasse.

»Was soll das sein?«

»Vor ein paar Jahren haben sich 15 Freiwillige zu einem

Höhlenexperiment zusammengetan. Sie haben 40 Tage und 40 Nächte in einer Höhle in den Pyrenäen verbracht. Sie wollten die Anpassungsfähigkeit erforschen, selbst erleben, wie sich der Mensch in so einer Extremsituation verhält.«

»Und?«

»Sie haben das Gefühl für Zeit komplett verloren, hatten keinen Schlaf- und keinen Wachrhythmus mehr. Absolut nichts. Niente.« Lasse schaukelte wieder mit seinem Stuhl.

»Deshalb will ich verdammt noch mal wissen, wo Laura ist! Sonst nehm ich dich nicht mit zu mir nach Hause.«

Lasse prallte mit dem Stuhl gegen ein Tischbein. »Oho, der freundliche Tom verweigert mir sein Bett?« Er stieß ein hämisches Lachen aus. »Jetzt hab ich aber Angst!«

Tom fuhr es eiskalt über den Rücken.

»Im Ernst«, versuchte Lasse zu beschwichtigen. »Ich hab keinen blassen Schimmer. Nachdem sie mich in diese fucking Doline gestoßen hat, hat sie sich auf und davon gemacht. Es war scheißdunkel, wie hätte ich sehen sollen, wo sie hin ist? Ich bin das Opfer, warum kapiert das keiner?« Ein Speichelfaden hing an seinen Lippen, so sehr hatte sich Lasse in Rage geredet.

Tom erwiderte nichts. Er hörte zu. Sein Gegenüber würde sich verraten, wenn er lange genug wartete. Menschen wie Lasse verrieten sich, vor lauter Geltungssucht sagten sie Dinge, die sie nicht sagen wollten. Man musste sie so lange in ihren eigenen Worten suhlen lassen, bis ihnen die Kontrolle entglitt.

Lasse schien ihn zu durchschauen. »Keine Panik, Tom«, sagte er. »Sie ist erwachsen, Laura ist ein großes Mädchen. Mach dir mal nicht ins Hemd.«

»Wird sie da rausfinden, ich meine, kommt jemand Unerfahrenes ohne fremde Hilfe aus einem komplexen Höhlensystem?«

»Ja. Nein. Vielleicht.« Lasse fuhr mit der Zunge über seine Zähne.

»Sie weiß doch, wie ihr reingekommen seid!«

»Wie gesagt, es ist ein Labyrinth. Du weißt nie, wo du bist, alles ähnelt sich. Genau das ist der Kick!«

Tom glotzte Lasse an.

»Es ist nicht meine Schuld. Man wird sie finden. Du hast gesagt, dass ein Suchtrupp unterwegs ist. Für die ist das kein großes Ding.«

»Doch! Ist es, Lasse. Weil sie dich gefunden haben und nicht sie. Das ist die Tragödie.«

Lasse nahm die Krücken, die er an den Tisch gelehnt hatte, stand auf und humpelte zur Tür. Noch einmal drehte er sich um und fragte: »Gewährst du mir eine Nacht Asyl? Ich kann nicht zu mir nach Hause. Es geht einfach nicht.«

Auch wenn Tom keine Ahnung hatte, was Lasse damit meinte, hatte er keine Lust nachzufragen. Am liebsten hätte er Lasse eine Krücke über den Kopf gezogen! Dennoch nickte er. Er würde sich durch Lasses Sachen wühlen, sein Gepäck durchsuchen. Lasse war der Weg zu Laura. Der einzige. Und er würde diesen Tatbestand schamlos ausnutzen.

Zunächst aber musste er dringend Jonas anrufen.

Refugium

Sie wollte gleich losstürmen, um das Refugium näher in Augenschein zu nehmen, doch Laura wusste, dass sie mit Bedacht nach unten klettern musste, sie konnte sich ja nicht abseilen! Außerdem war die Wand nass. Glitschig. Sie ließ sich Zeit. Zeit spielte ohnehin keine Rolle mehr für sie. Als ihre Füße auf dem Boden Halt fanden, stand ihr das Wasser bis zu den Knien. Es war egal, sie hatte nur das Felsplateau im Sinn. Kaum hatte sie ein paar Schritte getan, rutschte sie aus. Sie ruderte mit den Armen durch die Luft und erschrak. Sie durfte nicht der Länge nach auf dem Stein aufprallen! Der Boden war glitschig, rutschig wie Seife, sie musste höllisch aufpassen, um nicht mit dem Gesicht im Wasser zu landen. Vorsichtig tastete sie sich voran. Mit klopfendem Herzen watete sie auf die Anhöhe zu. Ein steiler Pfad führte zu dem Refugium. Auf allen vieren nahm sie die Anhöhe, bis der Boden unter ihr halbwegs trocken war. Von nun an war es ein Leichtes, das Plateau zu erreichen. Sie war wenige Meter entfernt, als sie die Nase in die Luft reckte. Da war ein Geruch, den sie kannte, … es war … verkohltes Holz! Hier musste vor Kurzem jemand gewesen sein, musste Feuer gemacht, sich gewärmt, sich dort aufgehalten haben! Hatte Lasse sein Lager an dieser Stelle errichtet? Wenn er auf diesem Plateau genächtigt und vor wenigen Stunden ein Feuer entfacht hatte, war er wohlauf. Dann hatte die Bedenkenträgerin von Anfang an recht gehabt. Er hatte sie hintergangen. Sie hörte auf, sich zu fragen, warum er das tat, sie würde den Sinn sowieso nicht erfassen. Sie musste jedoch auch andere Eventualitäten in Betracht ziehen. Dazu gehörte, dass die Person, deren Lager sie gefunden hatte, möglicherweise nicht Lasse war. Wer hielt sich in dieser dunklen Ecke verborgen?

Warum sollten sich Menschen nicht in Höhlen zurückziehen, sie waren das perfekte Versteck! Für einen Rechtsbrecher, der aus dem Gefängnis ausgebrochen war, beispielsweise. Es gab einen Justizvollzug im nahe gelegenen Rottenburg, ebenfalls in Ulm. Laura hatte von keinem Ausbruch gehört. Klar, sie hatte schließlich keinen Nachrichtenempfang. Was, wenn es ein Wahnsinniger war? Jemand, der sich nicht im Griff hatte? Ein drogenabhängiger oder alkoholkranker Straftäter? Auch für einen Sexualstraftäter, der seinen Vollzug abgesessen hatte, aufgrund hoher Rückfallwahrscheinlichkeit jedoch in Sicherungsverwahrung untergebracht worden war, könnten diese Katakomben unter der Erde ein willkommener Ort zum Untertauchen sein. In Zwiefalten war die Forensische Psychiatrie untergebracht. Vor wenigen Jahren waren drei Gefangene entkommen. Sie hatten die dicken Mauern mit einem Rammbock bearbeitet, den sie aus ihren zerlegten Bettkästen gebaut hatten. An zusammengeknoteten Bettlaken hatten sie sich abgeseilt. Es hatte in allen Zeitungen gestanden. Zwiefalten war 35 Kilometer vom Sonnenbühl entfernt. Viel für einen Tagesmarsch, aber zu schaffen. Jeder, der sich in der Region auskannte, wusste von den Höhlen.

Laura sah sich um. Suchte einen Schatten, Hände, die bereit waren, ihr eine Abreibung zu erteilen, ein Lasso schwingend, ein Messer zückend. Panisch drehte sie sich um, um sicherzugehen, dass niemand sich auf sie stürzen wollte. Keiner war da. Sie musste sich zusammenreißen, alles ausblenden, die Angst, die Gefahr … Sie durfte nur noch an dieses Plateau denken! Sie leuchtete den Pfad aus und stieg die letzten Meter hoch zu dem verlockenden Refugium.

Rettungsaktion, vierte Etappe

Das Glück war auf ihrer Seite. Nach dem Teddybärenfund stieß Agatha auf einen länglichen Gegenstand, der in einer höher gelegenen Einbuchtung lag. Es war ein Stativ. Achtlos, wie weggeworfen, vom Wasser nicht weggespült, denn die Einbuchtung befand sich eineinhalb Meter über dem Boden. Das Stativ gehörte zu Lauras Kamera, zumindest lag die Vermutung nahe. Es sah wenig gebraucht aus, war kaum beschmutzt, als läge es noch nicht lange hier. Ein neuer Hinweis darauf, dass Laura an dieser Stelle gewesen war!

Nachdem sich Marek mit Emil die linke Seite vorgenommen hatte, suchten Frank und Agatha den Abschnitt rechts des Fundortes ab. Für Jonas und Roger hieß es warten.

Eingehüllt in Rettungsdecken saßen beide auf einem erhöhten Stein, der halbwegs trocken war, und aßen die Butterbrezeln, die ihnen die Wirtin am Morgen mitgegeben hatte. Roger trank einen Schluck heißen Kaffee aus einer Thermoskanne. Sie hingen ihren Gedanken nach. Jonas rekapitulierte das Gespräch, das er in der Pension mit Tom geführt hatte. Er hatte dem Freund sagen wollen, dass sie Laura dicht auf den Fersen waren, doch Tom hatte ohne Begrüßung drauflos geplappert. »Jonas! Gut, dass du anrufst«, hatte er gesagt. »Ich hab was erfahren. Von Lasse. Er hat mir was erzählt.«

Jonas hatte das Gesicht verzogen. »Du hast diesen Typen getroffen?« Er hatte alles erwartet, nur das nicht! Dabei hatte er von Mimo berichten wollen, erzählen, dass sie Lauras Teddybären gefunden haben, dass sie nicht weit sein konnte.

»Ich war mit ihm essen«, hatte Tom gesagt. »Ich wollte herausfinden, wo Laura ist. Er behauptet, na ja, also, er meint …«

»Was jetzt?«

»Laura habe ihn geschubst. Deshalb sei er in diese Schlucht gefallen, aus der ihr ihn geholt habt. Angeblich hat sie ihn da reingestoßen.«

Jonas hatte gegrinst. Das war seine große Schwester! Sie war wohlauf! »Großartig«, hatte er erwidert. »Nimm den Sack in die Mangel, bis er dir ihren Aufenthaltsort verrät. Koordinaten, Tom, wir brauchen exakte Angaben.«

»Das habe ich versucht, Jonas. Er behauptet, er weiß es nicht.«

»Es ist wichtig, Tom! Es hat die halbe Nacht geregnet, hier steht alles unter Wasser.«

»Ja, die ganzen Medien berichten darüber. Aber lass mich dir erst mal erzählen, was ich noch herausgefunden habe. Er … also, Lasse war eine Nacht bei mir.«

»Du hast das Arschloch bei dir übernachten lassen? Ich dachte, der ist noch im Krankenhaus!«

»Ich schmeiß ihn morgen raus.«

»Ich fass es nicht.«

»Jonas! Es ist die einzige Chance, etwas aus ihm herauszubekommen, das hab ich dir eben gesagt, hörst du mir überhaupt zu?« Tom hatte sich verhaspelt.

»Schon gut.« Jonas hatte vermeiden wollen, dass Tom sich in Rage reden würde, er hatte keine Zeit für eine endlose Diskussion. Außerdem hatte Tom recht. Wenn einer wusste, wo Laura sich aufhielt, war es Keyes.

»Was ist mit der Polizei?«, hatte Jonas gefragt.

»Ich war schon auf dem Revier. Es liegt nichts gegen ihn vor. Sich selbst aus dem Krankenhaus zu entlassen ist kein Verbrechen.«

»Hast du Laura als vermisst gemeldet?«

»Ja. Sie sei erwachsen, haben die gesagt. Wenn sie freiwillig mitgegangen ist, machen die nichts. Laura muss ihn anzeigen. Sie können erst was unternehmen, wenn eine Anzeige gegen Lasse vorliegt.«

Was Tom im Anschluss erzählt hatte, hatte Jonas noch nicht verdaut, als er einen Seitenblick auf seinen Vater warf. Jetzt war die Gelegenheit, Roger einzuweihen. Jonas war aufgeregt wie ein Mensch, der für den Nobelpreis nominiert wurde. »Tom hat angerufen, Papa. Heute Morgen, nach dem Frühstück.«

»Okay«, sagte Roger. Er war mit Lauras Stativ beschäftigt, drehte es in seinen Händen.

»Er hat was über diesen Keyes herausbekommen. Der ist … Ja also, irgendwas stimmt nicht mit dem. Tom findet keine Personalakte von ihm. Er hat in der Personalabteilung nachgefragt, aber die dürfen nichts sagen wegen Datenschutz und so. Er hat denen erklärt, dass es sich um einen Notfall handelt und er dringend herausfinden müsste, was mit ihm sei und … dass …«

»Jonas!« Roger drehte sich zu seinem Sohn um. »Sag bitte, was du zu sagen hat.«

»Tom hat ihn gegoogelt.«

Roger rollte mit den Augen.

»Es gibt ihn nicht. Lasse Keyes ist in keinem sozialen Netzwerk, weder als Autor noch als Wissenschaftler.«

»Nicht jeder stellt seine Bedeutungslosigkeit in die sozialen Netzwerke. Menschen mit einer Aufgabe haben keine Zeit, jeden Pickel auf Facebook zu posten! Du weißt, wie albern ich das finde.«

»Deine wissenschaftlichen Arbeiten findet man überall im Netz, Papa. Außerdem hast du einen Eintrag bei Wikipedia.«

Roger räusperte sich.

»Lass uns heute Abend drüber reden. Wir konzentrieren uns erst mal auf die Suche nach Laura.«

»Wir drücken bloß wieder unsere Hintern platt«, maulte Jonas. Natürlich war ihm klar, dass auch sein Vater nicht der Typ war, der untätig herumhockte und auf Höhlenretter wartete. Inzwischen wussten jedoch beide, dass die Retter alles gaben und nichts unversucht ließen, mochte der Weg noch so beschwerlich sein.

»Wenn Tom recht hat, müssen wir die Polizei informieren«, sagte Roger.

»Wir brauchen Beweise. Die werden sonst nicht aktiv.«

»Die finden wir, Jonas. Sobald wir Laura hier herausgebracht haben.«

»Wenn ich den in die Finger kriege, mach ich ihn platt.« Jonas deutete mit einer Handbewegung an, wie er Lasse das Genick brechen wollte.

»Wir sorgen dafür, dass er hinter Gitter kommt«, sagte Roger trocken, als hege er nicht den geringsten Zweifel daran, dass seine Tochter ihren Peiniger anzeigen würde, sobald sie sie gefunden hatten.

Kurz unterhielten sie sich noch über Toms Worte und über den Tatbestand, dass Lasse Keyes nirgendwo verzeichnet war. Roger sprach seine Vermutung aus, dass dieser Mann niemals ein Wissenschaftler war.

Nachdem Marek und Emil von ihrem Erkundungsgang zurückgekehrt waren und auch Frank mit Agatha »kein Ergebnis« meldete, streiften sie weiter durch das Gelände. Es war schwieriger als an den Tagen zuvor. An manchen Stellen stand das Wasser immer noch einen Viertelmeter hoch. Ganze Abschnitte ging es watend voran. Einige Male mussten sie auf höher gelegene Stellen ausweichen, bevor sie ihre Route wieder aufnehmen konnten. Roger war froh, dass er Mareks Ermahnung ernst genommen hatte. Wie Jonas trug er einen Neoprenanzug unter seinem wetterfesten Overall. Hannes, der Einsatzleiter, hatte sie ihnen am Morgen in die Hand gedrückt. Jonas hatte am Abend erste Anzeichen einer Erkältung gezeigt. Roger bedauerte, kein Medikament für seinen Sohn eingepackt zu haben, für einen Besuch in einer Apotheke war keine Zeit gewesen. Das Opipramol war bei einer Erkältung nutzlos. Zudem hatte er zwei Tabletten davon an diesen Keyes verschwendet. Der Rest war für Laura. Sollte sie diesen Trip überstehen, dann wohl keinesfalls unbeschadet.

Zum ungezählten Mal legten sie eine Zwangspause ein. Jeder war angespannt. Auch Agatha wirkte gestresst. Immer wieder schleckte sie sich übers Maul oder gähnte hemmungslos. Irgendwann verzog sich Jonas mit einem knappen »Muss mal« und verschwand in einer Nische. Plötzlich schrie und fuchtelte er. »Da sind Knochen!« Seine Stimme überschlug sich fast. »Kommt, schnell, das müsst ihr euch ansehen!«

Tübingen

»Hast du Kaffee da?«, fragte Lasse und Tom bejahte. Auch er konnte ein Dosis Koffein gut gebrauchen.

Während er darauf wartete, dass sich die Maschine aufheizte, streifte Toms Blick das Küchenfenster. Der Regen hatte nachgelassen. Noch war alles nass. Die kleine Kiefer vor dem Haus war umgeknickt. Er wusste, wie gefährlich Starkregen in Höhlen war. Laura ging ihm nicht aus dem Sinn. Wie sie sich fühlte, alleingelassen in einem Unwetter, das sie nicht einschätzen konnte?

Tom füllte zwei Tassen und ging rüber zu Lasse, der auf dem Sofa saß. Während er seinem unwillkommenen Gast eine Tasse reichte, reifte sein Plan.

»Was ist mit Milch?« Lasse glotzte in die schwarze Brühe.

»Bedauere, ist alle.« Das stimmte nicht, doch Tom hatte keine Lust, wegen Lasse noch mal in die Küche zu marschieren. Er brachte sein Vorhaben ruhig hervor. »Wir trinken jetzt den Kaffee aus und danach gehen wir zur Polizei. Du und ich. Gemeinsam. Du zeigst dich selbst an. Jetzt ist Schluss mit dem Theater.«

Lasse sah ihn ungläubig an. »Sag mal, hackt's? Ich hab doch nichts ausgefressen! Die Frauen gehen freiwillig mit! Ich habe niemanden je gezwungen, mich auf eine Tour zu begleiten. Weder Finja noch Laura.«

Tom räusperte sich.

»Okay! Ich habe eine Schwäche. Mich interessieren entfesselte Gefühle. Das solltest du auch mal ausprobieren, dich einmal gehen lassen, deinen animalischen Instinkt ausleben, ohne Hemmungen. Viele wollen das! Kaum einer traut es sich. Dabei lechzen die Leute nach

Extremen. Sex mit Gewalt, Tötungsfantasien, Machtmissbrauch. Je abstoßender etwas ist, umso mehr interessiert es die Leute. Und die Gesellschaft macht einen auf ›Oh, wie schlimm ist das denn!‹. Dabei heizt sie es an. Welche Bücher und Filme verkaufen sich wohl am besten, was erzielt die höchsten Bewertungen? Richtig, Tom! Je krasser die Perversion, je mehr Cash bringt der Stoff ein.«

Tom stöhnte. Der Typ widerte ihn an. »Sei ehrlich zu mir, ja? Hast du sie vergewaltigt?«, fragte er.

»Ne, mein Lieber, auch da bist du auf dem Holzweg. Diese jungen Pussys legen sich freiwillig in mein Bett, auch das kannst du mir glauben. So was langweilt mich total. Auch deine kleine Laura hat sich mir angeboten, regelrecht an den Hals hat sie sich mir geworfen, ich hätte alles mit der machen können, Tom, verstehst du? Da zieht sich die kleine Bitch vor meinen Augen aus und zeigt mir ihre festen Brüste.«

Tom sprang auf. Er ballte die Faust vor Lasses Nase.

Lasse lachte. »Wie gesagt. Ich hab erzwungenen Sex nicht nötig.«

Tom besann sich. Er setzte sich an den Esstisch und beschloss, seine Strategie zu ändern. »Du kannst noch eine Nacht hier pennen«, sagte er und zeigte auf das Sofa, das hinter dem Esstisch stand. »Aber morgen bist du weg.«

»Klar, Mann.« Lasse streifte die Schuhe ab und streckte sich aus.

Tom ging in die Küche und löste eine sedierende Substanz in einer Tasse Tee auf. Weil eine Mitbewohnerin Medizin studierte, war der Arzneimittelschrank der WG gut bestückt. Er wusste, dass Diclofenac schläfrig machte. Obwohl rezeptfrei, führte das Medikament bis zur Bewusstlosigkeit, wenn man es überdosierte. Deshalb überdosierte er es leicht.

»Trink, Lasse«, sagte er und reichte seinem Gast die Tasse. »Du brauchst Flüssigkeit.«

Lasse sah ihn verwundert an. Dankbar griff er nach dem Tee und leerte ihn zur Hälfte. Daraufhin schlief er tief und fest.

Tom knöpfte sich die Sachen seines ungebetenen Gastes vor. Dessen Gepäckstück war immens. Er schleifte es in die Wohnküche und schüttete den Inhalt auf dem Boden aus. Anschließend wühlte er sich durch die herausgepurzelten Gegenstände, bis er auf einen Pass stieß. Er schlug ihn auf. Stirnrunzelnd betrachtete er das Dokument, das auf Jan de Vries ausgestellt war. Dr. Jan de Vries. Tom studierte das Foto. Es zeigte Lasse Keyes, etwa zehn Jahre jünger. Er war es, keine Frage. Die Lippenspalte, unverkennbar. Als Adresse war eine Marktstraße in Hildesheim angegeben. Tom hatte genug gesehen! Er rannte in sein Zimmer und konfrontierte Lasse. »Du heißt nicht Keyes!«, brüllte er den Schlafenden an.

Lasse rieb sich die Augen. Ungläubig glotzte er den aufgebrachten Mann in dem schwarzen Jogginganzug an.

»Du heißt de Vries!«, schrie Tom.

»Hast du in meinen Sachen gewühlt?« Lasse versuchte, sich auf dem Sofa aufzurichten. Schnell ließ er sich zurückfallen. Die sedierende Wirkung des Medikaments hielt noch an. Er wirkte schwach.

»Du hast deine Identität gefälscht«, sagte Tom. »Vermutlich wirst du gesucht. Gib's zu! Die Polizei fahndet nach dir. Wegen Nötigung, wegen Vergewaltigung, wegen … was weiß ich, was du auf dem Kerbholz hast!«

Tom erkannte sich selbst kaum mehr. Wann war er das letzte Mal so aufbrausend gewesen? »Ich will das jetzt wissen, Lasse! Oder Jan. Wer bist du? Was hast du getan und was hast du für ein Problem?«

Lasse richtete sich umständlich auf, stützte sich mit den Ellbogen ab. »Also gut.« Er schnalzte mit der Zunge. »Du wolltest es so.«

Tom setzte sich auf die Sofakante und hörte zu. Lasse räusperte sich, dann fing er an zu erzählen.

»Denkst du wirklich, ein Verlag zahlt 50 oder 100 Riesen für ein Buch über Höhlenfunde?« Er lachte gequält. »Nicht mal ein Zehntel verdienst du damit! Von einem Sachbuch kann kein Schwein leben. Die meisten Autoren arbeiten unter Mindestlohn. Das gilt für alle Sparten.«

»Dann willst du gar kein Höhlenbuch herausbringen?«

»Doch, natürlich will ich das! Ich brenne für dieses Thema. Es ist wichtig, nicht nur für mich. Es ist ein Dienst an der Wissenschaft. Aber von etwas leben muss ich auch. Was glaubst du, wer die Kohle für meine Bude in Reutlingen zahlt?«

Tom sah ihn fragend an.

»Das Darknet, mein Lieber. Da geht der Punk ab. Da kannst du eine Frau kaufen und ich meine damit keine Gummipuppe. Eine echte! Du legst eine sechsstellige Summe hin und zack, gehört sie dir. Mit der kannst du deine kleinen Sexspielchen ausleben und sie hinterher umlegen, wenn dir danach ist.« Lasse stellte die Beine auf den Boden. »Ich brauch meine Krücken, Tom«, sagte er.

Toms Mund stand offen, als er wie mechanisch zum Esstisch marschierte und Lasses Gehhilfen holte.

»Du wolltest Laura verkaufen?«, schrie er seinen ungebetenen Gast an, während er ihm die Gehhilfen hinwarf. Er konnte nicht fassen, was Lasse gesagt hatte. Auch konnte er nicht glauben, dass er das Arschloch bediente.

Lasse lachte. »Alter! Ich meinte das allgemein. Ich wollte ihr ein wenig Angst einjagen und ein paar Filmchen drehen. Ihre Reaktion festhalten. Die Filme hätte ich anbieten können. Aus dem Material wollte ich ein Buch machen. Im Selfpublishing verlegen und vertreiben. Ich hab das schon einmal getan. Es war ein voller Erfolg. Meine Fans wollen Nachschub!«

»Das sind doch Wichser, die sich so was reinziehen! Die leben ihre Perversion auf Kosten Unschuldiger aus und du fütterst sie damit und kassierst ab? Dabei nimmst du in Kauf, dass die jungen Frauen, die du für deine Zwecke missbrauchst und an deren Angst ihr euch aufgeilt, ein Trauma bekommen, das manche nie mehr loswerden. Sie können nie wieder ein befreites Leben führen!«

»Tom.« Lasse erhob sich. »Ich habe die Welt nicht geschaffen und ich habe sie nicht verändert. Es ist nicht meine Schuld, dass sich Männer nach ihrer alten Bestimmung sehnen. Weil sie nicht damit klarkommen, dass Mann nicht sein darf, wer er ist oder wer er war. Dass er keine Macht mehr über Frauen hat.«

Tom dachte an Laura. An Finja. An das Buch über die Dunkle Triade, das er verschlungen hatte. Lasse war schlimmer, als er befürchtet hatte. »Du musst dich behandeln lassen, Lasse«, sagte er.

Lasse kicherte. »Wer muss das nicht.« Er stützte sich auf seine Krücken, bevor er weitersprach. »Ich war nicht immer so, Tom. Ich war ein stinknormaler Typ. So wie du. Wie alle. Normal. Nett. Langweilig.«

»Ich finde nicht, dass ein normales Leben langweilig ist.«

Lasse blickte Tom lange in die Augen. »Mir hat es eben nicht gereicht.«

»Was heißt das?«

»Ich bin falsch abgebogen. Irgendwann hab ich meinen Weg verlassen. Als ich es bemerkte, war es zu spät.« Lasse seufzte. »Manche Entscheidungen lassen sich nicht rückgängig machen. Selbst, wenn du einsiehst, dass sie falsch waren. Ich würde einiges heute anders angehen.« Lasse suchte seine Sachen zusammen, packte sie in seinen Rucksack, hievte das schwere Gepäckstück hoch, schnallte es auf seinen Rücken und humpelte zur Tür.

Tom schaute ihm nicht hinterher. Er setzte sich an den Esstisch, fuhr immer wieder mit der Hand über sein Gesicht, als ließe sich das Gesagte verscheuchen, aus der Wohnung vertreiben, verbannen und ungeschehen machen.

Rettungsaktion, vierte Etappe

Roger folgte Jonas im Eilschritt. Frank, Agatha, Marek und Emil waren Roger auf den Fersen. Kurz darauf starrten sie auf ein gigantisches Skelett, das groß wie ein Elefant war. Aufgerichtet dürfte das Tier gute drei Meter messen.

»Ist das ein Mammut?« Roger musterte den Rumpf des vor ungezählten Jahren verendeten Tieres.

»Eher ein Höhlenbär«, sagte Frank.

»Ein Ursus spelaeus aus der Kaltzeit«, bestätige Marek.

Emil lief um das Skelett herum und inspizierte neugierig einen Knochen, der ihn weit überragte. Nachdenklich besahen sich alle den Fund. Plötzlich schlug Agatha an. Vor dem Brustbereich des Skeletts blieb die Hündin unvermittelt stehen. Bellend und mit der Rute wedelnd. Triumphierend. Kein Zweifel: Laura war hier! Gewesen.

St. Johann

Jonas schielte auf eine Nachricht, die Tom geschickt hatte. Sie waren gerade im Landgasthof angekommen. Marek hatte sie zum zweiten Mal in den 5.000-Seelen-Ort gefahren, der aus sechs Ortsteilen bestand. Von manchen hatten sie noch nicht einmal den Namen gehört. Jonas wollte nicht unhöflich sein und würde die Nachricht später lesen, weil er sich gerade mit seinem Vater und Marek über den Höhlenfund unterhielt. Agathas Reaktion vor dem Bärenskelett hatte sie nicht weitergebracht. Kein konkretes Zeichen, kein Gegenstand von Laura. Die Vermutung, dass sie dort gewesen war, lag nahe. Die Frage nach dem Wann blieb. Heute, gestern, vorgestern? Dennoch sahen sie es als Ansporn. Sie waren auf dem richtigen Weg.

Nachdem Marek auf dem Parkplatz des Landgasthofs angehalten hatte und Roger und Jonas aussteigen ließ, nahmen sie stumm die Treppe zu ihrem Zimmer im Obergeschoss. Jonas hatte die Augen auf sein Display geheftet. Abrupt drehte er sich zu seinem Vater um.

»Papa«, sagte er, »dieser Keyes heißt in Wirklichkeit de Vries.«

Roger blieb stehen und hörte Jonas zu.

»Er hat einen falschen Namen angegeben. Er ist nicht der, der er vorgibt zu sein. Weil der, der er wirklich ist, gesucht wird. In Holland. Wegen Nötigung in mindestens drei Fällen. Tom hatte mit seinen Vermutungen recht.«

»Bist du sicher?«

»Klaro! Wieso?«

»Tom ist doch Lauras Ex.«

»Hm.«

»Will er sich an ihr rächen? Hat sie ihm den Laufpass gegeben? Vielleicht verkraftet er das nicht.«

»Ne.« Jonas lachte auf. »Tom ist keiner, der Spielchen spielt. Der verarscht uns nicht. Er macht sich genauso viele Sorgen wie wir.«

Sie standen nach wie vor auf der Treppe. Kein anderer Gast war zu sehen. Roger ballte die Fäuste in seiner Hosentasche.

»Dann ist der doch ein Vergewaltiger«, entfuhr es ihm. Er hätte dem Kerl den Hals umdrehen müssen, statt ihn bloß zu schubsen! Und er hatte noch ein schlechtes Gewissen gehabt. Er hielt sich am Treppengeländer fest und schnaufte.

»So wie ich es verstanden habe, bezieht sich die Nötigung auf wissenschaftliche Arbeiten«, sagte Jonas.

»Was sollen das für wissenschaftliche Arbeiten sein?« Roger fühlte sich verarscht, komplett hinters Licht geführt.

»Er studiert das Verhalten von Menschen. Für Forschungszwecke. Er bringt Leute an ihre Grenzen und beobachtet ihre Reaktion. Er hat wohl Artikel darüber veröffentlicht. Anscheinend gibt es Idioten, die verehren ihn wie einen Guru. Finja hat Caro erzählt, dass er zu weit geht. Sie sei nicht die Einzige. Mehr hat Tom nicht herausbekommen.«

»Das reicht auch! Das ist genug Material für die Polizei.«

»Ja. Endlich haben wir was in der Hand.«

»Sobald wir Laura herausgeholt haben, klären wir das mit diesem Keyes oder de Vries oder wie immer der heißt.

Zum Glück liegt er im Krankenhaus und kann ihr nichts mehr tun.«

»Leider nicht«, murmelte Jonas so leise, dass sein Vater ihn nicht hören konnte. Die Tatsache, dass Keyes oder de Vries bei Tom auf dem Sofa schlief, hatte er selbst noch nicht verarbeitet.

Refugium

Mit klopfendem Herzen stapfte Laura auf das Plateau zu. Sie passierte Geröll, das vom Regen durchnässt, glatt und glitschig war. Mehrfach rutschte sie ab. Sie musste beide Hände zu Hilfe nehmen, um die Steigung, die unter normalen Umständen ein Kinderspiel für sie wäre, zu bezwingen.

Laura hoffte, dass das Lager unbewohnt war. Sie wollte niemandem begegnen, keinem Straftäter und schon gar nicht Lasse. Bei dem ganzen Grau, Schwarz und Braun der letzten Tage sprangen ihr die farbenfrohen Tücher als Erstes ins Auge. Es waren Decken. Wolldecken. Eine unterirdische Ruhestätte, ein Höhlenschlafzimmer. Das Refugium wirkte in dieser Einöde wie ein Fünf-Sterne-Hotel! Sie eilte auf die einladenden Tücher zu, wollte sich hineinfallen lassen, doch etwas hielt sie zurück. Das Gefühl, beobachtet zu werden, überkam sie. Waren da wieder diese Augen? Sie zitterte. Ihr Herz klopfte hart an ihre Brust. Mit angehaltenem Atem sah sie sich nach allen Seiten um. Niemand, keine Menschenseele. Sie war allein. Sie ließ den Kegel ihrer Lampe über den Schlafplatz huschen. Verwundert nahm sie zwei Puppen wahr, die mitten in dem Sammelsurium von bunten Decken lagen. Sie waren voll ausstaffiert, trugen hübsche Kleidchen, Schleifen, Schuhe. Lauras Blick fiel auf eine Plastikplane, die auf dem Boden ausgebreitet war. Alles wirkte improvisiert, aber nicht schmutzig. Die Unterkunft sah aus, als wäre sie nicht erst gestern eingerichtet worden. Hier verbrachte niemand zwei, drei Tage, um ein Abenteuer zu erleben, da hauste jemand. Doch wozu die Puppen? In diesen Höhlen konnten keine Kinder leben!

Bald galt Lauras Aufmerksamkeit nicht mehr den Decken und den Puppen. Sie starrte auf eine Blechdose, die auf einer kleinen Erhebung, einer Art Nachttisch, thronte, direkt hinter der Schlafstätte. Die Dose war geöffnet, ein Holzlöffel ragte heraus. Daneben entdeckte sie einen Laib Brot, halb aufgegessen. Lauras Puls raste. Sie musste sich beeilen, bevor die Person zurückkehrte, in deren Unterschlupf sie eingedrungen war!

Hastig griff sie nach der Konserve und schnappte sich den Löffel. Sie sah nicht hin. Sie löffelte einfach drauflos, stopfte in sich hinein, was in der Dose war. Es schmeckte köstlich. Nach Kartoffeln! Kurz schloss sie die Augen. Sie aß ein Kartoffelgericht mit Linsen! Das Essen war kalt und schmeckte wunderbar. Nach Kindheit, nach Unschuld, nach ehrlichem Leben. Sie nahm das Brot, brach im Stehen ein Stück davon ab und stopfte es in sich hinein. Sie zögerte keine Sekunde mehr. Laura setzte sich auf die bunten Decken und leerte genüsslich den Inhalt der Dose. Das übrig gebliebene Brot steckte sie in ihre Jackentasche. Sie würde es aufbewahren, als Vorrat. Wieder spähte sie nach allen Seiten, sie musste sichergehen, dass sie nicht beobachtet wurde. Sie konnte niemanden entdecken und hoffte, dass sich keine Augen in ihren Rücken bohrten. Laura fuhr mit dem Handrücken über ihren Mund. Zufrieden dachte sie an das leckere Mahl, das soeben ihren Magen gefüllt und besänftigt hatte, und legte sie sich auf die Decke, um ein paar Minuten zu dösen. Bald fiel sie in einen tiefen Schlaf.

»Wer hat vom Teller mir gegessen,
hat in meinen Topf geguckt!
Wer wird wohl in mein Bettchen pissen,
hat mir auf den Kopf gespuckt?« Sie sprach mehr, als dass sie sang. Die Worte sprudelten aus ihr heraus, einfach so. Sie plumpsten auf den felsigen Boden und prallten von den Wänden ab. Dann fraßen sie sich auf.

Laura fuhr hoch. Suchend sah sie sich um. Sie lag auf den bunten Decken, fühlte sich erstaunlich fit, ausgeruht wie nach einem Sonntagsschlaf. Eine leer gegessene Blechdose stand neben ihr. Das Festmahl kam ihr in den Sinn. Wie lange war sie schon auf diesem Plateau? Es war leichtsinnig gewesen, sich hinzulegen und zu schlafen. Die Person, deren Vorräte sie gegessen hatte, hätte sie überraschen können. Sie hätte sie umbringen können!

Menschen töteten, wenn man ihnen das Wenige nahm, das sie hatten. Wer immer in diesem Lager lebte, war auf die Speisen angewiesen. Diese Person würde Rache nehmen, sie niederstechen oder sonst was! Sie sah es in den Zeitungen stehen. *27-Jährige noch immer vermisst. Wer hat die junge Frau gesehen? 1,70 Zentimeter, 53 Kilogramm, lockige braune Haare, bernsteinfarbene Augen, dunkelblaues Trekking-Outfit mit hellen Streifen. Letzter vermuteter Aufenthaltsort: unentdeckte Höhle auf der Schwäbischen Alb. Sachdienliche Hinweise nimmt jede Polizeidienststelle entgegen.*

Erschrocken sprang sie auf. Niemand war da. Der Mensch, der hier wohnte, war ausgeflogen. Je länger sie grübelte, umso klarer wurde ihr, dass diese Fundstätte weder Lasse noch einem Unbekannten gehörte. Es war das Lager der Gestalt, der sie gefolgt war. Die Person im schwarzen Mantel! Sie war kein Hirngespinst, keine Halluzination. Und sie war auch nicht ihre Mutter! Sie war eine Frau. Eine Frau, die unter bunten Decken schlief und mit Puppen spielte. Ihr gehörten die Vorräte, sie hatte die Dosen hergebracht. Das Brot war frisch gewesen, die Gestalt konnte nicht weit entfernt sein, sie hielt sich in ihrer Nähe auf! Laura war ein großes Risiko eingegangen. Auch Frauen waren gewalttätig. Ihre Rache konnte schlimmer sein als die von Männern. Sie stachen nicht blind zu, sie inszenierten ihre Taten. Laura wischte den Gedanken weg. Sie hatte zu viele Krimis gesehen. Sie musste fort von hier!

Noch einmal suchte sie das Lager ab. Bald spürte sie eine weitere Kammer auf. Ein Vorratsraum befand sich im hinteren Teil. Über einen winzigen Durchlass gelangte sie gebückt in einen maximal einen Quadratmeter großen Raum. Mehrere Bretter lagen auf Steinen und bildeten ein Regal. Es war vollgestopft mit Dosen und Lebensmittelpackungen. Ordentlich nebeneinander aufgereiht. Laura inspizierte die Vorratskammer. Linseneintopf, las sie. Erbsen und Möhren. Würstchen mit Kraut. Der Kegel ihres Lichts huschte über die Etiketten und das Wasser lief ihr im Mund zusammen. Sie steckte drei Konservendosen in die Taschen ihrer Outdoorjacke. Zufrieden suchte sie das improvisierte Regal weiter ab. Und stutzte. Zog die Hand zurück. Dann griff sie entschlossen nach einer der zahlreichen Taschenlampen, die neben den Vorräten platziert waren. Lautlos stahl sie sich davon.

*

»Es ist die Strafe! Es ist meine Strafe und es ist ihre Strafe. Sie hat etwas getan, so wie ich etwas getan habe. Sie ist wie ich! Was hat sie getan? Dass sie in meinem Bett geschlafen hat, macht mir nichts aus. Ich habe ihr über den Kopf gestreichelt, habe ein Haar aus ihrer Stirn gestrichen und neben ihr gewacht. Sie hat mich nicht bemerkt. Sie hat ruhig geatmet und geschlummert, sanft wie ein Baby. Ich habe unentwegt auf ihr Gesicht gestarrt.« Wie lange hatte sie kein so schönes Gesicht mehr gesehen! Sie kostete den Moment voll aus, sprach laut vor sich hin, so aufgeregt war sie.

Dabei ächzte sie ein wenig, denn die Knochen taten ihr weh. Dieser Regen war außergewöhnlich stark gewesen. Sie hatte hinter der Stelle verharrt, auf der das Gör geschlafen hatte. Neben den Konservendosen hatte sie auf einem Stein im Dunkeln gesessen. Sie hatte gelächelt, als die junge Frau die Lebensmittel eingesteckt und obendrein eine Taschenlampe aus dem Regal an sich genommen hatte. Sie hätte es genauso gemacht! Wer überleben wollte, musste zu ungewöhnlichen Maßnahmen greifen. Es war mehr als das. Dieses hübsche Kind, diese zarte Person erinnerte sie so sehr an ihre Mädchen, dass es schmerzte. Sie wären heute vielleicht zehn Jahre älter als die junge Frau. Ach, dachte sie, meine kleine Katharina! Meine geliebte Julia! Ihr Magen verkrampfte. Der Gedanke an die beiden schnürte ihr die Brust zu. Julia war so tapfer gewesen, dabei war sie nur vier Jahre älter als Katharina. Möglicherweise hätten beide inzwischen selbst Kinder. Es tat so weh. Nach all den Jahren reagierte sie noch immer so. Sie war nicht darüber weg. Es gab Dinge im Leben, über die kam man niemals hinweg. Sie verankerten sich, setzten sich in der DNA fest und wurden Teil von einem. Wie ein Herz, eine Lunge oder ein großer Zeh.

Trotz alledem durfte sie das Gör nicht in ihrer Bettstatt dulden. Ein ganzer Tross war bereits unterwegs, sie hatte die rot-grauen Overalls aus der Ferne gesehen. Schon wieder war der Hund die Mauer hinter ihrem Lager entlanggeschlichen. Sie suchten die junge Frau, sie kamen sie holen. Sie würden auch sie selbst holen. Sie würden sie ins Gefängnis stecken, lebenslänglich hinter Gitter bringen! Dabei saß sie ihre Strafe längst ab. Jeden Tag, seit 30 Jahren. Auch die nächsten Jahre würde sie das tun. Es war gerecht, dass sie hier verrottete.

*

Nachdem sie das fremde Refugium, auf das sie sich keinen Reim machen konnte, verlassen hatte, suchte Laura zielstrebig die Nische auf, in der sie während des Regens ausgeharrt hatte. Sie überlegte nicht groß, sie steuerte sie einfach an, automatisch, so wie sie in ihrem früheren Leben nach Hause gegangen war. Dort oben war sie sicher. Sie war gestärkt, hatte Kraft gesammelt. Von der Nische aus konnte sie das Refugium beobachten. Konnte sehen, wer ein und aus ging.

Sie hatte das Glück auf ihrer Seite, denn der Regen hatte aufgehört, das Wasser war an vielen Stellen bereits versickert. Sie schaffte den Abstieg wie den gegenüberliegenden Aufstieg ohne Mühe.

Dieses Refugium gehörte also der Gestalt, der sie gefolgt war. Laura hatte sie aufgespürt, deshalb war sie vor ihr geflohen, sie wollte in Ruhe gelassen werden! War sie obdachlos und hatte sich in den Höhlen eine Zufluchtsstätte geschaffen? Niemand störte sie hier, keine andere Obdachlose machte ihr den Platz streitig. Allerdings gab es keine Hinweise darauf, dass die Frau obdachlos war. Laura hatte sich durch Waschutensilien, angebrochene Seifenstücke, Shampoo, Haarbürsten gewühlt, hatte einen halb geöffneten Koffer gefunden, aus dem Kleidungsstücke quollen. Keine Schnapsflasche lag neben dem Schlafsack, keine volle, keine leere.

»Was hast denn du für Vorurteile!«, schimpfte die Bedenkenträgerin sie. Sie hatte recht. Laura schämte sich.

Die Frau konnte harmlos sein. Sollte sie sich ihr anvertrauen? »Übertreiben musst du nicht gleich«, giftete die Bedenkenträgerin. »Hätte diese Person Gesellschaft gesucht, wäre sie nicht vor dir weggelaufen.«

Wer war diese Frau? Warum huschte sie durch die Höhlengänge wie einst der Glöckner durch die Türme von Notre-Dame?

Rettungsaktion, vierte Etappe

Marek marschierte mit Emil in die eine Richtung, Frank und Agatha schlugen mit Roger und Jonas eine andere Route ein. Sie sprachen das Nötigste. Mal sagte Frank: »Vorsicht«, und deutete auf einen Schacht, der sich unerwartet auftat. Mal fragte Roger: »Jonas, alles okay?«

Jonas nickte. Sie suchten weiter jeden Zentimeter ab, zwängten sich durch Höhlen und Hohlräume, die rechts und links von den Haupthöhlen abgingen. Einmal standen sie in einer phänomenalen Halle, groß wie die Tübinger Stiftskirche. »Eine Kathedrale«, sagte Roger ehrfürchtig. »Das ist ja ein unterirdischer Dom!«

Sie gönnten sich keine noch so kurze Ruhepause. Bis

Agatha streikte. Die Hündin setzte sich hin und sah Frank an. Der sagte: »Das Wasser hat jede weitere Spur mit sich gerissen. Agatha kann keinen Geruch mehr wahrnehmen. Seit Stunden gibt sie alles. Sie braucht eine Pause. Und Sie«, sein Blick blieb an Jonas hängen, »Sie sind auch durch.«

Sie ruhten eine Viertelstunde, bevor sie abermals durch breite Öffnungen und winzige Portale krochen, Zacken und Vorsprünge ausspähten, jede noch so kleine Spalte auskundschafteten. Manche Abschnitte kamen Jonas bekannt vor. Doch er war sich nicht sicher. Alles war sich so ähnlich.

Nach weiteren zweieinhalb Stunden schlug Agatha an. Jonas wedelte mit den Armen und Roger rief: »Da ist ein Schlafsack!« Frank trat näher. Er untersuchte den Stoff. »Darin liegt keiner«, sagte er und fügte hinzu: »Zumindest nicht mehr.«

Der Schlafsack war auf dem Boden ausgebreitet, auf die Rückkehr seines Besitzers oder seiner Besitzerin wartend. Auf jeden Fall musste, wer immer ihn dort platziert hatte, die Absicht gehabt haben zurückzukehren. War es Lauras Schlafsack? Roger warf Jonas einen fragenden Blick zu. Der schüttelte den Kopf. »Ihr Schlafsack ist nicht schwarz, Papa, er ist blau«, sagte er. »Außerdem ist der viel zu groß für Laura. Und zu schwer. Ihrer ist aus ultraleichtem High-Tech-Material.« Jonas hob den Schlafsack hoch und ließ ihn gleich wieder fallen. Er war völlig durchnässt.

»Dann gehört er ihrem Begleiter«, mutmaßte Frank.

Diesem Jammerlappen, dachte Roger.

Frank rieb sich das Kinn. Er erzählte, er sei lange genug bei der Höhlenrettung, um zu wissen, dass voreilige Schlussfolgerungen trügerisch sein konnten. »Es gibt auch Höhlenfreaks, die an den entlegensten Orten herumstromern. Geocacher, zum Beispiel. Jemand könnte vom Regen überrascht worden und hierher geflüchtet sein.«

»Ein Elfenbeinsucher«, erinnerte Roger.

»2018 haben sich zwei Dänen in einem Höhlensystem verlaufen.«

»Wie kamen sie raus?«, fragte Jonas und wandte sich Frank erwartungsvoll zu.

Frank schüttelte den Kopf. Erregt sprach er weiter. »Wenn die Leute alle Warnungen in den Wind schlagen! 2003 mussten vier Studenten aus der Reutlinger Halle befreit werden. Die waren nicht im Geringsten für eine Höhlentour ausgerüstet. Der Starkregen hatte sie überrascht. Es war eine aufwendige Rettungsaktion. Ich meine, wir riskieren unser Leben gerne, deshalb sind wir bei der Rettung. Doch dass manche Abenteurer dermaßen leichtsinnig sind, ist purer Egoismus. Das ärgert mich maßlos. Die haben keine Ahnung, was sie erwartet. Nicht nur physisch, auch psychisch. Wer nicht genügend Proviant dabeihat, die falsche Kleidung, keinen Ersatzakku für die Lampe, gerät schnell in Panik. Höhlengänger haben schon Kleider verbrannt, weil die Dunkelheit sie stresste. Manche sehen Schatten und halten sie für Menschen. Hier unten wohnt der Wahn direkt neben der Angst.«

»Höhlen üben eben seit jeher eine Faszination auf den Menschen aus. Sogar die Götter der Griechen residierten in der Unterwelt«, sagte Roger nachdenklich. Dass sich Menschen im Hades in Schatten verwandelten und lediglich Auserwählte in den Olymp aufstiegen, erwähnte er nicht.

Ausgerechnet Jonas heiterte die erschöpfte Gruppe auf. »Wer weiß. Vielleicht wir sind ja im Auenland«, sagte er.

»Dann kommt gleich Hobbit Bilbo angerannt und verkündet, dass er Laura aus der Höhle der Trolle befreit hat!«

Alle lachten. Roger schmunzelte und warf Jonas einen dankbaren Blick zu. Manu hatte ihm J. R. R. Tolkiens Herr der Ringe geschenkt. Jonas hatte es verschlungen.

Unter der Zeit ... Welche Zeit?

Wieder traf es sie aus dem Nichts. Ein Gedanke, eine Idee – die Lösung. Die Frau, wer immer sie war, aus welchen Gründen sie sich auch unter der Erde verkrochen hatte, war in dieses unterirdische Labyrinth gekommen. Sie hatte Vorräte hereingebracht! Folglich wusste sie, wo der Ausgang war. Wenn sie frisches Brot holen konnte, bedeutete dies, dass der Ausgang nicht weit sein konnte.

Lauras Herz klopfte. Sie musste eiligst nach unten und diese Person aufspüren! Wenn sie die Frau fand und ihr folgte, könnte diese sie ins Freie führen! Hinaus! Ins Licht.

Laura raffte sich auf. Sie fand sowieso keine Ruhe in ihrer Nische. Zudem fror sie. Alles war klamm, sie brauchte dringend Bewegung. Sie spähte rüber zu dem Plateau. Nichts rührte sich.

Entschlossen verließ sie die Nische und kletterte herunter. Fast mühelos ließ sie sich nach unten ab. Die Felsen waren noch immer glitschig, aber der Pegel war gesunken. Laura richtete den Blick auf den Weg vor ihr. Nur in manchen Mulden stand das Wasser noch wadenhoch. Sie musste achtgeben, durfte nicht ausrutschen. Gleichzeitig wollte sie ihre ganze Aufmerksamkeit auf einen Schatten lenken, eine Bewegung, eine Figur, die in einer Wand stand, grau wie der Stein, eins mit ihm. Wenn sie auf diese Person stieß, würde sie sich trauen, sie anzusprechen? Was hatte sie zu verlieren?

Laura erhob ihre Stimme. »Hallo«, rief sie. »Wo sind Sie? Ich tue Ihnen nichts, ich brauche Ihre Hilfe! Bitte helfen Sie mir!«

Sie lief weiter, rief weiter. Und fiel. Laura schlug der Länge nach auf, denn sie war über einen Stein gestolpert. Eine Millisekunde der Unachtsamkeit hatte genügt. Mist! Sie befühlte ihr Gesicht. Ihre Unterlippe war aufgeplatzt, sie schmeckte Blut, spürte, wie die Lippe anschwoll. Sachte fuhr sie mit dem Handrücken über ihren Mund. Mit aller Kraft versuchte Laura, sich aufzurichten. Sie hatte sich nichts gebrochen, aber der rechte Knöchel tat weh. Sie musste einen Moment warten, bevor sie weitergehen konnte. Sie humpelte. Verzog das Gesicht. Es tat so weh. Hatte das Böse seinen Würgegriff wieder um ihren Hals gelegt, wollte es sie zurück ins Tal des Versagens befördern?

Laura versuchte zu gehen. Sie musste das Bein nachziehen. Es ging voran, im Schneckentempo, na, wenn schon. Endlich tauchte die Gestalt auf. In weiter Ferne sah Laura den schwarzen Mantel, das schwache Licht, das von der Gestalt ausging. Laura befürchtete, ihr nicht schnell genug folgen zu können mit dem schmerzenden Fuß, doch die Person lief nicht weg. Sie stand bloß da. Wartete sie, bis Laura näher kam? War sie gefährlich, wollte sie sie ausknocken? Als Laura die Gestalt fast erreicht hatte, setzte sich diese in Bewegung. Einmal noch drehte sie sich zu Laura um, wie um sicherzugehen, dass sie ihr folgte.

Und das tat Laura. Zunächst humpelte sie, dann ignorierte sie den Schmerz und lief, so schnell sie konnte. Sie hastete hinter der Person her, von der sie nicht wusste, ob sie sie in die Freiheit oder ins Verderben führte. Es war egal. War es nicht besser, in sein Verderben zu rennen, als nirgendwohin zu gelangen? Sie hatte genug vom Nirgendwo, sie wollte ankommen. Irgendwo.

Die Gestalt drehte sich nicht mehr um. Behände lief sie vor ihr her. Laura kam es vor, als schwebe sie. Sicher bewegte sie sich von einer Grotte zur nächsten, durchquerte einen Höhlenraum nach dem anderen. Laura lief dem schwachen Lichtstrahl nach, der vor ihr tanzte. Sie mühte sich ab, die Gestalt nicht aus den Augen zu verlieren. Sie sah ihr Gesicht nicht, wie gerne würde sie es anschauen, die Person anfassen, mit den Händen abtasten!

Plötzlich war die Gestalt weg. Kein Mantel, kein Lichtstrahl mehr. Wohin war sie gegangen? Da war keine Spalte, in die sie sich hätte zurückziehen können! Wie konnte sie binnen Sekunden im Erdboden verschwinden?

Laura hielt inne. Sie musste die Person finden, musste sie einholen. Sie dachte an den Tunnel, in dem sie Lasse verloren und nach einer Kurve wiedergefunden hatte. Wenn sie Glück hatte, verhielt es sich hier genauso! Sie rannte nach rechts und bog in einen Seitengang ab. Stoßartig atmete sie aus, als der lange Mantel vor ihr auftauchte. Wehend bewegte er sich von ihr weg. Erneut nahm die Gestalt eine Kehre, umging mal links, mal rechts einen Lehmbrocken, der im Weg stand.

Laura hetzte ihr hinterher. Wie eine Traumtänzerin folgte sie der Person, sprang auf Erhebungen, hüpfte von Felsen. Bis sie abrupt stehen blieb. Die Gestalt hatte sich ihr zugewandt. Sie stand unweit vor ihr auf einer wackligen Treppenstufe und starrte sie an. Laura war, als sähe sie ihr direkt in die Augen. Sie erschrak. Schweißperlen traten ihr auf die Stirn. Dieses Gesicht, es … hatte keinen Mund! Wo Augen sein sollten, blickte sie in dunkle Höhlen. Sie leuchtete der Gestalt ins Gesicht. Trat näher. Das gesichtslose Gesicht war keinen Meter mehr von ihr entfernt. Es war nicht echt. Es war ein Geist! Tränen rannen über Lauras Wangen. Sie schossen aus ihren Augen und nässten ihre Haut, bis sie versiegten. Sie hatte sich schon wieder getäuscht, war zum wiederholten Mal einer Wahnvorstellung hinterhergelaufen. Erst als sie alle Tränen aus sich herausgeschüttet hatte wie Frau Holle die Federn aus ihrer Bettdecke, als nichts übrig war, als der letzte Tropfen vergossen war, zerfiel die Gestalt. Sie zerbröselte wie Tuff. Ja, sie brach auseinander wie die Steingebilde, die sie vor einer Ewigkeit gelegt hatte. Die Person war ein Spuk. Eine Verstorbene, die keine Ruhe fand. Laura sank auf den Boden, ließ sich auf einem unförmigen Brocken aus Lehm nieder, wo sie reglos verharrte.

*

Sie wollte endlich ihre Ruhe haben, dieses Gör musste dahin, wo es hergekommen war! Sie hatten es fast geschafft gehabt, waren kurz vor dem Ausgang gewesen, als das Gör sie eingeholt hatte. Sie hatte gespürt, dass ihr die Fremde dicht auf den Fersen war. Sie hatte sich ihr eigentlich nicht zeigen wollen, hatte vermeiden wollen, dass das Gör sie sah, aber sie hatte sich dennoch zu der jungen Frau umgedreht und sie angestarrt. Schnell hatte sie sich abgewandt – zu spät. Das Gör musste sie gesehen haben. Könnte die Fremde sie beschreiben, sobald sie draußen war? Sie grübelte. Na, wenn schon. Kein Schwein kannte ihr heutiges Antlitz. Sie wusste selbst nicht, wie sie nach all den Jahren aussah, in ihrer Welt gab es keine Spiegel und keine Eitelkeiten. Nur Aufgaben gab es. So wie diese. Und die würde sie jetzt zu Ende bringen.

*

Laura hatte gelesen, dass Seelen an den Ort, an dem sie qualvoll gestorben waren, zurückkehrten. Manche Spukgeschichten konnten wissenschaftlich nachgewiesen werden, andere nicht. War sie einem Geist gefolgt, einem Impuls, der ihren Verstand ausgehebelt hatte? Es war eine logische Erklärung. Sie war ihrem kindlichen Glauben ins Netz gegangen. Dem naiven »Alles wird gut«.

*

Vorsichtig drehte sie sich um. Sie hielt die Schaufel in der Hand und hob sie hoch. Weit über sich.

*

Nachdem sie einen heftigen Schlag gegen den Kopf erhalten hatte und zu Boden gegangen war, blinzelte Laura benommen. Dann erblickte sie eine Schildkröte. Was war das jetzt bloß? Das Schildkrötengesicht beugte sich über sie, bevor sich zwei knochige Hände unter ihre Achseln legten und sie mit festem Griff unterhakten. Die Augen dieser Schildkröte waren Höhlen. Sie gehörten einem Geist. Einem Spuk, einem Tierwesen, einem Produkt ihrer Vorstellung. Dem Geist, dem sie gefolgt war! Oder … der Gestalt, nach der sie gesucht hatte? War die Schildkröte die Person mit den Vorräten? Natürlich! Sie war keine Schildkröte, sie war ein alter Mensch! Ihr Gesicht war zerfurcht, verbraucht, wieso hatte sie das nicht gleich kapiert! Neugierig studierte Laura die Gesichtszüge. Tausendundeine Geschichte lagen in tausendundeiner Falte. Die Alte sah sie skeptisch, jedoch nicht unfreundlich an. Hatte sie geglaubt, der Schlag würde Laura ausknocken? Sie war hingefallen, ja, ihr Kopf schmerzte immer noch, ihre Handgelenke taten weh, aber sie war bei Bewusstsein. Sie wollte aufstehen, doch sie getraute sich nicht. Die Alte ... Sie roch wie ranzige Butter. Aber warum erhob sie die Hände über ihr? Was war das für ein langer Gegenstand, den sie festhielt? Erst als Laura den Schlag erneut auf ihrem Kopf spürte, wusste sie es. Und dann versank sie im Land der Träume.

Sie schwebte über dem Boden. In einer Wolke aus Watte glitt sie aus der Wirklichkeit. Die Gestalt hatte sich verwandelt. Die Alte, dieser Spuk, der Geist, war der Tod. Der Tod war gekommen, sie zu holen. Sein fester Griff hatte ihre Oberarme umfasst. Er zog sie hinter sich her. Laura spürte, wie ihre Füße über den Boden schleiften. Die Hände, die wie ein Schraubstock um sie lagen, waren Knochen ohne Fleisch. Der Tod war eine sie. Eine Frau, die auf bunten Decken schlief. Eine Frau, die mit Puppen spielte. Eine Frau, die keuchte. Auch Laura keuchte. Sie konnte sich nicht wehren. Sie wollte sich nicht wehren. Die Todesfrau war gekommen, um sie zu holen. Laura lächelte. Jetzt. War. Es. Zu. ENDE.

Irgendwann wurde es hell um sie. Überall war Licht. Sie blinzelte, denn es war viel zu grell. Das Licht schmerzte in ihren Augen. Sie wollte ihre Lider öffnen, doch es ging nicht. Da hatte sie Gewissheit. Sie hatte es geschafft, war auf der anderen Seite angekommen. Was war das für ein Licht? Mäanderte sie durch die Helligkeit, von der Menschen berichteten, die ihren klinischen Tod erfahren hatten? Ja. Laura war gestorben. Sie war tot. Es war nicht schlimm. Alles fühlte sich friedlich an. Bald würde sie sie wiedersehen. Menschen, die starben, sahen ihre Lieben wieder. Alle, die nicht mehr bei ihnen waren. Ihre Mutter! Sie würde sie in die Arme nehmen. Wo war sie? War sie da, dieses Licht, war das ihre Mutter? Laura flog zu ihr. »Mami!«, schrie sie. Ihr Verstand kapitulierte. Die Zeit schwirrte davon. Laura war im Paradies.

Rettungsaktion, fünfte Etappe

Mareks Augen glänzten, während er die Nachricht überbrachte, die er über Cave-Link empfangen hatte. »Laura lebt, sie wurde gefunden!« Eine Besuchergruppe war unweit des Eingangs zur Olgahöhle auf eine verwahrlost wirkende junge Frau gestoßen. Sie lag unter einem Baum, wie ein Kind war sie in aufgeschichtete Büschel aus Gras gebettet.

»Ihre Tochter scheint ein neues Höhlensystem entdeckt zu haben«, sagte Marek sichtlich erleichtert, aber auch voller Respekt.

Roger starrte den Höhlenretter an, selbst Jonas war zu keiner Regung fähig, als Marek weitererzählte. »Ein Mann aus der Gruppe hat die junge Frau angesprochen. Sie kam ihm verwirrt vor, konnte weder ihren Namen nennen noch wusste sie, wo sie war. Die anderen der Gruppe haben deshalb in der Bärenhöhle angerufen. Ein Herr Meyerlink hat sich bei der Rettung gemeldet und unsere Kollegen informiert.«

Der Mann an der Kasse! Roger lächelte.

Angeführt von Marek steuerten sie den nächsten Ausgang an. Roger wusste nicht, wohin mit seinen Gefühlen, er fasste an seine Brust, dann rannte er los.

Kaum draußen, eilten sie alle auf eine Trage zu, die unter einem Baum neben einem Krankenwagen aufgestellt und von einer kleinen Menschentraube umringt war.

Roger kämpfte sich zu Laura durch, bei der eine Sanitäterin gerade den Blutdruck maß. Sie war zurück, sein Mädchen war wieder da! Er nickte der Sanitäterin freundlich zu, dann beugte er sich über seine Tochter und schlang seine Arme um sie. Er drückte sie an sich, wollte sie gar nicht mehr loslassen, Tränen schossen in seine Augen, er ließ sie über seine Wangen rinnen. Laura lebte! Roger verbarg sein Gesicht in ihren Haaren, er schnupperte so gerne an ihrem Haar. Doch diesmal … roch … es nicht gut, genau genommen stank Laura fürchterlich. Was spielte das für eine Rolle? Roger lockerte seinen Griff, aus Angst, sie könnte zerbrechen, wie ein Püppchen aus Porzellan in tausend Teile zerschellen. Laura sah ihn an, aber sie schien ihn nicht zu erkennen, ihre Pupillen waren starr. Als würde sie durch ihren Vater hindurchschauen, in eine für ihn nicht greifbare Ferne blicken, so kam es ihm vor. Sanft umfasste Roger das Gesicht seiner Tochter mit beiden Händen, überwältigt von der Situation. Flüsternd sagte er: »Laura, es ist vorbei. Wir sind bei dir! Ich bin da, Jonas ist da. Alles ist gut.«

Nickend hielt sie einen Gegenstand hoch. »Schau mal, Papa«, sagte sie. Es war wie ein Hauch. Er musste ihre Worte fast erraten, so leise sprach sie.

Dennoch war er so glücklich, ihre Stimme zu hören, ein Zeichen von ihr zu bekommen, dass sie ihn erkannte. Sie war also okay, sie hatte diesen Trip überstanden! Was hatte sie gesagt?

»Es ist Mamas Ring«, hauchte sie.

»Das ist doch kein Ring!« Jonas hatte sich zu ihnen gesellt. Er hatte sich bislang im Hintergrund gehalten, war mit seinen Gefühlen beschäftigt gewesen, mit der Erleichterung, die so groß gewesen war, dass sie die Erschöpfung in den Hintergrund gedrängt hatte. Jetzt taxierte er seine Schwester skeptisch, denn sie hielt einen Gegenstand in der Hand, den sie anzubeten schien.

Laura öffnete die rechte Hand ihres Vaters und legte den Gegenstand hinein. »Er ist aus Platin«, sagte sie. »Schau auf die Innenseite.«

Roger betrachtete seine Faust und hob die Augenbrauen.

»Die Gravur, Papa! C. M.! Und ›Amor vincit omnia‹«, zitierte sie die Inschrift, während sie versuchte, sich aufzurichten.

Roger lächelte.

»Wovon redet ihr?«, rief Jonas aus. Seine Stirn war gefurcht wie ein Acker. Mit den Händen gestikulierend stieß er hervor: »Was ist denn mit euch los?«

»C. M.«, wiederholte Roger. »Es steht für Claire Morgenstern.«

»Er ist in den Gully gefallen, Papa.«

Roger schluckte.

»Sie war da«, flüsterte Laura. »Mama war bei mir. Sie hat mich gerettet!«

»Ja«, sagte Roger.

Jonas rollte mit den Augen und fuhr mit den Händen

durch seine Haare. »Was soll das?«, ging er seine Familie an. »Was ist in euch gefahren? Habt ihr sie noch alle?«

Laura sah ihren Bruder an. Ihr Blick kam ihm wahnsinnig vor, sie hatte ein Lächeln auf den Lippen, das er von Filmen wie Shining kannte. War sie völlig durchgeknallt? Schön. Gut. Sie hatte Fürchterliches durchgemacht. Aber was war mit seinem Vater? Drehte Roger auch am Rad? Sein Blick war fast so glasig wie Lauras! Sein Vater hatte sonst immer eine Antwort, und nun stierte er auf seine Faust, in der ein Gegenstand lag, von dem er glaubte, es handle sich um den Ehering seiner ersten Frau?

»Sieh auf das Datum, Papa«, sagte Laura.

Das brauchte er nicht zu tun, er wusste das Datum auswendig. »Der 24. Mai«, sagte er. »Es war unser Hochzeitstag.«

»Sagt mal, tickt ihr jetzt völlig aus?« Jonas musste dieses Theater beenden, doch die beiden beachteten ihn nicht.

»Ihre Initialen«, hauchte Laura. »Euer Hochzeitstag. Das ist kein Zufall. Sie war bei mir! Sie hat mir geholfen, die Tortur zu überstehen.«

Roger seufzte tief.

»Liebe besiegt alles«, sagte Laura. Dann sackte sie in sich zusammen. Sie kippte einfach zur Seite um, als wisse sie, sie würde weich landen. Und so war es. Roger breitete seine Arme aus, um seine Tochter aufzufangen. Dabei ließ er den Gegenstand fallen, der in seiner Hand gelegen hatte.

Jonas bückte sich nach dem Gegenstand. Er drehte ihn nach allen Seiten um, als wartete er auf seine Verwandlung. Es gab keine Verwandlung. In Jonas Händen lag ein Stein. Er hatte nichts Rundes und nichts Weises an sich. Auch keinerlei Gravur wies er auf. Er war ein simples Stück Höhlensediment.

DREI TAGE SPÄTER

Tübingen

Es war nicht der Höhlentrip mit Laura, der Keyes alias de Vries zu Fall brachte. Dabei hatte er sich strafrechtlich nichts zuschulden kommen lassen. Laura war erwachsen und freiwillig mitgegangen, sie hatte auf eigenes Risiko gehandelt. Es gab keine Beweise, die gegen ihn sprachen. Dass er sie wissentlich und willentlich in Gefahr gebracht hatte, stritt er ab. Dennoch würde er sich vor Gericht verantworten müssen. Die Staatsanwaltschaft hatte bereits eine Anklageschrift verfasst. »Er wird wegen Identitätstäuschung vor Gericht gestellt.« Jonas überbrachte Tom die Neuigkeiten, die am Morgen in der Zeitung gestanden hatten.

»Das soll alles sein?«, fragte Tom, der neben Lauras Krankenbett stand, als Jonas das Zimmer mit einem stummen Nicken betrat. »Mit einem guten Anwalt bringt ihm das noch nicht einmal Knast ein.«

»Lass uns vor die Tür gehen«, schlug Jonas vor.

Sie flüsterten, denn Laura schlief tief und fest, nur Augen und Nasenspitze lugten unter der weißen Decke hervor.

Tom hatte die Nachtwache übernommen. Seit Laura im Krankenhaus lag, wechselten sie sich ab, damit immer einer bei ihr war. Sie war oft verwirrt und redete Dinge, die niemand verstand.

Jonas hatte unbezahlten Urlaub eingereicht, denn er wollte die Tage unbedingt bei Laura verbringen. Er öffnete die Tür und zeigte auf den Flur.

»Das heißt, er wird einfach weitermachen«, sagte Tom. Obwohl sie das Zimmer verlassen hatten, sprach er immer noch leise. Er klang, als habe er einen Kloß im Hals.

»Nein, wird er nicht, Tom!« Jonas klopfte dem Freund auf die Schulter. »Er wird tatsächlich in Holland wegen Nötigung gesucht. Drei Frauen haben ausgesagt, dass er sie eine Nacht in einem Tunnel gefangen gehalten hat. Das ist Freiheitsberaubung. Die suchen ihn wohl schon länger. Hier. Steht alles in der Zeitung.« Jonas drückte Tom die aktuelle Tageszeitung in die Hand.

Erleichtert atmete Tom aus. »Deshalb hat er seinen Namen geändert – wie ich vermutet hatte.«

»Der bekommt nie wieder einen Fuß auf den Boden. Egal, wo er es versucht auf dieser Welt. Das steht nicht nur in der Tagespresse, es geht gerade krass viral. Der ist geliefert, glaub mir, Alter. Davon erholt er sich nicht mehr.«

Tom nickte. Dann druckste er herum. »Da ist noch was, Jonas. Ich … ähm … Lass uns einen Kaffee trinken.«

»Du und Kaffee? Du trinkst doch nur Kräutertee!« Jonas folgte dem Freund verwundert zum Getränkeautomaten, der in einer Besucherecke im hinteren Flur stand.

»Ich brauch den jetzt. Auch wenn er schmeckt wie Pfützenwasser. Sonst schlaf ich noch im Stehen ein.«

»Willkommen in der Welt der Normalos.« Jonas grinste breit.

Während sich die Becher füllten, sagte Tom: »Die Polizei war hier.«

»Wegen de Vries?«

Tom schüttelte den Kopf. »Die waren von der Mordkommission. Sie wollten Laura befragen.«

»Wieso denn Mord?« Jonas sah den Freund entsetzt an.

»Sie suchen nach einer Frau, die vor 30 Jahren aus einem Gefängnis ausgebrochen ist. Das heißt, sie ist nicht wirklich ausgebrochen, sie hat die Strafe gar nicht angetreten. Sie ist gleich nach der Tat verschwunden.«

»Was denn für eine Tat?«

Tom seufzte. »Sie hat ihre beiden Töchter, eine Sieben- und eine Elfjährige, umgebracht, weil sie vom Vater missbraucht wurden. Sie wollte sie damit wohl schützen.«

Jonas stutzte. »Warum hat sie den Alten nicht umgebracht? Wieso die Kinder?«

»Ich habe keine Ahnung. Wahrscheinlich kam sie an den nicht ran. So wie ich es verstanden habe, ging es nicht nur um den Vater. Da waren wohl noch ein Onkel und ein paar Freunde beteiligt. Heute wäre das ein Riesenskandal. Damals hat man das wohl nicht so ernst genommen.«

»Das kann ich mir kaum vorstellen.«

»Klar wurde der Vater verknackt, aber er kam wegen guter Führung viel zu früh raus. In den Augen der Öffentlichkeit war die Frau das Monster, sie wurde geächtet. Nur eine Satanistin wäre zu so einer Tat in der Lage, hieß es.«

»Krass! Aber was hat das mit uns zu tun, also mit Laura?«

»Die Beamten meinten, dass sie Laura aus der Höhle gebracht hat.«

»Woher wollen die das wissen? Und wer sagt, dass sie die Mörderin ist?«

»Man hat damals einen Brief gefunden, neben den toten Körpern. Auch ihr Mann hat sie beschuldigt. Obwohl eine

Großfahndung eingeleitet wurde, hat sie seit dem Tag keiner mehr gesehen. Nach einigen Jahren haben sie den Fall ad acta gelegt, das heißt, er wurde zum Cold Case. Die Ermittler schlossen einen Suizid nicht aus. Die Frau war wohl psychisch labil. Dass sie in den Höhlen Unterschlupf gefunden hat, hatte niemand in Erwägung gezogen. Aber die DNA an Lauras Fundstelle war eindeutig. Es war diese Frau. Sie hat Laura ins Freie geschleift.«

»Du meinst, diese Mörderin lebt dort, wo Laura war?« Jonas schauderte. Er versuchte, sich zu erinnern. Bei ihrer Suche gab es keine Hinweise auf eine in den Höhlen lebende Person – außer etwas von den gefundenen Gegenständen, die sie Laura zugeordnet hatten, stammte in Wahrheit von dieser Frau. Wo versteckte sie sich? Bei dem Ausmaß dieses Systems wunderte ihn das nicht.

»Ein größeres Aufgebot der Polizei wird nach ihr suchen. Deshalb wollen sie von Laura wissen, wann und wo sie auf die Frau getroffen ist.«

»Und? Was hat Laura gesagt?«

»Die Klinikleitung hat eine Befragung noch nicht gestattet. Laura sagte vorhin, sie muss dringend mit dir sprechen. Vor der Polizei.«

Jonas hatte keine Zeit, darüber nachzudenken, was Laura ihm anvertrauen und vor der Polizei verheimlichen wollte, denn Roger lief den Flur entlang und rief: »Hey, ihr beiden, wie geht es Laura?«

»Sie schläft«, antwortete Tom.

»Ich dachte, du bist schon in Brüssel!«, sagte Jonas.

»Ich wollte noch einmal nach ihr sehen«, erwiderte Roger. »Der Flieger geht erst in fünf Stunden.«

»Kaffee?«, fragte Tom.

Roger bejahte. »Sehr gerne.«

Während Tom einen Kaffee für Roger aus dem Automaten ließ, setzte sich Jonas neben seinen Vater auf eine Bank. Wieder saßen sie einträchtig da, diesmal nicht im Freien vor einer Pension und auch nicht in einer Höhle, sondern im kargen Flur des Universitätsklinikums Tübingen.

»Ich komm am Wochenende wieder her«, sagte Roger.

»Passt«, sagte Jonas.

»Und du, wie geht es dir?«

»Bestens.« Jonas lächelte versonnen.

»Ja?«

»Ich schließe mich der Höhlenrettung an, Papa. Muss endlich etwas Sinnvolles tun.«

Roger konnte sich ein Schmunzeln nicht verkneifen.

»Ich hab heute Morgen mit Marek gesprochen. Die freuen sich auf mich. Patricia meinte, ich kann bald mit der Ausbildung anfangen. Nach der medizinischen Grundausbildung geht es um Einseiltechnik, Flaschenzüge, Engstellenrettung, das ist voll spannend! Und Höhlentauchen lern ich auch.«

»Du schmeißt deinen Job?«

»Ich geh erst mal auf Teilzeit. Von irgendwas muss ich ja leben. Dann schau ich, ob ich irgendwie beruflich in dem Bereich einsteigen kann.«

»Das ist gut, Jonas. Exzellent. Und wenn du Geld brauchst …«

»Danke, Papa. Ich komm schon klar.«

»Jonas«, wechselte Roger das Thema, »ich muss dir noch was sagen.«

»Ja?«

»Das mit Laura … Als sie auf der Krankentrage lag. Ich musste so reagieren.«

Jonas sah seinen Vater eindringlich an.

»Sie durchlebte eine traumatische Situation. Ich hab einfach mitgespielt.«

Jonas ließ hörbar Luft aus seinen Lungen entweichen. »Gott sei Dank. Ich dachte schon ...« Er knetete ein Ohrläppchen.

»Dass ich einen an der Klatsche habe?«

»Na ja, schon ...«

Roger lachte. »Ich werde eine Auszeit nehmen. Ich muss das alles erst mal verarbeiten, wie so vieles in meinem Leben.« Nachdenklich sprach er weiter. »Vor allem möchte mir endlich Zeit nehmen. Für dich. Und für Laura.«

»Ich bin groß, Papa.« Jonas grinste seinen Vater an. »Ich besuch euch im Herbst in Brüssel«, fügte er hinzu.

»Das ist eine super Idee, Jonas. Ich freu mich drauf! Es wäre schön, wenn Laura mitkäme. Dann sehen wir uns endlich Belgien an.«

»Gerne. Fangen wir in Han-sur-Lesse an.«

Roger runzelte die Stirn.

*

Dass Jonas schon sehr bald zu einem Höhlentrip aufbrechen würde, der ihn nicht nach Belgien, sondern unter die Alb führen würde, wusste nur Laura. Auch, dass Tom ihren Bruder begleiten wollte. Tom hatte die ganze Nacht an ihrem Bett gesessen. Als sie aufgewacht war, hatte ihr der Ex-Freund von Höhlenabschnitten vorgeschwärmt, die Namen berühmter Lyriker trugen. Den Mörikedom. Die Schillerhöhle. Er hatte in der Nacht darüber gelesen und wollte diese unbedingt sehen! Irgendwo in der unterirdischen Welt stünde sicher auch ein Hölderlinturm, vermutete er. Den müsse endlich einer finden und benennen.

In dem Moment, als er das gesagt hatte, war ihr die Idee gekommen. Dass die Polizei sie befragten wollte, dass die Frau, die sie aus ihrer Hölle befreit hatte, gesucht wurde, hatte Laura zutiefst irritiert. Die Gestalt soll ihre beiden Töchter umgebracht haben? Sie dachte an die zwei Puppen, die sie im Refugium gefunden hatte.

»Angeblich wollte sie die Mädchen schützen«, hatte Jonas am Vorabend berichtet. »Vor dem Vater. Er hat sie wohl angefasst. Alle beide.«

»Wie alt waren die Mädchen?«, hatte Laura gefragt.

»Julia Jaensch war elf, Katharina sieben Jahre alt.«

Laura hatte geschluckt. »Wie hat sie es getan?«

»Sie hat sie erstickt, hat ein Kopfkissen auf sie gedrückt. Es ging wohl schnell. In ihrem Abschiedsbrief hat sie geschrieben, sie hätte sie in den Schlaf gesungen.«

Die Schlaflieder! Laura war die Stimme in den Sinn gekommen, der Gesang, von dem sie geglaubt hatte, er wäre von ihrer Mutter.

»Jemand muss sie warnen«, sagte sie, als Jonas ihr Zimmer betrat, um Tom abzulösen.

»Schwester! Du klingst ja voll fit«, stellte Jonas erstaunt fest. »Geht es dir besser?«

»Kennst mich doch, Bruderherz!« Laura hörte sich geradezu fröhlich an, bevor sie tief seufzte. »Jonas, ich habe dieser Frau mein Leben zu verdanken. Ich möchte nicht, dass man sie ins Gefängnis steckt, sie hat sich ihr eigenes Gefängnis geschaffen. Ich glaube, sie ist bestraft genug! Du musst ihr sagen, dass sie gesucht wird, versprich mir das. Du musst sie finden, hörst du?«

»Hm.«
»Jonas!«
»Okay, geht klar.«
»Schwör's.«
Und Jonas schwor's.

DREI WOCHEN DANACH

Unter der Schwäbischen Alb

Jonas hielt sein Versprechen. Wenige Wochen nachdem Laura gefunden worden war, brach er mit Tom zu den Höhlen auf. Frank und Agatha begleiteten sie. Weil Frank die Gelegenheit nutzen wollte, um einen unbekannten Abschnitt zu kartografieren, waren sie drei Tage unterwegs. Auf Jonas' Bitte schlugen sie in der größten Kathedrale ein Biwak auf. Den Stein, den ihm Laura mit den Worten »Der Ring Jonas! Es ist ein Geschenk für sie, als Dankeschön« in die Hand gedrückt hatte, legte Jonas auf eines der Steinmännchen, die er während der Tour zu Dutzenden fand. Er krönte damit eine markante Figur. Die Krone aus hellem Sediment passte ausgesprochen gut zu ihr, fand er. Er lichtete die Steinfigur mit der Handykamera ab. Als Erinnerung für Laura.

Tom wurde bereits am ersten Abend fündig. Der Turm, den er Hölderlins würdig fand, reckte sich in einem gigantischen Dom in die Höhe. Es war ein mächtiger Stalagnat von dreieinhalb Metern Umfang. Die Höhe schätzte er auf acht, neun Meter. Dass die größte Sintersäule der Welt in Slowenien stand und über 30 Meter maß, kümmerte Tom nicht. Hölderlin war es nie um Größe gegangen, sondern um die Wahrheit. Die Benennung zelebrierten sie mit einer feierlichen kleinen Zeremonie. Dass er einen kleineren, besonders gut geformten Stalagmiten nebenan heimlich Laura taufte, behielt Tom für sich. Seine Zeit würde kommen. Was war schon Zeit!

Renate Jaensch, die Laura über einen bisher unbekannten Ausgang aus der Höhle befreit hatte, wurde nie entdeckt. Am Rand des Sonnenbühls stellten Tom und Jonas zwei Holzkreuze auf einer Wiese mit wildwachsenden Blumen auf. In ein Kreuz ritzte Tom ein J, in das andere schnitzte Jonas ein K. Das Selfie, das sie von sich und den Kreuzen aufnahmen, schickten sie Laura mit den Worten: »Mission completed.«

VIELE DANKESCHÖNS. UND EINE BITTE.

Der vorliegende Roman ist Fiktion. Figuren, Lokalitäten und Handlungsablauf sind ein Produkt meiner Fantasie. Übereinstimmungen mit realen Personen sind zufällig und nicht beabsichtigt. Die genannten Schauhöhlen sind existent und jede einzelne ist einen Besuch wert! Das beschriebene Höhlensystem jedoch ist nicht real beziehungsweise nicht bekannt. Zwar gibt es einen Mörikedom, aber keine Hegelhöhle und keinen Hölderlinturm. Auch von einer Suche nach Elfenbein ist nichts überliefert. Bei der Ausarbeitung habe ich mich an eigene Höhlenbesuche auf der Schwäbischen Alb, in Frankreich, auf Madeira, im Baskenland erinnert. Und natürlich an das, was ausführliche Recherchen ergeben haben.

Als Fahrstuhl-Phobikerin (das habe ich mit Laura gemeinsam) übten Höhlen auf mich schon immer eine große Faszination aus. Die Vorstellung, sich allein in einer Welt unter der Welt zu befinden, ohne Kontaktmöglichkeit, ohne Wegkenntnis, verursacht bei mir jedes Mal Gänsehaut. Falls es Ihnen beim Lesen genauso ging, war dies durchaus beabsichtigt, denn ein Roman soll unterhalten und Gefühle auslösen!

Natürlich habe ich mir die Finger wund recherchiert und viele Informationsquellen zurate gezogen. Es gibt wundervolle Bücher (auch Filme) über Höhlen. Bei nachstehenden Quellen habe ich mich genauer informiert.

Höhlen:

Binder, Hans: Höhlen der Schwäbischen Alb. DRW Verlag, 1995.
Raabe, Kristin: Tiefenrausch. Deutschlandfunk. https://www.deutschlandfunk.de/tiefenrausch-102.html, 2/2012.
Taylor, Michael Ray: Höhlen. Expeditionen in die faszinierenden Innenwelten an Land, unter Wasser und im Eis. National Geographic, 5/2006.
Wenger, Rémy (Hrsg.): Höhlen – Welt ohne Licht: Entstehung, Erscheinungsformen, Tierleben, Höhlenforschung. BLV, 2007.
Des Weiteren:
Höhlenreich, Informationsschrift von Alb-Donau-Kreis Tourismus, 1/2022.
Hoehlenforschung.org, 2023.
Nicolay, Ingo: Im Kriechgang durchs Labyrinth, Stuttgarter Zeitung, 6/2022.

Höhlenrettung:

Höhlenrettung Baden-Württemberg e.V. (hoehlenrettung-bw.de).
Malteser Höhlenrettung (hoehlenrettung.de).
Filme: Howard, Ron – Thirteen Lives, 2022.

Freydank, Jochen Alexander: Riesending – Jede Stunde zählt, 2022.

Kommunikation unter Tage:

Cavelink.com, 2023.

Klettern:

Doku-Film Free Solo über den Ausnahmekletterer Alexander Honnold von Jimmy Chin und Elizabeth Chai Vasarhelyi, 2018.

Wahnvorstellungen Laura:

Kasten, Erich. Wenn das Gehirn aus der Balance gerät: Halluzinationen, Spektrum. https://www.spektrum.de/magazin/wenn-das-gehirn-aus-der-balance-geraet-halluzinationen/827029, 12/2000.

Verhalten Lasse:

Schuler, Heinz; Schwarzinger, Dominik: Die Masken der Psychopathen, C.H.Beck, 2022.

Shaw, Julia: Böse. Die Psychologie unserer Abgründe. Heyne Verlag, 2020.
Psychologie des Bösen, Geo Wissen Nr. 69/2020.

*

Danke sagen möchte ich dem Gmeiner-Verlag, der sofort an dieses Projekt geglaubt hat und mich in der Weiterentwicklung der Geschichte unterstützt hat. Meiner wunderbaren Lektorin Katja Ernst wie allen, die an Entstehung, Vertrieb, Presse und Marketing beteiligt waren und sind: Sie sind großartig!

Meiner Schwester Hannelore Graze möchte ich aufrichtig danken. Wie Lehrer so sind, liest sie alles mit hyperkritischen Augen. Auch die psychologischen Insights waren mir eine große Hilfe.

Von Herzen danke ich meinen Testleserinnen Aurélie Nassal und Martina Brendebach für Gründlichkeit trotz »Ultraspeed«. Ich sag nur: mehr Psycho, mehr Licht!

Danke an Sebastian Graze für die Kletterinfos. Ja, ich weiß, manche Aktionen sind abenteuerlich – aber Laura ist schließlich eine Heldin! :-)

Vielen Dank an Thomas Rathay für die ausführlichen Details zur Höhlenfotografie/Ausrüstung.

Mein Herzensdank gilt der Höhlenrettung Baden-Württemberg e.V.: Liebe Silke Brumme, Sie haben mir wertvolle Infos und Tipps gegeben, gerne erinnere ich mich an unsere spannenden Telefonate! Ich bin immer noch sprachlos, wie selbstlos ehrenamtliche Höhlenretter ihr Leben aufs Spiel setzen, um in Not Geratenen zu helfen. Menschen wie Sie sind große Vorbilder! Ja, ich habe verstanden, dass Hunde in der Berg-, üblicherweise aber nicht in der Höhlenrettung eingesetzt werden. Dennoch ist Agatha ein wichtiger Teil des vorliegenden Rettungsteams. Eine Internetrecherche hat ergeben, dass es möglich ist, Hunde für Höhlen auszubilden, und sie vereinzelt dort eingesetzt werden. Es lebe die Ausnahme!

Trotz aller Recherchen sind sämtliche beschriebenen Personen fiktiv und wurden von mir frei erfunden! Dies gilt für die Höhlenretter wie für den Mitarbeiter der Bärenhöhle. Die Bärenhöhle und die Nebelhöhle haben mich schon als Kind fasziniert. Danke an die Betreiber!

Das Figurenseminar bei dir, liebe Anette Huesmann, bleibt mir unvergesslich! Die Analyse von Chuck Noland aus dem Film »Cast Away« hat Wilsona entstehen lassen. Danke für diese Inspirationsquelle.

Dank gilt auch meiner Agentin Dorothee Schmidt, die das Projekt von Anfang an begleitet hat.

Danke an meine Ärztin für Tipps zur unkonventionellen Behandlung einer Schienbeinfraktur. Nicht zur Nachahmung empfohlen!

Meine Anwältin hat mich mit hilfreichen Informationen zu strafrechtlichen Themen versorgt. Danke auch dafür. Beider Wunsch nach Anonymität komme ich selbstverständlich nach.

Vor Ihnen, liebe Leserinnen, liebe Leser, verneige ich mich! Ohne Sie macht ein Buch sowieso keinen Sinn.

Ein letztes Dankeschön an Guns n' Roses für Novemberrain. Im Gegensatz zu Laura mag ich diesen Song.

Sollten Sie dennoch auf Unkorrektheiten stoßen, gehen diese auf meine Kappe. Da es sich um einen Roman und keine Dokumentation handelt, habe ich dramaturgisch hier und dort ein wenig nachgeholfen. Zum Beispiel würde die

Höhlenrettung niemals einen ungeduldigen Arzt und seinen Sohn an einer Rettungsaktion teilhaben lassen. Aber es musste einfach sein! Ich bitte, mir dies nachzusehen.

Weitere Titel finden Sie auf den folgenden Seiten und im Internet:

WWW.GMEINER-VERLAG.DE